विद्रोही संन्यासी

विद्रोही संन्यासी

(आदिशंकराचार्य के जीवन पर उपन्यास)

राजीव शर्मा

प्रकाशक • **प्रभात प्रकाशन प्रा. लि**
4/19 आसफ अली रोड,
नई दिल्ली–110002

संस्करण • 2024
चित्र सौजन्य • आचार्य शंकर सांस्कृतिक एकता न्यास,
संस्कृति विभाग, म.प्र. शासन
(कला : श्री वासुदेव कामत)
मूल्य • चार सौ रुपए
मुद्रक • श्री साई प्रिंटर्स, साहिबाबाद

VIDROHI SANNYASI *novel by* Shri Rajeev Sharma ₹ 400.00
Published by Prabhat Prakashan Pvt. Ltd., 4/19 Asaf Ali Road, New Delhi-2
e-mail. prabhatbooks@gmail.com ISBN 978-93-90315-59-8

पूज्य पितामह बाबा **जनकराम** को,
जिन्होंने हमारी वंश-परंपरा में प्रखर राष्ट्रवाद
और उत्सर्ग भावना को पुष्ट किया। उनकी बहन और
हमारी बड़ी बुआ अन्नपूर्णा को भी,
जो सचमुच अन्नपूर्णा थीं। सादर।

कौन है वह ?
चमत्कारी बालक
दिग्विजयी धर्मयोद्धा
चुंबकीय व्यक्तित्व
भगवा संन्यासी
अथक यात्री
महान् संगठक
राष्ट्र-निर्माता
विधि-निर्माता
अपूर्व वक्ता
अद्‌भुत कवि
क्रांति दूत
युग-प्रवर्तक
अद्वितीय प्रेरक
समाज सुधारक
वेदों का प्रवक्ता
कृपालु संत
या
भगवान् शंकर का
अवतार
साक्षात् शंकर!

सम्मतियाँ

श्री शंकर महाप्राज्ञों में अग्रणी और भारतमाता द्वारा उत्पन्न महान् आत्मा थे। वे महान् तत्त्वचिंतक थे, जिन्होंने अद्वैत वेदांत को व्यवस्थित रूप प्रदान किया।

वे सच्चे दार्शनिक, अटल तार्किक, गतिशील व्यक्तित्ववाले और महान् नैतिक व आध्यात्मिक शक्तिपुंज थे, उनकी ग्रहणशक्ति और व्याख्या करने की शक्ति असीम थी।

—परम पूज्य स्वामी शिवानंदजी

अपनी 32 वर्ष की अल्पायु में शंकर ने साधु-संतों तथा ज्ञान-करुणा का मेल करा दिया, जिससे व्यक्त है कि भारत ने एक ऐसे उदात्त व्यक्ति को जन्म दिया था।

—विल ड्यूरेंट

एक ऐसा एकाकी व्यक्ति, जिसकी सहचरियाँ थीं उनकी व्यापक प्रज्ञा और गहन सहानुभूति। समूचे भारत की लंबाई-चौड़ाई को नापकर उसके मस्तिष्क और हृदय को जीत लेना इतिहास में, भारतीय इतिहास में भी एक अपूर्व घटना है। शंकर ने लोगों के मन और हृदय पर विजय पा ली। उन्होंने भावनाशीलता, प्रेम और आत्मिक आदर्शवाद के साम्राज्य की स्थापना की। शंकर के उदाहरण से हम उस व्यक्ति की महानता का अनुमान लगा सकते हैं, जो विश्व को इस प्रकार मार्ग दिखाता है।

शंकर में हम एक बौद्धिकता और जनसाधारण के प्रति भावुकता का सम्मिश्र रूप पाते हैं। आज हिंदुस्तान में बौद्धिक व्यक्तियों और जनसाधारण का समर्थन पानेवाला कोई एक ऐतिहासिक महत्त्व का गुरु है तो वह शंकर है।

—स्वामी रंगनाथानंदजी

'एटेर्नल वॉल्यूस फॉर ए चेंजिंग सोसाइटी' में

32 वर्ष के अल्पकालीन जीवन में शंकर ने कई दीर्घकालीन कार्य किए और भारत पर अपने सशक्त मस्तिष्क एवं समृद्ध व्यक्तित्व का ऐसा प्रभाव डाला, जो आज भी अमिट है। वह दार्शनिक और विद्वान्, अज्ञेयवादी और रहस्यवादी तथा कवि और संत का विलक्षण मिश्रण थे, साथ ही व्यावहारिक सुधारवादी और संगठक थे। उन्होंने ब्राह्मणवादी ढाँचे में पहली बार दस धार्मिक क्रम रचे, जिनमें चार आज भी जीवित हैं। अपने चार महान् आम्नाय मठों को उत्तर, दक्षिण, पूर्व और पश्चिम में स्थापित कर उन्होंने भारत की सांस्कृतिक एकता की भावना को प्रोत्साहित करना चाहा। ये चारों स्थान पहले भी भारत के तीर्थ रहे हैं, अब और अधिक महत्त्वपूर्ण हो गए हैं।

—पं. जवाहरलाल नेहरू

'डिस्कवरी ऑफ इंडिया' में

शंकर का जीवन कई सारे विरोधाभासों का समुच्चय प्रतीत होता है। वह दार्शनिक और कवि, विद्वान् और संत, रहस्यवादी और धार्मिक सुधारवादी, सबकुछ थे। यदि हम उनके व्यक्तित्व को याद करने का प्रयास करेंगे तो इनके इतने गुण उभरते हैं, जो पृथक्-पृथक् छवि प्रस्तुत करते हैं। कोई एक उन्हें युवावस्था में बौद्धिक महत्त्वाकांक्षा में दीप्त एक निर्भीक और दृढ़ तार्किक के रूप में देखता है, कोई दूसरा उन्हें चतुर राजनीति के महाप्राज्ञ के रूप में स्वीकार करता है, जिन्होंने लोगों में एकता का मंत्र फूँकने का प्रयास किया, तीसरे की दृष्टि में वह शांत दार्शनिक हैं, जो निरुपम बोधकता के साथ जीवन और विचारों की विसंगतियों को एकनिष्ठ होकर समझाने का प्रयास कर रहे हैं, और चौथे के लिए वह ऐसे रहस्यवादी हैं, जो अब तक ज्ञात लोगों में सबसे बड़े हैं। उनके समान सार्वभौम मस्तिष्कवाले कम हुए हैं।

—डॉ. एस. राधाकृष्णन

पाश्चात्य लोग श्रीशंकराचार्य जैसे व्यक्तित्व की शायद ही कल्पना कर सकते हैं। हम असीसि के फ्रांस की भक्ति, अबेलार्ड की बौद्धिकता, मार्टिन लूथर की शक्ति और स्वतंत्रता तथा इग्नेटियस लोयोला की राजनैतिक दक्षता देखकर आश्चर्य और प्रसन्नता से परिपूर्ण हो जाते हैं, परंतु कौन इन सभी को एक ही व्यक्ति में इकट्ठा पाने की कल्पना कर सकता है?

—सिस्टर निवेदिता

कुछ प्रश्न-कुछ उत्तर

आदिशंकराचार्य से मेरा परिचय पूज्य पिताजी स्व. श्री रामनारायण शर्मा ने कराया था। मैं आठ या नौ साल का था, वे लंबी यात्रा से लौटे थे, सदा की तरह ढेर सारी किताबों के साथ, उनमें सबसे रोचक आदिशंकराचार्य की जीवनगाथा थी, कॉमिक्स से भी ज्यादा दिलचस्प।

मेरे बालमन में वह कथा सदा के लिए अंकित हो गई और उसी का प्रस्फुटन है यह उपन्यास।

यह पुस्तक असल में एक संयुक्त प्रयास है मेरे असंख्य शुभेच्छुओं का, स्वजनों और सहृदय भारतीयों का, जिन्होंने देश के हर कोने से सामग्री जुटाने में मेरी अमूल्य सहायता की है। सुदूर कालड़ी से केदार तक सर्वत्र मिले स्नेह—ऋण का ब्याज है यह उपन्यास। श्रीनगर से कामरूप-कामाख्या और कलकत्ता से कोच्चि तक आदिशंकर के नाम की पारसमणि हमारा मार्ग प्रदीप्त करती गई। उस महान् यात्री के पदचिह्न खोजते हुए अनायास ही भारत भर की प्रदक्षिणा कब संपन्न हो गई, पता नहीं चला।

आधुनिक भारत के अधिकांश लोग उनके व्यक्तित्व और कृतित्व से अपरिचित हैं, जो परिचित भी हैं, उनमें से अधिकांश के मस्तिष्क में उनकी छवि एक पारंपरिक धर्माचार्य जैसी है। किसी युग-प्रवर्तक कर्मयोगी, क्रांतिकारी सुधारक और सर्वसमन्वयी राष्ट्र निर्माता की नहीं। उनके अद्वितीय व्यक्तित्व को पूजा ज्यादा गया, किंतु समझा सबसे कम गया है। वे हमारे इतिहास के सबसे गलत ढंग से समझे गए महापुरुषों में भी शिखर पर हैं। उनके जीते जी उन्हें 'प्रच्छन्न बौद्ध' कहा गया, तब आज के अज्ञान पर आश्चर्य कैसे करें। क्या आपने कभी सोचा है कि हमारा आज का भारत उनके द्वारा स्थापित चार मठों के चतुर्भुज के भीतर ही बचा है? तो क्या उन्हें भावी विखंडन का सदियों पूर्व ही आभास था?

यह उपन्यास हमारी पीढ़ी से ज्यादा उस युवा पीढ़ी के लिए लिखा गया है, जिसे

उसी सांस्कृतिक और सामाजिक प्रलय का सामना करना है, जिसका सामना आदिशंकर ने अपने युग में किया था।

हर सुधार कालांतर में स्वयं रूढ़ि बन जाता है, हर क्रांति को पोंगापंथी बनते हुए और मुक्ति योद्धाओं को तानाशाह बनते देखना इतिहास की आदत है। वे विद्रोही थे, उन्होंने मानव बलि समेत तत्समय के ढोंग, पाखंड, वामाचार का प्राणपण से विरोध किया। संन्यासी होते हुए उनमें यह कहने का साहस था कि मैं न मूर्ति हूँ, न पूजा हूँ, न पुजारी हूँ, न धर्म हूँ, न जाति हूँ।

आदिशंकराचार्य के पास आज के युवाओं के सभी प्रश्नों का उत्तर है, उनकी जिज्ञासाओं और कुंठाओं के भी। उनसे बड़ा प्रबंधन गुरु कौन होगा, जिसने शताब्दियों पहले केरल के गाँव से यात्रा प्रारंभ कर संपूर्ण राष्ट्र की चेतना और जीवन पद्धति को बदल दिया।

जो संन्यासी संसार के सारे अनुशासनों से परे हुआ करते थे, उन्हें अखाड़ों और आश्रमों में संगठित कर अनुशासित और नियमबद्ध कर दिया। बौद्धों और हिंदुओं के संघर्ष को शांत कर दिया। शैवों, वैष्णवों, शाक्तों, गाणपत्यों, सभी को एक सूत्र में पिरो दिया।

उस अद्‍भुत तेजस्वी बालक, चमत्कारी किशोर और सम्मोहक युवा शंकर की यह कथा आपको उनके विख्यात जीवन के अज्ञात प्रसंगों का दिग्दर्शन करा सके, ऐसी आशा करता हूँ।

स्वाधीनता दिवस, 2020

—राजीव शर्मा

किपलिंग कोर्ट, पेंच नेशनल पार्क,

जिला सिवनी, म.प्र.

आभार

शंकराचार्य स्वामी स्वरूपानंदजी महाराज, दंडी स्वामी सदानंदजी महाराज, ब्रह्मचारी सुशीलानंदजी, सुश्री स्वर्णिमा शुक्ला, सर्वश्री नीलमणी दुबे, नरसिंहपुर, त्रिलोकसिंह जाट, उमेश शर्मा झोतेश्वर, स्व. डॉ. विनय जैन, उमरिया, संतोष द्विवेदी, पत्रकार साजीथामस, अरुण त्रिपाठी, मंत्रालय, भोपाल।

प्रबंधक श्री शंकराचार्य जन्मभूमि आश्रम कालड़ी श्री अय्यरजी; रामकृष्ण मिशन, त्रिवेंद्रम; डॉ. आत्माराम सिंह, ग्वालियर; सुश्री शालिनी जैन, परासिया श्री गणेश कुमार, श्री अय्यर, उपयंत्री भोपाल।

मेरा व्यक्तिगत स्टाफ—

निजी सचिव, श्री के.के. खरे, श्री प्रेमनारायण साहू, श्री मनोज पांडे, श्री लियाकत अली, श्री दीपक धोरन, मंत्रालय, भोपाल, स्टेनो शाजापुर श्री पुरुषोत्तम लेवे, श्री अक्षत भटनागर, श्री वरुण जोशी, हस्तशिल्प निगम भोपाल में श्री दिनेश राजपूत।

मेरी सहधर्मिणी रजनी और बेटियाँ संघमित्रा–चारूमित्रा सहित सभी स्वजनों का।

—राजीव शर्मा

अनुक्रम

सम्मतियाँ *7*

भूमिका : कुछ प्रश्न-कुछ उत्तर *9*

आभार *11*

1. धर्मराजेश्वर 17
2. सौभाग्य का आवास 20
3. गुरु-शिष्य संवाद 23
4. मनमोहना शिशु 26
5. पिता का घर 28
6. गुरुकुल में 33
7. भिक्षां देहि कनकधारा—स्वर्ण वर्षा 34
8. माँ की स्नेहच्छाया 36
9. नदी मार्ग बदलती है 38
10. राज-निमंत्रण 41
11. ज्योतिषियों का आगमन 44
12. पूर्णा प्रसंग 46
13. गुरु की खोज 49
14. श्मशान का शिकारी 52
15. परिक्रमावासी गुरु की खोज 56
16. कुंभ कथा 58
17. गुरु आज्ञा से प्रस्थान 60
18. बनारस—नौ रसों की नगरी 62

19. देवी दर्शन 63
20. शिव दर्शन 64
21. तपोभूमि हिमालय में 66
22. नरबलि को न··· 68
23. बदरीनारायण की पुनः प्रतिष्ठा 70
24. भाष्य रचना व हिमालय-भ्रमण 71
25. व्यास गुफा—सनंदन 72
26. व्यास गुफा (गंगोत्तरी) 75
27. व्यास गुफा (शास्त्रार्थ और दिग्विजय का आदेश) 76
28. कुमारिल कथा 79
29. नालंदा—विद्या का तीर्थ 85
30. मंडन-मिलन 91
31. शास्त्रार्थ-कथा 94
32. शास्त्रार्थ कथा 99
33. शंकर-शारदा शास्त्रार्थ 101
34. काम आया कामशास्त्र 103
35. परकाया प्रवेश 105
36. पुनः महिष्मती 108
37. कापालिकों पर विजय 109
38. विजय-यात्रा 114
39. मूकांबिका 120
40. श्रृंगेरी श्री बलि 123
41. श्रृंगेरी का श्रृंगार 127
42. पद्मपाद का प्रस्थान 134
43. पद्मपाद का प्रायश्चित्त 135
44. पद्मपाद के शकुनि-मामा 138
45. माँ की पुकार 141
46. शंकर-स्मृति 146

47. पद्मपाद से मिलन 150
48. दिग्विजय-यात्रा 151
49. पंचदेव पूजन 153
50. साधुओं का कुंभ 154
51. कापालिकों से युद्ध 164
52. जगन्नाथ की पुरी में 166
53. यम के उपासक 168
54. पुनः प्रयाग, पुनः वाराणसी 170
55. काशी में विश्वनाथ-शंकर 173
56. भज गोविंदम् मूढ़मते 177
57. उज्जयिनी जयते 178
58. सौराष्ट्र से राष्ट्र 182
59. कश्मीर में सर्वज्ञ 185
60. एकदा नैमिषारण्य 190
61. बंग में उमंग 195
62. चार मठ—चार प्रहरी 204
63. शारदा मठ-द्वारका पीठ 205
64. गोवर्धन मठ-पुरी 206
65. ज्योतिर्मठ—बदरिकाश्रम 207
66. शृंगेरी मठ 208
67. केदारनाथ 210

धर्मराजेश्वर

मध्य भारत के मालवा में दशपुर एक प्राचीन नगर है, कहते हैं कि मंदोदरी यहीं की थी। इसी दशपुर में शैवों और वैष्णवों का मन-मुटाव आपसी शत्रुता बन चुका था।

गगनचुंबी शिवालय के गर्भगृह में 10 फीट ऊँचाई का एक विशाल अष्टमुखी शिवलिंग स्थापित था। शिवालय से सटकर बहती शिवना नदी में भक्तजन स्नान कर पवित्र होते। गेरुआ पत्थर के शिवलिंग पर आठ विशाल मुखमुद्राएँ भी चारों दिशाओं में ऊपर-नीचे एक-एक मुख हास्य, रौद्र, शांत सभी रसों को व्यक्त करती हुई मुद्राएँ भक्तों और श्रद्धालुओं के आकर्षण का केंद्र। जब शैवों और वैष्णवों का संघर्ष हुआ तो शिवालय ध्वस्त और मूर्ति लापता।

यहाँ से 100 किलोमीटर दूर भी यही संघर्ष एक और आस्था केंद्र पर संकट बनकर आया था। दशपुर से राजपूताने की दिशा में एक अद्‌भुत शिवमंदिर है, नाम है धर्मराजेश्वर। यह मंदिर शैल शिल्पकला का जादुई नमूना था। दरअसल यह मंदिर जमीन पर नहीं है, बल्कि जमीन से तीन मंजिल नीचे है, इसलिए मंदिर प्रांगण दूर कहीं से भी दिखाई नहीं देता। इसे एकदम पास पहुँचकर ही जमीन से नीचे झाँकने पर ही देखा जा सकता है। ऊपर से चट्टानों को काटकर सीढ़ियाँ नीचे तक गई हैं, जिनसे उतरने पर मंदिर प्रांगण में पहुँचा जा सकता है।

धर्मराजेश्वर को बनाने में ईंट, गारे या चूना का उपयोग नहीं हुआ था, न शिलाखंडों या संगमरमर के टुकड़ों का। दरअसल यह मंदिर एक चट्टान को खोखला कर इस प्रकार बनाया गया था कि छत स्तंभ शिखर सभी उसी चट्टान में से तराशकर बनते चले गए थे।

इसी धर्मराजेश्वर में शिवरात्रि पर विशाल मेला लगता था। लोगों की मान्यता थी कि शिवरात्रि में मंदिर में ही रात बिताने पर भावी पुनर्जन्मों में से एक जन्म कम हो जाता है। यानी मोक्ष की ओर एक कदम और।

इसी मान्यता के चलते शिवरात्रि में पहले से ही भक्तजन परिवार, इष्टमित्रों के साथ मंदिर की ओर चल पड़ते और भजन, पूजन करते हुए अपनी रात धर्मराजेश्वर में ही

बिताते। हजारों की संख्या में भीड़ जुटने से वहाँ दुकानदार भी पूजन-सामग्री और खाने-पीने की वस्तुएँ, कपड़े, बरतन, आभूषण लेकर आते और खेल-तमाशे, जादूगर, सपेरे, नट भी आकर मेले को पूर्णता दे देते।

पर इस बार धर्मराजेश्वर में सन्नाटा है, शिवरात्रि की कोई चहल-पहल नहीं है। वयोवृद्ध पुजारी मंदिर के प्रांगण में पथरीली शिला पर हताश, श्रीहीन होकर बैठे हैं।

शैवों और वैष्णवों की शत्रुता ने इस पूरे क्षेत्र के जन-जीवन को, उसके सहज आनंद उत्सवों को उजाड़ दिया है।

रक्तपात के भय से शिवरात्रि उत्सव सामूहिक न रहकर व्यक्तिगत होने पर विवश हुआ है। लोग आक्रोश में हैं, गुस्सा खदक रहा है, पर शांति के आवरण के नीचे।

स्थिति तनावपूर्ण है, पर नियंत्रण में है, क्योंकि दोनों पक्ष अंदर-ही-अंदर अगले उपद्रव की तैयारी कर रहे हैं।

शैवों का दावा है कि यह मंदिर हमारा है, क्योंकि इसमें काले पाषाण का तेजोमय शिवलिंग सदियों से जगमगा रहा है। वैष्णवों के मन में फाँस है कि दो सौ वर्ष पहले पद्मनाभ भगवान् विष्णु की प्रतिमा के रहते शैवों ने बलपूर्वक यहाँ शिवलिंग स्थापित कर उनकी श्रद्धा को चुनौती दी थी, पर शैव राजसत्ता के बाहुबल के आगे वे मौन रहने को विवश थे। अब जब शैव सत्ताच्युत हुए हैं तो पूर्व में हुए अन्याय को मिटाने की इच्छा दिनोदिन सशक्त हो उठी है।

शैव और वैष्णवों की आपसी कलह से त्रस्त प्रजा गौतम बुद्ध के शांति एवं अहिंसा के संदेश को ध्यान से सुन रही है। दो की लड़ाई में तीसरे का लाभ सहज ही होता है। यही धर्मराजेश्वर में भी हो रहा है। एक विशाल बौद्ध विहार यहाँ रात-दिन आकार ले रहा है। बौद्ध भिक्षुओं के झुंड-के-झुंड जाने कहाँ-कहाँ से यहाँ आकर डेरा डाले हुए हैं। इन भिक्षुओं में नगर नियोजक, जल प्रबंधक, शिल्पी, अभियंता आदि दक्ष लोग हैं। उन्होंने विशाल पर्वत श्रृंखला को अपनी छेनियों और विविध औजारों से खोखला कर प्रार्थना कक्ष, पाषाण स्तूप, ध्यान कक्ष, विश्राम कक्ष आदि बना दिए हैं। नए बौद्ध विहार की विशालता और शिल्पकला देखने ग्रामीणों की टोलियाँ चली आ रही हैं। वे आश्चर्य से सुंदर बौद्ध विहार की पवित्रता और पूजा से चमत्कृत हैं।

दर्शकों में से बहुत से लोग युवा भिक्षुओं के व्यक्तित्व के प्रति भी आकर्षित हो रहे हैं। यह नया धर्म सबकों लुभा रहा है, नीचे धर्मराजेश्वर के प्राचीन मंदिर में सन्नाटे का साम्राज्य है। वयोवृद्ध पुजारी चिंतित हैं कि मंदिर में भक्तों की आवक और चढ़ावा इतना कम हो गया है कि मूर्तियों को भोग लगाने में भी कठिनाई आ रही है। दूसरी ओर बौद्ध विहार के अन्नागार अन्न से भरते जा रहे हैं।

मंदिर की घंटियाँ जैसे बजना भूल गई हैं और 'बुद्धं शरणं गच्छामि' का जयघोष तीव्रतर होता जा रहा है।

पुजारी को लग रहा है कि नए धर्म की आँधी में शैव और वैष्णव दोनों के अहंकार अस्तित्व खोने वाले हैं।

सनातन धर्म के स्वच्छ शीतल जल-प्रवाह में बहुत सा कचरा इकट्ठा हो गया था। वेदों-उपनिषदों के महान् सिद्धांतों का व्यावहारिक जीवन से संबंध भी दुर्बल हो रहा था।

धार्मिक स्वतंत्रता दुष्टों के हाथ में पड़कर धार्मिक अराजकता बन रही थी। योग्यता पर आधारित वर्ण-व्यवस्था कब जन्म पर आधारित वर्ग-व्यवस्था बन गई, किसी को याद ही नहीं रहा। श्रम को हेय दृष्टि से देखा जाने लगा तो शिल्पियों का पारंपरिक सम्मान भी घटने लगा।

चमत्कारी और पाखंडी लोकप्रिय होने लगे। 33 करोड़ देवताओं के होने के बाद भी जहाँ-तहाँ नए-नए स्वयंभू देवता और भगवान् व्याकुल भक्तों की भीड़ को अपनी ओर खींचने लगे।

समाज की मानसिकता में ऊँच-नीच की ऐसी दीमक लगी कि समाज की अंतर्निहित शक्ति ही खोखली हो गई।

चक्रवर्ती सम्राटों का युग जा चुका था। महान् साम्राज्यों के बौने उत्तराधिकारी छोटे-छोटे भू-भागों पर भी प्रभुत्व बनाए रखने में अपना सर्वस्व लगा देते थे। शौर्य का स्थान षड्यंत्रों ने, राजनय का स्थान चालबाजियों ने और सुशासन का स्थान निर्लज्ज लूट ने ले लिया था।

केरल से केदारनाथ तक धार्मिक छल-छंद, सामाजिक-विद्वेष, बौद्धिक मूढ़ता की भ्रामक, किंतु लुभावने विचारों की अमरबेल हर कहीं विकसित हो रही थी।

'सर्वे भवन्तु सुखिनः' का महान् संदेश स्वयं को सुखी बनाने की प्रबल वासना के पाँवों में कुचला पड़ा था।

मंदिरों में पवित्रता का स्थान गंदगी, मंत्रोच्चार का स्थान आपसी कलह के अपशब्दों, भक्ति का स्थान तिकड़मों और पाखंड ने ले लिया था। सच्चे योगी वनों में निरंतर साधना कर रहे थे, जबकि ढोंगी बाबा लोग अपने शब्द-जाल से समाज के उद्धारक बने हुए थे।

किसी योद्धा को इन सब विकृतियों से लड़ना था, भटके हुए धर्माचार्यों को सही मार्ग पर लाना था, पाखंड को उजागर करना था, विद्वानों को व्यावहारिक समाधान में लगाना था, धर्मग्रंथों को मुट्ठी भर धर्माचार्यों और बुद्धिजीवियों के विमर्श की कैद से स्वतंत्र कर सामान्य जनमानस तक ले जाना था। यह कठिन था... समय के प्रवाह के विरुद्ध तैरना था, किंतु यह आवश्यक था।

□

सौभाग्य का आवास

भारत के दक्षिणी प्रायद्वीप पर नारियल और सुपारी के वृक्षों के झुरमुट में प्राकृतिक सौंदर्य की अनूठी भूमि है। ईश्वर का अपना देश, सौभाग्य का आवास—केरल, केरल के पश्चिम में अरब सागर की नीलाभ लहरों का सौंदर्य है, तो पूर्व में सदाबहार वृक्षों से शोभित पश्चिमी घाटों की पर्वतमाला।

केरल शब्द 'केरा', अर्थात् नारियल और आलय यानी घर से बना है। इसलिए हर कहीं नारियल के वृक्षों की कतारें हैं, घरों में आगे भी नारियल के पेड़ हैं और पिछवाड़े में भी। कहते हैं कि प्राचीन काल में यहाँ असुरराज महाबली का राज्य था। उनके पराक्रम से भयभीत देवताओं ने भगवान् विष्णु से असुरराज से मुक्ति का अनुरोध किया। भगवान् विष्णु ने वामन का अवतार लेकर महादानी महाबली से तीन डग पृथ्वी माँगी। महादानी महाबली ने सहर्ष उनको 'हाँ' कहा।

'हाँ' कहते ही वामन ने तीन डगों में पूरी पृथ्वी नाप ली। वचनबद्ध श्री बलि विष्णु की लीला समझकर भी अपने दान से पीछे नहीं हटे और संपूर्ण पृथ्वी वामन को दान देकर विष्णु कृपा से पाताललोक चले गए। तब से वे वर्ष में एक बार अपनी प्रजा से मिलने चार दिन के लिए केरल लौटते हैं और ये चार दिन उत्सव के दिन होते हैं, 'ओणम' उत्सव के।

एक और पौराणिक कथा केरल की उत्पत्ति के बारे में बताती है। भगवान् परशुराम ब्राह्मणों के रहने के लिए एक सुंदर, हरा-भरा स्थान चाहते थे। वरुण देवता के अनुरोध पर उन्होंने अपने कुठार को पर्वत की चोटी से भारत के दक्षिणी तट पर फेंका, उनके कुठार के मार्ग को समुद्र ने विनयपूर्वक रिक्त कर दिया और मालाबार तट (कन्याकुमारी से गोकर्ण तक) अस्तित्व में आया।

इसी मालाबार तट पर उन्होंने नंबूदरीपाद ब्राह्मणों को बसाया। नंबूदरी वास्तव में नामपुद्रि अथवा नामपुरि हैं, मलयालम में 'नाम्य' यानी विश्वास और 'पुरी' यानी पूर्ण अर्थात् जो ब्राह्मण शास्त्र विश्वास में पूर्ण है, वही 'नामपुरिया' नाममुद्रि ब्राह्मण है।

नामपुरी ब्राह्मण त्रावणकोर से कोचीन तक आदरणीय, पूजनीय, उच्च कुलीन माने जाते हैं।

वे भगवान् परशुराम के बनाए नियमों का दृढ़ता से पालन करते हैं, शारीरिक, धार्मिक पवित्रता और नैतिकता से वे समाज में सम्मानित हैं। श्रेष्ठ भूमियों के स्वामी होने से उन्हें धन-संपदा की कमी नहीं! मालाबार की धरती पर वे जीवित देवताओं की तरह आदर पाते हैं। नायर, पुलयार, वेदार, परिया, इलवाह, शनार, सभी उनके सम्मान के प्रति सजग रहते हैं।

प्रत्येक ग्राम में इनके आवास सबसे अच्छे भूखंडों पर विकसित 'अग्रहार' में होते हैं, जहाँ इन ब्राह्मण आचार्यों और पुजारियों के साथ ही मंदिर के सेवक, जैसे—माली, संगीतज्ञ आदि भी रहा करते हैं।

पूर्णा नदी के किनारे बसे कालड़ी ग्राम के अग्रहार में नारियल, केला, सुपारी और आम के वृक्षों से आती हुई शीतल हवा स्वर्गिक सुख दे रही है। तेज धूप से बेपरवाह पक्षी आम की घनी ठंडी छाया में शाखाओं पर बैठकर आपस में संवाद कर रहे हैं, केले के वृक्षों का यौवन भी पूर्णता पर है। झुंड-के-झुंड केले झूमर की तरह लटक रहे हैं और उनके बीच में बड़ा सा लाल फूल तितलियों को अपनी ओर खींच रहा है।

आज वैशाख महीने की पंचमी यानी पाँचवीं तारीख है और कालड़ी के प्रतिष्ठित अग्रहार के सबसे प्रतिष्ठित दंपती शिवगुरु और विशिष्टा के भव्य आवास में नवजात शिशु की किलकारियाँ गूँज रही हैं।

आज जनमा यह शिशु इस दंपती की मनुहारों और तपस्या का फल है। प्रसव शय्या पर प्रसन्न मन से नवजात शिशु को थपथपाती और निहारती माँ अपनी प्रसव पीड़ा भूल गई है। उनके मुखमंडल का आनंद और संतोष देखकर कोई भी उनसे ईर्ष्या करना चाहेगा। उनके सुंदर मुखड़े पर एक गरिमापूर्ण संतुष्टि का भाव है और उनकी पड़ोसिनें इन मंगल क्षणों में उनकी सेवा, सहयोग में तत्पर हैं।

हैरान तो उनके पति शिवगुरु हैं। पिता बनने का अनूठा अनुभव उन्हें सुखी कर गया है। वे आनंदित विजेता के भाव से ईश्वर के सामने कृतज्ञ हैं। कभी बाहर जाते हैं, जहाँ उनके सेवक पड़ोसियों, परिचितों को मिठाइयाँ बाँट रहे हैं, कभी भीतर आते हैं, जहाँ स्त्रियों की सत्ता है और वे उनका हास-परिहास सुनकर लज्जा से, संकोच से बाहर खदेड़ दिए जाते हैं।

बाहर उनके बंधु, मित्र, परिचित उन्हें पुत्र जन्म की शुभकामनाएँ दे रहे हैं, तभी भीतर से महिला संगीत की मधुर लहरियाँ बाहर तक गूँजती चली आई हैं। संपूर्ण अग्रहार में आज उत्सव है और हो भी क्यों न...सभी की शुभेच्छाएँ इस दंपती के साथ हैं।

उल्लास, आनंद, प्रसन्नता के ये क्षण इस सौम्य दंपती के जीवन में लंबी प्रतीक्षा के बाद आए हैं।

शिवगुरु के मन में उनका पारिवारिक इतिहास एक चलचित्र की तरह चलने लगा है।

उनके विद्वान् और सम्मानित पिता पंडित विद्याधर उन्हें शिक्षा के लिए गुरुकुल में छोड़कर आए थे। गुरुकुल में उनका अध्ययन पूर्ण होने का आज अंतिम दिन है। बहुत दिनों से एक विचार बालक शिवगुरु के मन को मथ रहा है। आज गुरुकुल का अंतिम दिन जानकर उन्होंने वह विचार गुरुजी के समक्ष निवेदन करने का साहस करना चाहा है, वे उनकी कुटिया में जा पहुँचे।

उन्होंने अपने गुरुजी को संध्यावंदन में लीन देखा, तो प्रणाम की मुद्रा में भूमि पर ही बैठ गए।

गुरुजी संध्यावंदन के बाद अपने आसन से उठे तो सामने उन्होंने अपने प्रिय शिष्य को प्रणाम की मुद्रा में देखा—'आयुष्मान भव:'

"वत्स शिवगुरु, तुम्हारी शिक्षा पूर्ण हुई, अब तुम अपने माता-पिता के पास लौटकर उन्हें प्रसन्न करो।"

"गुरुजी, मेरा मन तो सदैव आपकी छाया में पठन-पाठन, पूजन-भजन का है।"

"नहीं शिवगुरु...तुम्हारा ब्रह्मचर्य आश्रम पूर्ण हुआ, अब गृहस्थ आश्रम की बारी है। विवाह-संस्कार में विलंब उचित नहीं, तुम्हारे माता-पिता सहज ही वंश परंपरा कायम रखने के लिए तुम्हारा विवाह करना चाहेंगे। गृहस्थ आश्रम के बाद ही तुम संन्यास आश्रम का विचार करना।"

आचार्य का आदेश शिवगुरु को रुचिकर नहीं लगा, आचार्य ने भी शिष्य के मनोभाव को भाँप लिया और उसका कारण पूछा।

प्रणाम मुद्रा में शीश झुकाए शिवगुरु ने अत्यंत विनम्रता से निवेदन किया... "गुरुजी, आपने जो कहा, वह सत्य है, किंतु वेदों में यह भी तो कहा गया है कि जो संसार से विरक्त हैं, वे ब्रह्मचर्य से सीधे भी तो संन्यास आश्रम में जा सकते हैं। हाँ, जिन्हें संसार के भोग में आनंद मिलता है, वे गृहस्थ आश्रम में जाने के लिए स्वतंत्र हैं। मुझे बाल्यकाल से ही अध्यात्म में रुचि है, इसलिए मुझे ईश्वर भक्ति में डूबने दें।"

□

गुरु-शिष्य संवाद

"अरे शिवगुरु, देखो, तुम्हारे पीछे कौन है?" गुरु की आज्ञा मानकर शिवगुरु पीछे मुड़े तो अपने पूज्य पिता पं. विद्याधर को देखकर आश्चर्यचकित होते हुए चरण स्पर्श के लिए झुके। विद्याधर ने पुत्र को हृदय से लगा लिया। गुरुजी को शॉल, श्रीफल, दक्षिणा देकर शिवगुरु को घर ले जाने की अनुमति चाही।

अपनी अनिच्छा को मन में ही दबाकर शिवगुरु अपने गुरु और पिता की आज्ञा को शिरोधार्य कर पिता के साथ अपने घर लौट आए।

मार्ग में विद्याधर ने पुत्र के ज्ञान को परख लिया। वेद, उपनिषद् से होते हुए उनकी चर्चा दर्शन, अर्थशास्त्र, आयुर्वेद, विविध विषयों तक पहुँची।

पिता ने पुत्र को विद्धत्तापूर्ण पाया तो उनका सुख चौगुना हो गया। विद्याधर की प्रतिष्ठा में उनके पुत्र के पांडित्य, शील और आदर्श चरित्र ने चार चाँद लगा दिए।

शिवगुरु के सद्गुणों की महक पूरे इलाके में फैलने लगी तो संभ्रांत कुलों की कन्याओं के विवाह प्रस्ताव सहज ही आने लगे। उनके द्वार पर प्राय: रोज ही कोई-न-कोई आकर्षक प्रस्ताव उपस्थित होता।

विद्याधर और उनकी पत्नी ने इनमें से एक कुलीन वंश की कन्या को पसंद किया, जो अत्यंत रूपवान भी थी, नाम था 'विशिष्टा'।

यथासमय वेद मंत्रों के बीच शिवगुरु और विशिष्टा का विवाह संपन्न हुआ।

नवदंपती के जीवन का रथ वेद विहित मार्ग पर चल पड़ा। परस्पर प्रेम और समर्पण के सुरों से उनका जीवन संगीत बाँसुरी-सा मीठा हो गया।

वे ब्रह्ममुहूर्त में स्नान, पूजापाठ, संध्यावंदना, दान, अतिथि-सत्कार, स्वाध्याय, परोपकार के आनंद में डूबे रहते।

उनके सत्कर्मों से परिवार का वैभव, समृद्धि और यश दिन दूना-रात चौगुना बढ़ रहा था। ऐसे ही अनेक वर्ष बीत गए।

आनंद उत्सव में डूबे शिवगुरु और विशिष्टा दोनों आयु के उस मोड़ तक आ गए,

जहाँ यौवन विदा लेता है और प्रौढ़ता बालों की सफेदी बनकर झाँकने लगती है।

एक दिन केशों में बढ़ती सफेदी से चिंतित शिवगुरु की उदासी देखकर विशिष्टा बोली, "प्रियवर, एक बात कहनी थी।"

"हाँ-हाँ, कहो।"

"स्वामी, अभी तक हमारी बगिया सूनी है, सुनते हैं, शिव आशुतोष हैं। हम भगवान् शंकर की उपासना करें तो हमारा सूनापन दूर हो सकता है।"

"ठीक कहती हो, मैं तैयार हूँ।" पति-पत्नी आवश्यक व्यवस्था कर भगवान् शिव की आराधना के लिए श्री वृषाद्रि पर्वत पर पहुँचे। यहाँ भगवान् चंद्र मौलीश्वर की जीवंत प्रतिमा भक्तों की मनोकामना पूर्ण करती थी। पुत्र की कामना से पति-पत्नी भक्तिभावना से तपस्या में डूब गए। कई माह बीत गए, उनकी साधना दिनोदिन कठोर होती जा रही थी, अल्पाहार से फलाहार, फिर निराहार से उनके शरीर सूख रहे थे। मन में आस्था और विश्वास की बेल हरी हो रही थी।

एक दिन गहन निद्रा में पुत्र की कामना में तपते हुए शिवगुरु ने देखा, जटाजूटधारी भगवान् शिव प्रकट हो पूछ रहे हैं, 'वत्स, इतना कठोर तप क्यों...कहो क्या कामना मन में है?'

"भगवान्, मैं पुत्र का अभिलाषी हूँ..."

"पुत्र, मैं तुम्हारी तपस्या से प्रसन्न हूँ। कहो, कैसा पुत्र चाहिए?"

"प्रभु, मुझे एक दीर्घायु सर्वज्ञ पुत्र दीजिए।"

भगवान् ने हँसकर कहा, "सर्वज्ञ पुत्र चाहोगे तो वह दीर्घायु नहीं होगा और दीर्घायु पुत्र चाहो तो वह सर्वज्ञ नहीं होगा। बताओ, तुम किस प्रकार का पुत्र चाहते हो, सर्वज्ञ या दीर्घायु?"

"भगवान्, आप तो मुझे अपने जैसा यशस्वी, सर्वज्ञ पुत्र दीजिए।"

"तथास्तु, तुम्हारी मनोकामना पूर्ण होगी। मैं स्वयं ही तुम्हारे पुत्र के रूप में आऊँगा, तुम्हारी तपस्या पूर्ण हुई, अब अपने घर जाओ।"

शिवगुरु की नींद खुल गई। पत्नी को जगाकर अपना स्वप्न सुनाया। पति-पत्नी ने आनंद-विभोर होकर अपनी तपस्या का यज्ञ, पूजन, दान से विधिवत् समापन किया और खुशी-खुशी घर लौटे।

शिवगुरु और विशिष्टा की शिव भक्ति और प्रगाढ़ हो गई। सोते-जागते शिव वंदना में ही समय बीतता है। शिव भक्ति में डूबी विशिष्टा ने गर्भधारण किया। उनके मुखमंडल पर एक नई आभा, एक नया तेज दिनोदिन उभरने लगा। उन्हें दिव्यता का अनुभव होने लगा। कभी वह स्वप्न में स्वयं को श्वेत नंदी पर सवारी करते देखतीं, तो चौंककर जाग जातीं। एक दिन उन्होंने स्वप्न में स्वयं को शास्त्रार्थ करते और विजयी होते देखा। कभी

वह लोगों को अपनी आराधना करते देखती तो नींद से उठकर बैठ जाती। विशिष्टा के प्रसव का समय निकट आया देख शिवगुरु का ध्यान उनके खान-पान, सुख-सुविधा पर है। वे उनकी कांति को निहारते रहते। आज वैशाख शुक्ल पंचमी रविवार को शुभ मध्याह्नकाल में प्रसव पीड़ा के मध्य नवजात शिशु की किलकारियाँ गूँज रही हैं। नवजात शिशु की किलकारियाँ अतीत की स्मृति में डूबे शिवगुरु को आज के आनंद के उत्सव में वापस खींच लाई हैं। वे सोच रहे हैं, भगवान् शंकर के आशीर्वाद से प्राप्त बालक का नाम स्वाभाविक रूप से 'शंकर' रखना ही उचित होगा। कुलगुरु ने आकर नवजात शिशु की जन्मकुंडली बनाई तो विस्मृत होकर बताया, "शिवगुरु, आप अत्यंत भाग्यशाली हैं। आपके पुत्र में देवांश है, उसमें अवतार योग है।" शालीन शिवगुरु प्रसन्नता के क्षणों में और अधिक विनम्र हो रहे हैं।

□

मनमोहना शिशु

शिवगुरु और विशिष्टा का लाड़ला शिशु गोकुल के नंद बाबा और मैया यशोदा के लाड़ले की तरह सबकी आँखों का तारा बना हुआ है। कुल परिवार के सगे-संबंधी ही नहीं, पड़ोसी, हितैषी, मित्र, परिचित, जो भी इस नन्हे शिशु को देखता है, उसे गोद में लेने को व्याकुल हो जाता है। दमकता, उजला गौरवर्ण जैसे पूर्णिमा का चंद्रमा, बड़ी-बड़ी आँखें, जिन्हें कमल-नयन से कम कुछ न कहा जा सके, लंबी नासिका, सुंदर होंठ, उन्नत भाल, सुंदर कान, सुडौल शरीर, जैसे विधाता ने शिल्पकला के सारे मानदंड ध्यान में रखकर उसकी देह गढ़ी हो! उसकी चंचल मुद्राएँ, प्रसन्न बदन, स्मित, शीतल स्नेह रिक्त स्पर्श, सांगीतिक अंग संचलन सबके आकर्षण, लगाव और दुलार का केंद्र है। वह जागता तो माँ की गोद में है, लेकिन उसकी किलकारियाँ सुनकर पड़ोसिनें अपना काम छोड़कर उसे दुलारने आ जाती हैं और एक बार उसे अपने अंक में लेने के बाद ममता की कितनी ही धाराएँ वहाँ उमड़ पडती हैं कि जन्मदायिनी माँ को शिशु पाने के लिए बड़ा धैर्य रखना पड़ता है। शिशु शंकर सबके स्नेह का केंद्र है। घर-परिवार की किशोरियों का प्रिय खिलौना, जो भी आता है, उसे अपने अंक में भरकर दुलारना चाहता है। राह चलते ग्रामवासी उसे देखकर तृप्त होते हैं और जब नहीं देख पाते तो अगली बार तृप्ति की आशा मन में लिये चले जाते हैं। सुख के दिन जल्दी बीतते हैं। कब शुक्ल पक्ष आता है और कब कृष्ण पक्ष चला जाता है, किसी का ध्यान ही नहीं जाता; क्योंकि सबका ध्यान तो उस नन्हे शिशु शंकर पर है, जिसके होने भर से कालड़ी के आकाश में सदा पूर्णिमा ही बनी रहती है। शिवगुरु के ज्ञान, तपस्या और ब्राह्मणोचित तेज जैसे पुत्र को रक्त में ही मिला था, तो माँ की विनम्रता, सहजता, सुशांति उसके मुखमंडल को दीप्त करती थी। ऊर्जस्विता और चंचलता उसकी अपनी थी। पहले जन्मदिन के कुछ पहले वह अपने आप खड़ा होने और चलने लगा।

शिवगुरु अपनी पूजा में बैठते, तो नन्हा शंकर भी उनकी गोद में बैठकर मनोयोग से पूरी प्रक्रिया देखता। पिता का अनुगमन करते हुए देव स्नान, चंदन लेपन, अक्षत,

दूर्वा, पुष्प अर्पण सब करता। पिता साष्टांग करते तो नन्हा शंकर भी अपने नन्हे माथे को देव चरणों में रखकर साष्टांग हो जाता। आराधना में बैठकर शिवगुरु जब वैदिक मंत्रों को सस्वर गाते तो वह कौतूहल से सुनता और बाद में अपने तोतले स्वर में अटक-अटककर, जो शब्द पकड़ में आते, उन्हें दोहराता। पिता के सहचर्य में रोज वह कुछ नए शब्द सीखता। शब्द सीखते-सीखते वह सहज ही पूरे-के-पूरे मंत्र दोहराने लगा है। उसकी मेधा और स्मरणशक्ति शिवगुरु के स्नेह की छत्रच्छाया में प्रखर होने लगी। शिवगुरु इस शिशु को ईश्वर का उपहार मानते हुए वेद शास्त्र, उपनिषद् सबका ज्ञान धीरे-धीरे ऐसे ही देने लगे, जैसे उनकी सहधर्मिणी उसे दुग्धपान कराती थी। पति-पत्नी के संस्कारों का शिशु पर ऐसा असर हुआ कि दो वर्ष का होते-होते शंकर को कितने ही धर्मग्रंथ कंठस्थ हो गए। उसका सस्वर पाठ सुनकर देखनेवाले कहते कि पूर्वजन्म के संचित पुण्यों का प्रताप इस शिशु में मूर्तिमान है, तो दूसरे कहते, अभिमन्यु की शस्त्र विद्या की तरह ही इसने भी माँ के गर्भ में ही सारी शास्त्र विद्या सीख ली है। यह अनुमान सत्य के बहुत करीब था, क्योंकि शिवगुरु धर्मशास्त्रों का जो भी पारायण करते, अकसर अपनी अर्धांगिनी से उसकी विस्तृत चर्चा करते थे।

□

पिता का घर

मलयालम और संस्कृत दोनों भाषाएँ नन्हे शिशु को हृदयंगम हो रही हैं। शिवगुरु उपासना में बैठकर जो मंत्र गा रहे हैं, उन्हें नन्हे से शंकर ने बिना गलती किए जस-का-तस दोहरा दिया है। उसके नन्हे मुख से श्लोक सुनकर शिवगुरु ने पत्नी को आवाज दी।

पुकार सुनकर विशिष्टा देवी रसोई से पूजा-गृह में आई।

प्रसन्नवदन शिवगुरु ने बताया, "यह तो श्रुतिधर है, विशिष्टा!"

"कैसे स्वामी?"

"यह जो भी सुनता है, वह इसे याद हो जाता है, अभी मैं स्तुति में मंत्र बोल रहा था, तुम्हारे लाड़ले ने उसे जस-का-तस दोहरा दिया विशिष्टा!" गद्गद शिवगुरु बोले।

"मैं भी तो सुनूँ..."

"बेटे, फिर से सुनाओ..."

नन्हे शिशु ने जो सुना था, उस मंत्र को हू-ब-हू सुना दिया।

सुनकर पति-पत्नी आनंद से झूम उठे।

विशिष्टा ने उसे अपने हृदय से लगा लिया।

"मेरा शंकर, एक दिन आपका नाम उज्ज्वल करेगा, स्वामी।"

"हाँ विशिष्टा...ईश्वर की कृपा से यही होगा। आखिर मैंने भगवान् शिव से यशस्वी पुत्र ही तो माँगा थाँ।"

स्वप्न स्मरण करके पति-पत्नी क्षण भर को अपना आनंद भूल गए। एक अपरिचित भय और आशंका उनके मन-मस्तिष्क में उतर आई है। उन्हें याद आया कि उनके प्राणप्रिय पुत्र की आयु तो केवल आठ वर्ष है...केवल आठ वर्ष! इसमें दो वर्ष तो बीत गए हैं...हे ईश्वर...!

विशिष्टा ने शंकर को अपने हृदय से लगा लिया और मन में सोचा, 'स्वप्न तो स्वप्न होते हैं।' शिवगुरु रात-दिन ईश्वर की आराधना में लीन रहते हैं। पुत्र की

किलकारियाँ, भोली शरारतें, विलक्षणता उन्हें सुख देती हैं, किंतु उसकी अल्प आयु का स्मरण उनके स्वर्ग को क्षण भर में नरक बना देता है।

वे प्रतिपल आशा और निराशा के झूले में झूलते हैं, पछताते हैं कि मैंने स्वप्न में विलक्षण पुत्र क्यों माँगा? काश, मैंने दीर्घायु पुत्र माँगा होता, जो भले यशस्वी न होता, पर हमारे साथ तो रहता!

मानव-मन की तृष्णा उन जैसे विद्वान् व्यक्ति के भी हृदय का शूल बन गई है, उधर विशिष्टा रात-दिन पुत्र में खोई रहती है। संसार के रंग-मंच पर बाल-लीलाओं से ज्यादा रोचक कुछ नहीं होता।

अपने माता-पिता के सुख-दुःख से बेखबर नन्हा शिशु और उसकी प्रतिभा प्रतिदिन विकसित हो रही है। शिवगुरु सोच रहे हैं कि पाँचवें वर्ष में उसका उपनयन संस्कार कर उसे गुरुकुल भेज देंगे। पत्नी इतने नन्हे शिशु को भेजने के पक्ष में नहीं है, वह तो उसे एक क्षण के लिए भी दूर नहीं करना चाहती है। वह सोच रही है, समय आएगा, तब देखा जाएगा!

नन्हे शंकर ने पिता के सान्निध्य में मलयालम ग्रंथ पढ़ने प्रारंभ कर दिए हैं और खेल-खेल में पिता के अध्ययन कक्ष में रखे अधिकतर ग्रंथों के पन्ने पलट लिये हैं। शिवगुरु ने पुत्र को प्रतिदिन पढ़ाना प्रारंभ कर दिया है। पिता का स्नेह और शिक्षण दोनों साथ-साथ चल रहे हैं।

कभी-कभी विशिष्टा को लगता है, पतिदेव नन्हे शिशु को कुछ ज्यादा ही ज्ञान दिए डाल रहे हैं। तब वह परिहासपूर्वक नन्हे शिशु को अपनी गोद में उठा ले जाती है और शिवगुरु को भी अपना पाठन समेटना पड़ता है।

मनुष्य जीवन अनिश्चितता का दूसरा नाम है। पुत्र की अल्पायु की आशंका शिवगुरु को उनके अंतस में खोखला करती गई। एक दिन नन्हे शंकर को सोता छोड़कर विशिष्टा देवी ने नित्य की तरह ब्रह्ममुहूर्त में अपनी शय्या छोड़ी और पतिदेव के स्नान, भजन-पूजन की सामग्री व्यवस्थित कर रसोई में देवता का प्रसाद बनाने चली गई।

प्रसाद बनाकर जब वे पूजागृह में आई तो रोज की तरह पतिदेव को वहाँ नहीं पाकर स्नानगृह की ओर गई।

स्नानघर के सूनेपन ने उसे चौंका दिया, वह शिवगुरु की शय्या की ओर बढ़ी। पर उसे लगा, वह शय्या पर तो अब तक हो ही नहीं सकते! किंतु उसे दिखा पतिदेव तो शय्या पर ही हैं।

उसने आवाज दी, "स्वामी···स्वामी!"

पास जाकर हाथ से छुआ, हिलाया-डुलाया।

सब व्यर्थ, उनकी देह बर्फ सी शीतल महसूस हुई।

विशिष्टा देवी और नन्हे शंकर को अनाथ कर शिवगुरु तो परम शिव में विलीन हो चुके थे, रह गई है उनकी देह, जिससे लिपट-लिपटकर रोती हुई विशिष्टा देवी का करुण क्रंदन प्रातःकाल की शांति को भंग कर रहा है।

अड़ोसी-पड़ोसी, बंधु-बांधव सब उनके घर में हतप्रभ, दुःखी होकर आते जा रहे हैं। विशिष्टा की हँसती-खेलती गृहस्थी उजड़ गई है, वह सुख और संतुष्टि के स्वर्ग से वैधव्य के दारुण अंधकूप में गिर गई है। वज्रपात ऐसा ही होता है। दुःख के इस आघात को वह कैसे सहेगी ? वे बस रो सकती है, सो रो रही है।

घर के बाहर पुरुषों का जमावड़ा है, वे सभी दुःखी हैं। शिवगुरु सौम्य, सहयोगी, निर्मल व्यक्ति थे, उन्हें खोकर हर कोई दुःखी है।

बंधु-बांधव रो-धोकर उनकी अंतिम यात्रा के प्रबंध में जुट गए हैं। चिता की लपटों में शिवगुरु की देह भी निराकार में समा गई है।

कालड़ी आज दुःखी है, मौन, स्तब्ध।

पति के वियोग में अपना सिर पटकती हुई विशिष्टा को आज यह भी ध्यान नहीं है कि इस क्रंदन और कोलाहल से उनका नन्हा शिशु जागकर बैठ गया है। नन्हा शंकर यह समझने की चेष्टा कर रहा है कि उसके घर में इतने सारे लोग क्यों हैं ? उसकी माँ क्यों करुण स्वर में रो रही है ?

नन्हे शिशु को उठा देखकर एक महिला ने करुणापूर्वक उसे उठा लिया और ले जाकर विशिष्टा की गोद में बैठा दिया।

नन्हा शंकर अपनी भोली आँखों से माँ के आँसू देखकर अचानक अपनी नन्ही हथेलियों से उनके आँसू पोंछ रहा है।

महिलाएँ कह रही हैं, "विशिष्टा, अब मत रो। यह शिशु तुम्हें रोता देखकर सहम गया है। तुम इसकी ओर देखो, अपना दुःख तुम्हें भूलना है और हृदय पर पत्थर रखकर इस पौधे को बड़ा करना है।"

दुःख के गहन अंधकार में डूबी हुई विशिष्टा ने भावाकुल होकर नन्हे शंकर को अपने अंतःस्थल से लगा लिया है, वह अब भी रो रही है, पर बिना आवाज किए। नन्हे बालक के आँसू उनका कंधा गीला करते हुए पीठ पर बह रहे हैं। उसे चुप कराते हुए विशिष्टा ने अपने आँसू पोंछ लिये हैं।

शिवगुरु के अंतिम संस्कार का दृश्य हृदय-विदारक था। संबंधियों ने जब शंकर को गोद में उठाकर उसके हाथ से चिता में अग्नि दिलाई, तो भोला बचपन गंभीर था और सभी की आँखों में आँसू थे।

मृत्युभोज आदि कर्मकांड संपन्न होने के बाद, सांत्वना के दो शब्द कहकर, सगे-संबंधी अपने-अपने घरों को लौट गए हैं। अपने श्रीहीन घर में सफेद वस्त्रों में विशिष्टा

देवी अपने दुःख के पाताल में डूबती-उबरती रहती है।

उसकी पशुशाला के पशु भी दुःख की इस घड़ी में शांत रहना सीख गए हैं। शांत, संयत दिखाई देती विशिष्टा पति के दुःख से बुरी तरह टूट गई है। उसे तो अपने भोजन का भी ध्यान नहीं रहता, कुल देवता भी पूजागृह में दीप बुझे रहने से, अंधकार के आदी हो गए हैं।

अपने अकेलेपन से आक्रांत विशिष्टा, घर-द्वार का जिम्मा पड़ोसियों को सौंप, अपने पिता के गृह चली गई है, नन्हा शंकर उसके कंधे पर। पितृगृह में उसका स्वागत हुआ। उसे सांत्वना, दिलासा देने में किसी ने कोर-कसर नहीं छोड़ी। शंकर पर भी स्नेह की वर्षा हो रही थी। उसका मुंडित मुखमंडल सबको प्यारा लग रहा था, लेकिन उसे अपने घर की याद सताने लगी। अपने पिता को भी वह नित्य ही याद करता था और रोता था। माँ की स्नेहासिक्त गोद में उसे कुछ सांत्वना मिलती, लेकिन उससे काम कहाँ चलनेवाला था!

कुछ दिनों के बाद विशिष्टा को भी अपने घर की याद सताने लगी। उसे अपनी गायें स्वप्न में रँभाती दिखीं, तो वह अपने शिशु को लेकर वापस कालड़ी लौट आई है।

नन्हा शंकर घर आकर बहुत खुश है, वह रोटी लेकर गायों के पास गया। गायें भी उसे पहचानकर तृप्त हो गई हैं और उसके नन्हे हाथों से रोटियाँ खा रही हैं।

विशिष्टा ने बंद पड़े घर की साफ-सफाई की, उसे व्यवस्थित किया। उसका आगमन सुनकर बहुत से परिचित उससे मिलने आ रहे हैं। उसने अपने सेवकों से खेती का हाल-चाल भी जाना। यहाँ हर कोई उसके लौटने से खुश है।

पूजागृह के देवता भी सुबह-शाम दीप प्रज्वलित होने से आलोकित हो रहे हैं। विशिष्टा का दुःख उसके हृदय में है, जैसे भूगर्भ में जल है, ऐसे ही ढका हुआ है।

बालक शंकर उसके जीवन का सहारा है। उसे पाल-पोसकर बड़ा करना और पिता की तरह यशस्वी बनाना ही उसके जीवन का लक्ष्य बन गया है।

वह अब दोहरी भूमिका में है। वह माँ भी है और पिता भी। शिवगुरु की भूमिका में वह सुबह ब्रह्ममुहूर्त में उठती है, शिशु को भी उठाती हैं। उसे स्नान, पूजन कराने के बाद गाय का ताजा दूध देती है। फिर माँ-बेटे अध्ययन करते हैं। पठन-पाठन का क्रम जारी रहने से शंकर को स्वाध्याय का व्यसन होता जा रहा है, वह खेलता भी है, तैरना भी सीख गया है, पर स्वाध्याय में उसे आनंद की पूर्णता मिलती है।

वैधव्य के दारुण दुःख को सहन करते हुए विशिष्टा का जीवन एक अविचल दीपशिखा की तरह है। वह दुर्भाग्य के झोंके से प्रभावित हुई है, लेकिन बुझी नहीं है। संस्कार, शिक्षा, दृढ़ता बुरे दिनों में असली पूँजी की तरह काम आते हैं। शालीन विशिष्टा अपने विवेक से दैनिक समस्याओं के भँवर में अपनी जीवन नौका को धैर्यपूर्वक सुरक्षित

किनारे की ओर ले जा रही है। सभी उसके गुणों की प्रशंसा करते हैं। सुख-दु:ख के थपेड़ों में माँ के स्नेह की छाया में शंकर ने पाँचवें वर्ष में कदम रख दिए हैं।

विशिष्टा देवी ने पुत्र का उपनयन संस्कार विधिपूर्वक संपन्न कराया। नन्हा शंकर अब नन्हा यज्ञोपवीतधारी बटुक हो गया है।

अपने हृदय पर पत्थर रखकर विशिष्टा ने उसे गुरुकुल भेज दिया है, जहाँ वह अपने कुल और वंश के अन्य बालकों के साथ शिक्षा ग्रहण करेगा।

सिसकती विशिष्टा अब अपने घर के सूनेपन में पति और पुत्र दोनों के वियोग का बोझ उठाने को अभिशप्त है, पर हाँ, उसे आशा है कि उसका शंकर शीघ्र ही शिक्षा प्राप्त कर घर लौट आएगा।

वह संसार-सागर में हिचकोले खाती हुई उस नाव की तरह है, जिसका माँझी बीच धार में उसे साथ छोड़ गया है।

उधर शंकर गुरुकुल में जाते ही सबके स्नेह और आकर्षण का केंद्र है। वह अपनी आयु के अन्य बालकों से बहुत आगे है, उसकी स्मरणशक्ति, प्रखर प्रतिभा और ज्ञान सबको चमत्कृत किए हुए हैं।

वह वेद, उपनिषद्, आरण्यक, व्याकरण, अर्थशास्त्र, भूगोल, नाट्यशास्त्र सब जैसे पूर्व जन्म से या गर्भ में ही सीखकर आया हुआ लगता है!

वह बहुत रसपूर्ण कविताएँ लिखता है। उसकी समीक्षा और व्याख्या दंग करनेवाली है। वह गुरुकुल में सीखने आया है, लेकिन उसकी प्रतिष्ठा तो शिक्षक जैसी है।

□

गुरुकुल में

गुरुकुल की जीवनचर्या कठिन और अनुशासित है। घने वृक्षों से घिरे जंगलों के मध्य नारियल के पत्तों और मिट्टी से बनी कुटियों का समूह है। गुरुकुल प्रकृति की रमणीक गोद में एक प्रतिष्ठित शिक्षा केंद्र है। यहाँ सभी बालक गुरुजी के सान्निध्य में शिक्षा प्राप्त करते हैं। ब्रह्ममुहूर्त में उठना, गुरुजी का चरणस्पर्श कर उनका आशीर्वाद लेना, नित्यकर्म से निवृत्त हो पठन-पाठन में बैठना, उसके बाद भिक्षा के लिए अधिकतम पाँच घरों में जाना, प्राप्त भिक्षा आश्रम में जमा करना, नित्य का क्रम है। गुरुकुल की साफ-सफाई, पीने के लिए पानी लाना, भोजन बनाने के लिए जंगल से लकड़ी लाना, आश्रम की गायों की सेवा, यह सब शिष्यों के कर्तव्य हैं। यहाँ राजा का बेटा हो या प्रजा, सबको आश्रम के नियमों का बिना भेदभाव के पालन करना है। गुरुजी के लिए सभी शिष्य समान हैं। अल्पाहारी, मितभाषी, एकाग्र चिंतन और सेवाभाव यहाँ अनिवार्य गुण हैं।

गुरुकुल प्रमादियों के लिए नहीं है। गुरुजी स्वयं भी कठोर परिश्रम करते हैं, शिष्य अपने गुरु की सादगी और सदाचरण को अनुभव करते हैं, उससे प्रेरित होते हैं।

आज भी स्नान-ध्यान कर बालक शंकर भिक्षा के लिए समीप की बस्ती में आए हैं।

पहले घर के द्वार पर जाकर उन्होंने पुकार लगाई, "भिक्षां देहि।"

□

भिक्षां देहि कनकधारा–स्वर्ण वर्षा

भिक्षां देहि माता, भिक्षां देहि...की पुकार सुनकर गृहस्वामिनी के हृदय में हूक उठी। निर्धनता में अपनी भूख बुझाना ही कठिन है, घर में एक मुट्ठी अन्न भी नहीं है, जो दे दें तो द्वार की और धर्म की मर्यादा बनी रहे।

दुःखी गृहस्वामिनी ने घर के सारे कोने टटोल लिये, न धन था, न अन्न और द्वार पर वही याचना, एक बटुक के स्वर में फिर गूँजी 'माता, भिक्षां देहि'। ओह विधाता ऐसी विवशता! दुःखी माता ने कातर दृष्टि से फिर घर में खोजा तो चार दिन पहले का रखा एक सूखा आँवला नजर आया। डबडबाई आँखों से वही आँवला उठाकर देहरी तक आई तो देखा एक तेजस्वी विद्यार्थी विनय की मूर्ति बना भिक्षा की प्रतीक्षा कर रहा था।

काँपते हाथों और आँसू भरी आँखों से वह आँवला याचक की नन्ही हथेली पर रखते हुए वह पीड़ा और शरम से गड़ी जा रही थी, "वत्स, मेरे घर में बस अभाव और पीड़ा है, इसलिए तुम्हें देने के लिए मेरे पास और कुछ नहीं हैं।" नन्हे बटुक ने आदरपूर्वक वह आँवला अपने पात्र में रखते हुए क्षण भर में दारिद्रय का दर्शन कर लिया और अंदर तक करुणा का अनुभव किया, "माता, आप निर्धन होकर भी समृद्ध हैं, कुछ न होते हुए भी आपने मुझे यह आँवला दिया, यह दानशीलता ही आपका धन है। असली दरिद्र तो वह है, जो सबकुछ होते हुए भी दान करने में अक्षम है। माँ महालक्ष्मी शीघ्र ही आपका कल्याण करें।" नन्हे बटुक ने महालक्ष्मी का स्मरण कर उनका आह्वान किया। नन्हे बटुक के कंठस्वर का माधुर्य, करुणा में डूबा हुआ, पर हितकारी मन और देवभाषा में आह्वान महालक्ष्मी कैसे टालतीं? वे शंकर के अंतस में प्रगट हुईं और इस परिवार के पुण्य का खाता शून्य होने से कुछ कर पाने में असमर्थता जताई।

"जगज्जननी आपको क्या असंभव है?" "किंतु इनका पूर्वजन्मों का खाता शून्य है, तब भी इन्हें कुछ दूँ तो व्यवस्था का उल्लंघन है।" "माता, अभी-अभी इन्होंने मुझे आँवला दान दिया है, आप भी अपने भंडार से आँवले ही दे दें।" "तथास्तु!" कहकर बाल हठ पर मुसकराकर महालक्ष्मी अंतर्धान हो गईं।

सोते-सोते भी गृहस्वामिनी ब्राह्मणी की आँखों में उस सुंदर-सलोने, तेजस्वी विद्यार्थी की छवि तैरती रही। अहा! कितना मधुर कंठ है, कैसा तेज है, कैसी सुंदर मूर्ति है, सोचते-सोचते नींद आने लगी, तभी ओले गिरने जैसी आवाजें आईं। "हे···ईश्वर, बिना बारिश ओले!" वे बिस्तर छोड़कर आँगन में गई तो आँखें फटी रह गईं।

"हे ईश्वर, यह क्या है, यह सुनहरे आँवले,
आसमान से बरस रहे, यह कैसी संभव हैं,
ये तो स्वर्ण के प्रतीत हो रहे हैं,
हाँ, यह सोना ही है, हे महालक्ष्मी कल्याणी!
यह आपकी माया है या उस नन्हे याचक के कंठ से फूटे-कनकधारा स्तोत्र की?"

नन्हे शंकर का यह चमत्कार सर्वत्र चर्चा का विषय बन गया, जबकि यह तो केवल प्रारंभ था, एक सुनहरी शुरुआत!

□

माँ की स्नेहच्छाया

मेधावी शंकर ने दो वर्षों में ही गुरुकृपा से न्याय, सांख्य, मीमांसा आदि दर्शनों का अध्ययन पूर्ण कर लिया। उन्होंने बौद्ध, जैन, चार्वाक दर्शनों का विशिष्ट अध्ययन करते हुए इतिहास, पुराण, स्मृति को भी नहीं छोड़ा।

उनकी शिक्षा पूर्ण हुई जानकर गुरुजी ने उन्हें स्नेह सहित गुरुकुल से घर जाने की आज्ञा दे दी। शंकर के जाने की सूचना से गुरुकुल में उदासी का वातावरण है, उनके सहपाठी उनसे बिछुड़ना नहीं चाहते, सभी ने भरे मन से उन्हें विदा किया।

नन्हे विद्यार्थी के लौटने से कालड़ी में उत्सव का माहौल है। शंकर के बालसखा ही नहीं, उनके पड़ोसी, संबंधी भी गुरुकुल जीवन में उनके चमत्कारों की कथा सुनकर उनसे मिलने को व्याकुल हैं। दो वर्षों के बाद हर किसी को उत्सुकता है।

माँ विशिष्टा देवी के लिए तो जैसे आज दीवाली है। वे घर की देहरी पर अल्पनाएँ सजा रही हैं, सेवकों ने आम्र-मंजरियों के बंदनवार सजा दिए हैं, पवित्र केले के पत्तों से द्वार की चौखट को भी सजा दिया है···आखिर सबकी आँखों का तारा लौट रहा है!

शंकर ने आते ही माँ का चरण स्पर्श किया और माँ ने बेटे को हृदय से लगा लिया, "अरे शंकर···तुम तो दो साल में कितने बड़े लगने लगे हो और मजबूत भी!"

"हाँ माँ, गुरुकुल में विद्यार्थी बहुत सा शारीरिक श्रम भी करते हैं और हाँ माँ, वहाँ मैंने मल्ल विद्या भी सीख ली है। माँ, मेरी भुजाओं की कठोरता देखो, यह दो वर्षों के अभ्यास का फल है।"

माँ यह सुनकर हँस पड़ी और बोली, "कैसा गुरुकुल है, हमने तो तुम्हें शास्त्र पढ़ने भेजा था और तुम युद्धकला सीखकर आ गए!"

"माँ, गुरुजी कहते हैं, शास्त्रों की रक्षा के लिए शस्त्रों की भी आवश्यकता पड़ जाती है, इसलिए ब्रह्मचारियों को देह की पुष्टि और बाहुबल की भी चिंता करनी चाहिए।"

माँ-बेटे का यह मधुर संवाद संबंधियों और बालसखाओं के आने से सामूहिक वार्त्तालाप में बदल गया। मेल-मिलाप के बाद सभी भोजन के लिए बैठे। माँ ने शंकर के

मनपसंद पकवान बनाए थे, बेटे ने बालसखाओं के साथ उनका पूर्ण आनंद लिया। बेटे की तृप्ति देखकर विशिष्टा देवी परम तृप्त हुई।

भोजन के बाद माँ-बेटे ने सबको विदा किया और माँ गुरुकुल के अनुभवों के बारे में पूछ-पूछकर आनंदित होती रही।

अगले दिन से नन्हे ब्रह्मचारी ने मातृ-सेवा की भावना से माँ के कई काम अपने जिम्मे ले लिये। वे ब्रह्ममुहूर्त में जागकर माँ के कार्यों में हाथ बँटाते, फिर स्नान, पूजन, ध्यान, पठन-पाठन में लग लाते।

विशिष्टा देवी देखती कि उनका पुत्र अन्य बालकों से भिन्न है। वह प्रसन्न मन से माँ की सुख-सुविधा का पूर्ण ध्यान रखता है, वे अत्यंत सुखी अनुभव करने लगीं।

बालक शंकर का पांडित्य, वाग्मिता, तर्कशक्ति की ख्याति चारों दिशाओं में फैलने लगी। जिज्ञासु, ज्ञान-पिपासु उनके घर में एकत्रित होने लगे। वे बोलते तो लोग मंत्रमुग्ध हो जाते हैं, उनके तर्क किसी को भी अवाक् कर देते हैं।

भाषा-शैली, व्याकरण, शब्द चयन में उनकी निपुणता उनके ज्ञान से संयुक्त होकर ईश्वरीय प्रतीत होती है। बालक की बढ़ती ख्याति कुछ वरिष्ठ विद्वानों को भी कालड़ी के अग्रहार में शंकर के घर तक खींच रही है। सात वर्षीय बालक के मुँह से ज्ञान की गूढ़ बातें सुनकर कोई व्यास का अवतार कहता है तो कोई पंतजलि का। किसी को लगता है कि इस बार भगवान् गौतम बुद्ध बाल-ब्रह्मचारी के वेश में प्रकट हुए हैं, जितने मुँह उतनी बातें, उनके चमत्कारों की चर्चा हर ओर है।

कुछ सगे-संबंधियों के मन में ईर्ष्या का भाव भी है। वे उसे जादूगर या ढोंगी साबित कर नीचा दिखाने के लिए व्याकुल हैं और बालक का बढ़ता हुआ यश उनके हृदय में घृणा की अग्नि जैसा भभक रहा है।

□

नदी मार्ग बदलती है

धर्मप्राण विशिष्टा देवी प्रतिदिन ग्रामवासियों के साथ पैदल जाकर पूर्णा नदी में स्नान करती हैं। स्नान के बाद वे कुलदेवता केशव के मंदिर में पूजा-आराधना करती हैं, उसके बाद घर लौटती हैं।

ग्रीष्म ऋतु का सूर्य पूरी प्रखरता से तप रहा है। आज हवा भी शीतल नहीं है, बालक शंकर नित्य कर्म से निवृत्त होकर माँ की राह देख रहा है। रोज तो सूरज की किरण देहरी पर आने तक वे मंदिर से लौट आती थीं। आज तो धूप चौखट के ऊपर तक आ गई है, दिन चढ़ आया है, पर माँ नहीं लौटी हैं।

चिंतित बालक नदी की ओर चल पड़ा, उसे खुले में आते ही धूप की तेजी का एहसास हुआ, वह तेज-तेज कदमों से नदी की ओर बढ़ रहा है। माँ पता नहीं कहाँ हैं? आधा रास्ता पार करते हुए उसने देखा, माँ तो मार्ग में मूर्च्छित होकर पड़ी हुई है। वह दौड़कर गया, माँ की दशा देखकर उसे रोना आ गया। उनका चेहरा थपथपाया, उन्हें जल पिलाया, छाया में ले गया और थोड़ा ठीक होने पर हाथ पकड़कर धीरे-धीरे घर ले आया।

माँ को बिस्तर पर लिटाकर उनके पाँव दबाते हुए शंकर का मन बहुत दुःखी है, उनकी आँखों से आँसू झर रहे हैं। माँ के कष्ट से दुःखी शंकर ने दुर्बलता महसूस कर रही माँ को मीठा दूध पिलाया··· माँ को थोड़ा आराम मिला तो वे सो गईं।

बालक शंकर उठे और पूजा कक्ष में जाकर ईश्वर से प्रार्थना करने लगे, "हे ईश्वर···मैं अपनी माँ को इतने कष्ट में नहीं देख सकता, वे आपकी परमभक्त हैं। बिना पूर्णा में स्नान किए और आपका पूजन किए बिना वे अन्न का दाना भी नहीं खाती हैं। नदी घर से बहुत दूर है, इस भीषण जला देनेवाली धूप में भी वे नदी जाए बिना मानेंगी नहीं। हे प्रभु, कृपा करके नदी को मेरे घर के पास ला दीजिए, ताकि माँ को ऐसा कष्ट न हो।"

वे मन-प्राण से, पूरी एकाग्रता से, ईश्वर के समक्ष बार-बार यही प्रार्थना दोहरा रहे हैं, उनका बाल हठ है कि नदी उनके घर के पास आए, माँ को नदी तक जाने का कष्ट न हो।

उनकी प्रबल प्रार्थना का असर हुआ अथवा मौसम ने एक स्वाभाविक अँगड़ाई ली··· साँझ होते-होते बादल घिर आए, बूँदाबाँदी शुरू हो गई, जो जल्दी ही मूसलधार बारिश में बदल गई। आकाश में जैसे कोई युद्ध प्रारंभ हो गया, बादलों के नगाड़े बजने लगे, बिजलियाँ कड़क रही हैं, सूरज की तेज आग में तपती पृथ्वी को शीतल बूँदों की सौगात मिली, रात भर घनघोर पानी बरसा। माँ भी स्वस्थ होकर बारिश में ईंधन और घर के सामान को भीगने से बचाने में लग गई हैं।

बालक शंकर की आराधना रात्रि भर जारी रही। दूसरे दिन तो ऐसी बारिश हुई कि सूर्य देवता का कहीं अता-पता नहीं और पृथ्वी पर चारों ओर जल-ही-जल।

तीसरे दिन तो पूरा कालड़ी जलमग्न दिखाई देना लगा है, क्योंकि निरंतर बारिश से गाँव के बाहर बहने वाली पूर्णा जल से पूर्ण होकर गाँव में घुस आई है, लग रहा है कि जल प्रलय हो रही है। प्राण रक्षा के लिए ग्रामवासी प्रार्थना कर रहे हैं, मनौती मान रहे हैं, लोग बाढ़ से डरकर अपने घर-द्वार छोड़कर ऊँचे स्थानों की ओर जा रहे हैं।

गाँववालों की प्रार्थना ईश्वर ने सुन ली और चौथे दिन जल प्रलय रुक गई, बारिश थम जाने से लोगों की जान-में-जान आई। पूर्णा का जल स्तर भी कम होने लगा। जब बाढ़ का पानी पूरी तरह उतरा, तब लोगों ने देखा कि भीषण जल प्रवाह में पूर्णा ने अपना मार्ग बदल लिया है और शंकर के घर के पिछवाड़े उसका नया प्रवाह मार्ग कुल देवता कृष्ण के मंदिर की अर्ध परिक्रमा कर रहा है।

कृतज्ञ शंकर ईश्वर के सामने विनम्र मुद्रा में नतमस्तक हैं। उनके हृदय की पुकार को करुणामय ईश्वर ने सुना और स्वीकार किया, उन्हें इससे ज्यादा कुछ नहीं चाहिए। वे संतुष्ट हैं कि उनकी माँ को स्नान के लिए उतना दूर नहीं जाना होगा।

विशिष्टा देवी पुत्र के इस चमत्कार से स्तब्ध हैं। आश्चर्यचकित उन्होंने नदी को पास लाने की शंकर की प्रार्थना अपने कानों से सुनी थी, उसे बालमन की भोली कल्पना माना था, पर वह कल्पना ऐसे, इतनी जल्दी साकार होगी, यह कौन मान सकता था?

उन्होंने घर के पिछवाड़े खड़े होकर नदी के प्रवाह को देखते शंकर को पूछा, "पुत्र, यह तुमने कैसे किया?"

"माँ, मैंने नहीं, यह तो ईश्वर ने किया। मैंने तो बस प्रार्थना की।"

"नहीं शंकर, यह साधारण बात नहीं है। यह अलौकिक है···यह कैसे हुआ?"

"माँ, गुरुकुल छोड़ते समय आचार्य ने मुझे स्नेहपूर्वक यह गुरु मंत्र दिया था कि—

'ईश्वर से शुद्ध मन से जो कुछ भी माँगो, वे निराश नहीं करते। बस, माँग पूरे मन, पूरी आत्मा, पूरे विश्वास, पूरी तीव्रता के साथ होनी चाहिए।'

गुरुजी ने कहा था कि हम माँगने में कमी करते हैं, किंतु ईश्वर देने में कभी भी कमी नहीं करते।"

माँ, पुत्र के उत्तर से बहुत संतुष्ट नहीं थी, किंतु प्रत्यक्ष को प्रमाण की जरूरत भी कहाँ थी!

कालड़ी वासी जल्दी ही बाढ़ की तकलीफें भूल गए और नदी के गाँव के पास आ जाने का सुख लेने लगे। उनको पेयजल, स्नान, खेती सभी में सुविधा होने से उनके चेहरों की चमक बढ़ रही है। गाँव में कुछ लोग, जो विशिष्टा देवी के निकट हैं, उन्हें पूरी घटना ज्ञात है, वे शंकर के अलौकिक कार्यों को सराहना की दृष्टि से देखते हैं, ईर्ष्यालु लोग इसे सामान्य भौगोलिक घटना मानते हैं, जो नदियों के साथ कई बार घटती रहती है। प्रशंसा और निंदा दोनों से अप्रभावित शंकर तो इस बात से परम प्रसन्न है कि उनकी माता को स्नान के लिए दूर नहीं जाना पड़ रहा है।

□

राज-निमंत्रण

कालड़ी के चमत्कारी बालक की कीर्ति केरल राजा श्री राजशेखर के कानों तक न पहुँचती, यह कैसे संभव था! महाराज राजशेखर के दरबार में विद्वानों का विशेष सम्मान होता था। देश-दुनिया के पंडित और गुणीजन वहाँ सदैव आमंत्रित रहते थे। महाराज स्वयं शास्त्रज्ञ थे, शस्त्र और शास्त्र दोनों में निपुण होने से वे प्रजा में भी अत्यंत लोकप्रिय थे।

उनके राज्य के एक छोटे से गाँव में एक ब्राह्मण बालक अलौकिक क्रीड़ाएँ कर रहा है, उनके गुप्तचरों ने स्वर्ण आँवलों की वर्षा से एक गरीब ब्राह्मण परिवार के दुःख दूर करने की सूचना भी उन्हें पूर्व में दी ही थी। अब नदी का प्रवाह बदलने का समाचार मिलते ही राजा उस बालक को देखने की इच्छा के वशीभूत हैं।

उन्होंने अपने विश्वसनीय मंत्री को अनेक उपहारों और एक सुंदर सुसज्जित हाथी के साथ कालड़ी भेजा। मंत्री जब राजकीय सैनिकों के दल-बल के साथ कालड़ी पहुँचे तो उस छोटे-से गाँव में हलचल मच गई।

कौतूहल से भरे ग्रामवासियों ने राजकीय दल को बालक शंकर के आवास की ओर बढ़ते हुए देखा, तो वे भी उसी ओर चल पड़े।

मंत्री ने अत्यंत सम्मान सहित बाल-ब्रह्मचारी शंकर को महाराज का आमंत्रण दिया और उनकी सेवा में रत्नों का स्वर्ण जड़ित थाल प्रस्तुत किया।

बालक शंकर ने विनम्रता, किंतु दृढ़ता के साथ कहा—

"हे कल्याणदाता, भिक्षा ही हमारी जीविका है, ओढ़ने के लिए मृगचर्म है, गुरु सेवा तथा संध्या वंदन ही हमारा कर्तव्य कर्म है। ऐसी शिक्षा हमें वेदों एवं शास्त्रों से मिली है। अपने कर्म को छोड़कर हाथियों के पुरोगामी कुत्सित विषय भोगों से हमें क्या लेना-देना है? जिस प्रकार आप आए हैं, उसी प्रकार प्रसन्नतापूर्वक आप लौट जाइए।"

उन्होंने एक पल का विराम लिया। मंत्री और दरबारी उनके तेजस्वी मुख को ही देख रहे थे। उन्होंने आगे कहा, "हमें बुलाने की अपेक्षा राजा का यह कर्तव्य है कि

धर्ममार्ग में रत चतुर्वर्णों की प्रजा को उनकी जीविका का अच्छा प्रबंध कर उन्हें ऋणमुक्त बना दें तथा सभी को स्वधर्म पालन की शिक्षा दें।"

मंत्री समेत सभी राजपुरुष उन्हें प्रणाम कर वापस राजधानी लौट गए। महाराज राजशेखर यह विवरण सुनकर स्वयं ही कालड़ी की ओर चल पड़े। उनके दरबार में आनेवाले संत भी किसी-न-किसी आशा से ही आते थे। यह बालक तो अद्भुत है, उसके विचार निर्भयता का और आचरण अनासक्ति का प्रमाण है।

महाराज जब कालड़ी पहुँचे तो बालक शंकर के सात्त्विक तेज को देखकर दंग रह गए। उन्होंने देखा—गौरवर्ण, सुदर्शन बाल-ब्रह्मचारी कंधे पर यज्ञोपवीत तथा देह पर कृष्णमृग चर्म धारण किए हुए शास्त्र पाठन कर रहे ब्राह्मणों के मध्य सुशोभित हो रहे हैं।

बालक शंकर ने गरिमापूर्वक महाराज का यथोचित सत्कार किया। केरल राजा को कुछ ही पलों में शंकर के ज्ञान की प्रौढ़ता, मौलिक चिंतन क्षमता और उज्ज्वल भविष्य की थाह मिल गई।

वे उनकी शब्द शक्ति, सरस काव्य रचना और नवीन विचारों से बहुत प्रभावित हुए। उनसे विदा लेते समय राजा ने सहस्रों स्वर्ण मुद्राएँ उन्हें सौजन्यवश भेंट कीं, किंतु शंकर ने विनम्रतापूर्वक उन्हें अस्वीकार कर दिया।

जब राजा ने पुन: हाथ जोड़कर ग्रहण करने की प्रार्थना की तो निर्लिप्त शंकर यों कहने लगे, "महाराज, मैं ब्राह्मण और ब्रह्मचारी हूँ। स्वर्ण मुद्राएँ मेरे किसी काम की नहीं हैं। मेरे और मेरी माता के पालन के लिए पूर्व से जो संपत्ति हमारे पास है, वह पर्याप्त है।"

बालक शंकर का यह अपरिग्रह और त्याग देखकर वह दानवीर राजा राजशेखर भी आश्चर्यचकित हो गए है।

उन्होंने कहा, "हे श्रेष्ठ ब्राह्मण, आप आयु से भले ही बालक प्रतीत होते हैं, किंतु वास्तव में आपकी विद्वत्ता और अपरिग्रह ज्ञानवृद्ध होने का प्रमाण हैं, किंतु मैं तो आपको दान करने का संकल्प करने के बाद वापस ले नहीं सकता, आप भले ही इसे सुपात्रों में बाँट दें।"

विनम्र शंकर गरिमापूर्वक बोले, "हे राजन्, आप देश के राजा हैं, विद्यादान ब्राह्मण का धर्म है। धनदान तो राजा का कर्म है, आप ही इसे सुपात्रों में बाँट दीजिए।"

बालहठ के सामने राजहठ ने हार मान ली। महाराज राजशेखर ने ब्राह्मणों में वह धन बाँट दिया। आचार्य को प्रणाम कर महाराज राजधानी लौट रहे हैं।

उनकी अंतरात्मा प्रसन्न है, आज वे एक ऐसे अद्भुत व्यक्ति से मिलकर लौट रहे हैं, जिसकी प्रतिभा का दिनमान शीघ्र ही पूरे भारतवर्ष को आलोकित करनेवाला है। इस बात का अनुमान वे अच्छे से लगा पा रहे हैं, उन्हें आनेवाले युग का आभास आज हो गया है।

उन्होंने मन में संकल्प कर लिया है कि वे निरंतर इस बाल-ब्रह्मचारी के संपर्क में रहेंगे। महाराज स्वयं एक रसज्ञ और निपुण लेखक हैं। साहित्य-कला-संस्कृति-अध्यात्म से राजनीति तक आज जितना बढ़िया संवाद इस बालक ने किया है, वह असाधारण है।

वे कब से किसी गुरु की तलाश में थे, जो उन्हें उनके राजा होने की परवाह किए बिना एक सहृदय मनुष्य के तौर पर मार्गदर्शन दे। संवाद कर सके···आज लगता है, वह कमी पूरी हो गई।

महल में लौटकर आए तो उनके स्वजनों ने उन्हें घेर लिया। सबकी एक ही जिज्ञासा है···कालड़ी का चमत्कारी बालक···आज सब उसी के बारे में जानना चाहते हैं।

महाराज ने विस्तार से सारा किस्सा कह सुनाया। किस्सा सुनकर जिज्ञासा शांत नहीं हुई, बल्कि और भड़क गई है। महाराज को नींद आती देख ही वह कथागोष्ठी स्थगित हुई। महाराज तो यात्रा की थकान के कारण शीघ्र ही नींद में चले गए, किंतु जागनेवाले श्रोता मन-ही-मन उस सुदर्शन बालक के दर्शन की योजना बना रहे हैं।

उधर कालड़ी में शंकर के द्वार पर कौतूहल से भरे आगंतुकों की भीड़ लगी रहती है। जाने कहाँ-कहाँ से, कितने ही श्रद्धालु उनके दर्शन की कामना लिये चले जाते हैं। कालड़ी में दर्शनार्थियों का मेला सा लगने लगा है। वेदांत के विद्यार्थी, अध्यात्म के अन्वेषक, शास्त्रविद् तो बहुत दिनों से आ रहे थे, अब तो सांसारिक कष्टों की मार खाए लोग भी उनके पास लाभ की आशा से आने लगे हैं। निर्धन व्यक्ति धन की चाह में, धनी व्यक्ति और अधिक धन की प्यास में, राजदंड से पीड़ित क्षमा की आस में, सुबह से शाम तक उन्हें घेरे रहते हैं। वे सबसे मिलते हैं, सबको धैर्यपूर्वक सुनते हैं, सबका निदान करते हैं। उनकी मृदु वाणी और आत्मीय व्यवहार से आधी पीड़ा तो स्वयं चली जाती है, शेष तो प्रारब्ध है, कर्मों का फल है।

□

ज्योतिषियों का आगमन

आज भी प्रात:काल से श्रद्धालुओं का ताँता लगा हुआ है, वे दु:खी जनों का कष्ट हरण कर रहे हैं, तभी कुछ भविष्यद्रष्टा ब्राह्मण उनके घर आए। विशिष्टा देवी और शंकर ने अतिथियों का यथायोग्य सत्कार किया। सत्कार के बाद शंकर अन्य श्रद्धालुओं से मिलने लगे। इन अतिथियों ने शंकर की जन्मपत्री देखने की इच्छा प्रगट की। माता विशिष्टा देवी ने उन्हें आदरपूर्वक अपने पुत्र की जन्मपत्री दे दी।

उन्होंने जन्मपत्री का अध्ययन कर गणना में लगे ज्योतिषियों से पूछा, "हे विद्वान् ब्राह्मणदेव, आप इतनी देर से बार-बार क्या गणना कर रहे हैं? कृपया मेरे बेटे का भविष्य बताएँ।"

विशिष्टा देवी के प्रश्न के उत्तर में उनमें से एक ने बोलना प्रारंभ किया—

"हे देवी, आपका पुत्र अत्यंत गौरवशाली है, क्योंकि इनके जन्म लग्न में अवतार योग है, ये महान् परिव्राजक होंगे।"

धड़कते हुए सशंकित हृदय से विशिष्टा देवी ने पूछ ही लिया, "आप तो आयु रेखा बताइए, कितनी लंबी है?"

ज्योतिषियों ने बताया, "देवी, आपके यशस्वी पुत्र की आयु विधाता ने बहुत कम लिखी है। आयु के आठवें, सोलहवें और बत्तीसवें वर्ष में मृत्यु योग है।"

यह सुनकर विशिष्टा देवी अत्यंत दु:खी हो गईं। शंकर उनकी एकमात्र संतान है और जीवन का सहारा भी।

माता का दु:ख देखकर पंडितों ने कहा, "आपके पुत्र का आठवें वर्ष का मृत्युयोग तपबल से टाला भी जा सकता है, किंतु सोलहवें वर्ष के मृत्युयोग का खंडन तो ईश्वर की अनुकंपा पर ही निर्भर है।"

पुत्र को खो देने की आशंका मात्र से विशिष्टा देवी की आँखों से आँसुओं की धार बह निकली। उन ज्योतिषविद् ब्राह्मणों ने विशिष्टा देवी को खूब धीरज बँधाया, पर उनके आँसू नहीं रुके।

ब्राह्मणों के जाने के बाद शंकर ने सारा घटनाक्रम जानकर तपस्या हेतु संन्यास लेने का निश्चय किया। वह आठवें वर्ष में थे, उनका मृत्युयोग समीप था। उनके हृदय में संन्यास लेने की लौ जग गई, जो माँ के बुझाने पर भी नहीं बुझी। वह रोज माँ से संन्यास की अनुमति माँगते हैं, माँ उन्हें रोज मना कर देती है। वे अपनी इच्छा और माँ की आज्ञा के बीच झूला झूल रहे हैं।

□

पूर्णा प्रसंग

पूर्णा नदी कालड़ी गाँव की जीवन-रेखा है और सभी गाँववालों के उल्लास, उत्सव और आनंद का केंद्र भी। महिलाएँ और पुरुष ब्रह्ममुहूर्त से ही नदी में नहाना शुरू कर देते हैं। बच्चे पानी में मछली की तरह तैरते हैं। तीज-त्योहारों पर भी पूर्णा में खूब धूम-धड़ाका होता है। छोटी-छोटी डोंगियों की दौड़ स्पर्धा भी नदी पर ही होती है। सूरज नदी में से ही निकलता है और दिन भी नदी में ढलता है। जाने कहाँ-कहाँ की स्त्रियाँ नदी किनारे पानी भरते हुए अपने साज छेड़ती रहती हैं और जाने किस परी लोक से नन्ही-नन्ही रंगीन तितलियाँ आकर नदी के किनारे झुंड-के-झुंड में मँडराती रहती हैं।

आज भी ब्रह्ममुहूर्त में विशिष्टा देवी जागीं, बालक शंकर पहले से ही जागा हुआ माँ के उठने की प्रतीक्षा में था। जल्दी ही माँ-बेटे नदी में स्नान के लिए चल पड़े। किनारे पर पहुँचकर घाट के लिए नीचे उतरते हुए विशिष्टा ने पुत्र के सिर को थपथपाते हुए कहा, "शंकर, गहरे पानी में मत जाना।" "क्यों माँ?" अपनी बड़ी-बड़ी आँखों में आश्चर्य के भाव के साथ बालक ने पूछा, "बेटा, कल संध्याकाल में एक गाय का बछड़ा तैरते हुए उधर गया था तो उसे मगर ने पकड़ लिया। नदी में मगर आ गया है, ऐसा गाँववाले कह रहे हैं।" "ठीक है माँ, मैं सतर्क रहूँगा।" नदी में उतरते हुए माँ-बेटे ने हाथ जोड़कर पवित्र पूर्णा को प्रणाम किया, उसके बाद माँ महिलाओं के नहानेवाले घाट पर चली गई और शंकर बच्चोंवाले घाट पर पहुँचे। शंकर की मित्रमंडली पहले से पानी में मौजूद थी। डुबकी लगाने और पानी में देर तक साँस रोकने की दैनिक स्पर्धा चल रही थी। शंकर को देखते ही सारे बाल गोपाल प्रसन्न हो गए, "आओ-आओ···अब आए हैं विजेता!" कोई बालक दोनों हाथों से पानी उछाल रहा था, तो कोई नदी में पेट के बल लेटकर छपाक-छपाक मचाए हुए था। शंकर भी प्रसन्न मन से बाल-मंडली की जलक्रीड़ा में शामिल हो गया। माँ नहाकर बाहर आ गई। शंकर अपनी मित्रमंडली के साथ नहा ही रहे थे कि अचानक वहाँ तेज उथल-पुथल हुई और घबराए हुए बच्चों की चीख-पुकार सुनकर सब उस ओर दौड़े। शंकर चिल्ला रहे थे, "माँ···माँ···बचाओ, मुझे मगर ने पकड़ लिया

है।" अन्य बालक भी चीखने लगे। व्याकुल माँ पुत्र को बचाने के लिए नदी में कूदी, साथ ही नदी में नहा रहे दूसरे लोग भी उस ओर बढ़े, लेकिन मगर की पकड़ से शंकर को छुड़ा न सके। शंकर मुक्त होने के लिए हाथ-पाँव चला रहे थे, किंतु मगर उनको गहरे जल में खींचने लगा। त्रस्त शंकर ने माता से कहा, "माँ, यह मगर मुझे खींचे ले जा रहा है, शायद मेरा अंतिम समय आ गया है, आपने तो मुझे संन्यास की आज्ञा नहीं दी, बिना संन्यास के मुक्ति नहीं होती। आप मुझे अब भी संन्यास की आज्ञा दे दें तो मैं श्रीभगवान् का स्मरण कर आतुर संन्यास ले लूँ, इससे मेरी मुक्ति होगी।"

मगर के जबड़े में फँसे हुए शंकर के बचने की कोई आशा न देखकर रोती हुई माँ ने कहा, "वही हो बेटा, मैं आज्ञा देती हूँ, तुम संन्यासी हो जाओ।"

माता की आज्ञा पाकर शंकर ने मन-ही-मन इष्ट देवता के चरणों में प्रार्थना कर संन्यास ग्रहण किया और उनकी आँखें मुँदने लगीं। तब तक गाँव के मछुआरों ने मगर को घेर लिया। उनके डंडों और जाल से घबराकर मगर ने शंकर को छोड़ दिया और भागने लगा। गाँववाले माँ-बेटे को किनारे पर ले आए। माँ बेहोश थी और घायल शंकर खून से लथपथ। गाँव के वैद्यजी ने घाव साफ कर जड़ी-बूटी का लेप लगा दिया, जिससे खून बहना रुक गया। गाँववाले माँ-बेटे को घर छोड़ गए। शंकर ने माँ से कहा, "माँ, मैंने तो संन्यास ले लिया है। संन्यासी के लिए घर में रहना वर्जित है। मैं अब वृक्ष के नीचे रहूँगा।"

"यह क्या कह रहे हो, बेटा? अभी तो तुम बच्चे हो, घर छोड़कर कैसे रहोगे? मैं भी कितने दिन जीवित रहूँगी, मेरे मरने के बाद तुम घर छोड़ देना। जब तक मैं जीवित हूँ, तब तक मेरे साथ रहो। मेरे प्रति भी तो तुम्हारा कुछ कर्तव्य है।" शंकर बोले, "माँ, आपकी आज्ञा से मैंने आतुर संन्यास ग्रहण किया है। अब पीछे हटूँ तो आपकी आज्ञा असत्य होती है, इसलिए घर तो मुझे छोड़ना ही होगा।"

"बेटा," विशिष्टा देवी लंबी साँस लेकर बोलीं, "तुम्हारे बिना मेरा भरण-पोषण कौन करेगा, मैं किसके सहारे जीवित रहूँगी, अंत में मेरी सेवा कौन करेगा और कौन मुझे अग्नि देगा?" कहते-कहते विशिष्टा देवी रोने लगी।

"माँ, आप दुःखी न हो, जिसने मुझे मगर के मुँह से बचाया, वही ईश्वर आपकी और मेरी रक्षा करेगा। आपकी सब जरूरतें इस संपत्ति से पूरी हो जाएँगी। आप अपने अंतिम समय में मुझे स्मरण कर लेना, मैं आपको वचन देता हूँ, मैं तत्काल आपकी सेवा में उपस्थित हो जाऊँगा और आपको इष्ट दर्शन कराऊँगा। माँ, आप धीरज रखें और प्रसन्न मन से मुझे आशीर्वाद दें, जिससे मेरा संन्यास और जन्म सार्थक हो।"

विशिष्टा देवी को शंकर के जन्म की कथा का स्मरण हो आया। बेटे की जिद को ईश्वर की इच्छा मानकर वह बोली, "ठीक है बेटा, मेरा पूरा आशीर्वाद तुम्हारे साथ है।

तुम्हारा मनोरथ सफल हो।" यह कहकर माँ ने बेटे को हृदय से लगा लिया और सिसकने लगी। प्राणों से भी प्यारे बेटे के गृह-त्याग की पीड़ा उनका मर्म भेद रही थी। यह आँसू उसी अपार पीड़ा और विवशता की उपज थे। शंकर ने अपने हाथों से माँ के आँसू पोंछे और कहा, "माँ, शास्त्रसम्मत ढंग से मेरे संन्यास ग्रहण का आयोजन कीजिए। मुझे दंड-कमंडलु, काषाय वस्त्र, कोपीन धारण करने होंगे, इनका प्रबंध कर दीजिए। माँ, मैं चाहता हूँ, आप अपने हाथों से मुझे संन्यासी का वेश दें।"

"ठीक है बेटा, तुझे दूल्हा बनते देखना मेरे भाग्य में विधाता ने नहीं लिखा। मैं अभागी तुझे अब संन्यासी के रूप में सजाऊँगी।" कहकर विशिष्टा देवी ने अपने आँसू पोंछे, शीतल जल से हाथ-मुँह धोया, ईश्वर के सामने सिर झुकाया और संन्यास के आयोजन की तैयारी में जुट गईं। रात में सोने के पहले तक सभी सामग्री इकट्ठी हो गई। सुबह होम-हवन करने के बाद माँ ने आँसू भरी आँखों से अपने प्राण प्यारे बेटे को दंड, कमंडलु, कोपीन, काषाय वस्त्र देकर संन्यासी वेश में देखा।

ग्रामवासी भी सुकुमार शंकर को इस नए वेश में देखकर आश्चर्यचकित हुए और सारा घटनाक्रम अपने-अपने ढंग से कहने-सुनने लगे।

पूर्व दिशा से सूर्यदेवता के सातों घोड़े क्षितिज पर प्रकट हो रहे थे, पर कालड़ी के आकाश तले एक नन्हे संन्यासी की छाया कुलदेवता के मंदिर की ओर बढ़ रही थी।

मंदिर में कुलदेवता के समक्ष बैठते हुए उन्हें श्रद्धा और भावना से प्रणाम निवेदन किया। मस्तिष्क में स्मृतियों के तूफान उमड़ रहे थे।

पूजा-अर्चना के बाद वे उठकर बाहर आए। पुजारी ने मंदिर की जर्जर अवस्था का ध्यान दिलाया। उन्हें वह स्वप्न ध्यान आया, जिसमें कुलदेवता ने इस मंदिर से अन्यत्र जाने की इच्छा की थी, क्योंकि नदी के पानी के थपेड़ों से मंदिर जर्जर हो रहा था।

अपने पीछे चल रहे ग्रामवासियों की सहमति से उन्होंने मंदिर के गर्भगृह से कुलदेवता की प्रतिमा को सादर उठाया और एक ऊँचे सुरक्षित स्थान पर प्रतिष्ठित कर ग्रामवासियों से मंदिर यहाँ बना देने का निवेदन किया। सबको प्रणाम कर शंकर ने अपने ग्राम की सीमा को छोड़ा तो माता और ग्रामवासी सभी बिलखने लगे। किंतु नन्हे संन्यासी ने सबको सांत्वना देते हुए विदा ली।

कालड़ी की दशा आज उस अयोध्या जैसी थी, जो अपने राम को वनवास के लिए जाते हुए देख रही थी।

□

गुरु की खोज

कालड़ी के गृह-त्यागी किशोर को अब विधिवत् आनुष्ठानिक संन्यास की दीक्षा लेनी थी और अपने गुरु की खोज भी करनी थी। केवल उन्हें ही पता था कि उनकी कालड़ी से प्रारंभ हुई इस यात्रा का दूसरा सिरा सहस्रों योजन दूर पवित्र नर्मदा नदी के किसी अज्ञात तट पर उस गुफा में हैं, जहाँ गोविंद पादाचार्य कई युगों से तपस्यारत हैं।

लेकिन कहाँ है यह नर्मदा का मार्ग, कालड़ी में किसी को पता नहीं था। जिससे भी पूछा, उसने यही कहा कि उत्तर दिशा में है। बनारस जाओ तो बनारस के काफी पहले घने जंगलों में तुम्हें जरूर नर्मदा मिलेगी।

किशोर शंकर उत्तर दिशा की ओर चलते जा रहे हैं। उनके मनोमस्तिष्क में अचानक गुरुकुल की स्मृति जीवंत हो गई है, गुरुकुल का वह दिन उनकी स्मृति में उभर रहा है, जिस दिन वे महर्षि पंतजलि के महाकाव्य का सस्वर पाठ कर रहे थे। उनके स्वर के ओज, लय और तन्मयता से गुरुजी भाव-विभोर हो गए। उन्होंने बालक शंकर को बताया, "शंकर, जिन महर्षि पतंजलि के महाकाव्य का तुम पाठ कर रहे हो, यदि चाहो तो उनके दर्शन भी कर सकते हो।"

बालक शंकर ने उल्लास सहित पूछा, "गुरुजी, यह कैसे संभव है? महर्षि पतंजलि तो एक प्राचीन ऋषि हैं। उनका जन्म तो कई युगों पूर्व हुआ था, अब मैं उनके दर्शन कैसे कर सकता हूँ?"

गुरुजी ने उत्तर दिया, "प्रिय वत्स, तुम्हारे सौभाग्य से महर्षि पतंजलि पुनः अवतरित होकर एक गुफा में अनेक वर्षों से समाधिस्थ हैं। वे इस जन्म में गोविंद पादाचार्य के नाम से विख्यात हैं। वे महायोगी, महाज्ञानी, तत्त्वज्ञ हैं तथा अद्वैत वेदांत में दृढ़ता से प्रतिष्ठित हैं।"

गुरुजी ने स्नेहपूर्वक आगे कहा, "शंकर, यद्यपि तुम मेरे शिष्य हो। मैंने तुम्हें यथासंभव सबकुछ सिखाया है, तब भी मेरे ज्ञान की एक सीमा है। मैं चाहता हूँ, तुम गुरु गौड़ पादाचार्यजी के शिष्य श्री गोविंद पादाचार्य के शिष्य बनकर पूर्णता को प्राप्त करो।"

नन्हे शंकर ने उसी दिन गोविंद पादाचार्य को अपना भावी गुरु रूप में वरण कर लिया था। संन्यास ग्रहण के कुछ दिन पूर्व का वह स्वप्न भी उनकी स्मृति में है, जिसमें कुलदेवता अच्युत भगवान् श्रीकृष्ण ने उन्हें कालड़ी त्यागकर नर्मदा तट जाकर योगी गोविंदपाद का

शिष्य बनने को कहा था। वे उन्हीं की खोज में आज उत्तर भारत की ओर चल पड़े थे।

उत्तर दिशा में आगे बढ़ते शंकर को जो देखता, वह आश्चर्यचकित हो जाता। आठ वर्ष का सुकुमार बालक, घुटा हुआ सिर, गेरुआ वस्त्र, हाथ में दंड-कमंडलु, पाँव में चरण पादुका, माथे पर तिलक, नेत्रों में दैवी तेज, पैदल-पैदल एक अनंत यात्रा पर निकल पड़ा है।

इस अद्‌भुत सुदर्शन और सौम्य बालक को राह में जो भी देखता, ठगा सा रह जाता। ऐसा बाल-ब्रह्मचारी वे पहली बार देख रहे थे। जो स्त्रियाँ उन्हें देखतीं, उनका हृदय मुँह को आ जाता। वे कहतीं, 'हे राम, कौन माता-पिता इतने निर्दयी हैं, जिन्होंने अपने इतने नन्हे बालक को खेलने-कूदने की आयु में तपस्वी बनने दिया?'

शंकर का सुंदर बाल-संन्यासी स्वरूप सहज स्नेह और प्रशंसा का पात्र था, किंतु इससे अप्रभावित शंकर आत्मलीन रहते हुए सर्वभूतात्मा भुवन मंगल का ध्यान करते हुए आगे बढ़ते जा रहे हैं। वे प्रात:काल मुँह-अँधेरे ही नित्यकर्म से निवृत्त हो पदयात्रा प्रारंभ कर देते हैं। दोपहर में धूप तेज होने पर किसी मंदिर या ग्राम में जो मिला, वह खाकर आगे बढ़ जाते हैं। संध्याकाल में किसी गाँव में पहुँच गए तो ठीक है, नहीं तो सघन वन में जहाँ रात हुई, वहीं जंगली कंद, मूल, फल या वे भी नहीं मिले, तो जो भी खाने योग्य वनस्पतियाँ हैं, उनके पत्ते खाकर सो जाते हैं।

उन्हें मार्ग में ग्रामीण, किसान, महाजन, व्यापारी, चोर, दस्यु, जंगली जानवर, हिंसक शिकारी पशु, विषधर, साधु-संन्यासी, गुप्तचर, विदेशी यात्री, मायावी ठग, सबके दर्शन हो चुके हैं, पर वे इतने स्थिरचित्त हैं कि डरावनी जंगली मकड़ियों और सुंदर तितलियों दोनों के प्रति उनकी दृष्टि में करुणा और स्नेह ही है।

वे इतने सुशांत हैं कि हिंसक जानवर भी उनके पास आकर शांतचित्त हो जाते हैं। शुक्ल पक्ष की चाँदनी रातों में उनकी यात्रा मोहक और आसान हो जाती है, पर कृष्ण पक्ष का अँधियारा भी उन्हें व्यवधान नहीं लगता।

उनके पाँव अब कोमल नहीं रहे, निरंतर चलने से तलवों में छाले कब बने, कब फूट गए, उनपर ध्यान ही नहीं जाता। उनका मन तो उन अज्ञात-अपरिचित गुरु के आकर्षण में खिंचा चला जा रहा है।

करवीर, पंढरपुर पार कर वे चलते-चलते विदर्भ पहुँच गए हैं और नर्मदा किनारे बैठे महान् गुरु की तलाश में महाकौशल की ओर बढ़ रहे हैं।

महाकौशल के घने जंगलों में साल और सागौन के गगनचुंबी वृक्षों की छाया में वे सूर्य देवता की अग्निवर्षा से राहत महसूस कर रहे हैं। जंगली जानवरों की भयंकर चिंघाड़ों, जंगली हाथियों के मदमस्त झुंडों, दैत्याकार वन भैंसों, भयानक अजगरों, विषैले साँपों, चालाक चीतों, हिंसक बाघों से बेपरवाह शंकर का ध्यान अपने लक्ष्य पर है।

वनदेवता भी शंकर पर मुग्ध दिखाई देते हैं, अन्यथा इस भीषण और निर्जन जंगल

में तो शिकारी भी शिकार बन जाते हैं। वहाँ यह आठ साल का बालक निर्विघ्न यात्रा कर रहा है, स्वयं प्रकृति ही उसकी सुरक्षा कर रही है या फिर हिंसक जंतुओं ने अहिंसा का व्रत ले लिया है।

वे पर्वतों, घाटियों, नदियों, वनों, ग्रामों, नगरों को समदृष्टि से देखते हुए अपने लक्ष्य की ओर चलते जा रहे हैं। गौकर्ण पहुँचते ही उनके सहपाठी विष्णु शर्मा भी उनके साथ हो लिये, एक से भले दो!

विष्णु शर्मा के साथ में आ जाने से यात्रा का एकाकीपन मिट गया है। कुछ आसानी हो गई, अब दो बाल संन्यासी नर्मदा का मार्ग खोजते हुए रात-दिन यात्रा कर रहे हैं। वे कावेरी, कृष्णा, गोदावरी, बाणगंगा जैसी विशाल नदियों और अनगिनत स्थानीय नदियों को पार करते हुए महाकौशल के सघन वन में पहुँच गए हैं। पिछले कुछ महीनों में उन्होंने कितना बड़ा महामानव समुद्र पार किया है, ये वे ही जानते हैं। जाने कितनी भाषाएँ, कितने ही रंगों और कितने ही ढंगों के लोग, उनकी पद्धतियाँ अलग, त्योहार अलग, मत और पंथ अलग, उनके व्यवसाय अनगिनत, उनके राजा और राज्य भी अलग-अलग, लेकिन इन ऊपरी अलगावों की रेत मिट्टी के नीचे आत्मीयता, अतिथि-सत्कार, स्नेह, सद्भाव, मानवीय करुणा की शीतल धारा एक समान, लगभग एक जैसी।

त्रावणकोर और मालाबार तट को पार करते ही उन्हें भाषा-भूषा, भोजन-भजन का अंतर साफ दिखाई देने लगा, गुरुकुल की शिक्षा उन्हें अब जंबूद्वीप-भारत-खंड की यात्रा में खूब काम आ रही है। गुरुकुल में कन्नड़, तेलगू, तमिलभाषी विद्यार्थी भी होने से इन भाषाओं के कुछ शब्दों से वे परिचित हैं। कुछ काम संकेतों की भाषा से भी चल जाता है।

संस्कृत का ज्ञान इस यात्रा को आसान बना रहा है। जहाँ कठिनाई होती है, वे संस्कृत में बोलते हैं और हर कहीं उससे काम बन जाता है।

मार्ग में वे शैव, वैष्णव, बौद्ध, जैन, पशुपत, शाक्त आदि विभिन्न मतों के मंदिरों, मठों में समान भाव से विश्राम करते हैं, भिक्षा ग्रहण करते हैं। शंकर ने पाया है कि सभी की प्रार्थनाएँ, स्तुतियाँ और ग्रंथ संस्कृत में हैं। यहाँ तक कि विवाह, गर्भधारण, दीक्षा से लेकर दाहक्रिया तक सभी महत्त्वपूर्ण संस्कार केवल संस्कृत भाषा में ही होते हैं। अपढ़ लोग भी निरक्षर नहीं हैं, वे श्रुति और स्मृति के सहारे संस्कृत अच्छे से समझते हैं।

सुपारी, केले और नारियल के देश के होने के कारण उन्हें यह देखकर भी अपनापन लगा कि हर जगह पूजा में ये तीनों वस्तुएँ अनिवार्य हैं और सुलभ भी।

रात-दिन अपने भावी गुरु गोविंदपाद से मिलने की लगन लिये शंकर नर्मदा तट की खोज में चलते जा रहे हैं। जब वे कालड़ी से चले थे, तब ग्रीष्म ऋतु का प्रारंभ था, वह तो यात्रा में कब की बीत चुकी है। वर्षा के चार महीने भी उन्हें रोक नहीं पाए हैं और अब शरद ऋतु आने को है।

□

श्मशान का शिकारी

आज की रात उनका पड़ाव आया नहीं है, वे ज्यादा-से-ज्यादा दूरी तय करना चाहते हैं। इसीलिए पिछले गाँव में नहीं रुके और अगला गाँव कहीं सूझ नहीं रहा है, चलते-चलते दूर एक रोशनी दिखाई दे रही है, वे उसकी ओर बढ़ते जा रहे हैं। रोशनी बड़ी होती जा रही है, लेकिन जब वे उसके पास पहुँचे तो जाना कि यह रोशनी नहीं, एक चिता की लपटें थीं। वे थककर चूर हो रहे हैं, पेट भोजन चाहता है और देह विश्राम··· पर श्मशान में भोजन कहाँ ?

उन्होंने श्मशान में जाने की बजाय एक जंगली जलधारा का पानी पेट भरकर पिया और इसे ही आज का रात्रि भोजन मानकर परमात्मा को धन्यवाद दिया। दूर कहीं कुछ दीयों की रोशनी टिमटिमा रही थी, लेकिन वे थक चुके थे और वे रोशनियाँ किसी और श्मशान की भी हो सकती थीं।

उन्होंने जलधारा के किनारे एक साफ चट्टान पर रात बिताने का विचार किया, किंतु जीवन इतना आसान नहीं था। एक दुष्ट इन सुकुमार बालकों को देखकर उनकी बलि देने का उत्सुक था। उसने श्मशान से निकलकर अट्टहास किया, तब इन किशोरों का ध्यान उसकी ओर गया। उसके बड़े और रूखे केशों, उलझी हुई दाढ़ी-मूँछों, मस्तक पर काला तिलक और लाल आँखों में क्रूरता श्मशान के सन्नाटे में डरा देने के लिए काफी थी।

हाथ में नंगी तलवार लिये वह आगे बढ़ा, शिकारी सी फुरती दिखाते हुए वह बालकों की ओर दौड़ा, निडर शंकर अपनी शिला पर निश्चल बैठे रहे। उनके साथ विष्णु शर्मा भी यह भयानक दृश्य देखकर स्तब्ध थे और उन्होंने एक बड़ा पत्थर आत्मरक्षा के लिए उठाने की युक्ति सोची। शिकारी सामने से दौड़ता चला आ रहा था। उसका पूरा ध्यान बालकों पर था, उसे रास्ते में बना गड्ढा दिखाई ही नहीं दिया और वह उस गहरे अधबने कुएँ में तलवार सहित जा गिरा, देर तक उसकी कराहें उस भयानक सन्नाटे को चीरती हुए धीरे-धीरे शांत हो गईं।

शिला पर रात भर बैठे हुए शंकर यह सोचते रहे कि मनुष्य परमात्मा का अंश होकर भी कई पशुओं से अधिक पाशविक हो जाता है। धर्म का उद्देश्य मनुष्य को ऊपर उठाना है, किंतु धर्मांधता, भ्रम और अंधविश्वास उसे ऐसा बना देते हैं कि मानव वध भी उसे धार्मिक कर्तव्य लगने लगता है। मनुष्य की मूढ़ता की कोई सीमा नहीं है।

वह हत्यारा अपनी हिंसक उपासना के लिए मानव बलि की खोज में कुएँ की बलि चढ़ गया, पर उस घटना से सतर्क बाल-ब्रह्मचारियों ने आगे की यात्रा में सूर्यास्त के साथ ही विराम लेना प्रारंभ कर दिया।

यात्रा में सबकुछ भयानक और कष्टप्रद ही नहीं था। वसंत ऋतु में पलाश वनों का सौंदर्य उन्होंने देखा था। प्रकृति कैसे हर मौसम में अपने रंग बदल लेती है, यह उनसे ज्यादा कौन जानता था! वे घर छोड़ने के बाद से आकाश के ही नीचे थे, रास्ते में जहाँ भी बस्तियाँ, गाँव और नगर पड़ते, उनमें बिताए समय को छोड़कर पूरे समय वे प्रकृति की गोद में ही खेल रहे थे। कितनी ही नदियों का शीतल, निर्मल जल उन्होंने पिया था, कितने ही आकर्षक वन्य प्राणी और चहचहाते सुंदर पक्षी उनके सहचर थे।

यात्रा में उन्हें बाघ, चीते, भेड़िए भी मिले, पर कोई भी उस भयानक रात के तलवार लेकर दौड़ते मनुष्य जैसा हिंसक नहीं था।

निडर शंकर अपने सहयात्री के साथ चलते जा रहे हैं। मार्ग में जहाँ भी रुकते हैं, वहाँ नर्मदा का मार्ग पूछते हैं। अब तक वे एक बार भी मार्ग भटके नहीं हैं। आज वे जिस गाँव में रुके हैं, वहाँ गाँववालों ने यह जानकर उनका बड़ा सत्कार किया कि वे नर्मदा की ओर जा रहे हैं।

वे जिस घर में रुके हैं, उसके मुखिया का युवा पुत्र धार्मिक प्रवृत्ति का है और वह पहले भी नर्मदा दर्शन, नर्मदा स्नान का पुण्य ले चुका है।

शंकर ने जब उससे नर्मदा का मार्ग पूछा तो वह बहुत खुश हुआ और उन्हें वहाँ ले जाने को स्वयं ही तैयार हो गया, पर तीन के अंक को वह शुभ नहीं मानता, इसलिए उसने एक मित्र को भी तैयार कर लिया।

अगली सुबह जब यात्रा प्रारंभ हुई, तो वे चार यात्री थे। ठंड धीरे-धीरे बढ़ गई है, ग्रामवासियों ने उन्हें कंबल उपहार में दे दिए हैं, उन्हें पीठ पर कसकर वे शीत का सामना करते हुए आगे बढ़ रहे हैं।

शंकर के इन नए युवा मित्रों ने मार्ग में उनकी अब तक की यात्रा का हाल जानकर दाँतों तले उँगली दबा ली है। दूसरी ओर शंकर इन ग्रामीण युवाओं के व्यावहारिक ज्ञान और सौम्यता से प्रभावित हैं। इन किसानों को फसलों, बीजों का ही नहीं, ऋतुओं और तारों का भी अद्‌भुत ज्ञान है।

अभी-अभी वे एक पहाड़ी को पार कर नीचे उतरे हैं। ढलान से ही उन्हें नीचे वृक्षों

के झुरमुट में एक नदी बहती दिखाई दी है, "स्वामीजी, यही है नर्मदा माई।"

शंकर और उनके बाल सखा विष्णु शर्मा लंबे-लंबे सागौन और साल वृक्षों के झुरमुटों में छिपी हुई पवित्र जलधारा को देखकर श्रद्धा से भर गए, जैसे बछड़ा अपनी माँ की ओर दौड़ता हुआ जाता है, ऐसे ही भावविह्वल होकर वे नर्मदा की ओर जा रहे हैं।

नर्मदा एक प्राचीन नदी। प्राचीन नहीं, प्राचीनतम। सब यही मानते हैं कि नर्मदा तट तपस्या के लिए उत्तम है। नर्मदा का एक नाम रेवा भी है, 'रेवा तीरे तपः कुर्यात।'

'विष्णु पुराण' में लिखा हुआ शंकर की स्मृति में गूँजने लगा, 'गंगा कनरवल में, सरस्वती कुरुक्षेत्र में पुण्यदायिनी है, पर नर्मदा तो सर्वत्र पुण्यदायिनी है।'

गुरुकुल में एक दिन गुरुजी ने पढ़ाया था कि 'यमुना में स्नान से सात दिन में, सरस्वती से स्नान में तीन दिन में और गंगा में स्नान से तत्काल पवित्रता प्राप्त होती है, किंतु नर्मदा के तो दर्शन मात्र से ही पवित्रता प्राप्त हो जाती है।'

नर्मदा का निर्मल प्रवाह देखकर उनके नेत्र सजल हो आए। श्रद्धापूर्वक उसमें स्नान कर नर्मदा जल पीकर वे अंतर्मन तक शीतल हो गए।

नर्मदा तट पर उत्सव देखकर उन्हें पता चला कि आज मकर संक्रांति है। मकर संक्रांति पर नर्मदा में स्नान करने दूर-दूर से लोग आते हैं, इसीलिए यहाँ मेला लगा हुआ है।

नर्मदा को नमन कर सभी ने उसके पवित्र जल में स्नान किया। वनवासियों ने उन्हें आग्रहपूर्वक नदी के किनारे ताजा भोजन बनाकर खिलाया। भोजन स्वादिष्ट था, पर स्वाद कुछ नया था। आटे की गोल बाटियों को उपलों की आग में भूनकर गरम दाल और बैंगन के भरते के साथ खाना शंकर के लिए नया अनुभव था।

भोजन के बाद छाया में विश्राम कर, धूप कम होते ही वे फिर चल पड़े हैं, अपने गुरु की तलाश में और वनवासी अपने घरों की ओर लौट पड़े हैं। जंगल के संगीत में अब सांध्य बेला के राग गूँजने वाले हैं।

शंकर नर्मदा के किनारे-किनारे बढ़ते चले जा रहे हैं, सूर्यदेवता अब अस्त होना चाहते हैं, शंकर को दूर से ही एक मंदिर का शिखर और ध्वज दिखाई दे रहा है, वे अपनी चाल तेज कर अँधेरा होने के पहले वहाँ पहुँच जाना चाहते हैं।

उन्होंने तेजी से आधा रास्ता तय किया। अब उन्हें खेत, खलिहान और ग्रामवासियों की झोपड़ियाँ दिखाई दे रही हैं। रास्ते में उनका सामना जंगल से लौटती गायों और उनके चरवाहों से हुआ। वे उनके साथ-साथ चलकर मंदिर में आ पहुँचे हैं।

मंदिर में प्रौढ़ पुजारी ने उन्हें शीतल जल और स्वादिष्ट भोजन दिया, उनका परिचय जाना। उन्हें विश्राम के लिए बिछौना दिया, पर शंकर को विश्राम कहाँ, उन्हें तो गुरु दर्शन की धुन है। उनकी लगन देखकर पुजारीजी स्नेहपूर्वक बोले, "आप तेजस्वी

बालक हैं, आपका संकल्प दृढ़ है, मैं आपके गुरु से मिला नहीं हूँ, पर मैंने नर्मदा के परिक्रमावासियों से उनके बारे में सुना है, आपको वे नर्मदा तट पर अवश्य मिलेंगे, नर्मदा क्षेत्र तपस्वियों से भरा-पूरा है, यहाँ युगों-युगों से असंख्य तपस्वी साधना में लीन हैं, आप अवश्य सफल होंगे।"

यह सुनकर शंकर का चित्त कुछ शांत हुआ।

उनकी थकी हुई देह कब निद्रालोक में चली गई, उन्हें स्वयं भी पता नहीं चला।

सुबह होने से पहले ही बाल संन्यासी ने अपना बिस्तर छोड़ दिया। उन्हें कालड़ी छोड़े हुए चार पूर्णिमाएँ बीत चुकी थीं। प्रकाश और अंधकार दोनों की चिंता किए बिना वे सुदूर केरल से नर्मदा तट पर आ पहुँचे थे। वे मंदिर की टेकरी से नीचे उतरकर नर्मदा जल में स्नान कर स्फूर्ति से आनंदित हो गए। मंदिर में लौटकर उन्होंने पूजा-अर्चना की, पुजारीजी ने आग्रहपूर्वक भोजन कराया और प्रेम सहित विदा किया।

शंकर अपना दंड-कमंडलु लेकर गुरु गोविंदपाद की खोज में आगे चल पड़े, नर्मदा के किनारे चलते-चलते एक गुफा आई, वहाँ द्वार पर बहुत से तपस्वियों को देखकर शंकर रुके।

वृद्ध तपस्वियों को विनयपूर्वक प्रणाम कर उन्होंने गोविंदपाद के बारे में पूछा।

बाल संन्यासी के तेजस्वी स्वरूप से प्रभावित तपस्वी यह जानकर विस्मित हो उठे कि यह बालक सुदूर केरल से अकेला ही गुरु गोविंदपाद के दर्शन के लिए आया है। अविश्वसनीय है, किंतु सत्य है। वे गद्गद हो उठे। उन्होंने बाल संन्यासी का सत्कार किया, किंतु शंकर को तो अपनी जिज्ञासा का उत्तर चाहिए था।

□

परिक्रमावासी गुरु की खोज

उनकी प्रबल जिज्ञासा यह सुनकर तृप्त हो गई कि इसी गुफा में गोविंदपाद अनंत काल से समाधि में हैं, उनकी समाधि टूटने की आशा लिये श्रद्धालुओं की कई पीढ़ियाँ बीत गईं। ये तपस्वी भी बाल्यकाल से गोविंदपाद की समाधि पूर्ण होने की कामना लिये वयोवृद्ध हो चले हैं।

प्रसन्न शंकर ने वयोवृद्ध तपस्वी से प्रश्न किया, "स्वामीजी, क्या मैं उनके दर्शन कर सकता हूँ?"

"हाँ...तुम्हारी गुरुभक्ति तुम्हें स्वयं इसका पात्र बनाती है, किंतु गुफा में गहन अंधकार है, यह दीपक लेकर ही आप उन तक पहुँच सकोगे।"

उत्साहित शंकर दीपक लेकर गुफा में गए। ऊबड़-खाबड़ मार्ग पर सावधानी से आगे बढ़कर मंद-मंद रोशनी में उन्होंने देखा—एक जटा-जूटधारी यतिराज पद्मासन में हैं।

उनकी विशाल देह सूखकर कंकाल मात्र है, उनके नयन-नक्श तीखे और मुखमंडल पर अद्भुत तेज है।

शंकर को लगा, जैसे महायोगी महादेव ही स्वयं विराजमान हैं। वे भक्तिभाव के परमरस में डूब गए, उनके नयनों से प्रसन्नता के आँसू झरने लगे। वे दोनों हाथ जोड़कर गुरु की वंदना करने लगे। युगों की स्तब्धता को भंग कर गुफा में शंकर का तेजस्वी स्वर गूँज रहा था, "हे प्रभो, हे आदिशेष के अवतार, मैं शंकर नतमस्तक होकर आपको प्रणाम करता हूँ। आप ही वह शेषशय्या हैं, जिस पर भगवान् विष्णु विश्राम करते हैं, आप ही शिव के आभूषण हैं। आप ही समस्त समुद्रों और पर्वतों सहित इस पृथ्वी को धारण किए हुए हैं। आपके एक हजार फनों से मनुष्य भयभीत न हों, इसलिए आपने मनुष्य रूप ले रखा है। मैं जानता हूँ कि आप साक्षात् पतंजलि ही हैं। मैं ब्रह्मज्ञान-प्राप्ति की आकांक्षा से आपके श्रीचरणों में आश्रय चाहता हूँ।"

शंकर के ओजस्वी हृदयस्पर्शी स्वरों ने वृद्ध तपस्वियों को भी गुफा के भीतर खींच

लिया। दीपक के मंद प्रकाश में धड़कते हृदय से उन्होंने देखा कि बाल संन्यासी गुरु वंदना में ऐसा मगन है कि गुरुजी की निस्पंद देह में होनेवाले स्पंदन और कंपन को भी नहीं देख पा रहा। सभी ने विस्मित होकर देखा कि गुरुजी समाधि छोड़कर अपने नेत्रों को खोल रहे हैं। गुरुजी को जाग्रत् होते देखकर हर्षोल्लास से सभी ने साष्टांग प्रणाम किया। क्या अद्‌भुत दृश्य था, एक ओर योगसूत्र के प्रणेता, महाभाष्यकार, महायोगी, पतंजलि, दूसरी ओर सुदूर दक्षिण से आकर नर्मदा के तट पर उगते हुए सूर्य की तरह शोभायमान बालक शंकर।

एक नन्हे संन्यासी के आने से महायोगी गोविंदपाद अपनी सहस्रों वर्षों की समाधि से वापस भूलोक पर लौट आए हैं, यह सूचना चारों दिशाओं में फैल गई और गुरु गुफा ने एक तीर्थस्थल जैसा स्वरूप ले लिया।

गुरु गोविंदपाद ने बाल संन्यासी को अपना शिष्य स्वीकार कर लिया है। गुफा क्षेत्र अब विद्याधाम गुरुकुल बन गया है, जहाँ बाल संन्यासी के साथ-साथ बहुत से ज्ञान-पिपासु ब्रह्मज्ञान प्राप्त करने लगे हैं।

□

कुंभ कथा

भीषण ग्रीष्म ऋतु में भी नर्मदा तट पर शीतलता और हरियाली थी, किंतु नदी के कछार के बाहर सूर्यदेव के प्रकोप से सारा संसार जल रहा था। मनुष्य तो संकोच में, सामाजिक संस्कार में बँधे होने से कुछ-न-कुछ वस्त्र धारण किए थे, लेकिन वृक्षों के लिए ऐसा कोई बंधन नहीं था, इसलिए उन्होंने अपने पत्ते तक त्याग दिए थे। खेतों और मैदानों से लेकर पहाड़ियों की ऊँचाई तक पूरी पृथ्वी जैसे किसी गरम भट्‌ठी में दहक रही थी। गृहस्थों ने अपने नगरों और ग्रामों में अपने घरों के भीतर ही दोपहरी बिताने में कुशलता समझी, किंतु गोविंदपाद आश्रम में कुछ अलग ही दृश्य था। गुरु गोविंदपाद तो पद्मासन पर आसीन होकर समाधि में थे, पर शेष आश्रम तो गतिविधियों से जीवंत था। कहीं कोई हठयोगी तेज धूप में शीर्षासन लगाए था, तो वहीं दूसरा उसी धूप को कमजोर मानकर चारों ओर गोबर के कंडों की जलती आग के बीच धूनी रमाए था। जहाँ भी नजर जाती है, कुछ विचित्र और अति मानवीय ही नजर आता है। गरमी जब चरम पर पहुँची, तो इंद्रदेव पिघले और काले-काले बादलों ने आकाश पर अधिकार जमा लिया। पृथ्वी पर धूल भरी आँधी के साथ बौछारें देखकर सबके मन में खुशी उभरी और अगले कुछ दिनों में रोज बौछारें आने से तपन कम होने लगी। सावन आते-आते वर्षा ऋतु अपने पूरे उफान पर आ गई। चारों ओर हरियाली तथा बहते हुए जल का प्रभुत्व दिखने लगा। पिछले 15 दिनों से बारिश ने एक दिन के लिए भी विराम नहीं लिया है। लगातार बरसते पानी ने नालों को भी नदी बना दिया है, फिर नदियों का तो कहना ही क्या है। हर दिशा से बहकर आते पानी की नदियों को समुद्र बनाने की कोशिश साफ-साफ दिख रही है।

नर्मदा तो है ही शक्ति और सौंदर्य की नदी। उसका जलस्तर ऊँचा और ऊँचा उठता जा रहा है। बाढ़ अब घाटों की क्या, किनारों तक की परवाह नहीं कर रही है। बड़े-बड़े वृक्ष मामूली तिनकों की तरह बहते जा रहे हैं। किनारे बसे गाँव के लोग अपनी जान बचाकर ऊँचे टीलों और पहाड़ियों पर जा रहे हैं। जानवर भयभीत होकर अनियंत्रित भाग रहे हैं और क्रोधित शेरनी की तरह दहाड़ती हुई नर्मदा का जल गुफा के द्वार तक पहुँचने

ही वाला है। व्याकुल शिष्यगण इसी गुफा में समाधिस्थ गुरुजी की प्राणरक्षा के लिए चिंतित हैं, पर गुरुजी इस सारे कोलाहल से दूर अपनी समाधि में हैं। शिष्य गुरुजी को छोड़कर जा नहीं सकते, इसीलिए गुफा में मौजूद लोगों की जलसमाधि बस अगले कुछ पलों की ही बात है। इसी चिंता में डूबे शिष्यों ने शंकर को एक मिट्टी का घड़ा गुफा के द्वार पर रखते हुए देखा।

"इस घड़े से क्या होगा बंधु?" एक ने पूछा।

दूसरे ने कहा, "शंकर, गुरुजी की समाधि भंग कर उन्हें किसी सुरक्षित स्थान पर ले जाना है। इस घड़े से क्या क्रीड़ा कर रहे हो?"

शंकर ने शांत भाव में उत्तर दिया, "बंधुओ, जिस प्रकार अगस्त्य मुनि ने समुद्र को लील लिया था, ऐसे ही मेरा यह माटी का घड़ा इस बाढ़ को पी जाएगा।"

सभी शिष्यों ने अविश्वास के साथ विस्मित नेत्रों से बाढ़ के पानी को घड़े को स्पर्श करते हुए वापस उतरते हुए देखा है।

"चमत्कार, यह तो चमत्कार है!" सारे शिष्य हर्षोल्लास और प्रशंसा से चीखने लगे, "नहीं···नहीं, यह तो गुरुजी का आशीर्वाद और पवित्र नर्मदा मैया की कृपा है।" शंकर ने सौम्यता से श्रेय लेने से मना कर दिया। बोले, "मुझे गुरुजी ने ही सिखाया है। यह उनका ही प्रताप है, मेरा नहीं।"

नर्मदा की बाढ़ जैसे आई थी, वैसे ही उतर गई। गुरुजी की समाधि भंग नहीं हुई, उनके सारे शिष्य जरूर ध्यान अवस्था में बैठ गए। कई दिनों बाद जब गुरुजी ने समाधि तोड़ी और जाग्रत् अवस्था में आए तो शिष्यों ने सारा किस्सा कह सुनाया। गद्गद होकर गुरुजी ने शंकर को हृदय से लगा लिया। उन्होंने आशीर्वादपूर्वक अपना हाथ शंकर के सिर पर रखकर कहा, "शंकर, तुम शंकर नहीं, लोकशंकर हो। तुम ही हो, मैं जिसकी प्रतीक्षा में था, मेरे भविष्यद्रष्टा गुरुजी श्री गौड़पाद की भविष्यवाणी को सत्य सिद्ध करते हुए तुम आए हो। वत्स, जिस प्रकार तुमने माटी के छोटे से घड़े में नर्मदा की विशाल धारा को बंद कर दिया था, उसी प्रकार विश्व के कल्याण के लिए समग्र वेदार्थ को ब्रह्मसूत्र भाष्य में ही आबद्ध कर दो, यह मेरा आशीर्वाद भी है और आदेश भी।"

□

गुरु आज्ञा से प्रस्थान

शंकर को आश्रम में विद्या लेते 4 वर्ष पूरे हो गए थे। गुरुजी ने पहले साल में हठयोग सिखाया और दूसरी साल में राजयोग। हठयोग और राजयोग की सिद्धि से शंकर को अलौकिक शक्तियाँ आ गईं। अब वह दूर की बातें प्रत्यक्ष सुन सकते थे, कितनी ही दूर के दृश्य देख सकते थे, सूक्ष्म देह से कितनी ही लंबी यात्राएँ पलक झपकते ही कर सकते थे, किसी की भी देह में प्रवेश कर वापस अपनी देह में लौट सकते थे और इच्छामृत्यु उनके वश में थी। तीसरे साल में गुरुजी ने ज्ञानयोग की शिक्षा दी। श्रवण, मनन, ध्यान, धारणा, समाधि के रहस्य सिखा दिए। अब शंकर लौकिक से अलौकिक होने लगे। उनमें ईश्वर का तेज आलोकित होने लगा। वह दैहिक नहीं रहे, दैविक होने लगे। शिष्य की प्रगति से प्रसन्न गोविंदपाद ने शंकर को एक दिन एकांत में पूछा, "वत्स, मैं तुम्हें सब शिक्षा दे चुका हूँ, क्या अब भी तुम्हें कोई जिज्ञासा है?"

"नहीं गुरुदेव, आपकी कृपा से मेरे सारे संदेह तिरोहित हो चुके हैं। आपने मेरे सारे संदेहों का निवारण कर दिया है। अब मैं स्वयं को सदा ज्योतिर्मय अनुभव करता हूँ। आपकी अनुमति हो तो मैं निर्वाण का परम सुख प्राप्त करूँ!"

"नहीं शंकर, अभी तुम्हें अपना निर्वाण नहीं, करोड़ों प्राणियों की मुक्ति के लिए सत्य और धर्म की पुनर्स्थापना करनी है। अभी अपना हित त्यागकर असंख्य प्राणियों के हित की चिंता करनी है। तुम्हारा जन्म इसीलिए हुआ है। अपने जन्म को सार्थक करो।

"वत्स, मैं अपने गुरुदेव की आज्ञा से कई युगों से तुम्हारी प्रतीक्षा कर रहा था, जंबूदीप भारतखंड की सनातन संस्कृति की प्रवाह धारा में समय 'काल' परिस्थिति अनुसार प्रदूषण बढ़ रहा है, इसी के शुद्धीकरण के लिए मैं समाधिस्थ था। तुम्हें शिक्षा देकर मैं अब मुक्त हुआ। तुम भी यहाँ से काशी प्रस्थान करो, वहाँ तुम्हें भगवान् विश्वनाथ के दर्शन होंगे, तुम्हारे भावी जीवन के लिए वही मार्ग प्रशस्त करेंगे।"

विनम्र शंकर गुरुजी का आदेश शिरोधार्य कर काशी यात्रा की तैयारी में जुट गए।

गुरु-गुफा को छोड़ते हुए वे श्रद्धा और विश्वास की ऊर्जा से भरे हुए हैं। वे और उनके साथी संन्यासी, काशी का मार्ग पूछते हुए नर्मदा तट से दूर होते जा रहे हैं। कई दिनों की पदयात्रा के बाद अब वे गंगा तट पर बनारस आ पहुँचे हैं।

□

बनारस–नौ रसों की नगरी

बनारस है, नवरसों की नगरी। भक्ति और ज्ञान की राजधानी बनारस। मतों–मतांतरों, विश्वासों और विचारों का मेला है बनारस। विद्वानों की विद्वत्ता यहाँ के घाटों पर अकसर ही पानी माँग जाती है।

बाबा विश्वनाथ यहाँ विराजते नहीं, बसते हैं। एक–से–एक महान् शास्त्रार्थ यहाँ होते आए हैं। गंगा में जितनी लहरें हैं, करीब–करीब उतने ही मंदिर हैं बनारस में।

कहते हैं कि बनारस शिव के त्रिशूल पर बसा है, एक–से–एक आचार्य और प्राचार्य, तीर्थंकर और बोधिसत्त्व यहाँ आए और बनारस के रस का रसपान कर मुग्ध हुए।

शंकर के दिव्य सम्मोहन में काशीवासी ही नहीं, बाहर से आनेवाले तीर्थयात्री भी अदृश्य आकर्षण में बँधे हुए चले आ रहे हैं। सुदूर चोल देश का एक श्रद्धालु बालक उनकी शरण में लाया गया है, उसका नाम है सनंदन, जिद है किशोर संन्यासी शंकर को गुरु मानकर उनसे संन्यास दीक्षा लेने की।

सनंदन को देखते ही शंकर मुग्ध हो गए और विधि–विधान से उसे संन्यासी बना लिया। सनंदन उनका प्रथम शिष्य है, उसके बाद तो नित्य शिष्य बननेवालों का ताँता लग गया है, पर सनंदन जैसा कोई नहीं। सनंदन गुरुभक्ति में समर्पित हैं। वे गुरु की छाया बन गए हैं, अन्य लोग तो उन्हें 'गुरुजी का हनुमान' कहने लगे हैं।

□

देवी दर्शन

शंकर ब्रह्ममुहूर्त में दैनिक स्नान के लिए मणिकर्णिका घाट की ओर जा रहे हैं। अभी उषा की उजियार न होने से अँधेरा सा है। घाट जानेवाले सँकरे रास्ते पर बीचोबीच बैठकर एक युवा नारी अपने मृत पति की देह को गोदी में रखे हुए बिलख रही है। संन्यासियों का दल रुका, कुछ देर प्रतीक्षा की, किंतु कोई अन्य मार्ग न होने से शंकर ने अनुरोध किया, "माँ, यदि आप शव को एक किनारे कर लें तो हम घाट पर जा सकेंगे।"

शोकाकुल युवती ने कुछ नहीं सुना, वह रोती रही। जब शंकर ने पुनः अनुरोध किया तो उसने कहा, "महाराज, आप शव को ही हटने के लिए क्यों नहीं कहते?"

यह सुनकर शंकर बोले, "माँ, आप शोक में डूबी होने से ऐसा कह रही हैं, शव अपने आप कैसे हटेगा?"

"यतिवर, आप तो शक्ति-निरपेक्ष ब्रह्म को ही जगत् का कर्ता मानते हैं, तब शक्ति के बिना शव क्यों नहीं हट सकता?"

स्त्री के इस प्रत्युत्तर से शंकर अवाक् रह गए। उन्होंने पल भर के लिए नेत्र मूँद लिये तो उन्हें अनुभव हुआ कि वे महामाया आदिशक्ति माँ भगवती के सान्निध्य में हैं। उनके कंठ से देवी भगवती की वंदना फूट पड़ी, उन्होंने विस्फारित नेत्रों से देखा कि मार्ग में न शव है, न बिलखती स्त्री···सब अंतर्धान हो गया।

प्रसन्न मन से स्नान कर वापस सीढ़ियाँ चढ़ते हुए वे जीव और ब्रह्म की अभिन्नता का सत्य अनुभव कर चुके थे।

वे अध्यात्म के उन्नत शिखर की ओर बढ़ते जा रहे हैं, वे स्वयं आनंद स्वरूप हो रहे हैं, जो भी उनसे मिलता है, वह भी आनंद गंगा में डुबकी लगाकर ही निकलता है।

नर्मदा तट का ज्ञान यहाँ गंगा के किनारे फलीभूत हो रहा है।

□

शिव दर्शन

बनारस की गलियों का अपना रस है। वे घुमावदार, सँकरी हैं, तो कहीं भी साकार से निराकार हो जाती हैं और कहीं से फिर आकार में आ जाती हैं।

शंकर नित्य ही इन गलियों से होकर गंगास्नान के लिए जाते हैं, बनारस के लोग साधु-संन्यासियों के लिए मार्ग छोड़कर एक किनारे हो जाते हैं, किंतु आज ऐसा नहीं हुआ।

शंकर और उनके शिष्यों ने देखा कि उनके सामने से एक अस्वच्छ, हट्टा-कट्टा, भयानक चांडाल अपने चार विशाल कुत्तों की जंजीर थामे चला आ रहा है। उसकी उद्‌दंडता से स्पष्ट है कि वह संन्यासियों को मार्ग देने का इच्छुक नहीं है।

विवश शंकर ने कहा, "अरे चांडाल, एक किनारे हो जाओ, हमें मार्ग दो, ताकि हम जा सकें।"

चांडाल को कहाँ सुनना था! अनसुना देखकर शंकर थोड़ा तेज स्वर में बोले, "अरे रुको, अपने कुत्तों को भी रोको, हमें निकल जाने दो।"

उस कुरूप और उद्‌दंड चांडाल ने शुद्ध संस्कृत में शंकर से पूछा, "आप किसे हटने को कह रहे हैं? आत्मा को या देह को? आत्मा तो सर्वव्यापी, निष्क्रिय और शुद्ध है। यदि देह को हटने को कह रहे हो तो देह तो जड़ है—वह कैसे हटेगी? फिर मेरी देह और तुम्हारी देह में क्या भिन्नता है? तत्त्वदृष्टि से ब्राह्मण और चांडाल में कोई भेद है? गंगाजल में प्रतिबिंबित सूर्य और सुरा में प्रतिबिंबित सूर्य में क्या अंतर है? अरे तुम्हारा कैसा ब्रह्मज्ञान है? मानवों में भी छुआछूत का विचार कौन से वेद में है महाराज? आत्मा और परमात्मा जब एक है तो आत्माओं में भेदभाव कैसे?"

चांडाल के वाक् प्रहार से शंकर मूक हो गए, बौद्धिक आघात से उन्होंने नेत्र मूँद लिये। वे पल भर को जाग्रत् समाधि में चले गए। उन्होंने भावविह्वल होकर देखा कि साक्षात् महेश्वर उनके समक्ष विराजमान हैं। भावाकुल शंकर के कंठ से महादेव की स्तुति में श्लोक फूट पड़े।

उन्हें अपने मस्तक पर महेश्वर का वरदहस्त महसूस हुआ। उन्होंने काँपती श्वासों के बीच सुना, "वत्स, मेरी आज्ञा है कि तुम इस जगत् में वैदिक धर्म की पुनर्प्रतिष्ठा करो, भ्रमों, आडंबरों, मतभेदों का खंडन कर सनातन संस्कृति को एक सूत्र में आबद्ध करो, व्यास के 'ब्रह्मसूत्र' पर भाष्य की रचना कर जन सामान्य को ब्रह्मज्ञान से जोड़ो!"

प्रसन्न मन शंकर यह सुनकर वस्तुजगत् में लौट आए। न कहीं चांडाल था, न कहीं कुत्ते थे...विस्मित हृदय वे सोचते रहे, प्रभु! यह कौन सी लीला है? तभी उन्हें नर्मदा तट पर गुरु गुफा में गुरुजी से अंतिम संवाद याद आया, 'शंकर, तुम काशी जाओ, वहाँ तुम्हें भगवान् विश्वनाथ के दर्शन होंगे, वे ही तुम्हारे भावी जीवन का मार्ग प्रशस्त करेंगे।'

तो विश्वनाथ ने उन्हें आज दर्शन दे दिए हैं, गंगास्नान कर अब 'ब्रह्मसूत्र' पर भाष्य रचना के लिए उन्हें बदरिकाश्रम जाना होगा!

'प्रणाम विश्वनाथ...प्रणाम देवी अन्नापूर्णा...' बनारस से किशोर साधुओं की यह मंडली मध्य रात्रि के पश्चात् डूबते तारों की छाँव में हिमालय की ओर निकल पड़ी।

□

तपोभूमि हिमालय में

देवभूमि हिमालय की ओर तेजी से बढ़ते हुए संन्यासी गंगा किनारे बढ़ते हुए हरिद्वार पहुँचे। 'हरिद्वार' यानी ईश्वर का द्वार⋯। शंकर को हरिद्वार सचमुच हरिद्वार लगा। हरे-भरे गगनचुंबी वृक्षों के झुरमुट में हिमालय की तलहटी हरिद्वार तीर्थ में दक्ष के यज्ञ कुंड आदि पवित्र स्थलों में दर्शन-विश्राम करते हुए गंगा के शीतल जल में स्नान-पूजन कर वे ऋषि-मुनियों के नगर ऋषिकेश की ओर चले। अब मैदानी इलाका समाप्त होकर चढ़ाई प्रारंभ हुई। ऋषिकेश में ऋषियों द्वारा स्थापित यज्ञेश्वर मंदिर में सन्नाटा था, न कोई देव प्रतिमा, न कोई पूजन-व्यवस्था, न कोई दर्शनार्थी। आचार्य ने यहीं डेरा डाला। किशोर साधुओं के दर्शन के लिए स्थानीय लोग आने लगे, मंदिर के पूर्व पुजारी भी दौड़े चले आए।

शंकर आचार्य के दर्शन कर भाव-विभोर होने लगे, दो-तीन दिन में तो भीड़ इतनी होने लगी कि संन्यासियों को आगे बढ़कर व्यवस्था करनी पड़ी।

शंकर आचार्य ने पुजारीजी से पूछा कि यहाँ की देव प्रतिमा कहाँ गई? उन्होंने बताया कि चीनी दस्युओं के आक्रमण से रक्षा के लिए उनके स्वर्गीय पिता ने देव प्रतिमा को गंगाजी में छिपा दिया था, किंतु बाद में खोजने पर वह नहीं मिली, इसीलिए यह प्राचीन व पवित्र मंदिर भी निर्जन हो गया है।

शंकर आचार्य ने पूछा, "यदि ईश्वर की कृपा से वह पवित्र देव प्रतिमा खोज ली जाए और उसकी पुनः प्रतिष्ठा हो जाए तो क्या स्थानीय समाज उसकी पूजा-अर्चना का दायित्व लेता है?"

सबकी सहमति के बाद शंकर ध्यान मुद्रा में बैठ गए। भक्तजन भी उत्सुकता से बैठे रहे। शंकर कुछ पलों के बाद नेत्र खोलकर उठ खड़े हुए और गंगाजी की ओर चले, शेष लोग उनके पीछे-पीछे आए। गंगा तट पर कुछ कदम चलने के बाद शंकर ने एक स्थान पर संकेत किया कि यहाँ देखो⋯देव प्रतिमा⋯संभवतः यहीं है। उल्लास के साथ भक्तों ने वहाँ डुबकी लगाई और देव प्रतिमा उठाकर जल के ऊपर की तो जय-जयकार

से वातावरण गूँज उठा। चमत्कृत लोग श्रद्धापूर्वक शंकर के चरणों में लोट गए। शंकर ने सबको उठाया और शुभ दिन शुभमुहूर्त में देव प्रतिमा की प्रतिष्ठा हो गई। ऋषिकेश में किशोर संन्यासी के चमत्कार की धूम मच गई।

निर्लिप्त किशोर संन्यासी विदुरजी की तपोस्थली लक्ष्मण झूला होते हुए घने जंगलों में पहाड़ चढ़कर व्यास मुनि के आश्रम में पहुँचे। अब चढ़ाई कठिन और वायु शीतल होती जा रही है। देवप्रयाग में अलकनंदा और भगीरथी के पवित्र संगम को देखकर शंकर और उनके शिष्यगण भाव-विभोर हो गए हैं। देवप्रयाग मंदिरों का नगर है। राम-सीता, शिव-पार्वती, गणेश आदि अनेक मंदिरों में पूजन दर्शन और संगम में स्नान से यात्री दल को स्फूर्ति मिली है।

□

नरबलि को न...

देव प्रयाग से बिल्ब केदार पार कर यात्री श्रीनगर की ओर बढ़ रहे हैं, जहाँ एक भीषण संकट और कठिन चुनौती उनकी प्रतीक्षा कर रही है।

श्रीनगर उत्तराखंड की प्राचीन राजधानी अपने देव मंदिरों कमलेश्वर शिव और श्री विष्णु मंदिर के लिए विख्यात थी, किंतु अब यहाँ की पाँच सिद्धपीठों में तांत्रिकों का वर्चस्व है। यह वर्चस्व इतना है कि वे यहाँ नरबलि भी देते हैं, किंतु किसी का साहस नहीं है कि उन्हें रोके!

किशोर संन्यासियों के आगमन से तांत्रिक विशेष लालायित हैं कि वे इन किशोरों के मुंडपुष्प चढ़ाकर चामुंडा को प्रसन्न करेंगे।

तांत्रिकों की कुत्सित इच्छा शंकर के सम्मोहन में आँधी में तिनके की तरह उड़ गई। तेजस्वी शंकर ने शास्त्रार्थ में उनका वही हाल किया, जो शक्तिशाली वनराज हिरणों का करता है। जब उन्होंने तांत्रिकों से पूछा, "महानुभावो, जगदंबा जीवनदायिनी माँ हैं, वह अपनी ही संतानों के रक्त से प्रसन्न कैसे हो सकती हैं?" तो उनसे उत्तर देते नहीं बना। वे शंकर के शरणागत हो गए। स्थानीय जनों के गगनभेदी जयकारों के बीच उन्होंने वध-शिला को भी उठाकर नदी में फेंक दिया। श्रीनगर को भयमुक्त कर यात्री दल रुद्रप्रयाग, नंदप्रयाग आदि तीर्थों में अलख जगाता हुआ बदरी क्षेत्र में आ पहुँचा। मंदाकिनी और अलकनंदा के सुंदर संगम में वसिष्ठजी की तपोस्थली में भगवान् वसिष्ठेश्वर के मंदिर में रात्रि बीती।

प्रात:काल यात्रा पुन: प्रारंभ कर पहला पड़ाव विरही गंगा के किनारे विरहेश्वर महादेव मंदिर में हुआ। सती के विरह में व्याकुल शिव की तपोस्थली में इतनी ऊर्जा थी कि सभी संन्यासी ध्यान में बैठ गए। हिमालय के दिव्य सान्निध्य में, देवदार के गगनचुंबी वृक्षों को देखकर शंकर आनंदित रहते हैं। कालड़ी के नारियल वृक्षों के झुरमुट उनके अवचेतन में हैं, हिमालय के देवदार उनकी चेतना को स्पंदित कर देते हैं, गरुड़गंगा पारकर वे ज्योतिर्धाम पहुँच गए हैं, आज यहीं उनका पड़ाव है।

यहाँ के राजा स्वयं ही उनके स्वागत के लिए मौजूद हैं। शंकर का स्वागत-वंदन कर उन्होंने कुछ दिन यहीं रहकर धर्म लाभ देने की प्रार्थना की।

पहाड़ी प्रजा की भक्तिभावना और अतिथि-सत्कार शंकर को आग्रहपूर्वक रोकने में सफल हो रहा है।

प्रतिदिन आसपास के गाँवों से झुंड-के-झुंड स्त्री-पुरुष अपनी रंगीन वेशभूषा में शंकर के दर्शन-पूजन के लिए आते हैं। विद्वानों और ब्राह्मणों की भी कमी नहीं है। अद्वैत, ब्रह्म, वेद, सनातन धर्म की अद्भुत व्याख्या सुनकर भीड़ नित्य बढ़ती जा रही है।

नित्य ही एक मनोरम दृश्य दिखाई देता है। इसकी विचित्रता यह है कि शिष्य तो वृद्ध हैं, किंतु गुरु युवा हैं, ज्ञानमुद्रा में बैठे युवा संन्यासी शंकर स्वयं ही आनंद स्वरूप हैं, श्रद्धालुओं के विकार उनके दर्शन मात्र से ही शांत हो रहे हैं, ज्योतिर्धाम का कण-कण एक नई ज्योति से प्रकाशित हो रहा है। सर्वत्र इस सत्संग का प्रभाव है। शंकर को अपना लक्ष्य स्मरण है, ज्योतिर्धाम को पुन: संस्कारित कर वे विष्णुप्रयाग, छोटी गंगा, ब्रह्मकुंड, विष्णुकुंड, गणेश तीर्थ, पांडुकेश्वर होते हुए नर और नारायण की तपोस्थली बदरीधाम पहुँच गए।

□

बदरीनारायण की पुनः प्रतिष्ठा

उनके आगमन से अलकनंदा के किनारे बदरीधाम में उत्सव का सा उल्लास है। मंदिर से लगे तप्तकुंड में स्नान कर आचार्य और उनके सहयात्री शिष्यगण बदरीनारायण के दर्शन के लिए मंदिर के गर्भगृह में सूनी वेदिका देखकर हतप्रभ हो गए। प्रतिमा के स्थान पर शालिग्राम विराजे थे। उनका पूजन कर चकित आचार्य बाहर आए तो मंदिर के पुजारी उनके पास आए। पुजारियों ने बताया कि स्वामीजी, चीनी डाकुओं के आक्रमण से त्रस्त हमारे पूर्वजों ने इसी कुंड में देव प्रतिमा को छिपा दिया था, किंतु अनगिनत प्रयासों के बाद भी फिर उसे पा नहीं सके। विवश होकर हम शलिग्राम को ही भगवान् मानकर पूजा कर रहे हैं।

गंभीर आचार्य ने सधे स्वर में पूछा, "यदि देव विग्रह पुनः मिल जाए तो क्या उसकी पुनः प्रतिष्ठा के लिए आप तैयार हैं?"

व्यग्रता के साथ सभी ने सहमति बताई।

आचार्य मुड़े और नारद कुंड की ओर जाकर उसमें उतरने लगे तो पुजारियों ने उन्हें रोका, "महाराज, इस कुंड में मत उतरिए, हमारे अनेक प्रियजन इसमें प्राण गँवा चुके हैं, कोई इसकी थाह लेकर नहीं लौट पाया है, आप मत जाइए।"

पर शंकर तो अभय हैं, अटल हैं। वे कुंड में उतरे, डुबकी ली और ऊपर आए तो 'देव-प्रतिमा' के साथ जनमानस भाव-विभोर हो उठा। देव प्रतिमा को विधि-विधान से वेदी पर प्रतिष्ठित कर आचार्य ने अपनी शिष्यमंडली से एक योग्य एवं निपुण शिष्य को पुजारी नियुक्त किया। समूचा बदरी क्षेत्र उनके चरणों में बिछा जा रहा है। सूने मंदिर में देवता की पुनः प्राण-प्रतिष्ठा से बदरीधाम में अपूर्व उल्लास है, भक्तों के जयकारे गूँज रहे हैं। आचार्य ने शास्त्रोक्त विधि से भगवान् बदरीनारायण को मंदिर में प्रतिष्ठित किया। अपने एक योग्य शिष्य को पूजा-सेवा का भार देकर व्यास आश्रम की ओर बढ़े।

□

भाष्य रचना व हिमालय-भ्रमण

आचार्य को भाष्य रचना के लिए एकांत चाहिए था। यह एकांत दुर्गम हिमालय में ही संभव था। महर्षि वेदव्यास के 'ब्रह्मसूत्र' का भाष्य लिखने के लिए प्राचीन व्यास आश्रम सबसे उपयुक्त स्थान था। महाभारत की रचना भी इसी आश्रम में हुई थी।

ऐसे ऐतिहासिक पवित्र स्थल की ओर बढ़ते हुए आचार्य भाव-विभोर हैं, चारों ओर बर्फ का श्वेत साम्राज्य। अलकनंदा का सौंदर्य केशव गंगा से मिलकर सोने पर सुहागा है। यहाँ दोनों के संगम स्थल केशव प्रयाग में मंदिरों की घंटियाँ भी त्योहारों पर गूँजती है। यहाँ पवित्र शांति है।

घना कोहरा इतना घना है कि सूर्यदेव भी यहाँ की शांति भंग नहीं करते। केशव प्रयाग में संगम के अति शीतल जल में स्नान कर रहे आचार्य को बाईं ओर एक विशाल पर्वत की तलहटी में एक बड़ी गुफा का अनुमान हुआ।

अपने शिष्यों के साथ वे गुफा की ओर बढ़े। गुफा क्या थी, पहाड़ के वक्ष में विशाल प्राकृतिक आवास था। सभ्यता के प्रारंभ से आदि मानव का शरण स्थल!

युवा साधुओं ने यहीं डेरा डाला। बर्फीली हवाओं से सुरक्षा अच्छी लगी, गुफा की गर्माहट में यात्रा की थकान और श्रम विस्मृत होने लगा।

□

व्यास गुफा–सनंदन

व्यास गुफा में अद्‌भुत ऊर्जा है, आचार्य यहाँ आकर अधिकांश ध्यानमग्न रहते हैं। ध्यान से उठते हैं तो 'ब्रह्मसूत्र' के पठन, मनन, चिंतन में डूबे रहते हैं। उनके शिष्य भी यहाँ अध्यात्म की नई ऊँचाइयाँ अनुभव कर रहे हैं।

गहन अध्ययन–मनन के बाद आचार्य ने भाष्य रचना प्रारंभ की है। अब वे प्रतिदिन भाष्य रचना करते हैं और उस नई रचना को शिष्यों को पढ़ाते भी हैं। शिष्य कृत–कृत्य हो रहे हैं। आचार्य के भाष्य से उन्हें 'ब्रह्मसूत्र' के गूढ़ श्लोकों का अर्थ सहज ही समझ आने लगा है।

उनके प्रिय शिष्य सनंदन गुरु के विशेष स्नेह पात्र हैं, ऐसा अन्य शिष्यों के मन में है। व्यास गुफा के पवित्र वातावरण की आध्यात्मिक तरंगों में भी मानव–मन की ईर्ष्या सिर उठा रही है।

आचार्य को इसका भी उपचार करना है···नहीं तो मामूली विकार भी कष्टप्रद व्याधि हो सकता है।

एक दिन सनंदन अलकनंदा के उस पार कंद–मूल फलों की खोज में गए हुए थे। इस पार आचार्य शिष्यमंडल के प्रश्नों के उत्तर दे रहे थे, तभी सनंदन उस पार लौटते दिखाई दिए।

आचार्य ने उन्हें पुकारा, "सनंदन···सनंदन, शीघ्र आओ।" सेतु मार्ग दूर था। गुरुभक्त सनंदन उफनती नदी में ही चल दिए। इस पार हतप्रभ शिष्यों ने देखा तो भयभीत हो गए। उफनती अलकनंदा की लहरें तो हाथी को भी तिनके जैसा बहा ले जाएँ··हे ईश्वर! सनंदन का जीवन संकट में हैं!"

गुरुजी मुसकराए, शिष्यों को सांत्वना दिया, "सनंदन को कुछ नहीं होगा।" व्याकुल शिष्यों ने विस्मित नेत्रों से देखा। सचमुच सनंदन को कुछ नहीं हुआ। वे तो आनंद से नदी पर ऐसे दौड़ते चले आ रहे हैं, जैसे कोई सेतु उनके पाँवों के नीचे बिछा हुआ हो··· आचार्य मुसकरा रहे हैं, कुछ ही पलों में सनंदन दौड़ते हुए इस पार गुरुजी के समीप आ

गए। दर्शक स्तब्ध हैं। अविश्वसनीय है···पर घटा अपनी आँखों के सामने है। आचार्य ने प्रेम और करुणा से सनंदन को डाँटा, "उफनती नदी में कूदने की क्या जरूरत थी? सेतु मार्ग से आना था।"

नंदन ने पीछे मुड़कर उफनती अलकनंदा को देखा, सनंदन को अब ध्यान आया कि वे गुरु की पुकार पर सुध-बुध खोकर नदी में ही दौड़ पड़े थे। उनका चित्त तो गुरु की पुकार पर ही था, मार्ग की कहाँ सुध थी! लेकिन नदी की धारा में वे डूबे नहीं। उन्होंने स्मरण किया कि वे जहाँ भी पाँव रखते थे, वहाँ एक गुदगुदा शीतल पदम् पुष्प का आधार अनुभव होता था···भाव-विभोर सनंदन 'गुरु कृपा केवलं' कहते हुए गुरु के चरणों में लोट गए। मुसकराते हुए आचार्य ने देखा कि उनके शेष शिष्यों के मुखमंडल पर ईर्ष्या की भावना की जगह आश्चर्य का भाव है। आचार्य ने सनंदन को स्नेहपूर्वक उठाते हुए कहा, "सनंदन, आज से तुम्हारा नाम पद्मपाद होगा।"

हिमालय की श्वेत शीतल बर्फ के इस निर्मल एकांत में आचार्य शंकर का गुरुकुल, पठन-पाठन-संवाद-विश्लेषण, शास्त्रार्थ में रमा हुआ है। आचार्य ब्रह्मसूत्र, उपनिषद्, भगवतगीता, विष्णु सहस्रनाम का भाष्य रचने में व्यस्त हैं।

यहाँ बदरी क्षेत्र में उनके लंबे प्रवास से श्रद्धालुओं की भीड़ बढ़ती जा रही है। भाष्य रचना समाप्त होते ही आचार्य का विचार ज्योतिर्धाम से केदार जाने का है, यह आभास उनके शिष्य और ज्योतिर्धाम के राजा को पहले से है, इसलिए उनकी यात्रा, स्वागत-विश्राम की तैयारी पहले से है। 'ओ३म नमः शिवाय' जपते हुए यात्री दल केदार की ओर बढ़ते हुए तुंगनाथ पहुँच गया है। तुंगनाथ के अद्भुत प्राकृतिक सौंदर्य में यात्री दल ही नहीं, स्वयं आचार्य शंकर भी मंत्रमुग्ध हो गए हैं। उन्हें यहाँ अद्वैत का व्यावहारिक अनुभव हो रहा है। वे प्रकृति से स्वयं को एकाकार अनुभव कर रहे हैं। शिष्यों की भी यही स्थिति है।

आनंद-सागर में परमसत्ता को स्वयं में अनुभव करते हुए तपस्वियों का यह गुरुकुल अब पर्वतों की ढलानों से उतरता हुआ देवी पार्वती के तपस्या स्थल 'गौरी कुंड' पहुँचकर गरम जल के कुंड में यात्रा की थकान भूलकर तरोताजा हो रहा है।

गौरी कुंड की गरमाहट में कुछ दिनों के विश्राम के बाद ये अथक यात्री केदारनाथ के दर्शन के लिए पर्वतीय ऊँचाइयों पर चढ़ रहे हैं। चारों ओर बर्फ, भीषण शीत और श्वास लेने में कष्ट के बाद भी कोई रुका नहीं—लक्ष्य है—रात होने के पूर्व केदार पहुँचना।

भगवान् केदारनाथ के सम्मुख नतमस्तक ध्यानमग्न आचार्य ने जब आँखें खोलीं, तो शिष्यों को भीषण शीत से पीड़ित पाया। बर्फ के साम्राज्य में हवा भी किसी नुकीले तीर की तरह देह को बींध रही थी।

आचार्य पुनः कुछ पल को ध्यानस्थ हुए, उन्होंने ध्यानावस्था में मंदिर के निकट ही उष्ण जल के झरने का आभास किया। उनके आदेश पर उस स्थान पर खुदाई करने पर गरम खौलते जल का झरना देखकर उपस्थित लोग चमत्कृत होकर उनकी जय-जयकार कर रहे हैं। आचार्य पुनः समाधिस्थ हो गए हैं। अगली पूर्णिमा तक केदारनाथ में तपश्चर्या पूर्ण कर आचार्य के सतत यात्री चरण गंगोत्तरी की ओर चल पड़े। दुर्गम यात्रा के कष्टों पर भागीरथी के दर्शन की प्रबल कामना भारी पड़ी है।

घनघोर जंगल और हिंसक जंगली जानवर तो बचपन से शंकर के सहचर रहे हैं। बस, हिमस्खलन और भूस्खलन ही नए कष्ट हैं, लेकिन वीतरागी आचार्य इन सबसे परे हैं।

□

व्यास गुफा (गंगोत्तरी)

उनके शिष्यों को भौतिक कष्टों की उपेक्षा करना आ गया है, आचार्य की शीतल छाया में वे स्वयं को सदा सुरक्षित जानते हैं।

कठोर तपश्चर्या में लीन युवा साधुओं का यह दल यात्रा की यातनाओं से अप्रभावित बढ़ता चला जा रहा है।

हिमालय के श्वेत सौंदर्य की निर्जन शांति में भागीरथी गंगा की लहरों के अद्‌भुत सौंदर्य पर प्रथम दृष्टि पड़ते ही आचार्य भाव-विभोर हो उठे हैं। उनका कवि जाग्रत् हो गया है और उनके सुमधुर कंठ से सुंदर गंगास्तुति अवतरित होने लगी। "हे सुरेश्वरी भगवती, त्रिभुवनतारिणी देवी, तरल तरंगशालिनी, शिव शिरोवासिनी विमल गंगे, आपके चरण—कमलों में मेरी मति स्थिर हो।"

आचार्य के श्रीमुख से 'गंगा स्तोत्र' की इस सुंदर ताजा कविता ने शिष्यों को धन्य कर दिया। दर्शन कर आचार्य सहित शिष्यगण गंगोत्तरी लौट आए।

सामान्य तीर्थयात्री गोमुख की दुर्गम यात्रा के प्राणांतक कष्ट से बच सकें, यह सोचकर आचार्य ने ज्योतिर्धाम के राजा को गंगोत्तरी में ही माँ गंगा का मंदिर बनाने का आदेश दिया, श्रद्धालु राजा ने उत्साहपूर्वक मंदिर बनाना प्रारंभ करा दिया।

□

व्यास गुफा
(शास्त्रार्थ और दिग्विजय का आदेश)

गंगोत्तरी प्रवास के बाद आचार्य और उनके शिष्य तपोभूमि उत्तरकाशी पहुँचे। इस प्राचीन तीर्थ में उत्तर दिशा की ओर जाती हुई गंगा का अलौकिक स्पर्श वातावरण को दैविक बना रहा है। आचार्य तो यहाँ आते ही अपनी सुध-बुध खो बैठे हैं, उन्हें अब अपनी देह भी बाधा लग रही है। वे परमसत्ता से एकाकार होने के लिए इतने व्याकुल हो गए हैं कि देह की बाधा भी उन्हें अब स्वीकार नहीं है। यह देखकर शिष्य चिंतित हैं। वे अपने प्राणप्रिय आचार्य से बिछुड़ने की कल्पना तक नहीं कर सकते।

देहातीत होने की ओर बढ़ते आचार्य की चेतना में यह स्मरण है कि वे अपनी सांसारिक आयु के इस सोलहवें वर्ष को पूर्ण कर स्वयं ब्रह्म में समाविष्ट होनेवाले हैं, बिंदु पुनः सिंधु में समाहित होना है, वे भूख, प्यास, निद्रा, विश्राम सबके परे जा रहे हैं।

अनंत की यात्रा पर बढ़ते हुए उनके श्रीमुख से एक सुंदर कविता फूट पड़ी है, "मैं ब्रह्म हूँ।"

आचार्य के ब्रह्ममुखी चित्त को संसार से जोड़े रखने को व्यग्र शिष्यों ने आचार्य से प्रार्थना की कि जो भाष्य अभी शेष है, उनके अध्यापन की कृपा करें। शिष्य वत्सल आचार्य ने अध्यापन प्रारंभ किया। शिष्यों को मन में सांत्वना रही कि अध्यापन चलने तक तो आचार्य पृथ्वी पर रहेंगे।

एक दिन प्रातः शारीरिक सूत्र पढ़ाते हुए आचार्य ने एक वयोवृद्ध, लेकिन आभावान ब्राह्मण अतिथि को देखा तो उनका स्वागत कर आसन दिया। अतिथि को न स्वागत में रुचि थी, न आसन में, उनकी रुचि तो शंकर से शास्त्रार्थ में थी। उन्होंने अविलंब सीधे आचार्य से ही प्रश्न किया, "वेद व्यास के 'ब्रह्मसूत्र' के तीसरे अध्याय के प्रथम पद के प्रथम सूत्र का क्या अर्थ है?"

विनम्र शंकर उन्हें प्रणाम करते हुए बोले, "हे आचार्य, मेरी विद्वत्ता गर्व योग्य नहीं

है, पर आपके प्रश्न का उत्तर देने का प्रयास करूँगा।"

एक पल के बाद उन्होंने उस सूत्र की सही-सही व्याख्या सुना दी। उस तेजस्वी ब्राह्मण ने आचार्य की व्याख्या का खंडन कर जो प्रतिप्रश्न किए, उनका भी समुचित उत्तर पाकर प्रशंसा नहीं की, न संतुष्टि दरशाई, बल्कि अपने ज्ञान की पूरी सामर्थ्य के साथ प्रश्नों, प्रतिप्रश्नों, खंडन और मंडन की झड़ी लगा दी। सौम्य आचार्य पूरी शांति के साथ इस गर्जन-तर्जन में भी अविचल रहे। जटिलतम प्रश्नों के सरलतम उत्तर देकर वे आक्रमण को जितना विफल करते, ज्ञान वृद्ध ब्राह्मण उससे दोगुने उत्साह के साथ प्रश्नचिह्न खड़े करते जाते।

इस अपूर्ण ज्ञान युद्ध में दोनों योद्धा अद्भुत पराक्रम से जूझ रहे थे और आचार्य के शिष्यगण दर्शकों के रूप में आश्चर्य में डूबे हुए थे।

श्रुति, स्मृति, पुराण, उपनिषद् सब काम आ गए, पर विजय किसी की न हुई। सूर्यास्त आया जानकर अतिथि ने शास्त्रार्थ अगले दिन के लिए स्थगित कर विदा ली।

अगले दिन, फिर अगले दिन, इस तरह सात दिन तक शास्त्रार्थ यों ही चलता रहा।

सातवें दिन की संध्या को शास्त्रार्थ स्थगित कर ब्राह्मण देवता लौट गए।

रात्रिचर्या के पूर्व पद्मपाद ने अपने आचार्य शंकर से प्रश्न किया, "भगवन्, मेरी जिज्ञासा है, यह अद्वितीय ज्ञान वृद्ध ब्राह्मण देवता हो-न-हो, स्वयं वेद व्यास ही हैं।"

प्रसन्नवदन आचार्य बोले, "हाँ, मुझे भी ऐसा ही लगता है।"

"पर प्रभु, यह कैसे संभव है?" पद्मपाद ने प्रतिप्रश्न किया।

"यह संभव है पद्मपाद! स्मरण करो, मैंने तुम्हें बताया था कि महर्षि वेदव्यास उन सात महापुरुषों में से एक हैं, जो वर्तमान सृष्टि के रहने तक अमर हैं।"

"कल मैं उनसे ही पूछ लूँगा।" कहकर आचार्य विश्राम में चले गए। पद्मपाद की जिज्ञासा रात भर जागती रही।

अगले दिन वे ज्ञानमूर्ति ओजस्वी ब्राह्मण पुनः पधारे तो खाली हाथ नहीं थे, आते ही उन्होंने एक अत्यंत जटिल प्रश्न पूछकर शास्त्रार्थ प्रारंभ किया।

सौम्यमूर्ति शंकर ने उनकी चरण-वंदना कर श्रद्धा भाव से निवेदन किया, "महात्मन, आपके प्रश्न का मैं उत्तर दूँगा, किंतु मेरी प्रार्थना है कि आपका परिचय पाकर हम धन्य होंगे। हमारा मानना है कि आप स्वयं महामुनि वेदव्यास ही हैं।"

यह सुनकर अतिथि का मुखमंडल नई आभा से दमक उठा। उन्होंने स्नेहपूर्वक आचार्य को अपने कंठ से लगा लिया।

शिष्यमंडली ज्ञान-युद्ध में लीन योद्धाओं का यह स्नेह मिलन देखकर प्रसन्न थी। यह अद्भुत अवसर था, जहाँ सदियों का अनुभव वर्तमान के उत्साह को गले लगा रहा था। पुरातन और नूतन का अद्भुत संगम!

किसी शिशु जैसे उत्साह के साथ आचार्य शंकर अपने भाष्यों को महर्षि को दिखा रहे थे और महर्षि भाष्यों की शुद्धता, उत्तमता, भावप्रवणता देखकर गद्गद हो रहे थे।

महर्षि को संतुष्ट देखकर आचार्य उनके सामने घुटनों के बल बैठकर निवेदन करने लगे, "भगवन्, आपकी इच्छानुसार मैंने समस्त सौंपे गए दायित्व पूर्ण कर लिये हैं, अब मैं आपके आशीर्वाद से समाधियोग से इस देह से मुक्त होना चाहता हूँ।"

शिष्यों का लगा, जैसे वज्रपात हुआ, वेदव्यासजी भी एक पल को नेत्र बंद कर मौन हो गए। शंकर की दृष्टि उनके ओजस्वी मुखमंडल पर ही थी। उन्होंने देखा, महर्षि कहीं समाधि में चले गए हैं।

कुछ पलों के बाद महर्षि जैसे अपनी देह में वापस लौटे, उन्होंने अपने ओजस्वी नेत्र खोले, शंकर उन्हें ही देख रहे थे, दृष्टि से दृष्टि मिली। महर्षि दृढ़ स्वर में बोले, "नहीं शंकर, अभी तुम्हारा दायित्व शेष है, धर्म के धुरंधरों को शास्त्रार्थ में जीतकर उनकी ऊर्जा सनातन धर्म के उत्थान, संस्कृति के पुनर्जीवन में लगाने का कार्य तुम्हें ही करना है।"

"किंतु भगवन्, आप तो जानते हैं, मेरी आयु पूर्ण हो चुकी है।" आचार्य ने तर्क दिया।

"हाँ वत्स, तुम्हारे कार्य से संतुष्ट होकर तुम्हें आयु वृद्धि का वर देने के लिए ही मैं आज यहाँ आया हूँ।"

धीर-गंभीर महर्षि वेदव्यास की प्रवाहपूर्ण वाणी गूँज रही थी, "सृष्टि में प्रत्येक प्राणी के जन्म का एक प्रयोजन होता है शंकर, तुम्हारा जन्म जिस महान् प्रयोजन से हुआ है, उसकी पूर्ति के लिए विधाता ने तुम्हें सोलह वर्ष की आयु अतिरिक्त प्रदान की है। सर्वप्रथम महान् कर्मकांडी कुमारिल भट्ट को परास्त करो, उसके बाद हिमालय से रामेश्वरम् तक विस्तारित इस महादेश में घूम-घूमकर पाखंड, मतभेद, कुरीतियों और धार्मिक अराजकता का अंत कर वेदांत की सत्ता को पुनर्प्रतिष्ठित करने के बाद ही तुम इस देह से मुक्त होगे। हे शंकर, तुम शीघ्र अपनी दिग्विजय यात्रा प्रारंभ करो।"

यह आदेश देकर वेदव्यास तो वायु में विलीन हो गए। शिष्यों की प्रसन्नता का ठिकाना न रहा और आज्ञाकारी शंकर कुमारिल भट्ट की खोज में निकल पड़े।

विधाता ने उनके भाग्य में चिरयात्री होना ही लिखा था, विश्राम लिखना तो वह भूल ही गया था।

□

कुमारिल कथा

प्रयाग में त्रिवेणी संगम में शीतल जल में उतरते समय शंकर को बचपन की पूर्णा नदी याद आ गई। डुबकी लेते-लेते मन में कालड़ी की सारी यादें उमड़ने लगीं। माँ की उँगली पकड़े-पकड़े पूर्णा के तट जाना, वहाँ तैरना, स्नान, पूजन कर लौटना सब याद आया।

याद आया माँ का लाड़-दुलार, संन्यास से रोकना···त्रिवेणी की शीतल धारा में उनके गरम आँसू चुपचाप मिल गए। किसी ने देखा भी नहीं और जाना भी नहीं।

मन को संयत कर स्नान पूर्ण कर गीली देह लेकर किनारे पर निकल आए शंकर ने सुखे उत्तरीय से देह को पोंछा और तमाल वृक्ष के तने से टिककर अधखुली आँखों से त्रिवेणी की धार को देखते रहे।

आज उन्हें महान् कुमारिल भट्ट से मिलना है। वही कुमारिल, जिन्होंने संकट में घिरे वैदिक धर्म को अपने पुरुषार्थ और ज्ञान के जोर से संबल दिया है।

कुमारिल के मीमांसा के सिद्धांत शास्त्रार्थ में सब पर भारी पड़े हैं। उन्हीं अपराजय कुमारिल को शास्त्रार्थ में परास्त करके अद्वैत का ध्वजा वाहक बनाना है।

इन दिनों वे कुमारिल यहीं प्रयाग में हैं, उन्हीं से मिलने और शास्त्रार्थ की इच्छा से शंकर ने प्रयाग में कदम रखे हैं और अपने एक साथी को कुमारिल का पता करने नगर में भेजा हुआ है। अभी-अभी वही साथी कुछ हड़बड़ाए से शंकर की ओर आ रहे हैं, "अनर्थ···हो रहा है···स्वामी अनर्थ"

"क्या बात है? कुशल तो है···" शंकर ने पूछा।

"अब कुशल कहाँ प्रभु··· जिस राष्ट्र में कुमारिल जैसा उद्भट विद्वान् आत्महत्या कर रहा हो, उस राष्ट्र में कुछ भी कुशल कैसे हो सकता है?"

"पर कुमारिल क्यों आत्महत्या करेंगे? अनीति और अत्याचार से जूझने में उनकी ख्याति है। वे हार माननेवाले नहीं हैं।"

"स्वामी···मैं अपनी आँखों से उनकी आत्म उत्सर्ग की तैयारियों को देखकर आ रहा

हूँ, वे किसी के रोके रुक नहीं रहे हैं। उन्होंने अग्नि में बलिदान देने की घोषणा की है।" शंकर शीघ्रता से अपना दंड-कमंडलु उठाकर अपने साथी के साथ कुमारिल से मिलने चल पड़े।

उनके कदमों की तेजी और चेहरे के तेज से भीड़ में भी रास्ता मिलता जा रहा था, पर उस दिन बड़ी विकट भीड़ थी, हर दिशा से जनसमुदाय, स्त्री, पुरुष, बड़े-बूढ़े और बच्चे उसी मार्ग पर आगे बढ़ रहे थे, जो कुमारिल के पास पहुँचता था। भीड़ में साधारण गृहस्थों से लेकर धनवानों, श्रीमानों तक सभी तरह के लोग थे। व्यर्थ के बकवादी, गंभीर चिंतक, बेकाम के तमाशबीन, विद्यापीठों के बटुक, मठों के धर्माचार्य, सभी जन उस विशाल मैदान में पहुँचे, जहाँ भूसे के विशाल ढेर पर अभय मुद्रा में स्थित महान् आचार्य कुमारिल भट्ट का केवल सिर दिखाई दे रहा था, शेष शरीर ज्वलनशील भूसे के ढेर के अंदर था।

भीड़ हाहाकार कर रही थी और धर्म की मर्यादा में बँधी न होती, तो सारे प्रबंध को तितर-बितर कर सकती थी।

कुमारिल के बाईं ओर विद्यापीठों के बटुक बैठते जा रहे थे, दाईं ओर प्रयाग के गण्यमान्य नागरिक। कुमारिल सबकी प्रार्थना अस्वीकार कर चुके थे। उनके निर्देशानुसार अग्नि प्रज्वलित की गई, जिसका धुआँ आकाश की ओर उठने लगा।

शंकर ने देखा कुमारिल आचार्य का मुखमंडल शांत है और उस पर संकल्प पूर्ति होने से संतोष के भाव उभर रहे हैं। उद्विग्नता या दुःख उन्हें छू भी नहीं पाया।

शंकर से दृष्टि मिलते ही कुमारिल का चेहरा स्मित से खिल उठा है। दोनों का यह पहला साक्षात्कार है। दोनों एक-दूसरे के यश और कर्तव्य से परिचित हैं। दोनों वैदिक धर्म की पुनर्प्रतिष्ठा का संकल्प लिये हैं, भले मार्ग में भिन्नता है। सारा जनसमूह विस्फारित नेत्रों से उस विकट घड़ी में दो महान् व्यक्तियों का मिलन देख रहा था।

वे पहली बार में भी ऐसे मिल रहे थे, जैसे जन्म-जन्मांतर के परिचित हों! परस्पर सम्मान उनकी दृष्टियों से भी स्पष्ट झलक रहा था। उन्होंने परस्पर एक-दूसरे को प्रणाम किया।

शंकर ने मधुर वाणी में कहा, "हे महान् विद्वान्, मैं वेदव्यासजी के आदेश पर आपके पास आया हूँ···आपने इतना कठिन निर्णय क्यों लिया है?"

कुमारिल बोले, "हे यतिराज, मैंने जीवन में दो महान् पाप किए हैं—पहला बौद्ध गुरु को शास्त्रार्थ में पराजित कर उनका जीवननाश और दूसरा वेदों की प्रभुता स्थापित करने के लिए ईश्वर असिद्ध है, ऐसा प्रमाणित करना। अपने इन दो पापों के शमन के लिए मैं अग्नि-स्नान कर रहा हूँ। अब आप मुझे अपने आगमन का अभिप्राय बताने की कृपा करें।"

स्तंभित शंकर ने कहा, "हे परम ब्राह्मण, मुझे पता है कि वेद निंदकों के पराभव और शास्त्र मर्यादा की रक्षा के लिए आपने आजीवन संघर्ष किया है। मैं अपने कमंडलु के जल

से इस अग्नि को शांत कर दूँगा। मैंने अद्वैत के प्रचार के लिए 'ब्रह्मसूत्र' भाष्य लिखा है। आप मेरे भाष्यों के वार्तिक की रचना कीजिए।"

आग में जलते हुए कुमारिल का चेहरा तेजोद्दीप्त हो उठा था। उन्होंने कहा, "हे श्रेष्ठ आचार्य, अपने संकल्प से पीछे हटूँगा तो मुझसे ज्यादा धर्म की मर्यादा भंग होगी। आपके भाष्यों पर वार्तिक रचना के सौभाग्य से मैं वंचित रह गया हूँ। अब शास्त्रार्थ भी संभव नहीं, पर मेरे शिष्य मंडन मिश्र को शास्त्रार्थ में पराजित कर आप अपना मंतव्य पूर्ण कर सकते हैं।"

शंकर ने कुमारिल की रक्षा के लिए गंभीर स्वर में कहा, "महोदय, संपूर्ण भारतवर्ष और इसकी वैदिक संस्कृति पर भीषण प्रहार हो रहे हैं। विदेशियों से ज्यादा हमारे आपसी मानसिक, वैचारिक, धार्मिक और राजनीतिक द्वंद्व हमारे इस महान् राष्ट्र को दुर्बल बना रहे हैं। ऐसी विकट घड़ी में आपको संस्कृति और धर्म की मर्यादा रखने के लिए मरने से ज्यादा जीने की जरूरत है।

"साधारण जनमानस आपके आत्मदाह के नैतिक तर्क को नहीं समझ पाएगा और दुर्बल हृदय लोग इससे आत्महत्या के लिए प्रेरित हो सकते हैं, आप जीवित रहकर राष्ट्र के मनोमस्तिष्क को प्रभावित कर सकते हैं।"

आग कुमारिल के अंग-प्रत्यंग को जला रही थी। असंख्य जनसमुदाय दुःखी और पराजित मन से दो युग पुरुषों के इस हृदय-विदारक वार्त्तालाप को देख रहा था। धुएँ और अग्नि की ज्वालाओं में देदीप्यमान कुमारिल ने उत्तर दिया, "मैं आपका क्षमा प्रार्थी हूँ, यौवन भर मैंने संघर्ष किया, अब वृद्धावस्था में यह देहदान युवा पीढ़ी के सामने गुरु के सम्मान की पुनर्स्थापना के लिए है। साथ ही जो बहुसंख्यक लोग राष्ट्र और संस्कृति की दुरवस्था के समय भी मात्र निजी हित में लिप्त रहते हैं, उनकी आत्मा को जगाने के लिए है।

"अब मेरे अंतिम क्षणों में मेरा प्रणाम स्वीकारें और मेरे कानों में तारक मंत्र फूँकें, जिससे मैं इस देह से मुक्त हो सकूँ।"

कुमारिल के संकल्प को मन-ही-मन सराहते हुए शंकर ने तारक मंत्र का जाप किया। अग्निशिखाओं में कुमारिल स्वयं अग्नि हो गए और भीड़ उनके जय-जयकारों से गूँज उठी। सामूहिक पराजय की भवना का स्थान अब उत्सर्ग की गर्वानुभूति ने ले लिया था।

कुमारिल के उत्सर्ग की कथा किंवदंती की तरह प्रयाग से संपूर्ण आर्यावर्त ही नहीं, सुदूर दक्षिण के समुद्री किनारों पर अरब सौदागरों के साथ दूर-दूर के देशों तक फैल गई।

भारत के सुदूर दक्षिण में कुमारिल को शिव-पुत्र स्कंद का अवतार माना गया, तो उत्तर भारत अपने तरीके से उन पर गर्वित था और ताल ठोंककर उन्हें मिथिला का ब्राह्मण बता रहा था।

पश्चिम भारत उनके ओजस्वी प्रयासों से वैदिक मूल्यों पर टिका रहा और बौद्धों

के नवनिर्मित विशाल चैत्य, विहार और स्तूप भी प्राचीन वैदिक आस्थाओं को डिगा नहीं पाए। पूर्व, पश्चिम, उत्तर, दक्षिण, सभी दिशाओं में कुमारिल के साहस, संघर्ष, ज्ञान और उत्सर्ग की चर्चा ने प्राचीन धर्म में एक नई संजीवनी का कार्य किया। गुरुकुलों में वटुकों को कुमारिल की कहानियाँ सुनाई जाने लगीं कि कैसे उन्होंने राष्ट्र धर्म और चिरंतन संस्कृति की रक्षा के लिए अपने सुखों को त्यागकर संघर्ष का मार्ग चुना और उसमें विजय होने पर विजय-उत्सव मनाने की बजाय अपने बौद्ध गुरु से छद्म वेश में विद्यार्जन के कार्य को स्वयं अपराध घोषित करते हुए प्रायश्चित्तस्वरूप अग्नि समाधि लेकर समाज के समक्ष अद्वितीय और नैतिक भौतिक आचरण का उदाहरण प्रस्तुत किया।

कुमारिल योद्धा की तरह जिए और योद्धा की तरह ही स्वर्ग गए।

गौतम बुद्ध ने वैदिक धर्म में समय के प्रवाह के साथ आए दोषों के उन्मूलन का प्रयत्न किया था, पर कालांतर में उनके शिष्यों को भी व्यक्तिगत अहंकार और पाखंड, चमत्कार, स्वार्थपरता के वही कीटाणु लग गए, जिन्हें दूर करने के लिए गौतम ने आजीवन संघर्ष किया था। दुनिया के इतिहास में यह दुर्घटना हर युग में हुई कि शिष्य और अनुयायी अकसर अपने धर्मगुरु और नेता के सिद्धांतों के सबसे बड़े हत्यारे बनते आए हैं।

वैदिक धर्म के बहुदेववाद को कालांतर में दोष मान लिया गया था और गौतम बुद्ध ने इसका कड़ा विरोध किया। पर उनके शिष्यों ने बोधिसत्त्व के ही अनगिनत रूप गढ़ लिये। गौतम बुद्ध ने अवतारवाद को अपने प्रखर बौद्धिक प्रहारों से भेद डाला। पर खुद को अवतार बनने से नहीं बचा सके। अहिंसा का नया धर्म सत्ता का सहारा पाकर हिंसक हो उठा। हीनयान और महायान का आपसी मन-मुटाव शैवों और वैष्णवों के मनोमालिन्य को पीछे छोड़ गया। दया और करुणा का लोकप्रिय संदेश बस जातक कथाओं में ही बच पाया।

गौतम बुद्ध की प्रखर प्रज्ञा का तेज उनके प्रस्थान के साथ मद्धिम पड़ा और उनके शिष्यों ने उनके सरल संदेशों को धार्मिक उत्साह के साथ दुनिया भर में फैला तो दिया, पर उस प्रदूषण को नहीं रोक पाए, जो किसी भी पवित्र नदी में स्थानीय नालों के मिलने से होता ही है। निहित स्वार्थों ने जब बौद्ध मठों को भी उसी तरह डस लिया, जैसे—ऋषि-मुनियों के आश्रमों, मठों को, तब जनमानस फिर वैदिक धर्म के पक्ष में होने लगा।

बौद्धगणों के अहंकार जब अनाचार के पर्याय होने लगे, तब जन आक्रोश जनसंघर्ष में बदलने लगा और स्थान-स्थान पर वैदिक प्रतिरोध सशक्त होने लगा, कुमारिल भट्ट इसी प्रतिरोध का स्वर बने।

युवा कुमारिल को व्याकरण, निरुक्त, वेद सभी कुछ कंठस्थ थे।

उनकी अद्वितीय प्रतिभा गुरु कृपा से ऐसी निखरी है कि उनकी वाणी भी देववाणी और उनके वाक्य भी वेदवाक्य हो गए हैं। जो भी उन्हें सुनता है, उनका हो जाता है और वेदों की शरण में आ जाता है।

उनके अध्ययन और मनन का एक ही उद्देश्य है—वेदों के सरल, सहज संदेश को पुनः जनसामान्य तक पहुँचाना। उनके इस कार्य से स्थानीय बौद्धों में उथल-पुथल है, पर कोई उनसे शास्त्रार्थ में जीत नहीं पा रहा है। युवा बौद्धों में कोई उन जैसा ज्ञान गंभीर नहीं है और वरिष्ठ जनों में उनके जैसा तेज नहीं। उनका यश और वेद-विद्या की मीमांसा विस्तार पा रही है।

सारनाथ के बौद्ध विहार के युवा भिक्षु धर्मकीर्ति द्वितीय, नालंदा से शिक्षित हैं और उनकी धाक भी कम नहीं है। वैदिकों और बौद्धों में अकसर शास्त्रार्थ होते रहते हैं और उनमें जीतकर धर्मकीर्ति की कीर्ति-पताका ऊँची होती गई है, पर इस बार मुकाबला अदम्य कुमारिल से है।

शास्त्रार्थ प्रारंभ होते ही कुमारिल ने वेदों और श्रुतियों से ऐसा सटीक हमला किया कि धर्मकीर्ति के तर्कों की वही गति हुई, जो शेर के पंजों में पकड़े गए हिरन की होती है। हारते-हारते वे केवल इतना कह पाए कि "मैं तुम्हारी बौद्धिकता से परास्त हुआ हूँ, न कि वैदिक धर्म की श्रेष्ठता से। यदि तुम मेरी तरह नालंदा में रहकर बौद्ध सिद्धांतों को जिए होते तो मूलधर्म को समझ पाते, अभी ये तुम्हारे बस की बात नहीं।"

तीर निशाने पर लगा था। कुमारिल जीतकर भी आहत हुए और अपनी कीर्ति नष्ट हो जाने से धर्मकीर्ति ने ग्लानिवश आत्महत्या कर ली।

धर्मकीर्ति के व्यंग्य से आहत कुमारिल मन-ही-मन छटपटा रहे हैं, किंतु कोई उपाय सूझता नहीं है। उनकी ख्याति इतनी तो हो ही गई है कि उनके नाम और वर्तमान छवि से नालंदा में प्रवेश संभव नहीं है, कौन एक शत्रु को अपने दुर्ग प्रवेश की अनुमति देगा और बिना नालंदा में प्रवेश के कुमारिल का लक्ष्य पूरा होगा नहीं!

"जिस वस्तु का निषेध करना है, उसका ज्ञान होने पर ही खंडन किया जा सकता है, अन्यथा नहीं।" रात-दिन वे यही सोचते रहे… निषेध्य बोधाद्धि-निषेध्य बाधः।

राज्याश्रय पाकर बौद्धों का उत्साह आक्रामक हो चुका था। वे वैदिक धर्म के दोषों की तीखी निंदा करते, जाति व्यवस्था में ऊँच-नीच की विकृति, कर्मकांड के भारी खर्चे, पंडों-पुजारियों में से कुछ की लालच और धूर्तता के प्रति समाज में असंतोष था। बौद्धों ने असंतोष की इन चिनगारियों को बुद्धिमत्ता से भीषण लपटों में बदल दिया। बौद्धों के साहस, तर्कशीलता, उदारता और करुणा के आगे यथास्थितिवाद की सत्ता चरमराकर ढह गई।

वैदिक धर्म के गुण ही कालांतर में उसके दोष बन गए। कोई एक केंद्रीय और सर्वमान्य धर्माचार्य न होने से जो अद्वितीय धार्मिक स्वातंत्र्य था, वह बदलते समय में धार्मिक अराजकता में बदल गया, असंख्य धर्माचार्य गाँव-गाँव में पैदा हो गए, वे स्वतंत्र क्षत्रप थे और उनके शिष्यों के कट्टर समूह एक-दूसरे के परम शत्रु थे।

अखंड और अपराजेय भारत अब असंख्य छोटे-छोटे राज्यों, रियासतों में बँट गया

था, जिनमें कोई किसी के अधीन नहीं था, हर एक की अपनी संप्रभुता थी।

वर्ण-व्यवस्था, जो कि प्रारंभ में कार्य आधारित थी, जिसमें हर एक को अपनी इच्छा और योग्यता से अपना व्यवसाय और जीविका चुनने की स्वतंत्रता थी, उसमें भी निहित स्वार्थों के फफूँद लग गए थे। शिल्प कर्म को नीची दृष्टि से देखा जाने लगा था, जबकि योद्धा और पुजारी सर्वे-सर्वा हो गए थे। धन कमाने और उसे सहेजने में निपुणता अब सम्मान की नहीं, बल्कि नफरत की बात हो गई थी। व्यापारियों और दुकानदारों को ईर्ष्या का निशाना बनाया जा रहा था… नया धर्म पीड़ित लोगों को ताजा हवा के झोंके की तरह लगा और वे 'बुद्धं शरणं गच्छामि' होने लगे। गाँव-के-गाँव इस नए धर्म में दीक्षित होने लगे।

इन नव बौद्धों के मन में पुराने धर्म से मिले खराब व्यवहार की टीस ने इन्हें कुछ अधिक आक्रामक और कटु बना दिया।

वे प्रजा को खुलेआम कहने लगे, "यह राजा हमारे पक्ष में है, इसलिए आप लोग इस नए मार्ग में आइए।" अवसरवादी लोग भी नए राजधर्म से जुड़ने लगे।

सफलता के मद में वेदों की निंदा करते हुऐ बौद्ध धर्माचार्य देश भर में घूमते। वेदों की वैचारिक उदारता और बौद्धिक स्वतंत्रता को उन्होंने निस्सारता की तरह प्रस्तुत किया।

थोड़े से भोजनभट्ट पंडों और अमर्यादित पुजारियों को उन्होंने समूचे वैदिक धर्म का प्रतीक प्रचारित कर वेद, श्रुति, पुराण,न्याय, जिज्ञासा सबकी खिल्ली उड़ाई।

आरंभिक लोकप्रियता और एक सुधारवादी आंदोलन से व्यापक प्रभुत्व के बाद निश्चित और मदमस्त बौद्ध आपस में बँटकर एक नए धर्म, नए संप्रदाय का रूढ़िवादी रूप लेने लगे, तो स्वयं उन सभी दोषों का शिकार हो गए, जिनके विरुद्ध तथागत ने अपना संघर्ष प्रारंभ किया था।

नए धर्म में भी तंत्र-मंत्र, पूजा-अनुष्ठान, जादू-टोना, दैहिक सुख और हिंसा, पापाचार उभर आने से लोगों का मोहभंग हुआ और वैदिक मार्ग के प्रति आस्था अनुकूल मौसम पाकर फिर पल्लवित होने लगी। कुमारिल और उनके जैसे व्यक्तित्व इसी पृष्ठभूमि में अपनी मेधा और पुरुषार्थ से उठ खड़े हुए थे। उनका सनातन धर्म के औदार्य और आध्यात्मिक गहराई में दृढ़ विश्वास था, किंतु वे सत्ता के छलबल नहीं खुले, शास्त्रार्थ में तथ्यों और तर्कों से सनातन की श्रेष्ठता को प्रमाणित करना चाहते थे। धर्मकीर्ति की चुनौती उनके कानों में गूँज रही थी। उन्होंने तय किया कि वे कैसे भी नालंदा जाएँगे, वहाँ बौद्धमत का पूर्णता से अध्ययन करेंगे, उसके बाद देशाटन करते हुए उसका तथ्यात्मक खंडन करेंगे।

□

नालंदा—विद्या का तीर्थ

नालंदा...विशाल और विख्यात नालंदा, ज्ञान और विज्ञान के लिए चर्चित नालंदा हर विद्या-पिपासु का स्वप्न है। नालंदा विश्वविद्यालय में प्रवेश पाना जीवित स्वर्ग जाने की तरह दुष्कर है। दुनिया भर से मेधावी और हठी विद्यार्थियों के झुंड-के-झुंड इस महान् शिक्षा केंद्र के विशाल द्वारों के बाहर वर्षों पंक्तिबद्ध रह प्रतीक्षा करते हैं। यहाँ हजारों विद्यार्थी अध्ययनरत हैं, पर प्रतिवर्ष उनसे कई गुना अधिक प्रवेश न मिलने से निराश होकर लौटते रहते हैं।

प्रवेश की कठिन प्रक्रिया में ऐसी बारीक छलनी लगी हुई है कि सहस्रों विद्यार्थियों में से एक-दो ही उसके पार जाने में सफल होते हैं। यहाँ परिचय, प्रभाव, संपदा, विनय, याचना दोष समझे जाते हैं।

प्रवेश का एकमात्र मापदंड है—विद्यार्थी की योग्यता, उसके अध्ययन-मनन की पूँजी और बौद्ध धर्म के प्रति आदर।

कुमारिल के पास अध्ययन-मनन की कमी नहीं थी और बौद्धों के प्रति अनादर को उन्होंने प्रयासपूर्वक छिपा लिया था, इसीलिए कठिन प्रवेश परीक्षा के सारे चरण उन्होंने ठीक से पार कर लिये और बौद्धों के इस महान् दुर्ग नालंदा में प्रवेश कर लिया।

नालंदा का गगनचुंबी विशाल विश्वविद्यालय स्थापत्य का अनूठा उदाहरण है। दस हजार विद्यार्थी यहाँ बौद्ध, वैदिक धर्मों के अलावा दर्शन, चिकित्सा, व्याकरण, अर्थशास्त्र, गणित आदि विषयों के अध्ययन और अनुसंधान में डूबे रहते हैं। विशालकाय परिसर में योजनापूर्वक उद्यान, मार्ग, वीथियाँ, अट्टालिकाएँ, अध्ययन एवं आवास कक्ष, विशाल पुस्तकालय भी थे। गौतम बुद्ध की भव्य एवं विशालकाय प्रतिमा के समक्ष नित्य सामूहिक प्रार्थना आयोजित होती है। लंबे-चौड़े भोजनालय परिसर में बड़े-बड़े चूल्हे और खाद्य-सामग्री के भंडार गृह हैं!

मंदिर के विशाल प्रवेश द्वार पर ही प्रवेश के इच्छुक विद्यार्थियों की परीक्षा होती है। सफल छात्रों को इस महाविद्यालय में प्रवेश मिलने पर एक-दूसरे ही संसार में आने का

अनुभव होता है—यह अनुभव है विशालता का, नालंदा में कुछ भी लघु नहीं है। सबकुछ विशाल है, अति विशाल!

हजारों एकड़ का परिसर, उसमें अनगिनत भवन, अट्टालिकाएँ और मंदिर हैं। विशाल आवासीय परिसरों में असंख्य कक्ष हैं और सामूहिक स्नानागार भी। यहाँ के विशाल भोजनालयों में जब चूल्हे जलते हैं तो इतनी धूम्र रेखाएँ आकाश की ओर जाती हुई दिखाई देती हैं कि जैसे पृथ्वी से अंतरिक्ष तक सीढ़ी बन गई हो।

इतनी विशाल व्यवस्था के संचालन के लिए सैकड़ों गाँवों का राजस्व नालंदा के प्रबंधन को मिलता है। धनाढ्य लोग विशिष्ट अनुष्ठानों में सम्मिलित होकर श्रद्धापूर्वक नालंदा को धन, संपत्ति, अन्न आदि के अनुदान देते ही रहते हैं।

कुमारिल अत्यंत विनीत भाव से विश्वविद्यालय के नियमों का पालन करते हुए बौद्ध धर्म के अध्ययन में डूबे रहते हैं। अन्य विद्यार्थी अध्ययन के समय से बचे समय में क्रीड़ा और मनोरंजन, चित्रकला, मूर्तिकला आदि में भी रस लेते हैं, पर कुमारिल तो अपने लक्ष्य पर एकाग्र हैं।

रात-दिन, सोते-जागते कुमारिल बौद्ध धर्म के सिद्धांतों में डूबे रहते हैं। शिक्षकों से बचे समय में वे पुस्तकालय में रमे रहते हैं, पुस्तकालय के सेवकगण उन्हें पहचानने लगे हैं और उनकी चाही गई पुस्तकें तत्परता से खोजकर प्रस्तुत कर देते हैं। गौतम की जीवनगाथा की विभिन्न भाषाओं के अलावा वे त्रिपिटक की महापरिनिर्वाण सूत्र, महायान संग्रह, अभिधर्म समुच्चय, कात्यायन कृत अभिधर्म ज्ञान प्रस्थान, अभिधर्म कोष, योगकार्य भूमि शास्त्र, महाप्रज्ञा परिमिता सूत्र, अवतयसक सूत्र, संयुक्त भूमिधर्म हृदय शास्त्र, विभाषा सूत्र जैसे जाने कितने ही धर्मग्रंथों को एक-एक कर पढ़ चुके हैं।

नालंदा का पुस्तकालय क्या है, ज्ञान का समुद्र है और कुमारिल इस समुद्र की महामत्स्य हैं। रात-दिन अध्ययन, मनन और विश्लेषण में डूबते-उतरते उन्होंने पाया कि बौद्ध धर्मग्रंथों के विभाग हैं।

पहला विभाग—बुद्ध के उपदेशों का है, इसे 'सूत्र' के नाम से जाना जाता है। दूसरा विभाग—'गेयस' के नाम से प्रसिद्ध है। तीसरा खंड व्याकरण का है। चौथा खंड गाथाओं का है, इसमें मंत्र और कविताएँ हैं। पाँचवें खंड में सरल भाष्य है। छठा खंड 'इतिवृत्तिकाल' के नाम से मशहूर है। बुद्ध के पूर्वजन्मों से संबंधित कथा साहित्य जातक खंड में है। आठवें खंड में विस्तारित सूत्रों का साहित्य है और नवें खंड का नाम है—अद्‍भुत धर्म¨ इसमें बुद्ध के चमत्कारों की कहानियाँ संबंधी पुस्तकें हैं।

ज्ञान-पिपासु कुमारिल इन सभी विभागों में संबंधित बौद्ध ग्रंथों में निहित ज्ञान को सोखते और सीखते जा रहे हैं। उन्होंने चार बौद्ध आगमों—दीर्घागम, मध्यमागम, संयुक्तागम और एको तारिकागम भी हृदयंगम कर लिया है। 'मालादेवी सिंह नाद सूत्र'

का पाठ भी वे नियमित रूप से कर रहे हैं। हेतविद्याशास्त्र और शब्द विद्या शास्त्र भी वे पढ़ चुके हैं। तत्त्वसंदेश शास्त्र आजकल उनके हाथों में है और अगले माह वे अभिधर्म न्यायानुसार शास्त्र पढ़नेवाले हैं। पढ़ते-पढ़ते कुमारिल की आँखें थक जाती हैं, लेकिन उत्साह नहीं थकता।

नालंदा में वे केवल धर्मग्रंथ ही नहीं पढ़ रहे हैं, बौद्ध धर्माचार्यों, विद्वानों और भिक्षुओं का आचरण भी पढ़ रहे हैं। उन्होंने पाया है कि कुछ भिक्षु सचमुच पावन, निर्मल हैं। उनके वस्त्र और आचरण दोनों निष्कलंक रहते हैं, वे तथागत के सच्चे अनुयायी हैं और सभी का आदर करते हैं।

कुछ वरिष्ठ भिक्षुओं को उन्होंने अहंकारी और तानाशाह और परस्पर प्रतिस्पर्धा में लगे भी देखा है। उनमें से कुछ तो स्वयं को ही बड़ा बोधिसत्त्व और अन्य को बुद्धुसत्त्व समझते हैं।

मठों की अंदरूनी राजनीति के कीटाणु भी उन्हें यहाँ दिखाई दिए। नालंदा मानव के उत्थान का एक प्रयास है, किंतु कुछ लोग यहाँ भी फिसलकर गंदगी में जा गिरे।

कुमारिल यहाँ किसी गुट में शामिल नहीं हैं। उनकी अध्ययनशीलता और एकाग्रता की छवि से कुछ लोगों में चिढ़ और ईर्ष्या का भाव भी है। ऐसे लोग पीठ पीछे उन्हें 'पुस्तक कीट' कहकर अपनी कुढ़न मिटा लेते हैं, तो कुछ अन्य कुमारिल की निस्संगता को ढोंग समझते हैं और उन्हें कोसना चाहते हैं, पर अवसर नहीं पाते।

इन सबसे बेखबर कुमारिल ज्ञान के सागर में गोते लगा रहे हैं। उनका व्यक्तित्व और प्रखर, और गंभीर हो गया है। इससे उन्हें नापसंद करनेवालों की चिढ़ बढ़ती जा रही है।

वे ब्रह्ममुहूर्त में उठते हैं, बुद्ध प्रतिमा के समक्ष प्रातः पूजन में सम्मिलित होते हैं, स्वल्पाहार कर अपने शिक्षक के समक्ष प्रस्तुत होते हैं, उनके व्याख्यान और समूह चर्चा में सम्मिलित होते हैं।

आज भी ऐसी ही समूह चर्चा चल रही है, विषय है—'वैदिक और बौद्धग्रंथों का तुलनात्मक अध्ययन।'

समूह चर्चा प्रारंभ करते हुए विद्वान् शिक्षक ने कहा कि वेद अप्रामाणिक है, क्योंकि उनमें विरोधाभाषी विचार है, जबकि बौद्धग्रंथ बोधिसत्त्व के अनुभूत सत्यों पर आधारित होने से प्रामाणिक है। कुमारिल का मन किया कि इसका खंडन करें, पर मन मसोसकर चुप रहे। द्वितीय वक्ता ने वेदों की खिल्ली उड़ाते हुए उन्हें बकवास और बौद्धग्रंथों को परमसत्य कहा, तो कुमारिल का मन कसमसा उठा, पर उन्होंने स्वयं को नियंत्रित रखा।

तीसरे वक्ता ने हलके शब्दों का प्रयोग करते हुए उपनिषदों को जंगली गपबाजी बताया, तो चौथे ने वैदिक ग्रंथों का मूढ़ता की उड़ान कहा, तो दुःखी और विवश कुमारिल की आँख की कोर से एक आँसू नीचे उतर आया।

उसे उन्होंने पोंछ लिया, पर मन की पीड़ा बर्फ-सी पिघल रही थी और आँसुओं का जैसे झरना-सा फूट पड़ था। इसे देखकर साथी और शिक्षक सभी हतप्रभ थे कि इस श्रेष्ठ और समर्पित विद्यार्थी के मन में कौन सी पीड़ा इतनी असहनीय है! शिक्षक ने पूछा,··· कुमारिल ने कहा, "वेदनिंदा का एक शब्द सुनना भी मेरे लिए असहनीय है। मैं इतने दिनों से व्यर्थ प्रलाप सहन कर रहा हूँ, वही कष्ट आज आँखों से वह निकला है।"

बौद्ध धर्म की नींव ही आजकल वेद निंदा रखी जा रही थी। सिद्धार्थ का स्वयं सिद्ध संदेश आजकल के बौद्ध धर्मगुरुओं के बौद्धिक सामर्थ्य के वश की बात नहीं थी, इसलिए उन्होंने निंदा और घृणा को ही अपना मंत्र बना रखा था। कुमारिल से ईर्ष्या रखनेवाले विद्यार्थियों को आज अच्छा अवसर मिल गया है, उनमें से जो सबसे उद्दंड हैं, वे कुमारिल से पूछ रहे हैं, "तुम सच बताओ, अपना असली परिचय दो···तुम वेद भक्त क्यों छद्मवेश में यहाँ हो?"

कुमारिल ने उत्तर में दृढ़ता से केवल एक वाक्य कहा, "मैं कुमारिल हूँ!"

इस एक वाक्य ने आग में घी का काम किया। कुमारिल का नाम ही विस्फोटक था, कितनी ही बार नालंदा में उनके नाम की चर्चा होती थी, धर्मकीर्ति की असमय आत्महत्या के वही दोषी थे···वही कुमारिल प्रच्छन्न वेश में मिल जाएँ तो कौन छोड़नेवाला था?

प्रतिहिंसा की आग में जलते हुए बौद्धों ने उन्हें बलपूर्वक सबसे ऊँची अट्टालिका की छत से नीचे धकेल दिया, किंतु ईश्वर की कृपा से वे बच गए। मामूली चोटों में एक आँख खराब होने के अलावा शेष देह सुरक्षित रही और वे गिरकर भी उठ खड़े हुए। बोले, "वेदों ने ही मेरी रक्षा की है, इसलिए मैं आजन्म उनकी रक्षा करूँगा।" वैदिक धर्मावलंबी कुमारिल के चारों ओर एकत्र होने लगे। कुमारिल अब उनके नायक थे। बढ़ते वाद-विवाद के मध्य यह तय हुआ कि वैदिक और बौद्ध विद्वानों की उपस्थिति में कुमारिल और उनके बौद्ध गुरु धर्मपाल के मध्य शास्त्रार्थ से जो पराजित हो, वह विजेता का धर्म ग्रहण करे या अग्नि में प्रविष्ट हो। उन्होंने नालंदा में भारी वाद-विवाद के मध्य शास्त्रार्थ में अपने बौद्ध गुरु धर्मपाल को परास्त किया और फिर देश भर में वैदिक धर्म की पुनर्स्थापना के अभियान पर निकल पड़े। धर्मपाल ने परास्त होकर धर्म-परिवर्तन न करते हुए अग्नि में प्रवेश किया। विजयी कुमारिल को मगधराज ने अपना प्रधान पुरोहित नियुक्त कर विशाल अश्वमेध यज्ञ का आयोजन किया। मगधराज के अश्वमेध में भारतवर्ष के अधिकांश शासक सम्मिलित हुए।

मुख्य पूजा के बाद भव्य भोज उपरांत अगले दिन मगधराज ने सभी अतिथियों के मध्य आचार्य कुमारिल भट्ट से उद्बोधन का अनुरोध किया। राजाओं और राजपुरुषों से भरे हुए उस भव्य समारोह में कुमारिल ने बोलना प्रारंभ किया···

"सम्मानीय महानुभावो! वेदों की छत्रच्छाया में पली हमारी अरण्य संस्कृति संपूर्ण

वसुधा को ही अपना कुटुंब मानती आई है। हमें हमारे प्राचीन ऋषियों ने सभी जीवों, वनस्पतियों और प्रकृति को भी सम्मान देना सिखाया है। वैदिक धर्म सहअस्तित्व, सम्मान, दया, करुणा और उदात्त जीवन-मूल्यों का पक्षधर है। भव्य-से-भव्य भवन को भी निरंतर साफ-सफाई, रंग-रोगन और मरम्मत की आवश्यकता होती है। हमारे प्राचीन धर्म की भी यही स्थिति है। इस भव्य महल में निहित स्वार्थों के मकड़ीजाल पनप गए थे। इसके खुले द्वारों से ताजा हवा के साथ-साथ धूल-धक्कड़, कचरा भी स्वाभाविक रूप से आया था...समय-समय पर विभिन्न धर्माचार्यों और दार्शनिकों ने अपने बुद्धिबल और विचार शक्ति से विशाल भवन की साफ-सफाई अपने-अपने युग में की थी। गौतम बुद्ध ने भी अपनी प्रतिभा और दिव्य व्यक्तित्व से यही कार्य किया, किंतु दुर्भाग्य से उनके अनुयायियों ने अपनी मूढ़ता और अति उत्साह से भवन की सफाई करने के स्थान पर उसको ढहाना ही प्रारंभ कर दिया है। आज इस विरासत को इन मूढ़ों से बचाने की चुनौती है। हमें यह कार्य शस्त्र और शास्त्र दोनों से एक साथ करना होगा, अन्यथा हमारी सभ्यता केवल इतिहास में बचेगी।

"महानुभावो, जो राष्ट्र स्वयं अपना परिशोधन नहीं करते, वे शत्रुओं से पददलित होते हैं। इसलिए हमें अपने दोषों का सुधार स्वयं करना होगा।

"आज हम असंख्य धार्मिक समूहों में बँटे हुए हैं। वैदिक धर्म में सुधार का जो जन आंदोलन गौतम बुद्ध ने प्रारंभ किया था, वह स्वयं एक नए धर्म में परिवर्तित हो गया है और उसमें भी वे सभी बीमारियाँ पनप गई हैं, जिनके विरुद्ध इसे जनसमर्थन मिला था। हीनयानों और महायानों की वैचारिक शत्रुता दिनोदिन उग्र होती जा रही है, यदि स्वयं सिद्धार्थ इस अधोगति को देखते तो उन्हें पछतावा होता।

"महानुभावो, विभाजन से नया विभाजन पैदा होता है। आज विभाजन की नहीं, संयोजन की, सबको जोड़ने की आवश्यकता है और वैदिक धर्म में ही यह क्षमता है कि वह इस विराट् भू-भाग की सभी भौगोलिक इकाइयों को एक सूत्र में बाँधकर रख सके।

"जनसामान्य से यह अपेक्षा उचित नहीं है कि वे जीवन के गहन सत्यों को समझें और वैचारिक दिव्यता के ऋषियों के स्तर को जिएँ। ऐसी स्थिति में मीमांसा यानी कर्मकांड का पालन उनके जीवन में नियमितता और एकरूपता का व्यावहारिक तरीका हो सकता है, जैसे इस अश्वमेध यज्ञ ने हम सबको यहाँ जोड़ा, इसी प्रकार दैनिक जीवन में कर्मकांड के पालन से सामाजिक एकरसता सुदृढ़ होगी।

"महानुभावो, जहाँ जनसामान्य के मध्य हमें एक तीव्र बौद्धिक आंदोलन की आवश्यकता है, वहीं दूसरी ओर बलपूर्वक, छलपूर्वक किए जा रहे धर्मांतरण को रोकने के लिए शस्त्र उठाने की भी उतनी ही आवश्यकता है। मेरी बात पर आप सभी विचार करें और आवश्यक उपाय करें।

धन्यवाद…।"

कहकर कुमारिल अपने आसन पर बैठ गए।

सभागार ने एक स्वर से उनकी बातों का अनुमोदन किया और वैदिक भारत प्रतिकार की मुद्रा में खड़ा होने लगा।

कुमारिल के पांडित्य के प्रताप से मगध, गौड़ समेत संपूर्ण उत्तर भारत में वैदिक धर्म का सूर्य पुनः प्रकाशवान हो उठा। विजयी कुमारिल अब दक्षिण की ओर बढ़े, उनके पुरुषार्थ से, सूने यज्ञ मंडपों में फिर से वेदों के मंत्र गूँजने लगे।

वही राष्ट्रनायक कुमारिल आज अपने ही आदर्शों की वेदी पर अपनी आहुति चढ़ा रहे थे।

□

मंडन-मिलन

आचार्य कुमारिल ने आत्म-उत्सर्ग के समय शंकर को कहा था, "हे श्रेष्ठ शंकर, यदि आप वेदांत मार्ग को प्रकाशित करना चाहते हो तो विद्वानों में श्रेष्ठ, दिगंतों में कीर्तिशाली मंडन मिश्र को जीतिए, वह कर्ममार्ग का उपदेश देते हुए विश्वरूप नाम से प्रसिद्ध हैं, वह वैदिक मार्ग में तत्पर, कर्मठ तथा महान् गृहस्थ हैं। आप महिष्मती नगरी में उनके पास जाइए, वह विश्वरूप मेरा सर्वश्रेष्ठ है। आप उसकी विदुषी पत्नी को साक्षी बनाकर शास्त्रार्थ में उसे जीतकर अपना अनुयायी बनाइए।"

आचार्य ने महिष्मती जाकर मंडन मिश्र से मिलने का संकल्प किया। महिष्मती सहस्रबाहु के नाम से प्रसिद्ध अत्यंत प्रतापी सम्राट् कार्तवीर्य की राजधानी थी। सम्राट् कार्तवीर्य यज्ञ, दान, तप, योग, श्रुत, बल एवं विजय में अद्वितीय थे।

उन्होंने विश्व-विजय के लिए निकले रावण को बंदी बना लिया था, जिसे छुड़ाने के लिए ऋषि पुलत्स्य को स्वयं आना पड़ा था। महर्षि जमदग्नि से संघर्ष होने से वे भगवान् परशुराम के क्रोध में भस्म हुए। इसी प्रतापी कार्तवीर्य की नगरी थी महिष्मती। लंबी यात्रा के बाद पवित्र नर्मदा के तट पर शोभाययान महिष्मती की शोभा देखकर आचार्य का मन प्रफुल्लित हुआ और उन्होंने नर्मदा तट पर एक वाटिका में डेरा डाल लिया।

आचार्य ने वाटिका में विश्राम कर प्रात:कालीन नित्य कर्म किए और सूरज के चढ़ते-चढ़ते वे मंडन मिश्र का पता पूछते उनके घर की ओर चले।

नदी तट पर पानी लेने आई पनिहारिनों ने साधु वेश देखकर सिर झुकाया और आशीर्वाद पाया। जब उनसे मंडन मिश्र के घर का पता पूछा तो एक सदा प्रसन्ना, वाचाल पनिहारिन ने कहा, "महाराज, यहाँ से यह मार्ग सीधे पंडितजी के घर को ही जाता है। उनके घर के तो पशु-पक्षी भी संस्कृत में ही बात करते हैं। मार्ग में जिस घर के बाहर पिंजरे में तोता-मैना संस्कृत में गुरु गंभीर वार्त्तालाप कर रहे हों, वही मंडन मिश्र का घर है।"

आचार्य और उनकी शिष्यमंडली मुसकराते हुए मार्ग पर आगे बढ़ी।

थोड़ा सा ही आगे चलने पर आभिजात्य वर्ग के भव्य भवनों की पंक्ति प्रारंभ हुई। एक-से-एक सुंदर भवन, उनके विशाल द्वार, गवाक्ष, सजावट दृष्टि को बाँध लेनेवाली थी। कहीं सुंदर रथ खड़े हुए थे, तो किसी द्वार पर सुंदर घोड़े हिनहिना रहे थे। इन सबको देखते हुए आचार्य आगे बढ़ते जा रहे थे। धूप की तपन बढ़ने लगी थी, पर गंतव्य समझ में नहीं आ रहा था। तभी एक मैना का सुंदर स्वर सुनाई दिया।...संस्कृत की मिठास भरी वाणी में वह तोते से संवाद कर रही थी।

यात्रीगण गंतव्य पर पहुँच गए थे। मंडन मिश्र का घर क्या था, विशाल ऊँचा प्रासाद था। मार्ग से ऊँचा होने से सीढ़ियाँ चढ़कर विशाल द्वार पर पहुँचे शिष्यों को तो द्वारपालों ने विनम्रतापूर्वक बाहर ही रोक दिया।

आज महाश्राद्ध का आयोजन था। राजपुरोहित मंडन मिश्र उसमें व्यस्त थे, इसलिए आगंतुकों को अनुमति नहीं थी। जब शिष्यों ने यह संवाद आचार्य को निवेदन किया तो वे सीढ़ियाँ चढ़कर मुख्य द्वार पर पहुँचे। उनके तेजस्वी स्वरूप को देखकर द्वारपालों का साहस ही नहीं हुआ और जब तक वे अपने कर्तव्य के प्रति सजग होते, आचार्य सहज भाव से भवन के भीतर प्रविष्ट हो चुके थे।

बरामदा पार कर आचार्य शंकर ने विशाल आँगन में बने यज्ञ-मंडप में एक सुदर्शन व्यक्ति को दो तेजस्वी ऋषियों के साथ देखा।

मन-ही-मन विचार किया कि यही मंडन मिश्र होंगे! उधर अनुष्ठानरत मंडन मिश्र इस अनामंत्रित अतिथि को देखकर झल्ला गए। श्राद्ध कर्म में अपरिचित और अवांछित साधु उन्हें असहनीय मालूम हुआ; क्योंकि परंपरा से श्राद्ध कर्म में संन्यासी का आगमन निषिद्ध है।

क्रोधित मंडन मिश्र ने तिरस्कार के साथ पूछा, "अरे घुटे सिरवाले...आपका यहाँ क्या काम? बिना आमंत्रण आप क्यों आ धमके?

"क्या आपने सुरापान कर रखा है या कोई दूषित भोजन से संतुलन खो दिया है और मेरे घर में अनाधिकार घुस आए हो?"

शांत शंकर ने दृढ़ता के साथ मंडन को उनके गुरु कुमारिल का स्मरण कराया और उनके अंतिम समय में हुई बातचीत का विवरण सुनाया। तब मंडन को अपनी भूल महसूस हुई। उन्होंने आचार्य शंकर से भोजन का आग्रह भी किया, पर शंकर वहाँ भोजन के लिए तो गए नहीं थे। उन्होंने गंभीर वाणी में कहा, "हे सौम्य, मैं साधारण अन्न की भिक्षा नहीं, बल्कि विवाद की भिक्षा माँगने आपके पास आया हूँ, आप मुझसे शास्त्रार्थ करें।"

मंडन मिश्र ने प्रसन्न मन से उत्तर दिया—

“हे महात्मन, आज मैं यह अनुष्ठान पूरा कर लूँ, कल से यथाविधि आपकी इच्छा पूर्ण करूँगा।”

आचार्य शंकर ने यह प्रस्ताव मान लिया और वे वापस अपने विश्रामस्थल की ओर लौट गए।

□

शास्त्रार्थ-कथा

अगले दिन नियत समय आचार्य शंकर मंडन मिश्र के आवास पर पहुँचे तो दृश्य बदला हुआ था। द्वारपाल सम्मान सहित उन्हें भीतर ले गए और विद्वानों, पंडितों, बुद्धिजीवियों से भरे हुए विशाल सभा मंडप में हर कोई उन्हें आश्चर्य से निहार रहा था। सबको भरोसा था कि पं. मंडन मिश्र के आभामंडल में यह नन्हा सा सितारा प्रारंभ में ही अस्त हो जाएगा। उनका विश्वास निराधार नहीं था, उन्होंने इस बौद्धिक अखाड़े में आए हर योद्धा, हर मनीषी, हर तर्कशास्त्री को परास्त होते हुए देखा था। आज भी वे उसी आनंद का रस लेने आए थे।

महिष्मती वासियों का यह लगभग नियमित बौद्धिक मनोरंजन था, इसीलिए सभा मंडप के बाहर बरामदों तक में श्रोताओं और दर्शकों की भीड़ थी।

सभा मंडप में शंकर के पहुँचते ही पुरोहित ने उन्हें नियत आसन पर बिठाया। उनके शिष्यगण उनके पीछे बैठे, दूसरी ओर मंडन मिश्र आसीन हुए। पंडितों के मंगलाचरण के साथ कारवाई प्रारंभ हुई।

कार्यक्रम का संचालन कर रहे विद्वान् की गंभीर वाणी गूँज रही थी, "महानुभावो, आज इस सभा मंडप में आचार्य शंकर और पं. मंडन मिश्र के मध्य शास्त्रार्थ प्रारंभ हो, उसके पहले मान्य परंपरानुसार आचार्य शंकर अपना प्रस्ताव प्रस्तुत करेंगे, उसके बाद पं. मंडन मिश्र असहमति की दशा में उसका खंडन करने के अधिकार का प्रयोग कर सकेंगे।

"उभय पक्ष की सहमति से किसी विद्वान् को मध्यस्थ मनोनीत किया जाएगा, मध्यस्थ के पदासीन होने पर आगे के संचालन सूत्र मध्यस्थ के हाथ में रहेंगे। उनके मार्गदर्शन में उभय पक्ष अपनी-अपनी शपथ लेंगे और शास्त्रार्थ प्रारंभ करेंगे।"

एक पल का अंतराल लेकर उन्होंने आचार्य शंकर से शास्त्रार्थ का प्रस्ताव सदन में प्रस्तुत करने का आग्रह किया।

विद्वानों से भरे हुए उस सभा मंडप ने दिव्यता से दमकते हुए शांत, सौम्य, सुडौल देहधारी आचार्य को अपने स्थान पर खड़े होते देखा। उनकी ओजस्वी वाणी सभा कक्ष में गूँजने लगी—

"महानुभावो, वेदांत की महिमा अलौकिक है, इसलिए इसका प्रचार मेरे जीवन का लक्ष्य है। वेदांत संसार के संताप को दूर करने के लिए चंद्रमा के समान शीतल है, किंतु पं. मंडन मिश्र ने कर्म मार्ग का आश्रय लेकर वेदांत की अवहेलना की है, इसलिए हे प्रिय मंडन, आप भी इस उत्तम मार्ग को स्वीकार कर लें अथवा मेरे साथ शास्त्रार्थ करें।"

आत्मविश्वास से भरे हुए मंडन मिश्र भी ओजपूर्वक अपने स्थान पर खड़े हुए और बोले, "यदि हजार मुखवाला शेषनाग भी मेरे सामने प्रतिवादी बनकर आए, तो भी मैं श्रुतिसम्मत कर्मकांड को छोड़कर आपके काल्पनिक दर्शन को कभी स्वीकार नहीं करूँगा। आपके मत का खंडन करने के लिए मैं शास्त्रार्थ के लिए प्रस्तुत हूँ।"

इसके बाद मंडन मिश्र ने अपनी दाईं भुजा ऊपर उठाकर गर्जना की, "मैं मंडन मिश्र यमराज के भी विनाशक ईश्वर का खंडन करनेवाला हूँ। वेदांती लोग ईश्वर को कर्मफल का दाता मानते हैं, किंतु मैंने सिद्ध कर दिया है कि फल का दाता स्वयं कर्म ही है। ईश्वर की कोई आवश्यकता नहीं है। इसलिए आप मुझसे शास्त्रार्थ कीजिए।"

शास्त्रार्थ अब सुनिश्चित हुआ जानकर सदन आश्वस्त हो गया कि भिड़ंत जोरदार ही होगी। दोनों पक्ष शास्त्रार्थ के लिए संकल्पित हैं, अब बारी मध्यस्थ को मनोनीत करने की थी।

श्रोताओं ने आश्चर्य के साथ आचार्य शंकर की वाणी को सुना, "मेरा प्रस्ताव है कि पं. मंडन मिश्र की विदुषी पत्नी सरस वाणी शारदा हमारे इस शास्त्रार्थ की निर्णायक हों।"

मंडन मिश्र भी इस प्रस्ताव पर चकरा गए, लेकिन उन्हें इस पर कोई विरोध न था, इसलिए उन्होंने भी सहमति दे दी और करतल ध्वनि के बीच अचानक मिले महत्त्वपूर्ण दायित्व को विदुषी शारदा ने गरिमापूर्वक स्वीकार कर लिया।

इस प्रस्ताव से आचार्य शंकर ने जनमानस को शास्त्रार्थ के पहले ही मुग्ध कर दिया था।

मध्यस्थ के आसन पर विराजमान विदुषी शारदा ने अपनी सरस वाणी में आचार्य शंकर को शपथ के लिए पुकारा।

आचार्य ने शपथ लेते हुए घोषणा की, "मेरे अद्वैत वेदांतमार्ग के सिद्धांत अनुसार जीव और ब्रह्म एक ही हैं, इनमें द्वैत नहीं है। इसमें उपनिषद् वाक्य प्रमाण है। हे मंडन, यदि इस शास्त्रार्थ में मैं पराजित हुआ तो इन काषाय वस्त्रों को त्यागकर श्वेत वस्त्र धारण कर लूँगा।"

प्रत्युत्तर में मंडन मिश्र ने बोलना प्रारंभ किया, "मैं वेदों के कर्मकांड भाग को ही प्रमाण मानता हूँ, उपनिषदों को मैं प्रमाण कोटि में नहीं मानता, कर्म ही प्रधान है, मीमांसक होने के नाते यही मेरी प्रतिज्ञा है। इस शास्त्रार्थ में यदि मैं पराजित हुआ तो गृहस्थ धर्म छोड़कर संन्यास ग्रहण कर लूँगा।"

निर्णायक के आसन पर विराजमान विदुषी शारदा ने सभा मंडप में एक-दूसरे के सामने बैठे हुए इन ज्ञान योद्धाओं के गले में ताजा फूलों की सुगंधित माला डालकर कहा, "शास्त्रार्थ के दौरान जिसके गले की माला पहले मलिन हो जाएगी, उसे परास्त माना जाएगा।"

फिर क्या था···वाद-विवाद का संग्राम प्रारंभ हुआ। एक तरफ अद्वैत की ध्वजा फहराने को व्याकुल आचार्य शंकर, दूसरी ओर द्वैत और मीमांसा के सेनापति मंडन मिश्र तर्क को तर्क से, श्रुति को श्रुति से, मंत्र को मंत्र से, मेधा को मेधा से, स्मृति को स्मृति से जूझते देख सभा मंडप मंत्रमुग्ध हो चुका था।

त्रिपुंड्रधारी आचार्य शंकर ने अपनी सहज मुसकराहट के साथ मंडन मिश्र से कहा, "अद्वैत ब्रह्मज्ञान ही वेद का एकमात्र ध्येय है।" तत्क्षण मंडन मिश्र ने उत्तर दिया,

"···कर्म ही वेद का तात्पर्य है, कर्म के फलस्वरूप ही मुक्ति मिलती है, बिना कर्म के मुक्ति संभव नहीं।"

मंडन ने आगे कहा, "हे यतिवर, आप लोग जीवन और ब्रह्म को एक ही मानते हैं, लेकिन इस विषय का सबल प्रमाण तो है नहीं?"

उत्तर देते हुए शंकर ने कहा, "हे श्रेष्ठ पंडित, इसके प्रमाण तो उपनिषदों में भरे पड़े हैं, उद्दालक आदि ऋषियों ने श्वेतकेतु जैसे शिष्यों को 'तत्त्वमसि श्वेतकेतो' (हे श्वेतकेतुः तुम ब्रह्मस्वरूप हो) यही सबसे बड़ा प्रमाण है।"

मंडन मिश्र ने असहमति जताते हुए तर्क दिया, "जिस प्रकार 'हुँ फट' आदि वचन निरर्थक हैं केवल जप करने से वे पाप को दूर करते हैं उसी तरह 'तत्त्वमसि' की भी यही दशा है, उसका प्रयोजन केवल जप, स्वाध्याय में है।"

आचार्य ने प्रति तर्क किया , "'हुँ फट' किसी अर्थ को प्रगट नहीं करता, किंतु 'तत्त्वमसि' का अर्थ तो स्वयं स्पष्ट है, तब उसे केवल जप के लिए कैसे मान लें?"

मंडन बोले, "हे यतिश्रेष्ठ, तत्त्वमसि जीव और ईश्वर के एक होने को प्रगट नहीं करता, वस्तुतः यज्ञादि कर्मों के कर्ता की प्रशंसा करता है, अतः वह विधि का अंग है।"

आचार्य ने उनका खंडन किया, "'तत्त्वमसि' तथा 'अहं ब्रह्मास्मि' इत्यादि ज्ञान कांड विषयक वाक्य विधि के अंग कैसे हो सकते हैं?"

मंडन कहाँ माननेवाले थे! उन्होंने कहा, "हे महात्मा, 'तत्त्वमसि' का सच्चा अर्थ यह है कि जीव में ब्रह्मदृष्टि करना चाहिए। यह जीव ब्रह्म की एकता का प्रतिपादन कभी नहीं करता।"

मंडन आगे बोले, "महाराज, वेदांत इस वाक्य से एकता का प्रतिपादन मानता है, किंतु मीमांसा की सम्मति में यह वाक्य जीव और ब्रह्म की सादृश्यता का प्रतिपादन करता है।"

शंकराचार्य ने मंडन मिश्र के इस कथन का तगड़ा प्रतिवाद किया। मंडन मिश्र भी कम नहीं थे, उन्होंने आचार्य के तर्कों को जड़ से काट दिया। आचार्य शंकर ने वेदों, शास्त्रों, उपनिषदों के उदाहरणों की घटाटोप बारिश से मंडन मिश्र के तर्कों की बारूद को गीला कर बेकार कर दिया।

श्रोता जब तक एक के तर्कों पर मुग्ध होते, तब तक दूसरा अपनी मेधा की रोशनी से चौंका देता। शास्त्रार्थ का कोई निकट अंत न देख निर्णायक के आसन पर विराजमान शारदा देवी अपनी सरस वाणी में बोलीं, "आप शास्त्रार्थ जारी रखिए, मैं भोजन की व्यवस्था देखना चाहूँगी।"

शारदा देवी के उठकर जाते ही शास्त्रार्थ पुनः आगे बढ़ा। शंकराचार्य अद्वैत का जितना मंडन करते, मंडन मिश्र अपनी प्रखर प्रतिभा से अगले ही क्षण उसका खंडन कर डालते।

श्रुति, वेद, पुराण, आगम-निगम कभी ढाल बन रहे थे, तो कभी तलवार।

सभा मंडप के अखाड़े में आह और वाह के जयकारे गूँज रहे थे, पर योद्धाओं का जोश कम नहीं हो रहा था। तभी शारदा पुनः सभा कक्ष में आईं और उन्होंने अपने पति से भोजन तथा आचार्य शंकर से भिक्षा ग्रहण करने का अनुरोध किया।

उनके इस अनुरोध पर शास्त्रार्थ भोजन-अवकाश के लिए स्थगित हो गया। भोजन कक्ष में जाकर मंडन मिश्र ने भोजन और आचार्य ने भिक्षा ग्रहण की। दर्शकों और श्रोताओं ने भी भोजन-अवकाश का लाभ उठाया।

भोजन अवकाश के बाद पुनः सभा मंडप में शास्त्रार्थ प्रारंभ हुआ। तर्कों और तथ्यों के साथ दोनों योद्धा सूर्यास्त तक जूझते रहे। सूरज ढलने के साथ ही यह बौद्धिक व्यायाम अगले दिन के लिए स्थगित हो गया।

शास्त्रार्थ भारतवर्ष की वैदिक परंपरा के बौद्धिक उत्सव थे। ये वैचारिक स्वतंत्रता की अद्भुत संस्कृति में लोक-शिक्षण और लोक-संस्कार दोनों एक साथ करते थे। शास्त्रार्थों के द्वारा जीर्ण पड़ गए विचारों का खंडन होता था और नए विचारों की हवाएँ समाज के मनोमस्तिष्क में ताजगी और नवीनता का संचार करती थीं।

यहाँ जनमानस को मनोरंजन और बौद्धिक विकास दोनों का सुख एक साथ मिलता था। वहीं युवा पीढ़ी अपने विचारों को शालीनता और शिष्टाचारपूर्वक कैसे कहा जा सकता है, इसकी कला यहीं सीखती थी।

शास्त्रार्थ के दौरान मतभेद होता था, किंतु मनभेद नहीं। परस्पर एक-दूसरे का सम्मान और एक-दूसरे के विचारों को ध्यानपूर्वक सुनना शास्त्रार्थ की पहली शर्त होती थी।

इस शास्त्रार्थ में भी इसी वैदिक परंपरा का सुंदर ढंग से निर्वहन हो रहा था। दोनों

पक्ष एक-दूसरे से असहमत थे। एक-दूसरे के तर्कों को काट रहे थे, किंतु कटुता या शत्रुता का भाव नहीं था। श्रोताओं को सारी प्रक्रिया समुद्र-मंथन जैसी लग रही थी। लेकिन उन्हें पता था, यह देव-असुर संग्राम नहीं है, बल्कि दोनों पक्षों के द्वारा सत्य की खोज है।

ज्ञान-समुद्र के मंथन से जो बहुमूल्य विचार-रत्न निकल रहे थे, श्रोता उनकी चमक से दीप्त हो रहे थे और इस ज्ञान-यज्ञ में सत्रह दिन कैसे बीत गए, किसी को पता ही न चला।

लोग सूर्यादय के पश्चात् सभा मंडप में जुड़ते, शारदा निर्णायक के आसन पर विराजमान होतीं। पं. मंडन मिश्र और आचार्य शंकर अपने-अपने आसनों पर आसीन होते। उनके कंठ में ताजा फूलों के हार पहनाए जाते और शास्त्रार्थ प्रारंभ होता। भोजनावकाश के समय शारदा नित्य पति को भोजन और आचार्य को भिक्षा के लिए आमंत्रण देतीं। रोज सूर्यास्त के साथ यह बौद्धिक संग्राम स्थगित होता।

□

शास्त्रार्थ कथा

आज अठाहरवाँ दिन है, पर न श्रोताओं के मन भरे हैं, न प्रतिस्पर्धियों के। प्राचीन संहिताओं का कौन सा अंश है, जो इन सत्रह दिनांक में प्रस्तुत नहीं हुआ! कपिल, वसिष्ठ, याज्ञवल्क्य, गार्गी, मनु, परशुराम, विश्वामित्र, जन्मदग्नि, भृगु आदि ऋषियों में से ऐसा कौन है, जिसे इन वक्ताओं ने अपने पक्ष में खड़ा न किया हो, पर अभी तक निर्णायक क्षण नहीं आया है।

आज फिर शास्त्रार्थ नियत समय पर प्रारंभ होनेवाला है। सभा मंडप में देश भर के विद्वानों, धर्माचार्यों, दार्शनिकों, धर्मप्रेमियों और श्रद्धालुओं की ऐसी भीड़ है कि तिल रखने की जगह नहीं है। मंडन मिश्र अपने आसन पर प्रसन्नता और आत्मविश्वास से भरे-पूरे दिखाई दे रहे हैं। दूसरी ओर त्रिपुंड्रधारी आचार्य शंकर का मुखमंडल भी सत्चित् आनंद से उल्लसित दिखाई दे रहा है और श्रोतागण उत्सुकता से आज की बौद्धिक खुराक की प्रतीक्षा कर रहे हैं।

निर्णायक का आसन भी रिक्त है। विदुषी शारदा अभी तक पधारी नहीं हैं। सदन में संयमित हँसी-खुशी का दौर चल रहा है। लोग परस्पर अभिवादन आदि में व्यस्त हैं।

घड़ी भर से विदुषी शारदा सभाकक्ष में पधारी हैं और गरिमापूर्वक अपने आसन पर विराजमान हो रही हैं।

आसन पर बैठकर उन्होंने इशारा किया और ताजा खिले हुए सुगंधित फूलों के दो हार उनके सम्मुख लाए गए।

उन्होंने वे हार दोनों प्रतिस्पर्धियों को पहनवाए और शास्त्रार्थ प्रारंभ करने का संकेत किया।

आचार्य शंकर ने आज पुनः शास्त्रार्थ का सूत्रपात किया। उन्होंने अपने संयत स्वर में बोलना प्रारंभ किया, तो सभा मंडप में नित्य की भाँति इतनी शांति हो गई कि उनके स्वर के सिवा कोई ध्वनि वहाँ नहीं थी।

वे बोल रहे हैं, "हे श्रेष्ठ विद्वान्, मुंडक उपनिषद् में लिखा है कि वेदों के विद्वान् ब्राह्मण, कर्म से प्राप्त वस्तुओं के नश्वर फल देखकर वैराग्य की ओर बढ़े, क्योंकि मोक्ष

किसी कर्म से प्राप्त नहीं होता। जो फल कर्म से मिलते हैं, वे क्षयशील हैं। जन्म के बाद जैसे मृत्यु निश्चित है, ऐसे ही योग के बाद वियोग भी निश्चित है।

"मोक्ष यदि कर्म से मिलता तो उसका विनाश भी निश्चित ही होता। मोक्ष आत्मा का स्वरूप है, जो हर समय उपलब्ध है।

"कठोपनिषद् भी यही मानता है कि अज्ञान का आवरण हट जाने से आत्मा सूर्य की तरह प्रकाशित होती है। इस प्रमाण से कर्म की भूमिका कमजोर प्रतीत होती है, किंतु संपूर्ण वेद में ज्ञान की भूमिका कमजोर प्रतीत करानेवाला एक भी प्रमाण आपके पास नहीं है।" कहकर वे ठहरे।

संपूर्ण सदन मंत्रमुग्ध होकर उन्हें सुन रहा था। उनका तर्क पूर्ण होने पर सबने मंडन मिश्र की ओर देखा। असमंजस उनके चेहरे पर स्पष्ट था। कोई तर्क उन्होंने नहीं दिया। जैसे वे खुद में ही उलझ गए हों। वे विचारों के गहरे भँवर में खो गए थे। उन्हें लगा, उनकी स्मृति धोखा दे गई है और मस्तिष्क पूरी तरह रिक्त हो गया है। उनके शरीर का ताप बढ़ गया। लोगों ने देखा कि वे पसीना-पसीना हो रहे हैं और उनके गले में पड़ी माला के पुष्प मलिन हो रहे हैं।

तनाव मंडन मिश्र के चेहरे पर ही नहीं, देह-मुद्राओं में भी दिखाई दे रहा था।

शंकर के अकाट्य तर्क के आगे मंडन मिश्र बिखर गए थे। उन्होंने स्वयं को संयत करने की चेष्टा की, किंतु जनसमूह के चेहरों-मोहरों पर लिखी अपनी पराजय उन्हें पढ़ने में आ रही थी।

विदुषी शारदा न्याय के आसन पर विराजमान थीं। उन्होंने अपने कर्तव्य का निर्वहन करते हुए आचार्य के तर्कों का अनुमोदन किया।

उन्होंने कहा, "आप दोनों भिक्षा ग्रहण करने हेतु चलिए।" संपूर्ण सदन विदुषी शारदा के नीर-क्षीर विवेक की सराहना करने लगा। मंडन मिश्र अब तक अपने को संयत कर चुके थे और उन्होंने विनम्रतापूर्वक अपनी पराजय स्वीकार कर ली।

उन्होंने अपने भावी गुरु आचार्य शंकर को प्रणाम करते हुए निवेदन किया, "आचार्य, मुझे मेरी शपथ अनुसार गृहस्थ जीवन त्यागकर संन्यास लेना है, इसलिए कृपया मुझे संन्यास दीक्षा देने की कृपा करें।"

जब तक आचार्य शंकर कुछ प्रत्युत्तर देते, तब तक विदुषी शारदा निर्णायक का आसन त्यागकर अर्धांगिनी की भूमिका में आ चुकी थीं। उन्होंने कहा—

"हे आचार्य, शास्त्र में पत्नी को पति का आधा अंग यानी अर्धांगिनी कहा गया है, इसलिए मुझे पराजित किए बिना आपकी विजय आधी ही है, पूर्ण नहीं। इसलिए इन्हें शिष्य बनाने के पूर्व आप मुझसे शास्त्रार्थ करिए। मुझे पराजित करके ही आप इन्हें अपना शिष्य बना सकते हैं।"

□

शंकर-शारदा शास्त्रार्थ

सौम्यता के साथ आचार्य शंकर ने विदुषी शारदा के मुखमंडल की ओर देखा। उन्हें इस आकस्मिक चुनौती की आशा नहीं थी। उनके और पूर्ण विजय के बीच में अचानक विदुषी शारदा एक दीवार बनकर खड़ी हुई थीं। आखिर उनका सर्वस्व दाँव पर था। वे अपने विद्वान् और गर्वोन्नत पति की पराजय से तिलमिलाई हुई थीं।

आज महिष्मति के राजपुरोहित, मीमांसा के दिग्गज मंडन मिश्र परास्त हुए थे। विदुषी शारदा इस दृश्य की मूकदर्शक नहीं रह सकती थीं। उन्होंने पितृकुल में सभी धर्मशास्त्रों, दर्शन, व्याकरण, छंद, उपनिषद् समेत चारों वेदों का रुचिपूर्वक अध्ययन किया था। वे गृह-कार्य में दक्ष होने के अलावा तर्क शास्त्र में भी निपुण थीं। अपने पति की रक्षा के लिए यमराज से भी जूझने का सामर्थ्य रखनेवाली सावित्री की तरह आज विदुषी शारदा आचार्य शंकर से भी शास्त्रार्थ को तैयार थीं।

उनकी शास्त्रार्थ कामना सुनकर अचकचाए आचार्य शंकर ने विचार कर उत्तर दिया, "हे देवि, मेरा आपसे शास्त्रार्थ करना उचित नहीं है, क्योंकि यशस्वी पुरुष महिलाओं के साथ वाद-विवाद नहीं करते, आप कृपया यह विचार छोड़ दें।"

विदुषी शारदा ने चुनौतीपूर्ण शब्दों में उत्तर दिया, "महाराज, आप स्त्री को तुच्छ क्यों समझते हैं? अतीत में महर्षि याज्ञवल्क्य और विदुषी गार्गी का शास्त्रार्थ अविस्मरणीय है।

"महाराज जनकजी ने भी सुलभा के साथ शास्त्रार्थ किया था, तब भी उनके यश में कमी नहीं आई। अत: मेरी प्रार्थना स्वीकार कर मुझसे शास्त्रार्थ कीजिए।

"यदि आपको यह स्वीकार नहीं है तो अपनी पराजय स्वीकार कीजिए।"

अब आचार्य के सामने शास्त्रार्थ के सिवा कोई विकल्प न था। उन्हें यह भी समझ में आ रहा था कि संपूर्ण सदन की सहानुभूति पराजित पक्ष के साथ है।

आचार्य ने क्षणभर विचार किया···उनका कोई कार्य निजी राग-द्वेष से प्रेरित नहीं था। भारतवर्ष की जिस महान् सांस्कृतिक परंपरा के प्रतिरक्षण का संकल्प उन्होंने लिया

था, उसका मार्ग दुर्गम होने का आभास उन्हें भलीभाँति था।

शास्त्रार्थ में विजय स्वयं के अहं की तुष्टि के लिए तो प्राप्त की नहीं गई थी। यह तो राष्ट्रीय एकीकरण के महान् यज्ञ की छोटी सी आहुति थी। इस यज्ञ में व्यवधान न हो, इसलिए निरंतर आहुतियाँ देनी थीं तो अगली आहुति विदुषी शारदा स्वयं प्रस्तुत थीं।

आचार्य ने स्वीकृति दी और भोजन अवकाश के बाद शास्त्रार्थ पुनः प्रारंभ हो गया। विदुषी शारदा की प्रखर प्रतिभा उनके नुकीले प्रश्नों और ठोस उत्तरों में प्रगट होने लगी। वे प्रारंभ में किसी तेज पहाड़ी नदी के प्रलंयकारी वेग सी प्रतीत हुईं। सदन को लगा कि उनके गंभीर प्रवाह में वेदांत की नौका ज्यादा देर तक टिकेगी नहीं, लेकिन आचार्य शंकर तो हिमालय-सी शांति के साथ उनके ज्ञान की गंगा को वेदांत दर्शन की जटाओं में लपेटकर साक्षात् शंकर ही बन बैठे थे और यह ज्ञान-यज्ञ अगले सत्रह दिनों तक अनवरत चलता रहा।

विदुषी शारदा के विचारों की आरंभिक अग्निवर्षा के समय बीतने के साथ-साथ ग्रीष्म ऋतु की नदी के प्रवाह की तरह दुर्बल होने लगी और जब ऐसा लगा कि उनकी पराजय बस एक-दो दिन की बात है, तब अठारहवें दिन उन्होंने युक्तिपूर्वक शास्त्रार्थ की दिशा अपने प्रश्न से ही उलट-पलट दी।

वे अभी तक आत्मा-परमात्मा, वेदांत और उपनिषद् के जिन गूढ़ प्रश्नों पर आचार्य से लोहा ले रही थीं, उसमें तो आचार्य को खरोंच भी आनेवाली नहीं थी, क्योंकि यह सारा ज्ञान तो वे अल्पायु में सीख और सोख चुके थे, यह तो उनका मजबूत पक्ष था।

□

काम आया कामशास्त्र

मंडन की पत्नी को समझ में आ चुका था कि शास्त्र चिंतन में आचार्य को जीतना असंभव था, अर्थात् उनकी पराजय तय है। उनका दांपत्य जीवन मान-प्रतिष्ठा, राजपुरोहित का वैभव, सामाजिक स्थिति सबकुछ दाँव पर थी, क्योंकि आचार्य की जीत की दशा में मंडन को संन्यास लेना था और इस आसन्न संकट की बाढ़ में सबकुछ बह जानेवाला था।

शारदा के लिए यह अस्तित्व का संकट था। उन्हें अपने स्वत्व की रक्षा के लिए आचार्य का परास्त करना ही होगा। उन्होंने सोचा, आचार्य शंकर ने बालकपन में ही संन्यास ले लिया था। इसलिए कामशास्त्र के ज्ञान से ये वंचित हैं। मैं इसी शास्त्र के द्वारा इन्हें जीतूँगी। उन्होंने आक्रमण प्रारंभ किया···

"काम की कलाएँ कितनी हैं? इनका स्वरूप कैसा है? किस स्थान पर वे निवास करती हैं? शुक्ल पक्ष में उनकी स्थिति कहाँ-कहाँ रहती है? युवती में तथा पुरुष में इन कलाओं का निवास किस प्रकार है?"

उनके प्रश्नों से सदन हक्का-बक्का रह गया और आचार्य शंकर भी कर्तव्य-विमूढ़ हो गए। उन्होंने चतुराई से विचार किया, 'यदि मैं कुछ नहीं कहता हूँ तो परास्त होता हूँ और यदि उत्तर देता हूँ तो संन्यासी की मर्यादा का उल्लंघन होता है।'

उन्होंने विनम्रतापूर्वक कहा, "देवि, आप शास्त्रीय प्रश्न पूछें तो मैं उनका उत्तर दे सकूँगा। संन्यासी से कामकला विषयक प्रश्न पूछना शोभनीय नहीं है।"

विदुषी शारदा कहाँ माननेवाली थी! उन्होंने तपाक से कहा, "क्यों महाराज, कामशास्त्र क्या शास्त्र नहीं है? संन्यासी तो जितेंद्रिय होते हैं, उन्हें कामशास्त्र की चर्चा में भी निर्विकार ही रहना चाहिए।"

यह सुनकर अब तक शांत बैठे मंडन मिश्र भी शांत न रह सके···"संन्यासी से ऐसा वार्त्तालाप शोभनीय नहीं है।"

विदुषी शारदा ने दृढ़ स्वर में उत्तर दिया, "ज्ञानियों ने काम-क्रोध-लालच आदि

विकारों को जीता हुआ होता है। यदि कामशास्त्र के विश्लेषण से भी इनका चित्त विचलित होता है तो इनका तत्त्वज्ञान अभी अधूरा और अपरिपक्व है। ऐसी दशा में ये आपके गुरु कैसे हो सकते हैं?"

मंडन मिश्र को कोई उत्तर नहीं सूझा, पर आचार्य शंकर को विदुषी की चतुराई समझ में आ गई। उन्होंने सहज प्रसन्न भाव से कहा, "माता, आपके प्रश्नों के उत्तर के लिए मुझे इस क्षेत्र का अध्ययन करना होगा। आप मुझे इसके लिए एक माह का समय दीजिए। मैं किसी अन्य की देह में प्रविष्ट होकर अनुभव प्राप्त करूँगा और आपके प्रश्नों के उत्तर लिखित रूप में दूँगा।"

विदुषी ने पूछा, "हे श्रेष्ठ संन्यासी, क्या दूसरे की देह में प्रवेश कर यह कार्य करने से आपका संन्यास खंडित नहीं होगा?"

आचार्य ने प्रतिप्रश्न किया, "देवी, इस जन्म में ब्राह्मण कुल में उत्पन्न व्यक्ति पूर्वजन्म में चांडाल रहा हो तो क्या फर्क पड़ता है!" इस सटीक उत्तर से शारदा मौन हो गईं।

□

परकाया प्रवेश

महिष्मती से आगे की यात्रा पर निकले आचार्य को चिंता थी कि एक माह की समय-सीमा में कामकला का अध्ययन पूर्ण कैसे हो? वे पूर्व दिशा में जा रहे थे। कई दिनों की यात्रा के बाद वे और उनके शिष्य एक सुंदर पर सुनसान जंगल में जा पहुँचे। उस घने वन को पार कर उन्हें किसी बस्ती में पहुँचने की आशा थी, तभी अचानक उन्हें राजपुरुषों का एक जमघट दिखाई दिया। उनके सामूहिक विलाप का स्वर भी उस जंगल की शांति को भंग कर रहा था।

उनके पास पहुँचने पर पता लगा कि राजा अमरुक जंगल में शिकार करने आए थे, उनकी हृदयगति अचानक रुक जाने से निधन हो गया है, इसीलिए उनकी रानियाँ, संतानें व बंधु-बांधव शोकग्रस्त होकर रो रहे हैं।

आचार्य शंकर ने क्षणभर में तय कर लिया कि वे योगबल से राजा की मृत देह में प्रवेश करेंगे। वे शिष्यों समेत ऊँची दुर्गम पहाड़ी पर चढ़े, वहाँ मीठे पानी के एक सरोवर के किनारे एक गुफा खोजकर उन्होंने कहा, "मैं योगबल से अपनी यह देह त्यागकर राजा के शरीर में प्रवेश करता हूँ, तुम लोग यहाँ के फलदार वृक्षों और मीठे पानी के सहारे सतर्कतापूर्वक मेरी देह की सुरक्षा करना। मैं एक माह के पूर्व ही इसमें वापस प्रवेश करूँगा।"

शिष्यों ने देखा कि आचार्य पद्मासन में बैठकर ध्यानमग्न हो गए। कुछ देर वे समाधि में प्रतीत हुए और कुछ ही पलों में उनका शरीर निर्जीव होकर धराशायी हो गया। शिष्यों ने उसे सम्मानपूर्वक गुफा में एक सुरक्षित स्थान पर सहेज लिया।

ऊपर की इस पहाड़ी से नीचे, विलापग्रस्त लोगों ने देखा कि राजा की निर्जीव देह में हलचल सी हुई है तो व्याकुल होकर उन्होंने आश्चर्य के साथ देखा कि राजा की साँस फिर से चलने लगी है और हृदय भी पुनः धड़कने लगा है। यह अविश्वसनीय था, पर सत्य था। विलाप बंद हो गया।

रोना बंद कर लोग खुशी से पागल हो उठे। उन्होंने राजा को आँखें खोलते देखा,

राजा उठकर बैठ गए। जैसे गहरी नींद से जागे हों। उनके संगी-साथी, परिजन, पत्नियाँ दंग हुए और सेवकगण उन्हें घोड़ों और पालकियों में लेकर राजधानी की ओर चल पड़े हैं।

जय-जयकार के बीच राजा अमरुक महल में पहुँचे। उन्होंने राजदरबार में बैठकर न्याय किया। विदेशी दूतों से भेंट की, मंत्रियों के राज-काज संबंधी निर्णय किए, विद्वानों का आदर किया और दुष्टों को कठोर सजाएँ दीं।

उनमें ऐसी कर्मठता पहली बार प्रगट हुई थी, अब वे शिकार और युद्धों के बजाय जनकल्याण में ज्यादा रुचि ले रहे थे। छह-सात दिन में उनके राज्य में अंतर दिखने लगा। प्रजापीड़क पहली बार कड़ी सजा पा रहे थे और सज्जन लोग अपना जीवन सम्मान के साथ जी पा रहे थे।

सुशासन का असर दिखने लगा था। व्यापारी उत्साहपूर्वक व्यापार में चित्त लगा पा रहे थे तो किसान मनोयोग से कृषि कार्य में लीन होने लगे। शिक्षक अपने गुरुकुलों में शिक्षा की गुणवत्ता पर जोर देने लगे और प्रकृति अपनी दया दृष्टि बरसाने लगी। तेज बारिश ने पानी की समस्या नहीं रहने दी। नदियाँ पानी से और बगीचे फलों-फूलों से लद गए।

राजा रात्रि में निवास में पहुँचकर रानियों को प्रसन्न करने लगा। अन्यथा तो वह मद्यपान में लड़खड़ाते हुए ही पहुँचता था। मंत्री, दरबारी, वैद्य, महाजन, सेना, प्रजा, राजपरिवार सभी प्रसन्न और चमकृत थे कि राजा का ऐसा रूपांतरण कैसे हो गया है!

राजा अब अध्ययनशील भी हो गए थे। उन्होंने महर्षि वात्स्यायन के 'कामसूत्र' के अलावा और भी बहुत सी उत्तम पुस्तकों का अध्ययन किया। लोगों ने प्रसन्नतापूर्वक यह आश्चर्यचकित कर देनेवाला समाचार भी सुना कि प्रतिदिन राज पुस्तकालय में अपना समय बितानेवाले राजा ने एक ग्रंथ का लेखन भी प्रारंभ किया है।

अपने विलासी और कर्तव्यच्युत राजा के व्यक्तित्व में हुए अचानक परिवर्तन ने अमात्यगणों के मन में संदेह पैदा कर दिया। प्रधान अमात्य ने विचार किया कि हो न हो, राजा के मृत शरीर में किसी दिव्य आत्मा ने प्रवेश किया है! इसीलिए राजा की योग्यता, प्रतिभा, सामर्थ्य सबकुछ प्रजा के कल्याण में लग रही है।

प्रधान अमात्य ने गोपनीय आदेश दिए कि आसपास के वनों और गुफाओं की गुप्तचरों से जाँच कराई जाए और यदि कहीं कोई शव पाया जाए तो उसे तुरंत जला दिया जाए, जिससे दिव्य आत्मा वापस न लौट सके और राजा की प्रजावत्सलता तथा सुशासन का लाभ निरंतर मिलता रहे।

पर इस निर्णय में थोड़ा विलंब हो चुका था। जब तक गुप्तचर सघन वन में पर्वत की चोटी पर उस गुफा में पहुँच पाते, तब तक आचार्य कामशास्त्र का सैद्धांतिक और

व्यावहारिक ज्ञान लेकर वापस अपनी मूल देह में लौट चुके थे।

आचार्य और उनके प्रिय शिष्यों का दल पर्वत की चोटी से नीचे उतरकर वापस महिष्मती के मार्ग की ओर चल पड़ा।

राजमहल में राजा की हृदयगति रुक जाने से फिर रुदन के स्वर गूँज रहे थे। □

पुनः महिष्मती

महिष्मती में आचार्य के पुनरागमन की सूचना घर-घर फैल गई। झुंड-के-झुंड प्रजाजन मंडन मिश्र की अतिथिशाला में उनके दर्शन के लिए पहुँचने लगे।

विदुषी शारदा को सभी प्रश्नों के उत्तर लिखित रूप में दिए गए। उन्हें पढ़कर उन्होंने अपनी पराजय गरिमा के साथ स्वीकार की।

आचार्य ने मंडन मिश्र को संन्यास धर्म में दीक्षित किया और उन्हें नया नाम 'सुरेश्वर' दिया। उनकी विदुषी पत्नी भी अब आचार्य के आह्वान पर ससम्मान शिष्य मंडली में प्रतिष्ठित हुईं। महिष्मती ने आचार्य शंकर की जय-जयकार के उद्घोष के साथ अपने प्रतिभाशाली राजपुरोहित मंडन मिश्र और विदुषी शारदा को भावभीनी विदाई दी।

मिश्र दंपती ने संन्यास ग्रहण के पूर्व अपनी संपूर्ण संपत्ति धर्म-कार्य के निमित्त आचार्य को समर्पित कर दी।

आचार्य तो अपरिग्रही थे, उन्होंने महिष्मती के गण्यमान्य नागरिकों की एक समिति बनाकर उन्हें एक संस्कृत पाठशाला तथा नर्मदा की परिक्रमा करनेवाले श्रद्धालुओं के लिए एक अन्न क्षेत्र संचालन का जिम्मा सौंप दिया।

नव संन्यासी मंडन मिश्र को गुरुकृपा के रूप में 'तत्त्वोपदेश' का ज्ञान मिला।

आचार्य शंकर द्वारा महान् मीमांसक पं. मंडन मिश्र पर शास्त्रार्थ में विजय और पति-पत्नी को संन्यास धर्म में दीक्षित कर लेने का समाचार सर्वत्र प्रसारित हो गया। जहाँ-जहाँ इसकी कहानी गई, वहाँ-वहाँ लोग इस अद्भुत संन्यासी के ज्ञान, साहस, विजय और व्यक्तित्व के बारे में रुचिपूर्वक चर्चा करने लगे।

अब आचार्य शंकर के यश का दायरा तेजी से विस्तृत होने लगा।

□

कापालिकों पर विजय

मंडन मिश्र और विदुषी शारदा के साथ हुए शास्त्रार्थ ने एक नया विश्वास और उत्साह आचार्य शंकर के नाम के साथ जोड़ दिया था। उनके प्रभाव का विस्तार अब नगरों और ग्रामों ही नहीं, राज्यों की भी सीमाओं के आर-पार होने लगा।

उन्होंने घोषणा की, "जिन्हें वेदों में आस्था न हो और जो अद्वैत में विश्वास न करते हों, वे सादर शास्त्रार्थ हेतु आमंत्रित हैं अथवा वे अद्वैत में, वेदों में अपनी आस्था घोषित करें।"

उनकी इस घोषणा से सर्वत्र हलचल मच गई। पहली और सबसे तेज प्रतिक्रिया कापालिकों की ओर से आई।

कापालिकों ने श्री शैलम नामक तीर्थ के आसपास प्रभुत्व जमा रखा था। कापालिकों की पूजा-पद्धति अलग थी। वे भगवान् शंकर के एक रूप महाभैरव के उपासक थे। मदिरा, मानव बलि, पशु बलि उनके अनुष्ठानों में आवश्यक थे।

काल भैरव के अतिरिक्त किसी अन्य में आस्था उन्हें स्वीकार नहीं थी। उन्होंने शास्त्रार्थ की चुनौती भेजी।

आचार्य इस आमंत्रण को स्वीकार कर शिष्यों सहित श्री शैलम की ओर चल पड़े। वे प्रात:काल ब्रह्ममुहूर्त में उठते, नित्य कार्यों और पूजन से निवृत्त होकर यात्रा प्रारंभ करते। दोपहर का सूरज जब ज्यादा तेज होता, तो गेरुआ वस्त्रधारी संन्यासियों का यह दल वृक्षों की छाया में ठहर जाता। भोजन व विश्राम के बाद वे पुन: यात्रा प्रारंभ करते और सूर्यास्त की रोशनी में जहाँ तक पहुँच जाते, वहीं रात बिताते।

उनके मार्ग में पड़नेवाले ग्रामों के निवासी उनके दर्शन करते, उनके सत्कार और ठहरने का प्रबंध करते और उनसे धर्मज्ञान का लाभ प्राप्त करते।

आचार्य शंकर का सुदर्शन व्यक्तित्व और मधुर वाणी लोगों को सम्मोहित कर लेती है। वे सरल और रोचक तरीके से अद्वैत के वैदिक दर्शन को आम जनता को समझाते हैं। हर गाँव में मंत्रमुग्ध श्रोता उनके भक्त बन रहे हैं, जो अन्य मतों को माननेवाले थे, उनकी

शंकाओं का सहज समाधान हो रहा है।

उनका उद्‌बोधन मत-मतांतरों में बँटे हुए लोगों को एक सूत्र में जुड़ने की प्रेरणा देता है। वे क्षेत्रीय पूर्वग्रहों का निवारण करते और भारतवर्ष की विविधता का महत्त्व समझाते चलते हैं।

उनके शिष्य भी आचार-विचार में अपने गुरु का अनुकरण कर रहे हैं। उनकी संपूर्ण यात्रा एक पुण्यसलिला नदी जैसी है, जो अपने मार्ग में पड़नेवाली भूमि, वनस्पति, पत्थर, रेत, जीव-जंतुओं सभी को रससिक्त करती आगे बढ़ती है।

महिष्मती से प्रारंभ हुई यह यात्रा आज महाराष्ट्र में पंचवटी पहुँची है। सत्कार के बाद आचार्य ने शिष्यों के साथ उस पवित्र स्थल के दर्शन करने चाहे, जहाँ प्रभु राम माता सीता और भ्राता लक्ष्मण के साथ रहते थे तो उन्होंने पाया कि प्राचीन राम मंदिर की व्यवस्था छिन्न-भिन्न है और मंदिर में दीपक-आरती के बजाय चमगादड़ों और झींगुरों की आवाजें हैं। मंदिर की दुर्दशा और गंदगी देखकर आचार्य ने उसे बुहारना शुरू किया तो शर्मिंदा ग्रामीणों ने देखते-ही-देखते संपूर्ण प्रांगण की सफाई कर डाली, कचरा जला दिया उसके धुएँ से चमगादड़ भी भाग गए। पानी लाकर पूरे मंदिर को धोकर पवित्र किया गया।

आचार्य ने मंदिर को वेद मंत्रों से अभिषिक्त किया। मंडन मिश्र, जो अब सुरेश्वराचार्य हो गए थे, उन्होंने विधि-विधान से मंदिर में पूजन-अर्चन किया। स्थानीय ग्रामवासियों को इस नवप्रतिष्ठित मंदिर के संचालन का दायित्व दिया गया। उसी ग्राम के ब्राह्मणों ने नियमित पूजन का संकल्प लिया। उस रात वहाँ धार्मिक मेला सा लगा रहा। रातभर भजन-पूजन हुए, जनास्था ने एक रात में ही अपने मंदिर को पुनः प्रतिष्ठित कर लिया। अगले ही दिन से ग्रामवासियों ने मंदिर के समीप एक मठ का निर्माण कार्य भी प्रारंभ कर दिया।

युवा संन्यासियों के इस दल ने समाज के मनोमस्तिष्क में लगे अकर्मण्यता के मकड़ी जालों को पोंछ डाला, भ्रमों के धूल-धक्कड़ को साफ किया, मानसिक दूरियों के बंधनों को काट डाला, तो समाज में एक नई चेतना, नया उत्साह, नया विश्वास प्रकट होने लगा।

जहाँ से भी इनकी यात्रा निकलती, वहाँ निराशा और वैमनस्य के झाड़-झंखड़ संकट में आ जाते।

पंचवटी के रमणीय वातावरण में कुछ दिन बिताने के बाद साधुओं का यह दल चंद्रभागा नदी के तट स्थित पंढरपुर पहुँचा। पंढरपुर में भक्त पुंडरीक की प्रार्थना पर स्वयं भगवान् विष्णु के प्रगट होने का जन-विश्वास इतना गहरा है कि यह स्थान एक महत्त्वपूर्ण और जीवंत तीर्थस्थल है।

महाराष्ट्र के दूर-दूर से भगतगण यहाँ भगवान् विट्ठल और रुकमणि के दर्शनार्थ आते हैं। यहाँ भी आचार्य का हार्दिक स्वागत हुआ। वे श्रद्धालुओं को उपनिषदों की रोचक कहानियाँ सुनाते हैं, साथ ही उन्हें अद्वैत की गूढ़ बातें भी सहज-सरल रूप में प्रवचन करते हैं।

आचार्य और उनकी शिष्यमंडली के दर्शन कर पंढरपुरवासियों और तीर्थयात्रियों को ऐसा लगा कि स्वयं विट्ठल ही पुनः प्रकट हो गए हैं। जितने दिन वे वहाँ रहे, उतने दिन श्रद्धालु उन्हें घेरे रहे। यहीं एक दिन भक्तिभावपूर्वक भगवान् पांडुरंग की पूजा करते समय आचार्य के श्रीमुख से भगवान् की स्तुति के रूप में जो मधुर स्वर प्रकट हुए, उन्हें भक्तगण भावलीन होकर सुनने लगे और 'पुलकित स्रोत' के रूप में प्रसिद्ध कर दिया।

श्री शैलम् की ओर बढ़ते हुए आचार्य शंकर और उनके शिष्यगणों ने मार्ग में आनेवाले धर्मस्थानों के दर्शन किए जहाँ आवश्यकता पड़ती तो वहीं डेरा लगाकर रुके, श्रमदान और ज्ञानदान से स्थानीय निवासियों को जाग्रत् किया। देवस्थानों के शुद्धीकरण, मरम्मत, पुनर्निर्माण के लिए जन-सहयोग जुटाया और आगे बढ़ते गए।

इनकी गतिविधियों की सूचनाएँ श्री शैलम में कापालिकों के राजा क्रकच के पास पहुँच रही थी। उसने वेदांत मार्ग का खंडन करने के लिए कापालिकों में सबसे तीक्ष्ण प्रतिभा के धनी लोगों को जिम्मेदारी दी।

श्री शैलम् उत्सुकता से आचार्य शंकर की प्रतीक्षा कर रहा था। कापालिक उनसे दो-दो हाथ करने को उतावले थे। पवित्र तुंगभद्रा के किनारे स्थित इस प्राचीन तीर्थ में देश के नौ ज्योतिर्लिंगों में से एक प्रतिष्ठित और पूजित था। पाशुपत शैव, कापालिक, महेश्वर उसकी पूजा आराधना-साधना करते थे।

आचार्य ने इस दिव्य ज्योतिर्लिंगों के दर्शन किए और आराधना की। कापालिकों का बौद्धिक दस्ता शास्त्रार्थ के लिए आया। मान्य परंपरानुसार उन्हें पहले शिष्यों से शास्त्रार्थ करना पड़ा। उनकी सारी तैयारी धरी रह गई। आचार्य से शास्त्रार्थ की बारी ही नहीं आई, क्योंकि सुरेश्वराचार्य और पद्मपाद ने ही उन्हें परास्त कर दिया। कापालिकों की प्रतिष्ठा संकट में आ गई। शास्त्रार्थ में पराजय से कापालिक उत्तेजित हो गए। कापालिकों के राजा क्रकच ने उग्र भैरव को आचार्य की छल कौशलपूर्वक हत्या का जिम्मा दिया।

तर्क और सुगठित शरीरवाली शिष्यमंडली आचार्य का कवच थी, इसलिए उन्हें मारने का एकमात्र उपाय छल ही था। उग्र भैरव अपनी पहचान बदलकर उनकी शिष्य मंडली में शामिल हो गया।

निर्मल हृदय, शिष्य वत्सल आचार्य शंकर अपने नए शिष्य उग्र भैरव की विनम्रता और अथक सेवा से गद्गद थे। वह निष्ठापूर्वक रात-दिन सबकी सेवा में रहता, भजन-पूजन में भी सबसे आगे रहता और भोजन, निद्रा आदि में सबसे पीछे। वह हर कार्य को

उत्साहपूर्वक करता। उसकी सेवा से प्रसन्न आचार्य ने एक दिन एकांत में उससे कहा, "मैं तुम्हारी सेवा से प्रसन्न हूँ, जब भी किसी वस्तु की आवश्यकता हो, माँग लेना, संकोच मत करना।"

पाखंडी शिष्य ने, जो कि रावण की तरह कपट वेश में साधु बना हुआ था और रात-दिन आचार्य की हत्या का उपाय सोचता रहता था, विनम्रता से उनके चरणों में हाथ जोड़कर बोलना प्रारंभ किया, "हे गुरुदेव, आपकी सर्वज्ञता, दयालुता, दानशीलता से संसार में आपका यश व्याप्त है। आपने परोपकार के लिए ही यह शरीर धारण किया है, आपकी शरण में आनेवाला याचक कभी खाली हाथ नहीं जाता।"

आचार्य यह सुनकर मंद-मंद मुसकराते हुए बोले, "हे शिष्य, मैं तुम्हें कह चुका हूँ, तुम्हें जिस वस्तु की आवश्यकता हो, निस्संकोच माँग लो। मेरा जो भी है, आप शिष्यों का ही है।"

लोहा गरम जानकर कापालिक ने वार किया, "हे प्रभु, मैंने भगवान् भैरव को प्रसन्न करने का व्रत लिया है। उन्होंने मुझे स्वप्न में किसी राजा या सर्वज्ञ का शीश चढ़ाने को कहा है। मैं अकिंचन लंबे समय से ऐसा न कर पाने के कारण क्लेश में था। आप यदि मुझे इस पवित्र कार्य के लिए अपना शीश प्रदान करेंगे, तो भगवान् भैरव प्रसन्न होंगे और आपको मोक्ष की प्राप्ति होगी।"

एक क्षण साँस लेकर वह कापालिक फिर बोला, "हे महामुनि, सिर देने पर आपको संसार में दधीचि की तरह अद्भुत कीर्ति मिलेगी और मुझे सिद्धि प्राप्त होगी। हे सज्जनों में श्रेष्ठ, शरीर के नाशवान होने का विचार कर आप जैसा अच्छा लगे, वैसा निर्णय लीजिए।" ऐसा कहते हुए वह धूर्त आचार्य शंकर के चरणों में लेट गया।

आचार्य शंकर ने झुककर दयापूर्वक कापालिक को उठाया और प्रेमपूर्वक बोले, "यह शरीर यत्न से रक्षा किए जाने पर भी एक दिन अवश्य नष्ट हो जाता है, यदि यह नश्वर शरीर भी किसी के काम आ जाए तो प्रसन्नता की बात है।"

उन्होंने आगे कहा, "देखो, मैं जिस समय अपनी एकांत समाधि में रहूँ तो तुम वहाँ आना, मैं तुम्हें अपना सिर दे दूँगा। मेरे विद्यार्थी उस समय मेरे पास नहीं होते हैं, न ही कोई अन्य व्यक्ति होता है, इसलिए उसी समय तुम अपना मनोरथ पूर्ण कर सकते हो।"

उन्होंने अपना एकांत समाधि का समय और स्थान उसे बता दिया और वह प्रसन्नतापूर्वक प्रणाम करके चला गया।

अगले दिन नियत समय पर वह कापालिक अपने असली स्वरूप में त्रिपुंड्र लगाए, त्रिशूल, तलवार लिये, गले में अस्थियों की माला पहने, मदिरा में मस्त होकर आचार्य शंकर के एकांत समाधि स्थल पर पहुँचा। उस समय वहाँ आचार्य के अलावा कोई न था, क्योंकि अधिकांश शिष्य स्नानादि के लिए गए हुए थे।

कापालिक की इच्छा पूर्ण करने के लिए आचार्य ने सिद्धासन पर बैठकर अपने मन को एकाग्र किया और समाधि में लीन हो गए। कापालिक ने अपना मनोरथ पूर्ण करने के लिए तलवार उठाई और आचार्य का सिर काटने के लिए उनकी ओर बढ़ा। उसका मनोरथ अगले कुछ पलों में पूर्ण होनेवाला था, इसलिए वह तेजी से उनकी ओर बढ़ा। उनके समीप पहुँचकर उसने अपने तलवार वाले हाथ को प्रहार के लिए ऊपर उठाया। तभी उसे किसी ने पीछे से तेज ठोकर मारी और वह मुँह के बल तलवार सहित जमीन पर गिर पड़ा। उसने उठने की चेष्टा की तो पाया कि किसी की तेज तलवार ने उसके उस हाथ को काट डाला था, जिससे वह आचार्य शंकर का सिर काटने जा रहा था। रक्त का तेज फव्वारा उसके कटे हाथ से निकल रहा था और हमलावर की तेज तलवार उसके अंग-प्रत्यंगों को साग-भाजी की तरह काट रही थी। उसके पीठ, पेट, पाँव, कमर, गरदन, हर कहीं इतने घाव हो चुके थे कि पहल कर वार करना तो दूर, खुद को बचाना भी संभव न था। अपने ही खून के तालाब में उसने दम तोड़ दिया।

असल में सनंदन उस कापालिक पर निगाह रखे हुए थे और जैसे ही कापालिक के हथियार सहित आने की सूचना उनके गुप्तचर ने दी, वे गुरुजी के एकांत समाधि स्थल में छिपकर बैठ गए और कापालिक गुरुजी पर हमला कर पाता, उसके पहले ही उसे यमलोक पहुँचा दिया।

पर निर्विकार आचार्य अभी भी समाधि में थे। कापालिक की मरणांतक कराह से जब उनकी समाधि भंग हुई तो उन्होंने नरसिंह की तरह क्रोध में उन्मत्त और कापालिक के खून के छींटों से गीले हुए सनंदन को देखा तो उन्हें घटनाक्रम समझ में आ गया।

सनंदन ने गुरुजी को प्रणाम किया और दुष्टों से सचेत रहने की प्रार्थना की। उग्र भैरव के शव को वहाँ से हटाया गया। सभी शिष्यों ने सनंदन के साहस और सूझ-बूझ की सराहना की, जिसने गुरुजी की प्राणरक्षा करते हुए पापी, उग्र भैरव का संहार कर दिया था।

□

विजय-यात्रा

उग्र भैरव के बुरे अंत का समाचार श्री शैलम् में जंगल की आग की तरह फैल गया। उसकी शक्तिशाली देह को खंड-खंड देखकर कापालिकों में भय फैल गया। जनसामान्य में कई तरह की सच्ची-झूठी कहानियाँ चल निकलीं। आचार्य की शक्ति संपन्नता, दिव्यता, चमत्कार शक्ति और परहित में प्राण देने में भी सहमति आदि के प्रसंग लोगों की जुबान पर चढ़ गए। शांतिप्रिय जनसामान्य ने आतंकी उग्र भैरव की मृत्यु से राहत की साँस ली।

उग्र भैरव के आतंक का ही अंत नहीं हुआ, उनका प्रभुत्व भी क्षीण होना तय हो गया। बहुत से कापालिक आचार्य और उनकी शिष्यमंडली से प्रभावित होकर अद्वैत की शिक्षा की ओर आकर्षित होने लगे।

श्री शैलम् के जनमानस को वेदांत के रस में ज्ञान-विभोर कर आचार्य और उनके शिष्यों ने गोकर्ण तीर्थ की राह पकड़ी।

सबसे आगे-आगे आचार्य शंकर चल रहे हैं, एक कदम पीछे सनंदन और सुरेश्वरानंद है, उनके आजू-बाजू और पीछे अन्य शिष्य हैं। फुरती से आगे बढ़ते हुए इन लोगों के पीछे-पीछे अन्य श्रद्धालु जन हैं और उनके भी पीछे सामान ढोनेवाली भारवाहक बैलगाड़ियाँ हैं, जिनमें आवश्यकता का सामान है।

आचार्य तेज चलते हैं। उनके साथ चलने के लिए अन्य लोगों को दौड़ना पड़ता है। जब से आचार्य की महिमा बढ़ी है, गाँवों से निकलना कठिन हो गया है। पहले से गाँववाले सूचना रखते हैं। गाँव की सीमा पर केले के पत्तों के स्वागत द्वार बनाकर हाथ जोड़े श्रद्धापूर्वक फल, मिष्टान्न, भोजन, पेयजल लेकर खड़े रहते हैं, मार्ग के ऊपर ताजे आम के पत्तों के बंदनवार हवा में झूल रहे हैं।

आचार्य स्वागत स्वीकार करने के लिए रुकते हैं, महिलाएँ पूजा की थाली में दीप सजाकर उनकी आरती उतार रही हैं, जनसमूह उन्हें फूल-मालाओं से लाद देता है, कोई तिलक कर रहा है, तो कोई दूर से ही अक्षत चढ़ा रहा है, जो भीड़ की धक्का-मुक्की नहीं चाहते, वे दूर से ही प्रणाम कर रहे हैं।

आरती-स्वागत के बाद आचार्य एक ऊँचे चबूतरे पर संबोधन के लिए खड़े होते हैं। उनके आशीर्वचन सुनने के लिए जनसमूह उमड़ रहा है। कोलाहल और धक्का-मुक्की भी है, लेकिन जैसे ही उनका स्वर गूँजता है, एकदम शांति हो जाती है। सब चुप हैं, केवल आचार्य का ओजस्वी स्वर गूँजता रहा है...."श्रेष्ठ भूमि के महानुभावो, आप महान् योद्धाओं की संतानें हैं, आपके पूर्वजों ने पृथ्वी पर अपने ज्ञान, तपस्या और पौरुष से एक महान् राष्ट्र बनाया था, जो शास्त्र और शस्त्र दोनों में समान रूप से निपुण था।

"हमारे पूर्वजों में महान् ऋषि-मुनि और राजा ही नहीं, महान् शिल्पी, अद्भुत वैज्ञानिक, आविष्कारक, खगोलविद्, वास्तु विशेषज्ञ, नगर नियोजक और निपुण व्यवसायी सभी शामिल हैं।

"हमने दैहिक, दैविक और भौतिक सभी आयामों में प्रगति की थी, लेकिन जैसा कि प्रकृति का क्रम है, हम कालांतर में अपने गुणों को बनाए नहीं रख सके, छोटे-मोटे निजी स्वार्थ प्रमुख होते गए और पूरा समाज गुटों और संप्रदायों में बँटने लगा।

"जिस वर्ण-व्यवस्था ने सदियों तक कार्य विभाजन और आनुवंशिक निपुणता को बढ़ावा देकर राष्ट्र को उन्नत तथा संपन्न बनाया, जहाँ हर व्यक्ति को अपनी रुचि अनुसार व्यवसाय और कार्यक्षेत्र चुनने और उसमें निपुणता विकसित करने का अवसर था, वहाँ जब जन्म की प्रधानता हो गई, तो ऊँच-नीच की विकृति पैदा हुई, जो अंतत: छुआछूत में बदल गई।

"जब इसका प्रतिकार हुआ तो उसका दमन भी हुआ। इस परस्पर संघर्ष के दलदल में राष्ट्र की प्रगति का पहिया थम गया है।

"हे अमृत की संतानो, अपने पुरुषार्थ को याद करो और कंधे-से-कंधा मिलाकर इस राष्ट्र के रथ को दलदल से बाहर निकालो।

"आत्मा और परमात्मा एक ही है, जिस तरह समुद्र की सारी बूँदों में नमक होता है, उसी तरह मुझमें, आप सभी में वही परमात्मा निवास करता है, एक-दूसरे से द्वेष करना उस परमात्मा का निरादर है।

"हे श्रेष्ठजनो,

"हमारे वेदों और उपनिषदों में कहा गया है कि सत्य एक ही है, विद्वान् उसे कई प्रकार से कहते हैं, पर वह है एक ही। इसी तरह सारे धर्म, सारे संप्रदाय अंतत: उसी एक परमात्मा की उपासना करते हैं, इसीलिए संप्रदायों के वैमनस्य व्यर्थ हैं।

"हे श्रेष्ठ भक्तो, भगवान् विष्णु और भगवान् शिव में कोई झगड़ा नहीं है, इसी तरह भगवान् श्री गणेश और जगत्माता शक्ति के मध्य कोई विवाद नहीं है, आप ईश्वर के सभी रूपों को एक ही समझें और उस अखंड अविनाशी की आराधना करें।"

भीड़ में खुसर-फुसर शुरू हुई, एक उद्दंड-सा व्यक्ति खड़ा हुआ और बोला,

“हम आपकी बात से सहमत नहीं हैं। मैं कापालिक मत को माननेवाला हूँ, हम महाभैरव के उपासक हैं, हमारी पूजा-पद्धति वैष्णवों से अलग है, हमारा भोजन अलग है, भजन अलग है, इष्टदेव अलग हैं, प्रसाद भी अलग है, तिलक भी अलग है, पहनावा भी अलग है। हम ढोंगी वैष्णवों और स्त्रीपूजक शाक्तों के साथ कैसे निर्वाह कर सकते हैं? या तो ये अपने निंदनीय मतों को त्यागकर हमारा सच्चा मत स्वीकार करें या हमसे युद्ध करें। काल भैरव के मर जाने से कोई यह न सोचे कि हम मर गए हैं। हमारे दिलों में प्रतिशोध की ज्वाला भड़क उठी है और हम आपके झूठे प्रचार में नहीं आनेवाले।”

आचार्य ने धीर-गंभीर स्वर में उत्तर दिया, “कोई मत स्वयं को श्रेष्ठ माने तो कोई कष्ट नहीं है, कष्ट तब होता है, जब वह केवल स्वयं को ही श्रेष्ठ तथा अन्य को निकृष्ट माने…तब वैमनस्य पनपता है। ईश्वर एक ही है, जैसे तुम्हारे मित्र तुम्हें एक नाम से पुकारते हैं, पर माता-पिता घरेलू नाम से अथवा पत्नी किसी अन्य संबोधन से। जबकि तुम एक ही हो, पर कई संबोधनों से पुकारे जाते हो। इसी प्रकार ईश्वर एक ही है, पर अलग-अलग भाषाओं और क्षेत्रों में उसके अलग-अलग नाम हैं, अलग-अलग छवियाँ हैं, अलग-अलग पूजा-विधियाँ हैं, इसलिए इन मुद्दों पर लड़ना मूर्खता है।

“आप अपने मत को मानिए, उसमें आस्था रखिए, पर दूसरे मत का ध्वंस करने से क्रिया की प्रतिक्रिया होगी और यह धार्मिक संघर्ष राष्ट्र को, समाज को पतन की ओर ले जाएगा।

“मैं एकता और प्रेम, अहिंसा और भाईचारे का संदेश लेकर आया हूँ। एक बार इसे भी अपनाकर देखिए। हमारे पूर्वज एक थे, हमारा अतीत एक था, हमारे वर्तमान वैमनस्य ने संकीर्णता ने, विभाजित कर दिया है। पर हमारा भविष्य एक साथ मिलकर रहने में है, झगड़ने में नहीं है। हमारे पुरखों ने विवादों, मतभेदों को सुलझाने के लिए विचार संवाद का मार्ग बताया है। शास्त्रार्थ की प्राचीन परंपरा ने सदियों से कितने विवाद हल किए हैं…यह मार्ग आज भी खुला हुआ है। जिन्हें अपने मत की श्रेष्ठता साबित करनी है, वे शास्त्रार्थ से करें। शस्त्र की जीत नगरों और राज्यों को जीतती है, आप इस पर शांति से विचार करें और निर्णय लें।” सभा विसर्जित हुई।

श्रोताओं ने अपनी-अपनी समझ से अपना-अपना अर्थ ग्रहण किया। कुछ लोग सहमत थे, कुछ पूरी तरह असहमत। कुछ ऐसे भी थे, जिन्हें फुरसत ही न थी पक्ष या विपक्ष में होने की। वे अपनी घरेलू चिंताओं में ही डूबे हुए एक चमत्कारी बाबा का दर्शन कर प्रसन्न हुए, जिसने आतंकी उग्र भैरव को मार डाला था और जिसके दर्शन से जीवन के दुःख दूर होने की कहानियाँ सब तरफ फैल रही थीं।

पदयात्री साधुओं की यह टोली अब कर्नाटक के समुद्री तट पर स्थित गोकर्ण तीर्थ पहुँची। प्राचीन तीर्थ नगरी में बड़ी उत्सुकता से उनकी राह देखी जा रही थी। उनके

धर्मोपदेशों की ओजस्विता और लोकप्रियता उनके पहुँचने के पहले ही पहुँच चुकी थी। उनके स्वागत के लिए श्रद्धालुओं की भीड़ थी। गोकर्ण के पवित्र शिव मंदिर में पहुँचते-पहुँचते उन्हें विलंब हो गया है, लेकिन उनके शांत, ओजस्वी चेहरे पर मुसकान ही खेल रही है। वे लोगों का अभिवादन द्विगुणित प्रेम के साथ स्वीकार कर रहे हैं। उनके शिष्यगण व्याकुल हैं, उन्हें गुरुजी के भोजन की चिंता है, पर गुरुजी प्रसन्न मन से दर्शनार्थियों को दर्शन ही नहीं, प्रत्युत्तर भी दे रहे हैं। उनकी प्रसन्नता-प्रफुल्लता देखकर कोई अन्य व्यक्ति यह सोच भी नहीं सकता कि वे लंबी यात्रा करके आए हैं और भोजन तो दूर, स्वल्पाहार भी उन्होंने लिया नहीं है। उनका संकल्प है कि पहले भगवान् गोकर्णेश्वर के दर्शन और पूजन करेंगे, उसके बाद ही कुछ ग्रहण करेंगे।

उनके शिष्यगण मंदिर के प्रबंधकों की सहायता से आचार्य को भीड़ के बीच से मंदिर के गर्भगृह तक ले जाने में सफल हुए।

गर्भगृह में प्रवेश करते हुए आचार्य अर्धनारीश्वर की अद्भुत प्रतिभा को देखकर मंत्रमुग्ध हैं, उनके मधुर स्वरों की लहरियाँ गर्भगृह में स्तुति बनकर गूँज रही हैं। मंदिर के पुजारी व उनके सहायक आदि सब एक अनूठे भावावेश का अनुभव कर रहे हैं।

अर्धनारीश्वर की भव्य मूर्ति आज इतनी जीवंत प्रतीत हो रही है कि शिव और पार्वती दोनों की उपस्थिति महसूस की जा सकती है। एक दिव्य ऊर्जा का प्रवाह सब अपनी श्वासों में आता हुआ महसूस कर रहे हैं।

संन्यासियों के लिए नियत विधि-विधान से आचार्य और उनके शिष्यों ने भगवान् गोकर्ण का पूजन किया और उन्हें गर्भगृह से भोजन कक्ष की ओर ले जाया जा रहा है।

सुस्वादु भोजन के पश्चात् आचार्य को विश्रामस्थल की ओर ले जाया जा रहा है। मार्ग के दोनों ओर भारी भीड़ कौतूहल से इस किशोर संन्यासी को देख रही है···कहना कठिन है कि इनमें श्रद्धालु ज्यादा हैं या तमाशबीन, पर जो भी उन्हें देख पाता है, वह एक तीव्र आकर्षण का अनुभव करता है। वे जिधर भी दृष्टिपात करते हैं, वहीं के दर्शक अपना सबकुछ हार जाते हैं और किसी चुंबक के असर में मालूम होते हैं। लेकिन अपवाद सब जगह होते हैं, सो गोकर्ण में क्यों नहीं होंगे! गोकर्ण कोई साधारण नगर तो है भी नहीं, भक्ति और ज्ञान की परंपरा यहाँ प्राचीन समय से आज तक टूटी नहीं है।

अतिथि के स्वागत का शिष्टाचार निभाने के बाद अब गोकर्ण के विद्वान् उनसे शास्त्रार्थ करने की प्रतीक्षा कर रहे हैं। आचार्य के शिष्यों ने उनका मंतव्य अपने गुरु तक पहुँचा दिया है। गुरुजी तो पहले से तैयार हैं। उनकी महायात्रा का वास्तविक प्रयोजन तो शास्त्रार्थ ही है, पर ज्यादातर विद्वान् तो सनंदन और सुरेशाचार्य के आगे ही नतमस्तक हो चुके हैं, वे भला आचार्य से शास्त्रार्थ का दुस्साहस कैसे करें?

शास्त्रार्थ माँगनेवालों की सूची छोटी होते-होते, अंततः केवल एक नाम पर आ

पहुँची है। यह नाम है अनेक ग्रंथों के रचनाकार और शैवमत के प्रधान गुरु नीलकंठ का। उनकी बौद्धिकता की धाक लंबे समय से पूरे क्षेत्र में है। पिछले कुछ वर्षों से तो उनके शिष्य हरिदत्त ने भी ख्याति और लोकप्रियता अर्जित की है। नीलकंठ ने 'ब्रह्मसूत्र' का भी शैवमतानुसार भाष्य किया है। वह भी लोकप्रिय और लोक स्वीकृत हुआ है। इन्हीं वरिष्ठ विद्वान् नीलकंठ से आज संध्याकाल से शास्त्रार्थ नियत हुआ है। बाहर आकाश में आज का सूरज पश्चिम दिशा में डूब रहा है और शास्त्रार्थ कक्ष में श्रेष्ठ शैव आचार्य नीलकंठ की प्रतिष्ठा भी आचार्य शंकर के हाथों अस्ताचलगामी हो रही है। पराजित नीलकंठ ने शिष्यों सहित युवा आचार्य का शिष्यत्व प्रसन्नतापूर्वक स्वीकार किया। अब वे अद्वैत की विजयवाहिनी के उत्साही योद्धा हैं। सनंदन के सुझाव पर आचार्य शंकर गोकर्ण तीर्थ से विदा लेकर अगले गंतव्य, जो कि 'हरिहर' तीर्थ के नाम से लोकप्रिय है, उसकी ओर चले पड़े हैं। आज उन्हें विदा देने जैसे पूरा गोकर्ण क्षेत्र ही उमड़ा है। सनंदन ने ध्यान दिया कि अंतिम विदाई के समय मंदिर के पुजारियों से लेकर वे सफाई कर्मचारी भी उपस्थित हैं, जिनके काम का बोझ आचार्य की यात्रा से दो गुना हो गया है।

हरिहर तीर्थ पहुँचते-पहुँचते सूरज डूब गया है। अपनी नियमित संध्या वंदना कर जब धर्मयोद्धाओं का यह दल नगर के प्रवेश द्वार पर पहुँचा तो उनका स्वागत बड़ी धूमधाम से हुआ और एक शोभायात्रा के रूप में उन्हें पवित्र हरिहर मंदिर ले जाया गया।

प्रजाजन अपने-अपने घरों की छतों से आकर्षक किशोर संन्यासी का दर्शन कर मुग्ध हो रहे हैं। मार्ग में उन पर कहीं पुष्पवर्षा हो रही है तो कहीं सोने और चाँदी के सिक्के चढ़ाए जा रहे हैं।

हरिहर मंदिर पहुँचकर आचार्य और उनके शिष्यों ने श्रद्धा से सिर झुकाया, कुछ ने दंडवत् प्रणाम किया, पुजारी उन्हें गर्भगृह में ले गए। सबने गर्भगृह में स्थापित हरि और हर की उस अद्‌भुत प्रतिमा को देखा और स्वयं को भाग्यशाली महसूस किया।

आचार्य शंकर तो विष्णु और शिव के इस अखंड अवतार को देखकर अभिभूत हो गए हैं। उन्हें लगा कि पवित्र भारतभूमि पर वैचारिक संकीर्णता के कीटाणुओं का प्रभावी इलाज उन्हें मिल गया है। वे वर्षों से अद्वैत के जिस सिद्धांत का प्रचार कर रहे हैं, आज उसे एक सटीक और व्यावहारिक आधार मिल गया है। इस मंदिर में अद्वैत एक कोरा बौद्धिक विचार नहीं है, बल्कि एक पूजनीय आदर्श है, जिसे हाथ से छुआ और आँख से देखा जा सकता है।

भारत के विभिन्न इलाकों में अपने-अपने देवी-देवताओं के नाम पर प्राण देनेवाले और प्राण लेनेवाले मूढ़ों को भगवान् हरिहर के दर्शन से यह समझ में आ सकता है कि भगवान् विष्णु और भगवान् शिव दो पृथक्-पृथक् ईश्वर नहीं, बल्कि एक ही ईश्वर के दो रूप हैं। उनके भक्तों का वैमनस्य उनकी मूढ़ता और अहंकार की उपज है। वे

श्रद्धापूर्वक उस अद्‌भुत स्वरूप की भव्यता में डूब गए। भगवान् विष्णु और भगवान् शिव की इस अद्‌भुत प्रतिमा की विशेषता यह थी कि यदि इसे बाईं ओर से देखें तो भगवान् विष्णु के दर्शन होते हैं तथा दाईं ओर से देखें तो भगवान् शिव के दर्शन होते हैं।

जो भी इसे देखता है, चमत्कृत होता है। प्रतिभा के सौंदर्य का भक्तिभाव से रसपान करते हुए आचार्य शंकर के कंठ से देवभाषा संस्कृत में अद्‌भुत गान फूट पड़ा है।

यह गान भी प्रतिमा की तरह ही द्विआयामी है। जो भगवान् शिव के उपासक हैं, उन्हें यह शिव स्तुति प्रतीत हो रहा है, ...“हे मंदराचल को धारण कर देवताओं को अमृत भोजन करानेवाले, खेद रहित तथा मंदरांचल के धारण योग्य सुंदर मूर्ति को ग्रहण करनेवाले हे वृहद् रूपी नारायण, आप अपनी अपार कृपा मुझ पर कीजिए।”

एक श्लोक के बाद दूसरा श्लोक भक्तों को चमत्कृत कर उस आध्यात्मिक ऊँचाई पर ले जा रहा है, जहाँ सारे भेद मिट जाते हैं, शेष रहती है माधुर्य भरी परम शांति।

शिव और विष्णु की संयुक्त स्तुति का यह अद्‌भुत स्रोत जब पूर्ण हुआ तो कुछ पल ऐसी शांति रही, जैसे सभी समाधि में चले गए हों। आध्यात्मिक ऊँचाई से वापस यथार्थ की धरती पर उतरने में कुछ समय तो लगता ही है, इसलिए यहाँ भी लगा।

पूजन-अर्चन के बाद आचार्य अपने शिष्यों सहित थोड़ी दूर पर स्थित मूकांबिका देवी के पवित्र मंदिर की ओर चल पड़े। इस अथक यात्री की अदम्य ऊर्जा उनके शिष्यों में भी स्थानांतरित हुई, कोई भी न तो थकता है, न विश्राम माँगता है, न ही भोजन, वे तो ईश्वर का जो संदेश लेकर निकले हैं, वही उनका भजन है और वही उनका भोजन।

गाँव-गाँव, गली-गली दूरियों को मिटाते, भेदभाव और अज्ञान की दीवारों को गिराते, समूचे राष्ट्र को ऐक्य भावना के सूत्र में पिरोती यह साधु मंडली नित्य ही यात्रा करती है। पथरीले रास्ते हों या कीचड़ गड्ढे इनकी यात्रा रुकती नहीं है। किसी वेगवान नदी की तरह ये बहे चले जा रहे हैं, लेकिन इनके पदचिह्न अमिट होते जा रहे हैं।

राष्ट्र की चेतना पर इनके हस्ताक्षर आनेवाली सदियों में उसी तरह धुँधले हो सकते हैं, जैसे धूल-आँधी में नाम पट्टिकाएँ, लेकिन जब समय का प्रहरी इनकी धूल-मिट्टी पोंछ देता है तो ये फिर चमक उठती हैं।

ये तोड़ने नहीं निकले, जोड़ने निकले हैं। ये किसी को पराजित नहीं होने देते, जैसे समुद्र नदियों पर विजय प्राप्त नहीं करता, बस, उन्हें अपने में ससम्मान समाहित कर लेता है। ये कभी कुतर्क नहीं करते, कभी झूठ नहीं बोलते, किसी को नीचा नहीं दिखाते, इसलिए इनका विचार परिवार निरंतर बढ़ता जा रहा है। गाँव के गाँव, नगर के नगर, प्रांत के प्रांत सब जैसे एक बौद्धिक जागरण की बयार से जागकर उठ खड़े हो रहे हैं। शंकर समन्वय और प्रेम की भाषा बोलते हैं।

□

मूकांबिका

आचार्य के शिष्यों और स्वयंसेवकों ने भीड़ के बीच से रास्ता बनाया, आचार्य सहज भाव से अंबिका के दर्शन की इच्छा से मंदिर के द्वार पर पहुँचे। वहाँ भी जन-समुद्र की लहरें थपेड़े मार रही थीं, पर इससे अप्रभावित आचार्य भक्तिभाव में डूबे हुए मंदिर में प्रवेश कर गए।

पुजारियों ने मंत्रोच्चार के साथ उनका स्वागत किया, गर्भगृह में देवी मूक अंबिका की प्रतिमा उनकी उपस्थिति में जैसे सजीव हो उठी। भक्तिभाव में डूबे शंकर ने माँ के चरणों में साष्टांग दंडवत् किया और कुछ क्षण भूमि पर उसी मुद्रा में भावमग्न रहे। उनके शिष्यों ने भी गुरु का अनुसरण किया।

कुछ पलों की शांत आराधना के बाद सभी उठ खड़े हुए और मंदिर के परिसर में बाहर की ओर जाने लगे, पर अवरोध और विरोध के नागफनी भी हर जगह उनकी प्रतीक्षा में रहते ही थे।

सबसे आगे चल रहे आचार्य शंकर को प्रणाम कर एक संदेशवाहक ने विनम्र स्वर में कहा, "महाराज, यह स्थान श्रेष्ठ पंडितों से शोभायमान है, यहाँ प्राचीन काल से शारदापीठ है। हम चाहते हैं कि आप जैसा स्वयंसिद्ध विद्वान् शारदापीठ पर प्रतिष्ठित हो, किंतु इसके लिए आपको स्थानीय विद्वन्मंडल को शास्त्रार्थ से जीतना होगा, पर महाराज···।" थोड़ा रुककर उसने गला साफ किया, फिर बोला, "आज तक यहाँ से कोई विद्वान् जीतकर नहीं गया।"

आचार्य ने सौम्यता से उत्तर दिया, "मुझे आपका आह्वान स्वीकार है, मैं शास्त्रार्थ के लिए प्रस्तुत हूँ।"

आचार्य का उत्तर लेकर संदेशवाहक लौट गया, मंदिर के अतिथिगृह में आचार्य और उनके सहपाठी भोजनविश्राम में रत होकर शास्त्रार्थ के स्थान एवं समय की प्रतीक्षा कर रहे थे, तभी संदेशवाहक ने आकर अगले दिन शारदापीठ के ज्ञानमंडप में शास्त्रार्थ के नियम, समय की सूचना दे दी।

रात्रि विश्राम के बाद अगले दिन सुबह की रोशनी फैलने लगी। शारदापीठ में विद्वानों, राजपुरुषों, श्रद्धालुओं, भक्तों और दर्शकों की भीड़ जुटने लगे। नियत समय के पूर्व ही शास्त्रार्थ स्थल भीड़ से ठसाठस भर गया।

शंख ध्वनि के साथ आचार्य ने सभा मंडप में प्रवेश किया। उनके विशाल नेत्र, उन्नत ललाट, उद्दीप्त मुखमंडल और कसी हुई सुडौल देह देखकर लोगों को संतोष हुआ। कोई उनके गौर वर्ण से तृप्त था, तो कोई उनके विशाल नेत्रों से मुग्ध।

स्थानीय पंडितों को आभास हो गया कि इस युवा संन्यासी ने अपने सुंदर व्यक्तित्व से सभागार को एक शब्द बोले बिना ही जीत लिया है।

निर्णायक के आसीन होते ही आचार्य नियत स्थान पर आसीन हुए। उनके साथ उनकी शिष्य मंडली भी विराजमान हुई। उधर प्रतिपक्ष में भी तपे हुए पंडितों ने आसन ग्रहण किया।

वैधानिक सूचनाओं और नियमों के उद्घोष के साथ शास्त्रार्थ प्रारंभ हुआ।

प्रतिपक्ष के पंडित ने अद्वैत का खंडन करते हुए ईश्वर और जीव को पूर्णत: अलग-अलग बताया। उसने आक्रोश के साथ कहा, "महाराज, अब इस संसार में मात्र आप ही विद्वान् बचे हैं, शेष सब तो मूर्ख हैं, क्योंकि आपकी समझ में भक्त और भगवान् में कोई भेद ही नहीं है। ब्रह्मा, विष्णु, महेश सबको आपने मिथ्या साबित कर दिया है, बस, आपका निराकार अद्वैत सिद्धांत ही सत्य है, क्योंकि उसका न कोई हाथ है, न कोई पैर, इसलिए वह निराकार है। चूँकि वह निराकार है, इसलिए सत्य है और जो सशरीर साकार है, वह असत्य है, जय हो आपके ज्ञान की।"

शंकर ने शांत चित्त से उत्तर दिया, "हे महापंडित, ज्ञान की जय तो सदैव से निश्चित है, उसे आपके उलाहने के आश्रय की आवश्यकता नहीं है। जहाँ तक साकार और निराकार का विवाद है, यह आप सदृश पंडितों का बुद्धि-विलास है। ईश्वर सर्वशक्तिमान है, इसलिए वह किसी आकार का बँधुआ नहीं है। जो आकार में ही सीमित है, वह ईश्वर नहीं हो सकता है, क्योंकि ईश्वर तो अपरिमित है। वह साकार भी है और निराकार भी।"

सभा मंडप में सुई पटक सन्नाटे के बीच उनकी तेजस्वी वाणी गूँज रही थी…"अद्वैत मेरी खोज नहीं है, यह तो वेद, श्रुति, उपनिषद् सर्वत्र व्याप्त है और अद्वैत का किसी मत से कोई झगड़ा नहीं है। पंडितजी, जैसे सारी नदियाँ समुद्र में जाकर मिलती हैं, वैसे ही सारे मत अंतत: अपनी यात्रा अद्वैत के महाद्वार पर पहुँचने के लिए ही करते हैं।

"श्रेष्ठ विद्वान्, भक्त और भगवान् एक ही हैं, क्योंकि पिता और पुत्र एक ही होते हैं। उनके चेहरे-मोहरे, चाल-ढाल, देहमुद्राएँ एक सी ही होती हैं या कालांतर में हो जाती हैं।

"इसी प्रकार आत्मा का जन्म परमात्मा से हुआ है, अत: आत्मा-परमात्मा एक

ही हैं, जैसे बीज और फसल में कोई फर्क नहीं होता है, ऐसे ही परमात्मा से उपजी हुई आत्मा उसी का छोटा प्रतिरूप होता है, यही अद्वैत है।"

निर्णायक ने प्रतिपक्ष को प्रतितर्क के लिए अवसर दिया, लेकिन कोई तर्क उन्हें सूझ नहीं रहा था। आचार्य के सहज सत्य के ताप के आगे उनकी विद्वत्ता मोम-सी पिघल गई थी, उन्होंने अपनी पराजय स्वीकार कर ली।

अब पंडितों का दूसरा दल सामने आया। उन्होंने प्रश्नों की बौछार लगा दी। आचार्य इस बौछार से विचलित नहीं हुए। उन्होंने स्पष्ट शब्दों में कहा, "ईश्वर सर्वव्यापी है, वह प्राणवायु की तरह सर्वत्र है, वह ब्रह्मा, विष्णु, महेश, दुर्गा, लक्ष्मी, सरस्वती में भी है और प्राणिमात्र में भी, उसके आकार और स्वरूप पर मतभेद मूढ़ता के सिवा कुछ नहीं।

"वह अविनाशी परमात्मा प्रकृति के कण-कण में व्याप्त है, संपूर्ण सृष्टि उसका ही स्वरूप है। वह नदियों, वृक्षों, वनस्पतियों, गृहों, नक्षत्रों, भूमि, मरुस्थल, आकाश, अंतरिक्ष में सर्वत्र व्याप्त है। उसमें कोई ऊँच-नीच, कोई भेदभाव मानसिक विकार के अतिरिक्त कुछ नहीं।

"किसी भी प्राणी के साथ हिंसा उसी परमात्मा के साथ हिंसा है, इसलिए शैवों और वैष्णवों का अथवा बौद्धों और सनातनियों का रक्तपात धर्मांधता है, धर्म नहीं।"

आचार्य ने धीरोदात्त भाव से शास्त्रों से प्रमाण देकर उन्हें निहत्था कर दिया। इस दल के भी पराजय स्वीकार करते ही निर्णायक ने आचार्य के विजय की घोषणा कर दी।

सभी पंडितों ने आचार्य को अपना गुरु स्वीकार किया। सभा मंडप उ ी जय-जयकार से गूँज रहा है।

उनसे शास्त्रार्थ करनेवाले विद्वानों का समूह ही उन्हें अनुरोधपूर्वक शारदापीठ पर आसीन होने का निवेदन कर रहा है। आचार्य सहज भाव से उस पर आसीन हुए हैं। यह सारा आँखों देखा विवरण शास्त्रार्थ से लौटते दर्शकों के साथ नगर भर में प्रसारित हो रहा है।

□

शृंगेरी श्री बलि

आचार्य की यशगाथा दिन दूनी और रात चौगुनी फैल रही है। मूकांबिका में श्रद्धालुओं की दर्शन-पिपासा और ज्ञान-पिपासा बुझाते हुए उन्हें तीन दिन हो गए, पर लोगों के मन नहीं भरे थे। उन्हें फिर आने का आश्वासन देकर आचार्य शंकर शृंगेरी की ओर बढ़े।

शृंगेरी के रास्ते में उन्हें श्री बलि नामक अग्रहार से होकर जाना था। श्री बलि एक प्राचीन अग्रहार था, यहाँ दो हजार ब्राह्मण परिवारों का निवास था। ये सभी ब्राह्मण अत्यंत धार्मिक थे। प्रात: बेला में यहाँ के सभी घरों से मंत्रोच्चार के साथ अग्निहोत्र का सुगंधित, पवित्र धुआँ बाहर निकलता दिखाई देता था। वैदिक रीति से कर्मकांड के पालन में श्री बलि के ब्राह्मणों का बड़ा नाम था।

महान् मीमांसक मंडन मिश्र की ख्याति और प्रतिभा से प्रभावित इन ब्राह्मणों ने आचार्य और उनके दल विशेषकर मंडन मिश्र का हार्दिक स्वागत किया। गाँव की गलियों में बंदनवार सजाए गए थे। कुल वधुओं ने अपने घरों से पुष्पों की वर्षा की पुरुषों ने ताजा फूलों के हार पहनाए। जय-जयकार के साथ आचार्य अग्रहार में विद्यमान शिव-पार्वती मंदिर के दर्शन करने गए।

श्री बलि के ब्राह्मणों ने मंडन मिश्र को गुरु के स्नेह की छत्रच्छाया में प्रफुल्लित देखा। पराजय की हलकी सी परछाईं भी उनके व्यक्तित्व व्यवहार में नहीं दिखी। उनकी प्रतिभा का स्वर्ण गुरुसेवा की कसौटी पर निखरकर कुंदन सा उज्ज्वल हो चुका था। वे समझ चुके थे कि उनके भावी कर्तव्यों की सीमा महिष्मती की सीमाओं से कहीं बहुत ज्यादा बड़ी थी। अपने गुरु की कृपा से वे बिंदु से सिंधु होने जा रहे थे।

उनकी प्रतिभा का सूर्य अब आर्यावर्त की सीमाएँ पार कर आचार्य की दिग्विजय के साथ संपूर्ण भारत वर्ष में अपनी उपस्थिति से जगमग होनेवाला था। उन्हें याद रहता था तो बस अपना नया जीवन, नया नाम, नई जीवन पद्धति और नया स्वप्न...पुराना तो वे महिष्मती में ही छोड़ आए थे, उसे उन्होंने फिर कभी याद भी नहीं किया...वे अब

संन्यासी थे···सुरेश्वर···अपने गुरु के प्रियतम शिष्य।

सुरेश्वर का बाकी शिष्य भी बहुत सम्मान करते थे, सभी जानते थे कि उनकी विद्वत्ता का सम्मान तो स्वयं आचार्य शंकर भी करते हैं और महत्त्वपूर्ण निर्णयों के समय उनकी सलाह अनिवार्य रूप से ली जाती है।

श्री बलि में आचार्य के कक्ष के बाहर ध्यानमुद्रा में बैठे सुरेश्वर ने एक दंपती को अपने किशोर पुत्र के साथ आते देखा, तो वे समझ गए कि मूकांबिका प्रवास में मृत बालक को जीवित कर देनेवाला चमत्कार इस अग्रहार तक आ पहुँचा है। जब दंपती ने पास आकर आचार्य के दर्शन की इच्छा प्रकट की तो सुरेश्वर उन्हें कक्ष के बाहर ही रोककर उनका प्रयोजन पूछने लगे।

आगंतुकों में से पुरुष ने आगे बढ़कर अपना परिचय दिया—"मैं प्रभाकर हूँ, ब्राह्मण हूँ, मैंने शास्त्रों का भी अध्ययन किया है, किंतु पुत्र की जड़ता से बहुत दुःखी हूँ।"

सुरेश्वर ने स्नेहपूर्वक उन्हें सांत्वना दी व आचार्य की अनुमति मिलते ही प्रभाकर को पुत्र व पत्नी सहित भीतर भेज दिया।

सिंहासन पर विराजमान आचार्य का अभिवादन करते हुए पं. प्रभाकर ने उनके चरणों में श्रीफल, मिष्टान्न आदि समर्पित किया और हाथ जोड़कर कहा, "हे महात्मन, यह मेरा एकमात्र पुत्र 13 वर्ष का होकर भी अविकसित है। न कुछ बोलता है, न खाता है, न खेलता है, इसमें बच्चों जैसे गुण ही नहीं हैं। यह तो किसी वयोवृद्ध व्यक्ति की भाँति उदासीन है। इससे हम लोग अत्यंत दुःखी हैं···ईश्वर की कृपा से मेरे पास पर्याप्त धन है। उत्तम स्वास्थ है, समाज में सम्मान है, किंतु यह सब व्यर्थ है। कृपया आप इसे अपना आशीर्वाद देकर उद्धार करें।"

बालक की माँ ने याचना के स्वर में कहा, "हे प्रभु, आपने मूकांबिका में मृत बालक को जीवित कर दिया था, आप हमारी इस एकमात्र संतान को स्वस्थ, सामान्य बनाने की कृपा करें।"

आचार्य ने माँ-बाप की याचना सुनकर उस किशोर की ओर देखा, वह बालक सुंदर, तेजस्वी और कुशाग्र प्रतीत हो रहा था, जबकि व्यवहार की दृष्टि से उसकी गिनती मूढ़मतियों में थी।

आचार्य की दृष्टि ने परख लिया कि यह बालक मूढ़मति नहीं हैं। उन्होंने चमत्कार की आस लगाए बैठे माता-पिता और दर्शनार्थियों की भीड़ के मध्य उस बालक से पूछा, "हे वत्स, तुम कौन हो, किसके बेटे हो, तुम्हारा नाम क्या है, तुम कहाँ जा रहे हो, तुम आए कहाँ से हो? तुम्हें देखकर मेरा हृदय आनंदित हो उठा है, मुझे अपना परिचय दो।"

वह गूँगा बालक, जो जन्म से अब तक मौन ही रहा था, अत्यंत मधुर स्वर में बोला, "न मैं मनुष्य हूँ, न देवता या यक्ष, ब्राह्मण, क्षत्रिय, वैश्य, शूद्र भी नहीं हूँ, ब्रह्मचारी,

गृहस्थ, वानप्रस्थी या संन्यासी भी नहीं हूँ, मैं केवल निज बोध स्वरूप आत्मा हूँ।"

उसके माता-पिता, पड़ोसी सभी दंग रह गए। जो बालक कभी सरल शब्द तक नहीं बोला था, वह संस्कृत के सुंदर श्लोक में आत्मा का स्वरूप वर्णन कर रहा था, "धन्य है...धन्य है... आचार्य शंकर की महिमा का पार नहीं..." जय-जयकार और हर्षोल्लास की आँधी सी आ गई।

कृतज्ञ माता-पिता भाव-विह्वल होकर आचार्य के चरणों में दंडवत् लोट गए। उन्हें स्नेहपूर्वक उठाकर आचार्य ने बालक के सिर पर हाथ फेरा। उन्होंने बालक के पिता प्रभाकर पंडित से कहा, "महोदय, यह बालक पूर्वजन्म का सिद्धयोगी है, यह मंदबुद्धि या गूँगा नहीं है, बल्कि लौकिक संसार से बहुत ऊपर उठा होने से यह सच्चिदानंद में लीन रहकर भागवत रस का पान करता रहता है।"

बालक के माता-पिता यह सुनकर जड़ हो गए और उनकी आँखों से अश्रुधार बह निकली। आखिर यह बालक उनका बालक था, जैसा भी था, उन्हें प्रिय था, उन्होंने उसे बड़े लाड़-प्यार से पाला था। अपनी आँखों के तारे को वे कैसे एक संन्यासी को सौंप सकते थे?

उन्होंने उस बच्चे को अपने साथ लिया और आचार्य शंकर को प्रणाम कर अपने घर चले गए। बालक रातभर आचार्य के पास जाने की जिद करता रहा। पति-पत्नी की रात चिंता में जागते बीती।

प्रातः माँ ने उसे लाड़ से हृदय लगाया और 'माँ' कहकर बुलाने के लिए कहा, किंतु बालक ने खूब मनाने पर भी 'माँ' कहकर नहीं पुकारा और आचार्य के पास जाने के लिए रोने लगा। उसने अन्न-जल को छुआ तक नहीं।

विवश दंपती उसे लेकर फिर आचार्य की शरण में पहुँचे। बच्चे की माँ आचार्य के पाँव पकड़कर रोने-बिलखने लगी। उसने रोते-रोते प्रार्थना की, "हे महात्मा, मेरे पुत्र को सामान्य और स्वस्थ कर दीजिए, मैं इसके बिना कैसे रहूँगी? अब आप ही इसका मस्तिष्क और विचार बदलकर हमारा दुःख दूर कीजिए।"

माता का रुदन और प्रार्थना सुनकर आचार्य ने स्नेह वाणी में सांत्वना देते हुए कहा, "आपके पुत्र की देह में एक प्रखर तपस्वी वास करते हैं। इस कारण वस्तुतः यह आपका पुत्र है ही नहीं, आप इसके लिए व्यर्थ ही शोक कर रही हैं। आप अपने चित्त को शांत कीजिए और इसके जन्म के बाद के घटनाक्रम को स्मरण करें तो शायद सत्य को स्वीकार कर पाएँ।"

आचार्य की वाणी में प्रेम और करुणा का ऐसा शीतल मिश्रण था कि दुःखी दंपती शांत हो गए। उन्हें याद आया कि जब यह बालक गोद में ही था, जब वे दोनों उसे एक तपस्वी की कुटिया, जो यमुना किनारे घाट पर ही थी, वहाँ लिटाकर यमुना में स्नान के

लिए गए थे। तपस्वी तो ध्यान में थे और बालक जागकर हाथ-पैर मारते हुए नदी में जा गिरा था। जब तक वे उसकी ओर दौड़े, वह पानी में डूबकर दम तोड़ चुका था। रोते हुए उसके शव को लेकर वे तपस्वी की कुटिया में गए। उनके दुःख से द्रवित होकर तपस्वी ने ध्यान लगाया। बालक जीवित हो उठा। हम लोग उसे लेकर घर लौट आए। लौटने के पूर्व हमने तपस्वी को धन्यवाद देना चाहा, पर पता नहीं वे कैसी गहन समाधि में थे कि हमारे अभिवादन का उत्तर नहीं मिला।

जब ये दंपती सारे घटनाक्रम का मन-ही-मन स्मरण कर रहे थे तो उन्हें सब समझ में आ गया। उन्होंने अपनी नियति को स्वीकार कर लिया और उदास मन से पुत्र को आचार्य को सौंपकर अपनी दुनिया में वापस लौट गए।

आश्रम में अगले ही दिन शास्त्रोक्त पद्धति से उस बालक को संन्यास की दीक्षा मिली। आचार्य ने उसका नामकरण किया 'हस्तामलक', अर्थात् जिसके लिए ब्रह्म ज्ञान हाथ पर रखे आँवले की तरह स्पष्ट और सहज है।

हस्तामलक की नैसर्गिक प्रतिमा अध्यात्म में ही थी। अब सांसारिक अवरोधों से मुक्त हो जाने से उनका आत्मज्ञान और प्रखर होनेवाला था। किशोर अवस्था में भी वे ज्ञानवृद्ध थे। उनके आ जाने से शिष्य मंडली में और आनंद छा गया है। वे यात्रा में उत्साह से तेज चलते हैं। इतनी कम उम्र के संन्यासी को देखने में जनसामान्य की भी बहुत रुचि है।

अब शिष्य मंडली में हर आयु वर्ग के लोग हैं। आयु में सबसे वरिष्ठ है सुरेश्वर, फिर आचार्य और सनंदन एक ही वय के हैं, जबकि हस्तामलकजी सबसे कनिष्ठ हैं, शेष सभी लोग इनके बीच में शामिल हैं, यानी हस्तामलक से बड़े और सुरेश्वर से छोटे।

वेदांत के आनंद में आकंठ डूबे संन्यासियों का यह अनूठा समूह आचार्य शंकर के नेतृत्व में शृंगेरी की ओर बढ़ रहा है।

□

शृंगेरी का शृंगार

शृंगेरी, यानी प्राचीन ऋष्य शृंगपुर। भारत के विख्यात पश्चिमी घाटों के पठार में सुरम्य-पवित्र, प्राकृतिक सौंदर्यस्थली।

ऋष्यशृंग पर्वत से नीचे उतरती हुई पवित्र तुंगा नदी और सघन वनों से आती हुई प्राणवायु के झोंकों ने निर्मोही संन्यासियों का मन भी मोह लिया।

गगनचुंबी वृक्षों के मध्य यात्रा करते हुए संन्यासियों को सूखे पत्तों पर अपनी पदचापों और पक्षियों के कलरव के अलावा सिर्फ वन की शांति ही अनुभव हो रही थी, तभी घने वृक्षों का झुरमुट समाप्त हो गया और एक मैदान दिखाई दिया।

मैदान पार करके उन्हें एक स्थान पर पर्वत से आते हुए बरसाती झरने से बना हुआ छोटा सा जलाशय दिखाई दिया, यहाँ घास ज्यादा हरी थी और कुछ वृक्षों की छाया भी थी।

आचार्य शंकर अपनी तेज गति से सबसे आगे ही थे। वे अपने शिष्यों की प्रतीक्षा में, जो कि पीछे ही चले आ रहे थे, कुछ क्षण रुक गए, उन्होंने देखा कि धूप से व्याकुल एक गर्भवती मेढकी के ऊपर एक नागराज अपने विशाल फन से छाया किए हुए हैं। यह अद्‍भुत दृश्य देखकर वे गद्‍गद हो गए और मन-ही-मन इस पवित्र स्थल में अपना आश्रम बनाने का विचार किया।

यह स्थान प्राकृतिक सौंदर्य से परिपूर्ण ही नहीं, बल्कि रामायणकालीन ऋषि ऋष्यशृंग की तपोस्थली भी थी। विभांडक मुनि के पुत्र ऋष्यशृंग के सिर पर जन्म से ही एक सींग था। कहा जाता है कि उनका जन्म एक हरिणी के गर्भ से हुआ था। शिशु का लालन-पालन पिता विभांडक को स्वयं ही करना पड़ा। उन्होंने एकांत में उन्हें पाल-पोसकर बड़ा किया। पिता के अतिरिक्त किसी अन्य मनुष्य को उन्होंने देखा ही न था।

वे पिता के मार्गदर्शन में रात-दिन कठोर तपस्या में ही लीन रहते थे। एक बार पड़ोसी राज्य में घोर अकाल पड़ा, वहाँ के राजा ने विद्वानों की सलाह पर महात्मा ऋष्यशृंग को अपने राज्य में वर्षा कराने के लिए आमंत्रित किया।

सांसारिक संपर्क से अछूते ऋष्यश्रृंग ने आमंत्रण देने आईं सुंदर कन्याओं को देखा तो उन्हें विचित्र सनसनी का अनुभव हुआ। उन्होंने तीव्र आकर्षण का अनुभव किया।

कन्याएँ तो आमंत्रण देकर चली गईं, पर उनका मन विचलित और अशांत कर गईं। उन्होंने अपना आश्रम छोड़कर दुर्भिक्षग्रस्त राज्य में पहुँचने का संकल्प किया।

उनका वहाँ भव्य स्वागत हुआ और उनके आगमन के साथ ही उस राज्य में वर्षा प्रारंभ हो गई। पानी का संकट खत्म हो गया तो राजा और प्रजा दोनों मुनि के प्रति ऐसे कृतज्ञ हुए कि राजा ने अपनी पुत्री शांता का विवाह मुनि ऋष्यश्रृंग के साथ कर दिया। बाद में उन्हें अयोध्या से सम्राट् दशरथ के पुत्र-कामेष्टि यज्ञ में भाग लेने का निमंत्रण मिला। उनके आशीर्वाद से राजा दशरथ की भी मनोकामना पूरी हुई। उन्हें चार विशिष्ट पुत्र प्राप्त हुए। राजमहलों के आतिथ्य के बीच भी ऋषि को अपनी तपोस्थली की याद आती रही और वे अंततः यहीं लौट आए। उन्हीं ऋष्यश्रृंग मुनि की तपोस्थली में एक नया तीर्थ आचार्य शंकर के प्रयास से आकार लेने लगा।

आचार्य के श्रृंगेरी पहुँचने के पूर्व ही चालुक्यराज ने वहाँ अपने अधिकारी कर्मचारियों को आवश्यक व्यवस्थाओं के लिए भेज दिया था। उन्होंने परिश्रमपूर्वक साधुओं के आवास के लिए कुटियों का निर्माण कर अन्य सुविधाओं का भी प्रबंध किया।

आचार्य के आगमन और श्रृंगेरी में प्रवास की सूचना से नित्य श्रद्धालुओं का आगमन होने लगा है। वेदमंत्रों के पाठ, अग्निहोत्र के धुएँ से इस नए आश्रम का दिन प्रारंभ होता है। शिशुओं और किशोरों के लिए संस्कृत पाठशाला प्रारंभ की जा रही है। आनेवाले श्रद्धालुओं के लिए आश्रय तैयार हो रहे हैं। अन्न भंडार में रोज अन्न के बोरे चले आ रहे हैं। किसान, व्यापारी, राजपुरुष, सामान्यजन अपनी-अपनी सामर्थ्य से अन्न, वस्त्र, श्रीफल, मिष्टान्न, मेवा, मुद्राएँ, स्वर्ण, रजत आश्रम को दान में दे रहे हैं। इसकी व्यवस्था का जिम्मा जिन्हें मिला है, उन्हें साँस लेने की फुरसत नहीं है।

तीन दिन बाद बहुत सुंदर मुहूर्त आनेवाला है। उस दिन आचार्य तुंगा नदी के मध्य की चट्टान पर नियत किए गए स्थान पर माँ शारदा की स्थापना करेंगे। अभी वहाँ शिल्पकार चट्टान पर श्रीयंत्र की आकृति उकेर रहे हैं। दूसरी ओर कुछ काष्ठ शिल्पी आचार्य की कुटिया के समीप बनी कार्यशाला में चंदन की पकी हुई लकड़ी को माँ शारदा की सुंदर प्रतिमा में रूपांतरित कर रहे हैं। काष्ठ शिल्पी पूरी दक्षता से भगवती की जीवंत प्रतिमा को साकार करने के उद्देश्य से एकांत भाव से लगे हुए हैं।

नित्य की भाँति आचार्य अपने शिष्यों और श्रद्धालुओं के मध्य प्रवचन-मंडप में आसीन हैं। वे आश्रम की भावी रूपरेखा पर प्रकाश डाल रहे हैं।

"हम लोग यहाँ शक्ति और समृद्धिदात्री जगज्जननी भगवती श्रीदेवी की प्राण-प्रतिष्ठा करने जा रहे हैं। आप सबके परिश्रम और दानदाताओं के दान से सर्वोच्च

सत्तारूपिणी माँ शारदा यहाँ गुरुस्वरूप में विराजमान होंगी।

"आनेवाले युगों में यह स्थान अपनी पवित्रता, दैविक अनुभूति और शिल्प कला से एक तीर्थ का आकार लेगा।

"श्री शारदा यहाँ श्री चक्र पर विराजमान होंगी, यहाँ से समृद्धि और आनंद की, भक्ति और ज्ञान की, श्रम और साधना की ऐसी तरंगें प्रवाहित होंगी, जो संपूर्ण राष्ट्र को ही नहीं, बल्कि सारी मानवता का कल्याण करेंगी।"

श्रद्धालुओं ने हर्षध्वनि से मंडप को गुँजा दिया। नियत तिथि व मुहूर्त में त्रिगुणात्मिका शारदा माता की चंदनमूर्ति की स्थापना हुई। प्राण-प्रतिष्ठा का दिन असंख्य लोगों के लिए महोत्सव बन गया। दर्शनार्थियों की अनगिनत अंतहीन पंक्तियाँ भजन और भोजन दोनों में सम्मिलित हुईं, ललिता सहस्रनाम-पाठ से जब देवी की मुख्य पूजा संपन्न हुई तो संपूर्ण वातावरण देवीमय हो गया। शंखों की मंगल ध्वनि चारों दिशाओं में गूँज रही थी।

आचार्य का नवनिर्मित आश्रम अब धीरे-धीरे एक नियमित धार्मिक मठ के रूप में विकसित हो रहा है। शृंगेरी की पूर्वी पहाड़ी पर आचार्य ने कालभैरव का मंदिर, पश्चिमी पहाड़ी पर आंजनेय का मंदिर, दक्षिणी पहाड़ी पर दुर्गा का मंदिर और उत्तरी पहाड़ी पर काली का मंदिर स्थापित किया है।

मठ के परिसर में ही अनेक देवी-देवताओं के मंदिरों का निर्माण और मूर्तियों की प्राण-प्रतिष्ठा नियमित रूप से चलती रहती है। परिसर का नित्य विस्तार होता जाता है। महाविष्णु, भुवनेश्वरी, राम, ब्रह्मा, हनुमान, गरुड़, शालिग्राम, चंद्रमौलीश्वर, रत्नगर्भ गणपति आदि असंख्य देवी-देवता यहाँ विराजमान होते चले जा रहे हैं।

आचार्य शंकर की सर्व समन्वयकारी दृष्टि सबको एक सूत्र में आबद्ध कर रही है। टुकड़ों में विभाजित समाज के एकीकरण का अनूठा प्रयास अब सफल होता दिखाई दे रहा है। उनके मठ में श्री शारदांबा प्रधान हैं, किंतु स्थानीय ग्राम देवता से लेकर स्थानीय ऋषि-मुनि और उनके आराध्य देवी-देवताओं सबका सम्मान, सबकी प्रतिष्ठा का ध्यान रखा गया है।

दीयों से पुष्ट संकीर्णता और घृणाकेंद्रित संप्रदायवाद अब समन्वय के नए संदेश के आगे फीके पड़ते दिखाई दे रहे हैं। शृंगेरी में सनातन धर्म युगों की धूल-धक्कड़ को झाड़-पोंछकर फिर नया होता दिखाई दे रहा है।

एक बौद्धिक क्रांति की लहर देश में फैलती हुई शृंगेरी आ पहुँची है। यह मनुष्य को मनुष्य से, विचार को विचार से और संप्रदाय को संप्रदाय से जोड़ रही है। शैवों और वैष्णवों ही नहीं, शाक्त और अरिहंतों को भी समन्वय और सहिष्णुता का यह संदेश समझ में आ रहा है।

व्यापारियों और उद्यमियों को ही नहीं, सैनिकों और शासकों को भी समन्वय,

सहिष्णुता और सह-अस्तित्व के इस संदेश में अपना उज्ज्वल भविष्य साफ-साफ दिख रहा है।

शांति होगी तो किसान खेती कर पाएँगे और सौदागर व्यापार, शिल्पी, शिक्षक, सामान्यजन सभी निरंतर चलनेवाले धार्मिक संघर्षों और बेबात के युद्धों से तंग आ चुके हैं। उन्हें अहिंसा और शांति का संदेश आकर्षित कर रहा है। इसीलिए श्रृंगेरी में भीड़ दिन दूनी और रात चौगुनी बढ़ती जा रही है।

आचार्य योजनाबद्ध ढंग से एक नया समाज गढ़ने और सनातन धर्म को मूल स्वरूप में लौटाने का प्रयास कर रहे हैं।

आश्रम में हर चीज व्यवस्थित, पूर्व नियोजित और अनुशासनबद्ध है। यहाँ कभी कोई प्रमादी या आलसी नहीं हो सकता। आचार्य स्वयं कठोर परिश्रम करते हैं और यही हाल उनके प्रमुख शिष्यों का भी है।

सभी मठवासी ब्रह्ममुहूर्त में उठते हैं, साधना-आराधना यहाँ एक क्षण का भी विश्राम नहीं लेती। स्वागत, आवास, भोजन, पूजन, स्वच्छता, कृषि, वित्त, शिक्षा सभी कार्य शिष्यों और स्वयंसेवकों के समूह में भलीभाँति स्पष्टता से बँटे हुए हैं। पठन-पाठन और श्रमदान ये तीन गतिविधियाँ सभी के लिए अनिवार्य हैं। देवपूजन की जिम्मेदारियाँ पृथक्-पृथक् हैं। सूर्योदय से सूर्यास्त तक सभी अपने नियत कर्तव्यों का पालन करते हैं। रात्रि का समय विशिष्ट साधना और विश्राम के लिए नियत है।

श्रृंगेरी आश्रम की नियमित, व्यवस्थित और पारदर्शी कार्यप्रणाली से जनमानस का विश्वास जुड़ता जा रहा है। प्रतिदिन आश्रम में आनेवाले असंख्य लोग पहले आचार्य शंकर का दर्शन कर उनसे गुरुदीक्षा लेना चाहते हैं और लंबी कतारों में धैर्यपूर्वक प्रतीक्षा करते हैं।

आचार्य शंकर प्रतिदिन दोपहर के बाद खुले मंच पर बैठकर जनशिक्षण हेतु प्रवचन देते हैं, जिसे अपार जनसमूह सुनकर जटिल सामाजिक, धार्मिक मुद्दों पर अपना समाधान पाता है। प्रवचन के बाद वे श्रोताओं के प्रश्नों के उत्तर देते हैं और प्रसाद वितरण के साथ कार्यक्रम पूर्ण होता है।

मठ त्याग, तपस्या, स्वाध्याय और साधना से समाज के आध्यात्मिक उत्थान का केंद्र बन रहा है। आचार्य के आदर्श जीवन से प्रेरित लोग बड़ी संख्या में जुड़ते जा रहे हैं।

आचार्य अपने बौद्धिक आंदोलन को गति देने और शिष्यों के धार्मिक शिक्षण में सहायता के लिए विवेक चूड़ामणि, बोधसार, वेदांत केशरी, सर्वदर्शन सिद्धांत आदि ग्रंथों और भाष्यों की रचना भी करते जा रहे हैं। उनका प्रत्येक क्षण कर्म को समर्पित है।

धार्मिक एकीकरण और पुनर्जागरण के इस अभियान में सुदूर उत्तर, पूर्व और पश्चिम भारत से आनेवाले श्रद्धालुओं की संख्या बढ़ती जा रही है। बनारस, मिथिला,

गौड़, मगध, वत्स, कौशल, अंग आदि दूरस्थ स्थानों के भक्तों का ताँता लगा रहता है।

केरल, चोल, पल्लव और चालुक्यों का तो यह क्षेत्र ही है। उत्तर से आए लोग यह देखकर अचरज में पड़ जाते हैं कि दक्षिण के इतने दुर्गम स्थान पर पनपे इस आश्रम की जिम्मेदारी महिष्मती नगरी से आए सुरेश्वर के हाथों में है, वे ही यहाँ के कर्ता-धर्ता और अधिष्ठाता हैं। उनके अलावा भी बहुत से मंदिरों के मुख्य पुजारी पूर्व या पश्चिमी भारत से आचार्य के साथ आए हैं।

आश्रम में योग्यता और निष्ठा को ज्यादा महत्त्व दिया गया है। स्थानीयता का सम्मान पूरा है, लेकिन पक्षपात नहीं।

संध्याकाल में उन्होंने अपने उद्बोधन के बाद स्नेहपूर्वक सुरेश्वर को बुलाया और अन्य शिष्यों के मन के संदेह को बताते हुए बोले, "मेरी इच्छा है कि वार्तिक रचना के स्थान पर आप अद्वैत पर ऐसा ग्रंथ लिखें कि व्यर्थ के संदेहों का निराकरण ही हो जाए।"

सुरेश्वराचार्य ने गुरु की आज्ञा को सिर-माथे लिया। तभी गुरुजी ने सबके सामने ही पद्मपाद को प्रेमपूर्वक आदेश दिया, "मैं जानता हूँ पद्मपाद, आपकी इच्छा वार्तिक रचना की है, किंतु आप 'सूत्र-भाष्य' की टीका लिखो, उसमें आप अपना मत अच्छे से व्यक्त कर सकते हैं।"

पद्मपाद भी गुरुजी की इच्छा के पालन में जुट गए। आचार्य शंकर का आश्रम ज्ञान-विज्ञान का अनूठा केंद्र है। यहाँ हर प्रमुख शिष्य किसी-न-किसी विशिष्ट कार्य में लगा हुआ है। स्वयं आचार्य कई प्रमुख धार्मिक ग्रंथों के भाष्य लिख रहे हैं, सुरेश्वर अद्वैत पर ग्रंथ लिखने में डूबे हुए हैं और पद्मपाद सूत्र-भाष्य की 'टीका' लिखने में जुट गए हैं। आनंदगिरि उपनिषदों के भाष्यों की टीका लिख रहे हैं, अन्य प्रमुख शिष्यों का भी यही हाल है। यहाँ जीवन कठोर परिश्रम से भरा हुआ है और सौंपी गई विशिष्ट जिम्मेदारी नियमित जिम्मेदारी से मुक्ति नहीं देती।

भजन-पूजन, ध्यान, पठन-पाठन, प्रवचन, दैनिक आयोजन, जनसमूह से भेंट आदि नियमित कार्यक्रम तो नियमित हैं ही।

व्यस्तताओं के इन क्षणों में तब उत्सव का भाव आ जाता है, जब किसी की रचनापूर्ण होती है। उस दिन आश्रम में गुरुजी के उद्बोधन के पश्चात् नए ग्रंथ की पूर्णता रचना की घोषणा होती है, रचनाकार का वक्तव्य होता है, अन्य विद्वान् भी उस पुस्तक के संबंध में समालोचना करते हैं, अंत में आचार्य का आशीर्वचन और रचनाकार का सम्मान होता है।

कठोर परिश्रम के बाद आज आश्रम में ऐसा ही उत्सव का क्षण आया है। आज सुरेश्वर की लेखन प्रतिभा फलीभूत हुई हैं। उन्होंने गुरुजी के श्रीचरणों में 'नैष्कर्म्य सिद्धि' ग्रंथ लिखकर समर्पित किया है। प्रवचन कक्ष में मंच पर आचार्य शंकर अपने आसन पर

सुशोभित हो रहे हैं, उनके चरणों में एक ओर सुरेश्वर और दूसरी ओर पद्मपाद बैठे हैं। आनंदगिरि और तोटकाचार्य अपनी-अपनी शिष्य मंडली के साथ मंच के नीचे विराजमान हैं।

आचार्य शंकर का दैनिक प्रवचन सुनने आए श्रद्धालु और भक्तगण भी यहाँ श्रद्धापूर्वक बैठे हैं। आज का प्रवचन संपन्न हो चुका है। श्रोताओं और विद्यार्थियों की जिज्ञासाओं के उत्तर भी दिए जा चुके हैं।

अब सुरेश्वराचार्य और पद्मपाद द्वारा रचे गए साहित्य के विमोचन और उनके कुछ अंशों के सार्वजनिक पाठ होंगे। कार्यक्रम संचालक ने सुरेश्वराचार्य को उनकी कृति के संबंध में बोलने के लिए आमंत्रित किया।

आचार्य शंकर का मुखमंडल सदैव की भाँति अपूर्व तेज से चमक रहा है। उस पर हर्षोल्लास की आभा का कोई भी अनुभव कर सकता है। गुरु चरणों में विनम्रतापूर्वक बैठे हुए सुरेश्वर खड़े हुए और बोलना प्रारंभ किया, "प्रिय बंधुओ और विद्यार्थियो, मेरी यह पुस्तक गुरुकृपा का परिणाम है। अद्वैत की सत्ता को किसी व्याख्या की आवश्यकता नहीं है, जैसे सूर्य का परिचय नहीं कराया जाता, वैसे ही अद्वैत की किरणें सर्वत्र व्याप्त हैं। उनकी गणना मेरे वश के बाहर थी। गुरुजी के आदेश से मैंने परमसत्य को अपनी टूटी-फूटी भाषा में कहने का प्रयत्न किया है। यह जो भी है, उन्हीं का प्रताप है, इसलिए उन्हें ही समर्पित है।"

श्रोताओं की हर्ष ध्वनि के बीच आचार्य शंकर का उद्बोधन प्रारंभ हुआ, "मेरे प्रिय आत्मन, आप सब उसी अविनाशी परमात्मा का अंश हैं, प्रिय सुरेश्वर ने इस ग्रंथ में अपनी तीव्र मेधा से अद्वैत की अद्‌भुत प्राण-प्रतिष्ठा की है। मैं इससे परम प्रसन्न हूँ।

"मुझे विश्वास है कि उनकी प्रतिभा संपन्न लेखनी आनेवाले समय में अनेक उत्तम ग्रंथों में मुखर होगी। आप लोग जब इस रोचक ग्रंथ पर दृष्टिपात करेंगे तो इसकी गहराई आपको अध्यात्म के मर्म तक ले जाएगी, मेरा शत-शत आशीर्वाद।

"मैं आज अपने प्रिय पद्मपाद द्वारा लिखी गई टीका का भी उल्लेख करते हुए अत्यंत प्रसन्नता का अनुभव कर रहा हूँ। पद्मपाद, आपने अभी जो चार अध्याय लिखे हैं, वे अत्यंत पठनीय और सारवान हैं। मेरी इच्छा है कि तुम इसे शीघ्र पूर्ण करो। यह रचना कल्याणकारी और यशस्वी होगी। मेरा शत-शत आशीर्वाद।"

हर्षोल्लास की ध्वनियों के बीच इन रचनाओं के एक-एक अंश का सार्वजनिक पाठ हुआ। विद्वानों ने मुक्तकंठ से समालोचना की। शृंगेरी में जैसे नित्य सरस्वती की कृपा बरसती ही रहती है। ज्ञान का एक यज्ञ यहाँ निरंतर संपन्न होता रहता है।

यहाँ हृदय उदारता से भरे हुए हैं। मस्तिष्क स्वतंत्र हैं और आत्मा अध्यात्म की ऊँचाइयों पर विचरण करती है, पर साधारण जनों के लिए तो यह एक पवित्र तीर्थ है, जहाँ

मंदिरों में भव्य मूर्तियाँ हैं, दिव्य वातावरण है, कल-कल करती तुंगा और भद्रा का संगम है, प्राकृतिक सौंदर्य की छाया में आचार्य का स्नेहपूर्ण सान्निध्य है।

यहाँ भक्तों की भीड़ कम नहीं होती। उत्तर, दक्षिण, पूरब, पश्चिम हर कोने से सत्य के साधकों को यह स्थान चुंबक की तरह खींच रहा है। शैव, वैष्णव, शाक्त, निर्गुणी, नास्तिक, वैरागी, सभी यहाँ खिंचे चले आ रहे हैं। विवादों और मतभेदों को शीतल शांत तुंगभद्रा में तिरोहित करते हुए एक नया समाज, एक सर्वव्यापक, सर्वसमावेशी सनातन विचार यहाँ पुनर्जीवन पा रहा है।

युवा संतों के समूह अपनी रुचि के विषय में मनन, शोध और नवाचार में जुटे हुए हैं। यात्राओं के दौरान अनेक वरिष्ठ प्रतिभाएँ, जो अपने-अपने अंचल में मौन साधना में लगी हुई थीं, उनमें से कुछ लोग आचार्य के व्यक्तित्व के चुंबक में खिंचकर साथ चले आए हैं और इन प्रयोगों में सहयोग-मार्गदर्शन दे रहे हैं। धार्मिक आवरण में वैज्ञानिक व्यावहारिक प्रयोगों का एक अनूठा प्रकल्प यहाँ चल रहा है।

□

पद्‌मपाद का प्रस्थान

पद्‌मपाद ने जब से सुरेश्वराचार्य कृत 'नैष्कर्म्य सिद्धि' पढ़ा है, तब से वे कुछ बेचैन हैं, अद्वैत सिद्धांत की ऐसी रोचक, ऐसी प्रभावी विवेचना पढ़कर वे चमत्कृत हैं, वे तो सोचते थे कि सुरेश्वर अपने मन से तो गुरुजी के शिष्य बने नहीं हैं, बल्कि शास्त्रार्थ में पराजित होने से विवशता में बने हैं। ऊपर से दिखावा भले वेदांत का करें या अद्वैत का, हृदय से तो वे कर्मकांडी ही हैं।

उन्हें गुरुजी का सहज विश्वासी होना भी अच्छा प्रतीत नहीं होता। उन्होंने देखा है, कैसे स्वार्थी, कपटी लोग गुरुजी के सहज स्नेह का दुरुपयोग करते हैं! जिससे पिछली बार स्वयं गुरुजी का जीवन ही संकट में आ गया था।

गुरुजी द्वारा सुरेश्वर को जो महत्त्व दिया जाता है, वह भी कहीं-न-कहीं हृदय में चुभता है, इसलिए जब गुरुजी ने वार्तिक रचना का दायित्व सुरेश्वर को सौंपा था तो वे अपनी अप्रसन्नता दबा नहीं पाए थे। आखिर उनका ज्ञान, उनकी साधना, और सबसे बढ़कर गुरुजी के प्रति समर्पण किससे कम है, जो गुरुजी दूसरों के प्रति ज्यादा उदार हैं? मन-ही-मन में लंबे समय से पनप रहा उपेक्षा का भाव अपनी निरंतरता से अब दुःख का रूप ले चुका है। उनके मन में पनप रही दुःख की आग को गुरुजी के स्नेह के छींटे भी देर तक शीतल नहीं रख पाते हैं।

□

पद्‌मपाद का प्रायश्चित्त

कुछ दु:ख, कुछ संदेह के भाव से पद्‌मपाद ने गुरुजी द्वारा दी गई 'नैष्कर्म्य सिद्धि' पढ़ना प्रारंभ किया, लेकिन अगले पृष्ठों के साथ-साथ उनकी मन:स्थिति बदलती गई। इतना सुंदर, इतना सुस्पष्ट, इतना तार्किक प्रतिपादन सुरेश्वर ने किया है कि लगता है, स्वयं आचार्य शंकर ने ही यह लेखन किया हो।

सुरेश्वर के बारे में जो भी भ्रम थे, वे बादलों की तरह छिन्न-भिन्न हो गए। पद्‌मपाद को अपने गुरुजी की प्रज्ञापूर्ण दृष्टि पर गर्व हो आया, जो गुण वे नहीं देख पाए थे, गुरुजी की पारदर्शी दृष्टि ने कब का देख लिया था। पद्‌मपाद मन-ही-मन अपनी समझ और अपने व्यवहार पर शर्म महसूस कर रहे हैं। उन्होंने अकारण ही सुरेश्वर को प्रतिद्वंद्वी माना और गुरुजी के विवेक पर संदेह किया। वे इस ग्लानि से कहीं दूर जाना चाहते हैं, पर कहाँ जाएँ? सोचते, करवटें बदलते रात बीत गई। उनके मन में प्रायश्चित्त का भाव है। अपने मन और आचरण के परिष्कार के लिए तीर्थयात्रा का विचार उनके मन में आया है। वे अपनी व्यग्रता दबाए गुरुजी की कुटिया की ओर बढ़ रहे हैं।

पद्‌मासन में बैठे आचार्य अपने प्रिय शिष्य पद्‌मपाद को आता देख प्रसन्न हुए, "आओ वत्स!"

पद्‌मपाद ने चरणों में शीश झुकाया और यशस्वी होने का आशीर्वाद लिया। गुरुजी ने बैठने का संकेत किया तो बाईं ओर के आसन पर बैठकर आज्ञा लेकर उन्होंने बोलना प्रारंभ किया, "गुरुजी, आपकी आज्ञा हो तो मैं तीर्थयात्रा के लिए जाना चाहता हूँ।"

गुरुजी बोले, "पद्‌मपाद, गुरु के समीप रहना ही शिष्य के लिए सबसे बड़ा तीर्थ है। जिनका आचरण पवित्र हो, वे स्वयं ही तीर्थ होते हैं। तुम्हारा आचरण इतना पवित्र है, तुम्हें तीर्थयात्रा की आवश्यकता नहीं है। आश्रम में मानव कल्याण के जो कार्य तुम्हारी लगन और परिश्रम से हो रहे हैं, उनका पुण्य तीर्थयात्रा से ज्यादा है, पर तुम्हारी इच्छा तीर्थयात्रा पर जाने की है, इसलिए मैं तुम्हें आशीर्वाद देता हूँ।"

एक नया समाज श्रृंगेरी में विकसित हो रहा है, जहाँ मराठी, गुजराती, कन्नड़, मलयालम, तमिल, संस्कृत, बांग्ला आदि अनेक भाषाओं के बोलनेवाले लोग सौहार्द के साथ एक साथ रहते हैं और वेदांत की छत्रच्छाया में एक जैसा अनुभव करते हैं।

श्रृंगेरी कोरा धार्मिक आश्रम या संस्कृत ग्रंथों की पाठशाला नहीं है, यहाँ आयुर्वेद, अर्थशास्त्र, रसायन शास्त्र, कृषि विद्या सभी विषयों में शोध और अध्ययन को बढ़ावा दिया जा रहा है।

परस्पर विरोधी विचारवाले विद्वान् जहाँ यहाँ एक साथ रहते हैं तो यह जानकर मुग्ध भी होते हैं और क्षुब्ध भी होते हैं कि एक-दूसरे को लेकर वे कितने भ्रम में थे कि उनके बीच कितनी समानताएँ हैं कि सत्य किसी एक पक्ष के पास ही नहीं होता।

उन्हें यह भी समझ में आने लगा है कि हर स्थान का भजन, भोजन, भाषा और भूषा स्थानीय तत्त्वों से ही जन्म लेती है, इसलिए विभिन्नता का अर्थ शत्रुता नहीं है कि सबकी आत्मा में वही एक परमात्मा विराजमान है, तब विरोध कैसा और यह भी कि मतभेद को मनभेद बनाना मूर्खता है।

श्रृंगेरी के इस नवोदित आश्रम में ज्ञान, प्रेम, अध्यात्म की त्रिवेणी प्रवाहित हो रही है। इस त्रिवेणी में जो भी स्नान कर लेता है, स्वयं को नई स्फूर्ति, नई चेतना से ऊर्जावान अनुभव करता है। सारा विवाद मतभेद, मनोमालिन्य, निराशा सब तुंगभद्रा की पवित्रता में घुलकर बह जाते हैं।

पद्मपाद ने 'सूत्र-भाष्य' की टीका का प्रारंभिक अंश गुरुजी को पढ़कर सुनाया। आचार्य पद्मपाद की इस कृति को सुनकर भाव-विभोर हो गए। पद्मपाद ने वेदांत का इतना सुंदर प्रतिपादन किया था कि सुनकर गुरुजी को भावी सफलता का आभास हो गया है। स्नेहपूर्वक पद्मपाद की कृति की खूब सराहना करते हुए बोले, "पद्मपाद, तुम इस कृति को शीघ्र पूर्ण करो। यह वेदांत की विजय-पताका बनेगी, इसलिए मैं इसका नामकरण 'विजय-डिंडिम' करता हूँ।"

पद्मपाद के मन में कृतज्ञता के भाव उमड़ आए। उन्होंने गुरुजी के अविरल स्नेह की धारा में अपने विषाद को बहता, निर्मूल होता महसूस किया। वे गुरुजी को प्रणाम कर अपनी कुटिया की ओर चल पड़े। कुटिया के बाहर पद्मपाद के शिष्य उनकी उत्सुकता से प्रतीक्षा कर रहे थे। पद्मपाद से पूरा विवरण सुनकर वे पुलकित हो उठे और तीर्थयात्रा की तैयारी करने लगे।

कुछ दिनों के बाद तीर्थयात्रा के लिए प्रस्थान करते समय आवश्यक सामान में नवरचित 'विजय-डिंडिम' भी थी। आश्रम छोड़ते हुए पद्मपाद ने देखा कि उन्हें विदा करते हुए आचार्य शंकर के स्नेहमय नेत्रों में प्रेम अश्रुकण बन रहा है और यही दशा उन सुरेश्वर की है, जिन्हें अपना प्रतिद्वंद्वी मानने की भूल उनसे कई बार हो चुकी थी।

आचार्य ने स्नेहपूर्वक उन्हें यात्रा के दौरान सुबह-शाम चलने, तेज धूप से बचने व यात्रा मार्ग के महत्त्वपूर्ण विवरण देते हुए आशीर्वाद देकर विदा किया।

यात्रा प्रारंभ करते समय पद्मपाद व उनके शिष्यों के भी गले भर आए हैं, पर वे पहले पड़ाव की ओर बढ़ चले हैं।

□

पद्मपाद के शकुनि-मामा

तीर्थयात्री दल ने रामेश्वरम् के दर्शन को अपना लक्ष्य बनाया। मार्ग में काल स्थली, कांचीपुरम, पुंडरीक पुरम्, शिवगंगा आदि पवित्र तीर्थों का दर्शन किया और अब वे श्रीरंगम् जा रहे हैं। आज यात्रा का ग्यारहवाँ दिन है। पद्मपाद सोच रहे हैं कि सभी शिष्यों सहित अपने मामा के घर रुक जाएँ, जो कि रास्ते में ही है, आखिर हर दिन कहीं-न-कहीं तो रुकते ही हैं। उन्होंने शिष्यों से भी विचार-विमर्श किया। किसी को आपत्ति नहीं थी और इससे संन्यासी धर्म भी भंग नहीं होता था।

पद्मपाद के मामा कट्टर कर्मकांडी पंडित थे। मुड़े हुए सिरवाले संन्यासी भानजे को पहले तो वे पहचान न सके, क्योंकि अनेक वर्षों से उसका अता-पता न था, लेकिन जब पहचाना तो मन-ही-मन दु:खी हुए कि उनका खोया हुआ भानजा मिला भी तो संन्यासी रूप में!

उन्होंने तय कर लिया कि वे इस भटके हुए राही को द्वैत मार्ग में वापस ले आएँगे। उन्होंने सभी तीर्थयात्रियों के भोजन-विश्राम की बढ़िया व्यवस्था की।

भोजन के बाद बैठक जमी तो मामाजी ने, जो एक सुशिक्षित द्वैतवादी विद्वान् थे और मीमासंक प्रभाकर के शिष्य थे, अपने तर्कों से संन्यास के विरुद्ध बोलना शुरू किया। कब द्वैत और अद्वैत का वाद-विवाद मामा और भानजे के तर्क-प्रतितर्क का युद्धस्थल बन गया, पता ही न चला और मामाजी को समझ आ गया कि भानजे को परास्त करना सहज नहीं है। उन्होंने विवाद को बीच में ही छोड़ते हुए भानजे के हाथ से 'विजय-डिंडिम' ले ली और अपने कक्ष में जाकर पढ़ने बैठ गए।

तीर्थयात्री अपने गुरु और मार्गदर्शक पद्मपाद के साथ सोने चले गए हैं, लेकिन मामाजी के अध्ययन कक्ष का दीपक मध्यरात्रि के बाद भी आलोकित हो रहा है। वे पिछले तीन-चार घंटों से पूरी किताब पढ़ गए हैं और हतप्रभ हैं—दीये की रोशनी उनके मुखमंडल पर छाए अँधेरे को प्रकाशित कर रही है। वे पद्मपाद की पुस्तक पढ़कर खुद को पराजित अनुभव कर रहे हैं। उन्हें अपने गुरु प्रभाकर के बौद्धिक पक्ष पर सदैव से

अभिमान था। आज उनके अपने भानजे ने ही इस अभिमान को संकट में डाल दिया है।

उन्हें लग रहा है कि यदि यह पुस्तक लोक में प्रचलित हुई तो अद्वैत का पक्ष इतना सबल हो जाएगा कि द्वैतवादियों को कहीं ठौर न मिलेगा।

उन्होंने मन-ही-मन अपना कर्तव्य तय कर लिया और गहरी नींद में सो गए। अगले दिन सुबह-सुबह वे अपने भानजे के सिर पर हाथ फेरकर बोले, "प्रिय पद्मपाद, मैं तुम्हारी प्रतिभा से चमत्कृत हूँ, तुमने ऐसी तार्किकता और प्रामाणिकता से अद्वैत का प्रतिपादन किया है कि मेरे जैसा मीमांसक भी आज विचलित है।"

पद्मपाद मामाजी की प्रशंसा सुनकर प्रसन्न हो गए। उन्हें मामाजी की सदाशयता पर गर्व हुआ। मामाजी के स्नेह में कई दिन आनंदित होने के बाद तीर्थयात्री पद्मपाद ने अपनी पुस्तक मामाजी के ज्ञान-लाभ के लिए उन्हीं के पास छोड़ दी और लौटते समय वापस ले लेने के प्रस्ताव को सहर्ष मान लिया।

रामेश्वरम् और पवित्र सेतुबंध तीर्थ के दर्शनों से नए उत्साह के साथ जब पद्मपाद अपने तीर्थयात्री दल के साथ वापस लौटे, तो देखा कि मामाजी का घर तो राख का ढेर बन चुका है। मामाजी ने मंदिर में आश्रय लिया हुआ था। पद्मपाद वहीं पहुँच गए। उन्हें देखकर मामाजी रोने लगे, "बेटा, उस आकस्मिक अग्निकांड में मेरा तो सर्वस्व नष्ट हुआ ही, किंतु मुझे ज्यादा दुःख इस बात का है कि मैं तुम्हारे ग्रंथ को भी बचा नहीं सका।" सुनकर पद्मपाद स्तब्ध रह गए, उन्होंने खुद को ठगा हुआ सा अनुभव किया। उन्हें अपनी मूढ़ता पर पश्चात्ताप होने लगा कि क्यों अपना परिश्रम से लिखा गया ग्रंथ वे किसी और के भरोसे छोड़ गए? अब गुरुजी को क्या मुँह दिखाएँगे?

मामाजी का दारुण दुःख देखकर उन्होंने अपने ग्रंथ का दुःख भूलकर मामाजी को सांत्वना दी, उनके जले हुए घर को फिर से खड़ा करने के लिए शिष्यों सहित परिश्रम किया और रहने लायक छप्पर बना दिया। अब उन्हें आचार्य के स्नेह की आवश्यकता महसूस हुई। वे मामाजी से विदा लेकर आचार्य से मिलने श्रृंगेरी की ओर चल पड़े। दिन भर की यात्रा के बाद संध्या समय जिस ग्राम में पहुँचे, वहीं उन्हें श्रृंगेरी से लौट रहे पथिकों ने बताया कि आचार्य अभी श्रृंगेरी में नहीं हैं, वे कुछ दिनों पहले अपने जन्मस्थान कालड़ी गए हुए हैं।

उन्हीं यात्रियों से आश्रम के बारे में अन्य सूचनाएँ पाकर पद्मपाद प्रसन्न हुए। वे छह माह से बाहर थे। यात्रियों ने बताया कि श्रृंगेरी की प्रतिष्ठा नित्य बढ़ती जा रही है। आचार्य के दर्शन के लिए देश और दुनिया के श्रद्धालु, जिज्ञासु तथा आमजन निरंतर श्रृंगेरी पहुँचते रहते हैं। श्रृंगेरी में हर ऋतु में उत्सव का वातावरण रहता है, मेधावी, अध्ययनशील युवाओं का तो वह मनपसंद स्थान है। श्रृंगेरी जहाँ श्रेष्ठ आचार्य के आश्रम में सभी कलाएँ फल-फूल रही हैं।

पद्‌मपाद जानते थे कि यह तो केवल प्रारंभ है, उनके महान् गुरु तो देश भर में श्रृंगेरी जैसे कई ऊर्जा केंद्र स्थापित करने की योजना बना रहे थे।

श्रृंगेरी से लौटते यात्री भी पद्‌मपाद के दर्शन कर अत्यंत प्रसन्न हुए। उन्होंने पद्‌मपाद की कीर्ति सुन रखी थी कि वे आचार्य शंकर के प्रथम और प्रधान शिष्य हैं और आचार्य की अनुकृति समझे जाते हैं। अनायास ही उनके दर्शन और भेंट पाकर उन्होंने अपने भाग्य को सराहा। पद्‌मपाद ने अगली सुबह अपनी यात्रा पुनः प्रारंभ की, लेकिन श्रृंगेरी के लिए नहीं, बल्कि केरल के लिए।

□

माँ की पुकार

उधर पद्मपाद के तीर्थयात्रा पर चले जाने के बाद आचार्य शंकर ने क्षणभर को शून्यता का अनुभव किया, क्योंकि पद्मपाद उनके अत्यंत प्रिय शिष्य थे और आचार्य का अपने शिष्यों से जुड़ाव आत्मिक था, किंतु क्षणभर बाद ही पदमासन में बैठकर ध्यानमग्न हो गए।

पदमासन पर बैठे शंकर को अचानक अपनी माता का तीव्र स्मरण हो आया, उन्हें लगा जैसे माँ उन्हें पुकार रही है। वे उठ खड़े हुए, उनका मन संयत नहीं हुआ, तो वे समझ गए कि हो न हो माँ कुछ कष्ट में है। उन्हें माँ को दिया हुआ वचन याद आया। उन्होंने अपने शिष्यों को बुलाया, आश्रम के संचालन के लिए आवश्यक निर्देश दिए और केरल के लिए चल पड़े। वे रात-दिन अथक भाव से चलते-चलते अपने जन्मस्थान पहुँचे।

अपने घर पहुँचकर उन्होंने देखा कि उनकी माँ मृत्युशय्या पर उनकी प्रतीक्षा कर रही है। उनके पास पड़ोसन बैठी हुई हैं और कराहती हुई माँ 'शंकर…मेरे बेटे…' पुकार रही है। "माँ, मैं आ गया हूँ," कहते हुए शंकर ने माँ का चरणस्पर्श किया तो उस जर्जर देह में कहाँ से इतनी शक्ति आ गई कि माँ ने उन्हें खींचकर अपने गले से लगा किया। माँ-बेटे का यह भावपूर्ण मिलन अद्‌भुत था।

माँ ने स्नेहपूर्वक कहा, "बेटे, तुम्हारे आने से मैं अपने को अब स्वस्थ अनुभव कर रही हूँ, अब तुम स्नान कर लो, मैं भोजन का प्रबंध करती हूँ।"

शंकर घर के पिछवाड़े उसी पूर्णा नदी में एक बार फिर उतरे, उसकी लहरों ने उनकी थकान को धो दिया और स्नान कर वे घर लौटे तो माँ के हाथ का ताजा भोजन उनकी प्रतीक्षा में था। उनके आगमन से पहले जो माँ शय्या पर निःशक्त, निढाल पड़ी हुई थी, वह पुत्र के आगमन से ऐसी ऊर्जा से भरी-पूरी दिख रही थी, जो युवाओं को भी संकोच से भर दे।

पुत्र के आग्रह पर माँ ने भी भोजन किया। भोजन के बाद माँ-बेटे आँगन में बैठे।

माँ इतने वर्षों का हाल-चाल सुनना चाहती थी—कहाँ रहे? कहाँ रहते हो? कैसे जीते हो? शंकर ने सारा हाल कह सुनाया और माँ से उनके बीते वर्षों के बारे में जाना। माँ ने बताया कि शंकर के जाते ही कुछ दिन तो उनकी खूब सेवा हुई, क्योंकि जिन्हें संपत्ति मिली थी, वे और धन की आशा में थे, लेकिन समय बीतने के साथ-साथ उनकी सेवा भावना घटती गई, वे संपत्तियों का पूरा आनंद उठा रहे हैं, लेकिन संपत्ति की स्वामिनी की सेवा की प्रतिज्ञा भूल चुके हैं।

अब तो वे मुझ वृद्धा को एक बोझ समझते हैं और मेरी मृत्यु की प्रतीक्षा कर रहे हैं। गाँव में बाकी लोग इसलिए असंतुष्ट हैं, क्योंकि उनका कहना है, संपत्ति जिन्हें दी है, उन्हीं से सेवा की आशा करो, हम क्यों व्यर्थ में सेवा करें? बेटा, इस गाँव में केवल कुछ लोग ही सहृदय हैं।

माँ की सेवा करते हुए शंकर को देखकर कोई यह कल्पना भी नहीं कर सकता था कि माता की सेवा में लगा हुआ यह पुत्र एक असाधारण संन्यासी है, जिसकी विद्वत्तापूर्ण वाणी को असंख्य लोग ईश्वर की वाणी समझकर सुनते हैं, जिसने धर्म के नाम पर फैले अधर्म के समुद्र का ऐसा मंथन कर डाला है कि संपूर्ण भारतवर्ष आंदोलित हो उठा है।

उनके आने की सूचना पाकर ताक-झाँक कर रहे पड़ोसी और निकट संबंधी उनकी एक झलक पाकर ईर्ष्या और आश्चर्य से भर उठे हैं। उन्होंने तो सोचा था कि बाल्यावस्था में वैरागी बने शंकर को जंगल के जानवर ही खा गए होंगे या किसी एकांत में सोते समय जहरीले साँप-बिच्छू काटकर कथा की इतिश्री कर चुके होंगे!

पर यहाँ तो उलटा हुआ। मृग-शावक केवल जिया ही नहीं, बल्कि सिंह बनकर लौटा है। अब तो यह जरूर ही अपनी संपत्ति का दावा करेगा और उसे हमसे छीन लेगा।

सांसारिक मृग-मरीचिका में फँसे हुए इन प्राणियों ने पहला हमला किया, "अरे, तुम कैसे संन्यासी हो? संन्यासी कहीं घर लौटते हैं? अगर इतने दिनों के संन्यास के बाद भी अपने घर, अपनी माँ का मोह नहीं छूटा है तो तुम ढोंगी हो।"

शंकर ने उन्हें दयाभाव से देखा। उन्होंने उन्हें उत्तर देने के योग्य भी नहीं समझा और माँ की सेवा में लगे रहे। उनके प्रतिक्रिया न देने से आक्रामकों को अपने व्यवहार के व्यर्थ होने का अनुभव हुआ और वे अगला कदम सोचने लगे। अपनी माँ के अंक में शंकर की आँखें भी गीली हो आईं और माँ के गरम आँसू तो उनके मस्तक को भिगो ही रहे थे।

शंकर को माँ का शरीर कुछ गरम लगा, वे ज्वर में तप रही थीं। शंकर ने उन्हें पुन: शय्या पर लिटा दिया। वे एक पात्र में शीतल जल लेकर उसमें अपने अँगोछे को गीला कर बार-बार माँ के मस्तक पर लगाते रहे। इससे उनका ज्वर कुछ कम हुआ।

माँ अपना ज्वर और पीड़ा भूलकर उन्हें ही देखे जा रही है, जैसे कोई गाय अपने

नन्हे बछड़े के बिछुड़ने पर दु:खी होती है। उस दु:ख को उन्होंने निरंतर इतने वर्षों तक प्रतिदिन अनुभव किया था। आज पुत्र के अचानक प्रकट हो जाने से उन्हें लग रहा है, जैसे उन्हें सबकुछ मिल गया है।

दु:खों की धूप में तपे हुए चेहरे पर प्रसन्नता की चाँदनी खिली हुई है। वे बार-बार पुत्र का माथा चूमती हैं, कभी हथेलियों को चूमती हैं, उनका प्राणों से भी प्रिय पुत्र आज घर लौटा है तो घर की उदास और बेरंग दीवारों की हर ईंट मुसकरा उठी है।

माँ अपने पुत्र के तेजस्वी मुखमंडल को देख रही है, जो प्रसन्न भाव से माँ के तलवे अपने गीले अँगोछे से शीतल करने में लगे हुए हैं। जब उन्होंने यह घर छोड़कर संन्यास लिया था, तब वे कोमल किशोर थे, लेकिन संन्यास की कठोरता में तपकर जब वर्षों बाद घर लौटे हैं तो उनकी किशोरावस्था की कोमलता पीछे छूट गई है, उसका स्थान युवा पौरुष ने ले लिया है। माँ को उनका कसा हुआ बलशाली वृषभ स्कंध शरीर देखकर गर्व हो रहा है। उनकी बड़ी-बड़ी आँखें सौम्यता और शील से सुशोभित हैं और चौड़ा मस्तक अद्‍भुत प्रतिभा की सूचना दे रहा है।

माँ मन-ही-मन पिता और पुत्र की तुलना कर रही है। हाँ, इनके पिता भी तो ऐसे ही सुदर्शन दिखते थे। "बेटा, मुझे कोई पानी देनेवाला नहीं था।"

माँ की बात को सुनते-सुनते शंकर की आँखों में आँसू भर आए। संन्यास लेते समय वे अल्प वयस्क थे, उन्हें संसार की कुटिलता का कोई अनुभव नहीं था। उनके न रहने पर उनकी माता को होनेवाली व्यावहारिक कठिनाइयों का कोई अनुमान उनको नहीं था।

पति और संतान के वियोग का अपार दु:ख सहते हुए माँ ने कैसे अपना जीवन व्यतीत किया होगा, अब वे अंदाजा लगा सकते थे। उच्च आदर्शों पर चलनेवाले महापुरुषों के स्वजनों का जीवन सदैव कंटकाकीर्ण ही होता आया है।

मानव समाज की मानसिकता विचित्र है, जो देश या समाज के लिए या मानवमात्र की सहायता के लिए आगे आते हैं, वे संकट में पड़ते हैं और समय का पहिया उन्हें कुचलकर आगे बढ़ जाता है।

उनके परिवार और प्रियजन आर्थिक-भौतिक संकटों का सामना करते हैं, दूसरी ओर जो चतुराई से समय के पहिए के साथ अपनी दिशा बदलते रहते हैं, वे सुविधाओं के सिंहासनों का आनंद भोगते हैं, उनकी समृद्धि चक्रवृद्धि ब्याज की तरह बढ़ती है। इतिहास उनका यशगान करता है।

लोक-कल्याण के लिए बीहड़ वनों में भटकनेवाले युगांतरकारी आचार्य की माता वृद्धावस्था में असहाय और अस्वस्थ होकर कष्ट पा रही है और उनके संबंधी संपत्ति का लाभ उठाते हुए स्वामिनी की उपेक्षा कर रहे हों और शेष जन मूकदर्शक बने हों तो इस समाज का कल्याण कैसे संभव है ?

"मैं संसार का अंधकार दूर करने निकला था और संसार ने मेरे ही घर में अँधेरा कर दिया है, विधाता यह कैसी विसंगति है ?"

उन्होंने तपस्या करते हुए अनुभव किया था कि ऋषि-मुनि सभी सुखों का त्याग कर कंदमूलों पर या भिक्षा पर जीवनयापन करते हैं, कुछ तो ऐसे भी थे, जो पेड़ों की पत्तियाँ या घास खाकर भी गंभीर आध्यात्मिक साधना में लगे रहे। उन्होंने कुछ ऐसे तपस्वी भी देखे थे, जो केवल जल या केवल हवा पर जीवित थे, भले ही उनकी देह सूखकर कंकाल हो गई हो।

कोई ज्ञान के प्रयोगों में लीन था तो कोई विज्ञान के प्रयोगों में। इन प्रयोगों का लाभ पूरे समाज को मिलता था, लेकिन इन तपस्वियों के स्वजनों की चिंता केवल संयुक्त परिवार ही करता था।

शंकर ने जब से इस व्यावहारिक पक्ष को जाना था, उन्हें माँ की चिंता होने लगी थी, इसलिए जब आशंका प्रबल हुई वे माँ के पास आ पहुँचे।

उन्हें अपना वचन याद था, जो घर छोड़ते समय उन्होंने माँ को दिया था। वे माँ के पाँव दबाने लगे, आँखें मूँदे हुए माँ के मुखमंडल पर शांति का भाव था, उन्होंने पुत्र के हाथ पकड़े और उठकर बैठ गई, "बेटा, मेरे शंकर···। अब मेरे जाने का समय है, मैं तुम्हें देखकर तृप्त हो गई हूँ। मुझे तुम्हारी ही प्रतीक्षा थी, मेरे प्राण तुम्हीं में अटके हुए थे। अब मैं शांति से अपनी अंतिम साँसें ले सकूँगी।

"तुम इन कुटुंबियों पर भरोसा मत करना। मेरा अंतिम संस्कार अपने हाथ से करना, हो सके तो इन सेवकों के साथ रखना। मेरी कोई इच्छा अब शेष नहीं है।"

कहते-कहते माँ के शब्द लड़खड़ाने लगे। अपने शंकर के सुंदर मुखमंडल को निहारते हुए उन्होंने हमेशा के लिए अपनी आँखें बंद कर लीं। यह एक सुंदर मृत्यु थी, शांत, कष्ट रहित और परिपूर्ण! उनके चेहरे पर परम संतोष के भाव थे।

शंकर ने माँ के चेहरे की ओर देखा, वे चिर विश्रांति के इन क्षणों में भी सुंदर लग रही थीं, शांत सोती हुई सी, जैसे कि कोई फूल अपनी डाल से झर गया हो, ऐसी पीड़ारहित मृत्यु तो निर्विकार योगियों को ही मिलती है।

परम ज्ञानी शंकर का सारा ज्ञान भी उनके आँसू रोक नहीं पाया, वह उनकी माँ थी, उन्होंने कर्तव्य की बलि-वेदी पर उन्हें वर्षों पहले ही बलिदान कर दिया था। आज तो केवल पूर्णाहुति का दिन था।

उन्होंने सेवक को अग्नि लेने भेजा और स्वयं अंतिम संस्कार की तैयारी में जुट गए। सेवक को अग्नि तो किसी ने दी नहीं, ऊपर से शंकर से लड़ने के लिए आ गए।

"शंकर, तुम संन्यासी हो, तुम्हारे लिए दाहकर्म वर्जित है, तुम जाओ, तुम्हें यह शोभा नहीं देता।"

"मुझे अपना कर्तव्य और धर्म दोनों ज्ञात हैं, आप लोगों ने माँ के साथ जीते-जी उचित व्यवहार नहीं किया। अब अंतिम संस्कार में तो झगड़ा मत करो और कर्तव्य निभाओ।"

"तुम संपत्ति के लालच में संन्यास धर्म का उल्लंघन कर रहे हो, हम तुम्हारे पाप में भागीदार नहीं होंगे···" ऐसा कहकर कुटुंबी जाने लगे।

शंकर के अनुरोध उन्होंने नहीं सुने, तब दुःखी हृदय से शंकर ने कहा, "तुम्हारे असहयोग से मैं माँ को श्मशान नहीं ले जा पा रहा, इसलिए मैं उनका अंतिम संस्कार यहीं घर में करूँगा, लेकिन स्मरण रखना, आज से तुम्हारे घर ही तुम्हारे श्मशान बनेंगे।"

सेवक अपने घर से अग्नि ले आया। शंकर ने माँ को मुखाग्नि दी और आर्द्र नयनों से उन्हें तेज लपटों में समाहित होते हुए देखते रहे।

उन्हें लगा, आज संसार के साथ उनका आखिरी बंधन भस्म हो रहा है। माँ की मुक्ति के साथ ही वे परम स्वतंत्र हो गए। अब वे अपूर्व ऊर्जा के साथ अपने अभियान पर निकलनेवाले थे।

अपनी निजी पीड़ा को औषधि में रूपांतरित कर वे संसार के घावों पर मरहम लगानेवाले थे।

माँ के अंतिम संस्कार के बाद भी उन्होंने न घर छोड़ा, न जन्मभूमि। वे नित्य ब्रह्ममुहूर्त में पवित्र पूर्णा नदी में स्नान करते और घाट पर बैठकर घंटों अपने अध्ययन-मनन में लीन रहते, फिर अपने सूने घर में लौटते, वहाँ माँ की स्मृति में रोज हवन-पूजन कर दीप जलाते और शांतचित्त से आगामी योजनाओं की रूपरेखा बनाते थे। यहाँ भी उनके दर्शनों के लिए देशभर से भक्तों, श्रद्धालुओं और स्वयंसेवकों की भीड़ आना प्रारंभ हो गई है, जिससे विवश होकर श्रृंगेरी जैसी ही व्यस्त दिनचर्या उन्हें घेर रही है।

वे श्रद्धालुओं को दर्शन देते हैं, उनकी नैतिक, भौतिक कठिनाइयों को सुलझाते हैं, स्वयंसेवकों के अनुभव और सुझाव सुनते हैं, विद्वानों से सलाह करते हैं, बचा समय अध्ययन-मनन और ईश्वर भक्ति करने के बाद लेखन कार्य करते हैं।

अब उनका महत्त्व ईर्ष्यालु कुटुंबियों और स्वयं में व्यस्त ग्रामवासियों को भी समझ आने लगा है। वे भी अब उनके पास आने लगे हैं। उनकी श्रद्धा और प्रेम कुछ तेजी से बढ़ रहा है, क्योंकि उसमें कुछ-कुछ प्रायश्चित्त का पुट भी है।

□

शंकर-स्मृति

केरल के राजा राजशेखर-सुरुचि संपन्न व्यक्ति हैं, वे आचार्य की अद्वितीय प्रतिभा के ही नहीं, उनके त्याग-तपस्या के भी प्रशंसक हैं।

आचार्य के शोक में सम्मिलित होने वे स्वयं आए हैं। उनके आगमन के पूर्व ही राजकर्मचारियों ने कालड़ी में व्यवस्थाएँ कर ली थीं।

अभी आचार्य और राजा का वार्त्तालाप चल रहा है। बाहर राजपुरुषों का वैभव देखते हुए कालड़ीवासी स्वयं को गर्वित पा रहे हैं।

केरल की धार्मिक अराजकता को मर्यादा में बाँधने की इच्छा राजा बहुत दिनों से दबाए हुए हैं, आज प्रसंगवश आचार्य से उन्होंने निवेदन किया है, "स्वामीजी, मुझे लगता है कि सामाजिक-धार्मिक मनमानी को रोकने और कुरीतियों के उन्मूलन के लिए एक नीति-निर्देशक मानदंड आप तय कर दें तो अच्छा होगा।"

आचार्य ने प्रसन्नतापूर्वक कहा, "आपका विचार श्रेयस्कर है, मैं एक छोटी सी धर्म संहिता लिख देता हूँ, जिससे जनमानस यह समझ सके कि क्या धर्मसम्मत है और क्या धर्म-विरुद्ध!"

राजा अभिवादन कर सदल-बल लौट आए। आचार्य ने स्मृतियों के आधार पर विधि का उल्लेख कर एक निर्देशिका लिख दी, जिसका पालन कर धर्मसम्मत जीवन जिया जा सकता था।

सरल भाषा में इस लघु संहिता को पढ़कर राजा और उनके विधि-विशेषज्ञ अत्यंत प्रसन्न हुए। उन्होंने उसका नाम 'शंकर-स्मृति' रख दिया।

ब्राह्मणों की एक सभा बुलाकर उनके सामने राजा ने इस पुस्तक को रखा तो जैसी आशा थी, उससे भी अधिक विरोध हुआ। कुछ तो ईर्ष्याजन्य था, कुछ इसलिए कि यह 'शंकर-स्मृति' ब्राह्मणों की मनमानी पर रोक लगानेवाली थी। एक ही पुस्तक में सभी आवश्यक नीति-निर्देशन होने से पुरोहित आम जनता को शास्त्रों के नाम पर आतंकित या भ्रमित नहीं कर सकते थे, क्योंकि यह निर्देशिका शास्त्रसम्मत विधियों, स्मृतियों का

निचोड़ थी, इसलिए इसे लेकर कुछ ब्राह्मण उत्तेजित हो उठे। उन्हें अपनी सर्वोच्चता को किसी नई संहिता से शासित करना बुरा लगा। वे पृथ्वी पर जीवित देवताओं के समान सम्मानित हैं और केवल अपने संस्कारों और विवेक से संचालित होते हैं।

उनमें से एक अत्यंत प्रभावशाली ब्राह्मण उठकर खड़े हुए और उन्होंने सभा में बोलना शुरू किया, "हे राजन्, आपके द्वारा ब्राह्मणों की प्रतिष्ठा पर इस नई 'स्मृति' से जो प्रहार किया जा रहा है, यह पापकर्म है, हम इसके विरोध में आपका राज्य त्यागकर चले जाएँगे।"

एक अन्य वक्ता तेज स्वर में बोले, "महाराज, यह तो गुरुसत्ता को दबाने का राजसत्ता का षड्यंत्र है।"

बहुत से लोग उनके समर्थन में चीखने लगे। राजा राजशेखर के प्रधान मंत्री ने उन्हें इशारे से शांत किया और बोले, "हमने आपका पक्ष सुना, आपको कुछ भ्रम है, महाराज राजशेखर कुल परंपरा से ही सभी ब्राह्मणों का सम्मान करते हैं, हमारे राज्य में आप अपने विशेषाधिकारों का पूर्ण आनंद ले रहे हैं। राज्य ने कभी इसमें बाधा नहीं पहुँचाई है, क्योंकि महाराज की यह नीति है कि बुद्धिजीवियों को स्वतंत्रचेता होना चाहिए, उन्हें अभिव्यक्ति की पूर्ण स्वतंत्रता है। राजा या राज्य की निंदा करने तक की छूट है, ताकि वे निडर और निष्पक्ष रह सकें और राजनीति के गुण-दोषों की स्वस्थ आलोचना कर सकें।

"'शंकर-स्मृति' का लक्ष्य ब्राह्मणों की स्वतंत्रता या श्रेष्ठता पर प्रहार करना नहीं है, बल्कि समाज के प्रत्येक वर्ग के पालन के लिए इसकी रचना एक श्रेष्ठ ब्राह्मण आचार्य द्वारा की गई है। जो कोई भी शास्त्रसम्मत, स्मृतिसम्मत पवित्र जीवन जी रहे हैं, उन्हें निश्चिंत होकर इसका समर्थन करना चाहिए। हमारे सार्वजनिक और धार्मिक जीवन में जो विकृतियाँ आना प्रारंभ हुई हैं, उन्हें रोकने के लिए आपका समर्थन आवश्यक है।"

कुछ शंकाएँ और उठाई गईं और राज्य की ओर से उनके उत्तर दिए गए, जिनसे संतुष्ट होकर बहुमत इस नई संहिता के समर्थन में हो गया। जो लोग विरोध में थे, उन्होंने आचार्य से शास्त्रार्थ किया।

शास्त्रार्थ में आचार्य के ज्ञान और तर्कों से परास्त होकर वे भी आचार्य के अनुयायी हो गए।

संपूर्ण केरल राज्य में ब्राह्मणों के समर्थन से 'शंकर-स्मृति' के प्रावधान लागू हो गए, समाज ने भी उसके कल्याणकारी पक्ष को जानकर उसे स्वीकार कर लिया। इससे आचार्य की महत्ता और बढ़ गई।

अब आचार्य को शृंगेरी आश्रम की याद सताने लगी, उन्होंने केरल से प्रस्थान करने का विचार किया तो राजा राजशेखर ने विनम्रतापूर्वक रुकने का निवेदन किया। वे आचार्य के सान्निध्य से वंचित नहीं होना चाहते थे। उनके आग्रह को मानकर आचार्य ने शृंगेरी

संदेश भेजकर अपने प्रमुख शिष्यों को केरल आने का आदेश दिया।

शिष्यों ने तत्परता से गुरुजी की आज्ञा पाते ही यात्रा प्रारंभ की और शीघ्र केरल आ पहुँचे।

शृंगेरी से शिष्यों के आ जाने पर शंकर अत्यंत प्रसन्न हुए और शिष्य भी गुरुजी का स्नेह पाकर धन्य हुए। संध्या समय राजा राजशेखर की उपस्थिति में शिष्यों की सभा जुटी। सभा में राजा राजशेखर ने विनम्रतापूर्वक बोलना प्रारंभ किया, "हे श्रद्धेय आचार्य, भारतभूमि को एक सूत्र में आबद्ध करने के लिए एक विराट् अनुष्ठान की आवश्यकता है, मेरी प्रार्थना है कि आप मेरे सैन्यबल के साथ दिग्विजय करने के लिए निकलें और क्षुद्र मतों को अपने शास्त्रबल से परास्त करें, जहाँ आप शस्त्रबल की आवश्यकता समझें, मेरी सशस्त्र सेना आपके आदेश का पालन करेगी।"

आचार्य इस प्रस्ताव से सहमत नहीं हुए, उन्होंने कहा, "हे राजन्, मैं आपकी राष्ट्रीयता की भावना को समझता हूँ। क्षुद्र मतों का उन्मूलन भी आवश्यक है। सनातन धर्म की संस्थापना मेरे जीवन का लक्ष्य है, किंतु यह कार्य शस्त्रबल से संभव नहीं है।

"शस्त्र बल और हिंसा से धर्म की संस्थापना संभव नहीं है। धर्म तलवार से थोपने की वस्तु नहीं है। बाहुबल का आश्रय लेने से कितने मतों का पतन हुआ। बौद्ध मत जब तक विचार शक्ति से चला, उसकी प्रधानता रही, लेकिन रक्तपात का मार्ग चुनते ही उसकी दुर्गति हो गई, इसलिए भारतवर्ष ने कभी भी तलवार से धर्म प्रचार नहीं किया। शस्त्रबल की प्रभुता क्षणिक होती है, आप बलपूर्वक मनुष्यों की देह को जीत सकते हैं, हृदयों को नहीं।"

"तब हे मुनिश्रेष्ठ, आप ही बताएँ कि राष्ट्र का पुनर्जागरण और धर्म-संस्थापना किस विधि से होगी?"

"प्रिय राजन्, मेरे विचार में उज्ज्वल आचरण और ज्ञान की प्रखरता से जनमानस के हृदयों को जीतकर ही यह संभव है। नैतिक मूल्यों की स्थापना शब्दों, प्रवचनों और पुस्तकों से नहीं, बल्कि श्रेष्ठिजनों के श्रेष्ठ आचरण से होती है, शासन वर्ग, सामंत, पुरोहित, व्यवसायी, अधिकारी अपने आचरण में सत्यवादी, न्यायप्रिय, दृढ़ किंतु विनम्र हों, इतना पर्याप्त है, शेष प्रजा तो इनका अनुकरण मात्र करती है।

"जनकल्याण की भावना से, राष्ट्रप्रेम से ओत-प्रोत युवा संन्यासी अपने संयम और तप से राष्ट्र का पुनर्जागरण कर धर्म की संस्थापना करेंगे, इसमें सेना की आवश्यकता नहीं है।"

राजशेखर आचार्य के तर्क से विनम्रतापूर्वक सहमत हो गए। आचार्य ने उन्हें आश्वस्त किया कि राष्ट्रीय पुनर्जागरण की उनकी तैयारी पिछले अनेक वर्षों से चल रही है। अब इसे अधिक संगठित और योजनाबद्ध तरीके से नए स्वरूप में प्रारंभ किया

जाएगा। राजशेखर आश्वस्त और संतुष्ट हुए।

अगले एक सप्ताह तक निरंतर दिग्विजय की तैयारियाँ चलती रहीं। यह तय हुआ कि मुख्य अभियान का नेतृत्व स्वयं आचार्य करेंगे। वे दक्षिण से यात्रा प्रारंभ कर उत्तर में हिमालय तक जाएँगे, पूरब और पश्चिम में भी यह यात्रा प्रमुख नगरों से होते हुए सीमांत तक पहुँचेगी। इसके साथ-ही-साथ आचार्य के शिष्यगण इसे शेष नगरों और ग्रामों तक ले जाएँगे।

आचार्य ने यात्रा की तैयारियों के दौरान अपने शिष्यों के मस्तिष्क में यह बात स्पष्ट रूप में बैठा दी कि यह यात्रा जोड़ने के लिए है, तोड़ने के लिए नहीं। इसका उद्देश्य है समन्वय, न कि विखंडन।

स्थानीय मान्यताओं, लोकदेवताओं, बोलियों, परंपराओंरूपी पुष्पों को गूँथकर एक सुंदर हार बनाना है, जो इस विशाल भू-भाग को मानसिक, आध्यात्मिक एकत्व दे सके।

जैसे एक कुशल किसान कठोर परिश्रम से खेत तैयार करते समय कूड़ा-करकट, खरपतवार उखाड़कर नष्ट कर देता है, उतनी ही कुशलता और उतने ही धैर्य के साथ लोक-जीवन में आए दोषों का परिष्कार और उन्मूलन करना है।

उनके मेधावी शिष्य पूर्ण प्रशिक्षित हो चुके, तब शुभ मुहूर्त में यह दिग्विजय अभियान प्रारंभ हुआ। अभियान में शिष्यों का एक समूह पूर्व से ही आगे-आगे चलता है। वे ग्राम के मंदिर में ठहरते हैं, वहाँ साफ-सफाई, हवन-पूजन-भजन के माध्यम से ग्रामवासियों को जोड़ते हैं, उन्हें शास्त्रसम्मत संस्कारों के लाभ बताते हैं, उनके प्रश्नों के उत्तर देते हैं, प्राकृतिक आपदाओं, बीमारियों के उपचार बताते हैं और आचार्य के आगमन की सूचना देते हैं।

ग्रामवासी उत्साहपूर्वक आचार्य की प्रतीक्षा करते हैं। आचार्य प्राचीन भारत की भाँति मंदिरों को समाज के ऊर्जा केंद्रों के रूप में विकसित करना चाहते हैं। वे कहते हैं कि मंदिर केवल पूजास्थल नहीं हैं, बल्कि शिक्षा और संवाद, स्वास्थ्य और संस्कार केंद्र भी हैं, इसलिए मंदिरों का जीर्णोद्धार और उनकी प्राण-प्रतिष्ठा आवश्यक है।

□

पद्‍मपाद से मिलन

जनसामान्य उन्हें ध्यान से सुनता है, उनके विचारों की ऊर्जा ग्राम-ग्राम और नगर-नगर में दिखने लगी है। असंख्य जन इस आंदोलन से जुड़ रहे हैं और यात्रा डगर-डगर परिवर्तन का शंख बजाती हुई आगे बढ़ रही है।

इसी यात्रा में आज बारी केरल के महाशूर नाम के तीर्थ की है। आचार्य, देवता की पूजा-अर्चना कर एकत्रित जन समुदाय को उपदेश देकर निवृत्त हुए है, तभी पद्‍मपाद आ पहुँचे।

आचार्य उन्हें देखकर आत्मिक प्रसन्नता से खिल उठे हैं, लेकिन पद्‍मपाद उनको प्रणाम करते-करते सिसकने लगे हैं। सब लोग हतप्रभ हैं कि पद्‍मपाद को क्या हुआ, जो वे शिशुवत् रो रहे हैं! आचार्य ने पूछा तो उन्होंने अपनी पुस्तक जलकर नष्ट हो जाने की बात बताई। आचार्य बोले, "भावुक मत हो पद्‍मपाद, तुम्हारी पुस्तक मुझे पूरी याद है, मैं तुम्हें बोलकर पूरी पुस्तक लिखवा दूँगा, अब तुम आँसू पोंछ लो।"

पद्‍मपाद ने आश्वस्त भाव से अपने आँसू पोंछ लिये। गुरुजी ने उनके सिर पर स्नेह से हाथ फेरकर आशीर्वाद दिया, उन्हें बहुत अच्छा लगा, वे शांत चित्त हो गए। गुरुजी ने उनकी यात्रा का वृत्तांत सुना और उन्हें अपने जन जागरण अभियान के बारे में बताया।

पद्‍मपाद उत्साह से भर उठे, अपनी तीर्थयात्रा के दौरान मंदिरों और तीर्थस्थलों की दुर्दशा, गंदगी और ठगी से वे व्यथित हुए थे, उन्हें अच्छा लगा कि उनके महान् गुरु समय की पुकार पर देश और धर्म के उद्धार के अभियान पर निकल पड़े थे। पद्‍मपाद भी इस विजयवाहिनी में सम्मिलित हो गए।

आचार्य ने अति व्यस्तता के बावजूद पद्‍मपाद को बोलकर अपनी अद्‍भुत स्मरणशक्ति से उनका ग्रंथ लिखवा दिया। गुरुजी की इस अद्‍भुत कृपा से पद्‍मपाद ऐसे कृतज्ञ हुए कि शेष जीवन के लिए वे शंकाओं और संदेहों से मुक्त हो गए।

□

दिग्विजय-यात्रा

आचार्य का परिवर्तन का संदेश नगरों और ग्रामों में गूँजता हुआ अपने मार्ग पर आगे बढ़ रहा है और स्थानीय प्रतिभाओं, भक्तों, श्रद्धालुओं के जुड़ते जाने से उसका आकार विशाल और अपील व्यापक होती जा रही है।

लोग घंटों इस अद्‌भुत लोक-जागरण यात्रा की प्रतीक्षा और स्वागत में खड़े रहते हैं। आचार्य की जय-जयकार के साथ गूँजती शंख ध्वनियाँ, मृदंगों और मँजीरों का संगीत, अद्‌भुत दृश्य उपस्थित करता है।

श्रद्धालु जन इस शोभायात्रा को स्थान-स्थान पर रोककर पुष्पमालाओं से संन्यासियों को लाद देते हैं, उनकी सेवा में मिष्टान्न, मेवा, शर्बत, दूध, सुस्वादु भोजन भेंट करते हैं।

आचार्य सबके आकर्षण का केंद्र हैं, आकाश में पूर्णिमा के पूर्ण चंद्र की तरह वे शोभायात्रा के मध्य शोभित होते हैं। उनकी एक झलक पाने के लिए लोग कितनी भी धक्का-मुक्की करने-सहने तैयार हैं और इस अपार लोकप्रियता और सफलता के मध्य आचार्य की चिंता बढ़ रही है।

वे जब भी एकांत में होते हैं तो यही विचार करते हैं कि शोभायात्रा के बाद अगला उपाय क्या ?

वे जानते हैं, लोकप्रियता और जन उत्साह क्षणभंगुर होते हैं। समाज के दोषों को दूर करने के लिए सतत उपचार की आवश्यकता है, इसकी व्यवस्था क्या हो ? कैसे हो ?

शिष्यों से धर्म की स्थापना, आम जनता को निरंतर मार्गदर्शन और विकृतियों के सतत उपचार की व्यवस्था पर चर्चा होती रहती है।

आचार्य का मानना है कि स्थायी समस्याओं के हल के प्रयास भी स्थायी और संस्थागत होने चाहिए।

आचार्य के कुछ शिष्यों का सुझाव है कि स्थान-स्थान पर आश्रमों की स्थापना करनी होगी, ये आश्रम शक्ति केंद्र के रूप में कार्य करें और इनकी वित्तव्यवस्था राज्य का दायित्व समझी जाए।

आचार्य ने राज्याश्रय का सुझाव नकार दिया है। उनका मत है कि राज्याश्रय से राज्य पर निर्भरता बढ़ती है। इससे समाज की ही नहीं, धर्म की शक्ति भी क्षीण होती है। धर्म का अंकुश सर्वोच्च होना चाहिए, यदि यह राज्य की मुट्ठी में आ गया तो राज्य और राजा को सद्‌मार्ग कौन दिखाएगा? राज्याश्रय प्राप्त धर्मसत्ता तो राजसत्ता की दासी बनकर रह जाएगी।

भारत में सनातन धर्म अनंतकाल से सामान्य जनमानस की श्रद्धा से पोषित है, राजसत्ता उसकी स्वामिनी नहीं रही, बल्कि अनुगामिनी रही है। इसलिए विदेशी आक्रमणों की आँधियाँ भी इसे छिन्न-भिन्न नहीं कर पाईं। जहाँ धर्म राजसत्ता का अनुगामी होता है, वहाँ राजसत्ता में परिवर्तन होते ही धर्म की नींव डगमगाने लगती है। वे राज्य के अन्न पर पलनेवाले धर्माचार्यों की कल्पना को भी अप्रिय समझते हैं।

आचार्य की दिग्विजय यात्रा में नित्य ज्ञानवर्षा में भीगनेवाले श्रद्धालु श्रोता मुग्ध भाव से एकटक आचार्य की सरस वाणी को सुनते रहते हैं। उनकी आवाज प्रभावपूर्ण और कंठ इतना मधुर है कि श्रोताओं को तृप्ति तो मिलती है, पर वे तृप्त नहीं होते—

"हमारे महान् पूर्वजों ने ब्राह्मणों को ज्ञान और विवेक की संपत्ति तो दी, लेकिन वास्तविक संपत्ति से वंचित कर दिया, यहाँ तक कि उन्हें जीविका के लिए दूसरों से प्राप्त भिक्षा पर निर्भर रखा, ताकि वे अपने स्थान और सम्मान की गरमी में मदमस्त, अहंकारी न हो जाएँ। यदि उन्हें आर्थिक सबलता भी दे दी जाती तो ज्ञान का अहंकार और वैभव का घमंड उन्हें रावण बना देता, इसलिए उनके लिए निर्धनतापूर्ण सादा जीवन जीने का आदर्श रखा गया। सारा समाज श्रद्धा से जिनके चरणों में शीश झुकाता हो, वे अहंकारी न बनें, इसलिए उन्हें भिक्षा और दान पर निर्भर रखा गया।

"धनबल जिसके पास है, यदि उसके पास बाहुबल या शस्त्रबल भी हो तो वह अनियंत्रित शोषक बनकर सारी दुनिया पर अपनी शर्तें थोपेगा, इसीलिए वणिकों को धनबल तो दिया गया, लेकिन शस्त्रबल नहीं।"

आचार्य की ऐसी रोचक व्याख्याओं को सुनने के लिए शिष्य लालायित रहते हैं और आचार्य भी पूरी तन्मयता से गूढ़तम बातों को सरल और स्पष्ट शब्दों में अनावृत कर देते हैं।

□

पंचदेव पूजन

यात्रा में आगे बढ़ते हुए उन्हें और उनके शिष्यों को यह तथ्य व्यावहारिक रूप से अनुभव हुआ कि सनातन धर्म में व्याप्त उदारता और स्वतंत्रता का एक परिणाम यह हुआ था कि देश के अलग-अलग भागों में किसी एक ईश्वर की प्रधानता थी, तो कहीं दूसरे की।

उन्होंने पाया कि प्रमुख रूप से पाँच स्वरूपों के भक्तों की संख्या अधिक है और उनमें आपसी प्रभुत्व का संघर्ष भी है। ईश्वर के ये पाँच स्वरूप थे—गणपति, शिव, शक्ति, विष्णु और सूर्य।

शैवों, वैष्णवों, शाक्तों और गणपत्यों के आपसी संघर्ष के निराकरण के लिए उन्होंने इन पाँचों देवताओं के पूजन का आदेश दिया। अपने कार्यक्रमों में उन्होंने पाँचों के पूजन को अनिवार्य कर दिया। यह व्यवस्था शीघ्र ही लोकप्रिय होने लगी, क्योंकि इससे सह-अस्तित्व को बढ़ावा मिला और बेबात का संघर्ष कम होने लगा।

उनके आश्रमों से प्रशिक्षित पुरोहितों ने पंचदेवता पूजन को पूजा अनुष्ठानों का अनिवार्य अंग बना दिया। घर-घर में पंचदेवता प्रतिष्ठित होने से सामाजिक शांति और समरसता बढ़ने लगी।

आचार्य की दिग्विजय यात्रा बाढ़ पर आई नदी की तरह तेज गति से बढ़ती जा रही है। इस बाढ़ में मतवाद, संकीर्णता, मनमुटाव, शत्रुता के वृक्ष तिनकों की तरह बह गए, एक नया समन्वयवादी समाज साँसें लेने लगा।

□

साधुओं का कुंभ

देशभर में अनगिनत मत-मतांतर थे, सनातन धर्म की उदारता और स्वतंत्रता ही कालांतर में विष ग्रंथि बन गई, अराजकता के जंगल में हर नई वनस्पति को वृक्ष होने का अहंकार था, शाखाएँ स्वयं ही अपने वृक्ष की विरोधी होने लगीं तो सनातन धर्म संकट में आता दिखा¨हर मत के अपने साधु, अपने योद्धा, अपने अखाड़े और इनके ऊपर कोई व्यवस्था, कोई नियंत्रण नहीं।

आचार्य जानते थे कि यदि राष्ट्र और समाज को एकूत्र में संगठित करना है तो इतनी बड़ी और प्रभावी जनशक्ति को एक व्यवस्था, एक तंत्र, एक जीवन-पद्धति, एक अनुशासन देना होगा।

अनेक वर्षों से वे इस विषय में मनन और विश्लेषण कर रहे थे, अब कुछ व्यावहारिक निर्णय घोषित करने और उनका पालन करने का समय आ गया था।

उन्होंने साधुओं का एक विशाल धार्मिक कुंभ आयोजित किया। इस कुंभ में एक-से-एक दर्शनीय संप्रदाय, एक-से-एक विचित्र साधु, एक-से-एक परिधानों और बिना परिधानों के भी आए हैं।

उनके आवास और भोजन की व्यवस्था में एक नया नगर बसाने का श्रम करना पड़ा है।

ब्रह्मचारियों के प्रशिक्षित दल के हाथ में सारा प्रबंधन है, महीनों की तैयारी के बाद यह विराट् आयोजन संभव हुआ है।

भारतवर्ष के कोने-कोने से संन्यासी और साधु सादर आमंत्रित किए गए हैं। सभी ने अपने-अपने तंबू और पंडाल लगाए हैं तो बहुत से एकदम वीतरागी हैं, आकाश ही उनका तंबू है और पृथ्वी ही उनकी शय्या है।

इस विराट् आयोजन का निमंत्रण उत्तर, दक्षिण, पूर्व, पश्चिम सभी दिशाओं के सभी मतों के संन्यासियों को प्राप्त हुआ है। उत्तर में हिमालय की कंदराओं से लेकर पश्चिम में सह्याद्रि की ढलानों तक, पूर्व में कामाख्या के उपासकों से दक्षिण में विंध्याचल के पार कुमारी अंतरीप तक।

आचार्य शंकर का आह्वान गूँज रहा है। उनकी इस पुकार के उत्तर में भगवा, काले, सफेद, लाल, पीले वस्त्रों में साधुओं के झुंड, संन्यासियों, नागाओं की मंडलियाँ आयोजन स्थल की ओर बढ़ रही हैं।

मुख्य आयोजन स्थल पर विशाल भव्य मंच है जिसकी ऊँचाई तीन पुरुष है, उस मंच पर आचार्य का उद्‍बोधन विशाल साधु समुदाय साँस रोककर सुन रहा है...."हे धर्म ध्वजाधारियो, आपका स्वागत है, अभिनंदन है, ईश्वर एक है, हम अपनी श्रद्धा और रुचि अनुसार उसकी अनंत स्वरूपों में पूजा करते हैं।

"जिस महान् संस्कृति ने हमें 'वसुधैव कुटुम्बकम्' का संस्कार दिया है, उसी पुण्यभूमि के कुटुंबों में ही इतना आपसी कलह हुआ है कि हमारी पृथ्वी आपसी रक्तपात और युद्धों से त्रस्त हो रही है।

"चक्रवर्ती सम्राटों का समय जा चुका है। राजनीतिक और सामाजिक विखंडन को रोकने का जिम्मा अब हमें लेना होगा, अन्यथा जीवनयापन में लगे जनसाधारण को विदेशी आक्रमणों और प्रभावों की बलि-वेदी पर चढ़ना होगा।

"हमारी पवित्र भूमि सदैव प्रतापी सम्राटों से रक्षित रही है, इसलिए किसी का आक्रमण का साहस नहीं हुआ था, किंतु भविष्य अंधकारमय है, क्योंकि हमारे राष्ट्र की रत्नगर्भा भूमि अब उस प्रकार रक्षित नहीं है। हमारे शासक आपसी संघर्षों में व्यस्त हैं, प्रजा अपने जीवन संघर्ष में और बुद्धिजीवी अपने बुद्धि-विलास में डूबे हैं। निरंतर समृद्धि ने उच्च वर्ग को आत्मतुष्ट और विलासी बना दिया है। किसी भी आक्रामक के लिए हमारी पवित्र भूमि एक पका हुआ रसीला फल है।

"हमारी उदारता अब अराजकता बन चुकी है, हमारा अद्‍भुत वैचारिक स्वातंत्र्य अब घनघोर मनमानी और हमारी विविधता अब भयंकर विभाजनकारी व्याधि बन चुकी है।

"हमारा ज्ञान कुछ विद्वानों का विशेषाधिकार, हमारा धर्म अब ढोंग और जड़ता तथा हमारी आस्था अब अंधविश्वास में बदल चुकी है।

"महान् ऋषियों और तपस्वी मुनियों के संकलित किए वेद, उपनिषद्, स्मृतियाँ, मनमानी व्याख्याओं से इतनी बोझिल बनाई जा चुकी हैं कि उनका अध्ययन अब जनसामान्य तो छोड़िए, ब्राह्मणों और शिक्षकों की दिनचर्चा का भी अंग नहीं है।

"मैंने राष्ट्रव्यापी यात्राओं में यह प्रत्यक्ष देखा है कि हमारा महान् धर्म निष्प्राण हो रहा है, तीर्थों में गंदगी और ठगी का डेरा है, प्राचीन मंदिरों में मकड़ी के जाले और चमगादड़ों के आश्रय हैं।

"प्रजा तो क्या, श्रेष्ठ सुधीजन भी ज्ञानमार्ग और भक्तिमार्ग से विमुख होकर राजमार्ग की ओर भागे जा रहे हैं।

"पवित्र नदियाँ प्रदूषित की जा रही हैं। नए नगरों के लिए जंगलों का विनाश हो रहा है, लालच इस समय की सबसे महत्त्वपूर्ण प्रवृत्ति है। दया भावना, संवेदना, परोपकार की भावनाएँ क्षीण हो रही हैं।

"इस भयानक विपत्ति में सर्वनाश हो जाने के पहले मैंने आपको इसलिए बुलाया है कि हम सब मिलकर अपना कर्तव्य निर्धारित कर सकें।"

बोलते-बोलते वे एक क्षण के लिए रुके, उत्तरीय से माथे का पसीना पोंछा, अपने कमंडलु से थोड़ा सा जल पिया, प्राणवायु अपने फेफड़ों में भरी और फिर बोलना प्रारंभ किया, "इस महाप्रलय को हम सब मिलकर रोक सकते हैं या अलग-अलग रहकर नष्ट हो सकते हैं, आप मार्गदर्शन दें कि हमें क्या चुनना है ?"

श्रोताओं ने समवेत स्वर में उत्तर दिया, "आप हमारा मार्गदर्शन करें, राष्ट्र और संस्कृति की रक्षा के लिए हम प्राणों का त्याग करने के लिए भी तैयार हैं।"

प्रसन्न आचार्य शंकर ने पुनः बोलना प्रारंभ किया, "महानुभावो, राष्ट्र को संगठित करने के लिए पहले सभी साधुओं, धर्माचार्यों को संगठित होना होगा। आप इस विशाल राष्ट्र में प्रत्येक स्थान पर हैं, सुनसान वनों से लेकर दुर्गम गुफाओं तक, ग्रामों से लेकर नगरों तक।

"मेरा अनुरोध है कि आप जहाँ हैं, वहीं अपने प्रभाव क्षेत्र में संस्कृति के प्रहरी बनें, अपने उज्ज्वल आचरण से जनमानस का हृदय जीतें और उन्हें संस्कारित करें।

"आपके कार्यक्षेत्र में वेद-पुराणों का सार्वजनिक पठन-पाठन हो, नियमित भजन-पूजन, शास्त्रार्थ से समाज को शिक्षित-संगठित करें।"

श्रोताओं ने कहा, "महाराज, हमें स्वीकार है, आप आगे की व्यवस्था बताएँ।"

आचार्य ने कहा, "मैंने सभी विद्वानों से विचार-विमर्श किया है कि सभी संन्यासियों को एक संप्रदाय के रूप में संगठित किया जाए। मानवों की एक सी प्रकृति नहीं होती, इसलिए यह संप्रदाय दस प्रकार के साधुओं को मिलाकर बनेगा, ये दस प्रकार होंगे— पुरी, गिरी, भारती, सरस्वती, तीर्थ, वन, पर्वत, सागर, अरण्य और आश्रम। ये दल मिलकर 'दशनामी संप्रदाय' कहलाएँगे।"

इसके बाद उन्होंने विस्तार से इन नामों का औचित्य और पद्धतियों पर प्रकाश डाला। उनकी कार्य-योजना की सूक्ष्मतम पहुँच और व्यापक दृष्टिकोण से श्रोता चमत्कृत थे। अव्यवस्थित को व्यवस्थित करना एक क्रांतिकारी प्रयास है, संपूर्ण सदन ने एक मत से नई व्यवस्था को शिरोधार्य किया।

प्रस्तावित व्यवस्था में कुछ युक्तिपूर्ण संशोधन सम्मिलित कर लिये गए, विरोध के स्वर भी उठे, पर वे दुर्बल और एकाकी थे।

आचार्य शंकर ने छह प्रमुख मतों को मान्यता देने का प्रस्ताव रखा, वह भी हर्षोल्लास से पारित हुआ।

इस महान् धार्मिक सम्मेलन के बाद ये सभी संन्यासी एक नए उत्साह के साथ वैदिक संस्कृति की विजय-पताका लेकर देश भर के ग्रामों, नगरों, पर्वतों, वनों, तीर्थस्थलों, समुद्री किनारों, मंदिरों, मठों, आश्रमों में पहुँचकर राष्ट्रीय महाजागरण अभियान में जुटनेवाले हैं।

आचार्य भी अपनी शिष्य मंडली के साथ इस अभियान को गति देने के लिए लंबी यात्रा पर निकलने की तैयारी कर रहे हैं।

बड़े आयोजन की थकान उतरने में लगभग सात दिन का समय बीत गया। आज आठवाँ दिन है। आचार्य ने शिष्यों सहित यात्रा प्रारंभ कर दी है। सूरज डूबने तक वे शैवतीर्थ मध्यार्जुन पहुँच गए, मध्यार्जुन शिव के जागतत मंदिर में उन्होंने देवता के दर्शन किए, मध्यार्जुन ब्राह्मण बहुल क्षेत्र है, मंदिर प्रांगण में आचार्य का स्वागत, अभिनंदन, भोजन, शयन हुआ।

अगले दिन विशाल जनसमुदाय ने आचार्य के सुदर्शन व्यक्तित्व के दर्शनों के लिए प्रात:काल से ही मंदिर की देहरी स्पर्श करना प्रारंभ की। साधना में रत आचार्य भीड़ के कोलाहल को सुनकर बाहर आए हैं। लोग उनके आकर्षक व्यक्तित्व को देखकर मुग्ध हो रहे हैं। उनके आकर्षण में अनगिनत लोग अद्वैत के अनुयायी हो रहे हैं।

उनकी आगे की यात्रा प्रजाजनों के प्रबल आग्रह से स्थगित करनी पड़ी है। दो दिनों बाद आचार्य के प्रबल आग्रह पर लोगों ने उन्हें विदा किया।

अब संन्यासियों की यह मंडली रामेश्वरम् की ओर अग्रसर है, मार्ग में तुलाभवानी तीर्थ में आचार्य ने ठहरने का विचार किया, उनके अग्रगामी दस्ते ने ऐसा न करने की सलाह दी थी, क्योंकि उन्होंने देखा था कि तुलाभवानी में शाक्तों के अनेक समूह हैं, जिनमें से कोई स्वयं को वीराचारी, कोई पश्वाचारी, कोई वामाचारी, तो कोई कोलाचारी कहता है।

देवी की तांत्रिक उपासना के नाम पर वे मदिरा, मांस, मैथुन को ही जानते हैं, उनके कृत्य विचित्र और घृणास्पद प्रतीत होते हैं, उनकी संगत में इस क्षेत्र के नागरिक भी घृणास्पद कार्यकलापों और पापाचारों के प्रति आकर्षित हो रहे हैं।

प्रज्ञावान, संस्कारशील लोग इस पतन से दु:खी और निराश हैं। उन्हें जैसे ही आचार्य के आगमन की सूचना मिली है, वे उनके स्वागत में लग गए।

तुलाभवानी में आचार्य के जोरदार स्वागत ने इन वामाचारियों को चौंका दिया। उन्हें स्थानीय जनसमुदाय के समर्थन का जो भ्रम था, वह चटख गया। वे तिरस्कार के साथ आचार्य से लड़ने पहुँच गए।

उन्हें आचार्य में तनिक भी श्रद्धा नहीं थी। वे आचार्य को सबके सामने अपमानित कर खदेड़ना चाहते थे। अभद्रता उनकी भाषा और व्यवहार दोनों में थी। वे पशुबल से आचार्य को डराने और दबाने के लिए आगे बढ़े, उनका नेतृत्व एक भयंकर और उद्दंड व्यक्ति के हाथों में था, वही सबसे आगे था। उसके मुँह से मदिरा की तीव्र दुर्गंध आ रही थी, उसके आते ही स्वागत कर रहे लोग किनारे हो गए और वह अपशब्द कहता हुआ आगे बढ़ा। उसके पीछे-पीछे उसके जो साथी थे, वे भी उत्तेजित थे और प्रहार करने की मानसिकता से थे।

उपस्थित जनसमूह ने देखा···आचार्य के शांत, सुंदर मुखमंडल पर कोई विकार का चिह्न नहीं आया। वे बाल्यकाल में संन्यासी होकर घने, दुर्गम जंगलों में भयानक जंगली जानवरों, दस्युओं और हर प्रकार के दुर्जनों की लीलाएँ देख चुके थे, अब तो वे युवा हैं, उनकी सुंदर देहयष्टि स्वयं में शरीर-सौष्ठव का आदर्श है। आक्रामक ने उनकी बलिष्ठ भुजाओं को देखा तो नशे में भी उसे समझ आ गया कि मल्लयुद्ध एकपक्षीय नहीं होगा, उसने आचार्य की ओर इंगित कर चिल्लाना प्रारंभ किया, "तुम कपटी और पाखंडी हो।"

आचार्य ने सरल मुसकान से इसका उत्तर दिया, मानो कुछ सुना ही न हो, इससे चिढ़कर वह और ऊँची आवाज में चीखने लगा, "आप बंध्यापुत्र के समान अवास्तविक अद्वैत में मस्त हुए हैं। जब प्रलयकाल में भी भेदज्ञान रहता है तो अद्वैत का स्थान ही कहाँ हैं?" और भी बहुत से तर्क उन्होंने दिए और अंत में कहा, "हम आदिशक्ति के उपासक हैं, आप भी उन्हीं की उपासना कीजिए या यहाँ से क्षमा माँगकर प्रस्थान कीजिए···अपने काल्पनिक मत से यहाँ भ्रम मत फैलाइए।"

आचार्य ने शांत, लेकिन ओजस्वी वाणी में अपना तर्क रखा, "जगज्जननी की उपासना तो मैं और मेरे शिष्य भी करते हैं, लेकिन आपकी पद्धति शास्त्रानुकूल नहीं है, ब्राह्मणों को मदिरा पान नहीं करना चाहिए। आप लोग देवी उपासना के नाम पर जो घृणित पद्धति चला रहे हैं, वह अधर्म है और ब्राह्मणों को शोभा नहीं देता। आप इस अनुचित आचरण का त्याग कीजिए, तो ही आपका कल्याण होगा।"

कहना कठिन है कि आचार्य की वाणी का प्रताप था या उनके सुगठित, सशक्त, त्रिशूलधारी शिष्यों का बाहुबल कि आक्रामकों ने शांति धारण कर ली और वहाँ से चले गए। उनमें से कुछ ने तो प्रायश्चित्त कर आचार्य का शिष्यत्व भी स्वीकार कर लिया।

वामाचारी भक्तों पर आचार्य की नैतिक विजय का समाचार द्रुत गति से फैल गया।

तुलाभवानी हो, युवा संन्यासियों का विजयदल यात्रा के अगले लक्ष्य की ओर आगे बढ़ा।

यात्रीदल को चलते-चलते हवा में कुछ आर्द्रता बढ़ी हुई सी लगने लगी तो उन्हें समझ में आ गया कि वे रामेश्वरम् के समुद्रतट के पास पहुँच चुके हैं। रामेश्वरम् में

देशभर के तीर्थयात्री भगवान् शिव की आराधना के लिए आते हैं। इस समय भी वहाँ तीर्थयात्रियों की अच्छी भीड़ है।

चमत्कारी बाल संन्यासी के रूप में वर्षों से विख्यात शंकर का नाम अधिकांश लोगों ने सुन रखा था और वे उनके दर्शनों की इच्छा रखते हैं। संयोग से वे स्वयं रामेश्वरम् पधारे हैं तो कौन ऐसा है, जो इस अवसर को व्यर्थ जाने देगा? स्वयं शंकर को भी रामेश्वरम् में बहुत अच्छा लगा। उन्होंने स्वयं को अधिक ऊर्जावान अनुभव किया।

नित्य शिव उपासना में वे सम्मिलित होते, तीर्थयात्रियों को दर्शन और मार्गदर्शन देते, शैवों ने उनकी प्रेरणा से पंचदेवता की उपासना और महायज्ञ के अनुष्ठान को अपना लिया।

आचार्य ने रामेश्वरम् में थोड़ा लंबा प्रवास किया। रामेश्वरम् के समुद्र पर सूर्योदय और सूर्यास्त देखना उन्हें बहुत सुंदर लगता है। प्रमुख तीर्थस्थान के रूप में रामेश्वरम् की मान्यता भगवान् श्रीराम के समय से है।

यहाँ प्रतिदिन उत्तर, पूरब और पश्चिम भारत के अनगिनत तीर्थयात्री आ रहे हैं और आचार्य का सत्संग कर रहे हैं। इससे आचार्य अत्यंत संतुष्ट हैं और कहीं जाने के लिए व्याकुल नहीं हैं।

स्थानीय शैवों ने जी भरकर उनके पावन सान्निध्य का लाभ उठाया। रामेश्वरम् से अब यह अभियान दल अनेक तीर्थों का दर्शन और उन्नयन करते हुए श्रीरंगम् पहुँचा। श्रीरंगम् वैष्णवों का गढ़ था, शंकर के आगमन की पूर्व सूचना मिलने से वे सभी बड़े खिन्न हुए, उनके मुखिया को चिंता हुई कि वैष्णवों के बीच में यह शैव, जिसे उसके कुछ भक्तगण शिव का अवतार भी जानते हैं, भला क्यों आ रहा है? सतर्क हो गए और प्रतीक्षा करने लगे।

जब उन्हें यह समाचार मिला कि आचार्य अपने हजारों शिष्यों के साथ, जिनमें अनेक त्रिशूलधारी भी हैं, बड़ी तेजी से श्रीरंगम् की ओर बढ़ रहे हैं तो वैष्णवों में घबराहट फैल गई। उन्हें लगा कि यह आक्रमण भी हो सकता है, इसलिए यहाँ जो छह तरह के वैष्णव थे (भक्त, भागवत, वैष्णव, पंचराग, वैखानस और कर्मही), वे आसन्न संकट की आशंका से एकजुट हो गए और आनेवाले शत्रु से युद्ध की तैयारी में लग गए।

आचार्य के अग्रगामी दस्ते ने जब यहाँ के समाचार भेजे तो आचार्य ने उन्हें वैष्णवों से मिलकर यह संदेश देने को कहा कि वे संघर्ष के लिए नहीं, बल्कि विमर्श के लिए आ रहे हैं और उनका मुख्य उद्देश्य अनंतशायी भगवान् विष्णु के दर्शन करना है।

यह युक्ति काम कर गई। आचार्य शंकर और उनके अनुयायी जब श्रीरंगम् पहुँचे, तो उनका स्वागत तलवारों ने नहीं, पुष्पहारों ने किया।

स्वागत स्वीकार कर वे भक्तिपूर्वक सबसे पहले अनंतशायी विष्णु भगवान् के दर्शन

के लिए मंदिर पहुँचे। उन्होंने अत्यंत भक्तिपूर्वक अपने मधुर कंठ से स्तुतिपाठ का गायन प्रारंभ किया।

उनके स्वरों का आरोह-अवरोह श्रोताओं को महामुग्ध कर रहा है, क्या पुजारीगण तथा दर्शनार्थी सब भाव-विभोर होकर उनके स्वरों के संगीत में खोए हुए हैं, जब उनकी अर्चना पूर्ण हुई, तब सब इस लौकिक जगत् में वापस लौटे।

उनकी भक्तिभावना और समर्पण देखकर वैष्णव जनों के मन की आशंका और वैर भाव तिरोहित हो गए। आचार्य नित्य भगवान् विष्णु की आराधना में अपना समय बिताते हैं।

आश्चर्यचकित वैष्णवों की भीड़ लगी रहती है, जो एक शैव को अपने बीच मैत्री भाव से पाकर विस्मित हैं। आचार्य उनके प्रश्नों के उत्तर देते हैं, वैष्णवों को लग रहा है कि आचार्य संभवत: शैव मत की व्यर्थता से त्रस्त आकर वैष्णव मत ग्रहण करना चाहते हैं, इसीलिए इतनी विष्णु-भक्ति कर रहे हैं, किंतु जब उन्होंने आचार्य को भगवान् शिव की अर्चना करते हुए सुना तो संशय में पड़ गए कि आखिर बात क्या है?

व्याकुल वैष्णवों ने अपने आचार्य को शास्त्रार्थ के लिए प्रेरित किया। जब वैष्णवाचार्य ने शास्त्रार्थ का आमंत्रण दिया तो आचार्य ने उसे सहज प्रसन्नता से स्वीकार कर लिया।

नियत समय प्रमुख वैष्णव आचार्यों की उपस्थिति में शास्त्रार्थ प्रारंभ हुआ, प्रारंभिक घोषणाओं और औपचारिकताओं के बाद वैष्णव आचार्य ने कहा, "मैं विष्णु भगवान् के मुन्दादि तथा शंख-चक्र आदि चिह्नों को धारण करनेवाला परम वैष्णव हूँ, अत: भवसागर से मुक्त होकर बैकुंठ जाऊँगा। मैंने जो चिह्न धारण किए हैं, वे पुराणसम्मत हैं। आप इन चिह्नों को क्यों धारण नहीं करते?"

आचार्य ने शांत स्वर में पूछा, "किंतु क्या इस विषय में वेदों का कोई प्रमाण है? वेद में लिखा है कि मोक्ष का कारण एकमात्र ब्रह्मज्ञान है। पाप नाश के लिए कठोर तप और चित्त शुद्धि के लिए भगवान् की पूजा-उपासना वेद के ही विधान हैं।

"मैं ब्रह्म हूँ, ऐसा चिंतन करते-करते भेद ज्ञान नष्ट हो जाने पर जीव शिवत्व को प्राप्त होता है। शिवगीता में लिखा है कि 'मैं शिव हूँ।' इस भावना से जीव शिवत्व को प्राप्त कर लेता है, अत: आप भी पंचदेवता की आराधना कर चित्त शुद्ध कीजिए। पंच महायज्ञ का अनुष्ठान कर पाप क्षय कीजिए और मैं विष्णु का अंश हूँ, इस भावना में डूबकर विष्णुभाव प्राप्त करने का प्रयास कीजिए।"

आचार्य का ऐसा निष्पक्ष और सार्थक तर्क सुनकर वैष्णव आचार्य संतुष्ट हो गए।

परंपरानुसार उन्होंने आचार्य का शिष्यत्व ग्रहण किया। शैवों और वैष्णवों के बीच

जो गहरी खाई थी, आचार्य ने अपनी सूझ-बूझ से उसे पाटने का प्रयास किया, वैष्णव भी उनके अनुयायी हो गए।

एक दिन आचार्य के प्रवचन के उपरांत एक वैष्णव भक्त ने प्रश्न किया, "स्वामीजी, आपने जो पंचदेवता गणेश, शिव, दुर्गा, नारायण और सूर्य की पूजा का प्रचलन किया है, वह तो हमें ज्ञात है, किंतु इसका औचित्य क्या है? पंचयज्ञ क्या है, यह बताने की कृपा करें।"

स्वामीजी ने विनम्रतापूर्वक कहा, "पंचदेवता पूजन सनातन धर्म में आदिकाल से था, कोई भी व्यक्ति इनमें से किसी एक देवता को अपना इष्ट चुन सकता है, शेष चार उनके सहायक होते हैं, दुर्योग से जब भक्तों का अपने इष्टदेव के प्रति आग्रह अन्य देवताओं के प्रति अवमानना में बदल गया तो अनेक मत-मतांतर और मतभेद खड़े हो गए। इन्हीं संकीर्णताओं को नष्ट कर संपूर्ण सनातन धर्म को एक सूत्र में बाँधने के लिए मैंने प्राचीन पंचदेव पूजन परंपरा को पुनर्जीवित किया है।

"ब्रह्म एक है, आप उसका किसी भी स्वरूप में पूजन करें, वह एक ही है। शिव, शक्ति, विष्णु आदि सभी उसी निर्गुण ब्रह्म के सगुण रूप हैं। उनके पूजकों का आपस में लड़ना मूढ़ता और अज्ञान है।"

"ठीक है महाराज, हम समझ गए, अब जरा पंचयज्ञ और बता दें तो बड़ी कृपा होगी।"

आचार्य शंकर ने धीर-गंभीर वाणी में बताना प्रारंभ किया—

"पहला ब्रह्मयज्ञ···वेदपाठ, विद्याध्ययन, दूसरा पितृयज्ञ-तर्पण आदि, तीसरा होम-नित्य अतिक्षेत्र तथा यज्ञ, चौथा बलि-भूतसेवा, गौ, पक्षी आदि को भोजन और पाँचवाँ नृयज्ञ अर्थात् अतिथि-सत्कार, ये पाँच यज्ञ आवश्यक हैं।"

"किंतु स्वामीजी, इतने यज्ञ करने की क्या आवश्यकता है? यदि सारे समय यज्ञ में बैठे रहे तो हम गृहस्थों का जीवन कैसे चलेगा?"

"मनुष्य जाने-अनजाने बहुत सी हिंसा करता है, मानसिक, वाचिक, शारीरिक, हिंसा, इन सब हिंसाओं से उत्पन्न पाप का क्षय करने के लिए ये पंचयज्ञ आवश्यक हैं। ये मनुष्य को पापकर्मों से सचेत कर रोकने और पापकर्म हो चुकने की दिशा में प्रायश्चित्त कर मुक्त होने का अवसर देते हैं। अपनी आजीविका अर्जित करने के बाद भी यदि बकवास और दुर्व्यसनों में समय नष्ट न करें तो ये पंच महायज्ञ आसानी से संभव है।" कहकर आचार्य ने प्रश्नकर्ता का समाधान किया।

रोज ही वैष्णव श्रद्धालु नए-नए प्रश्न लेकर आते हैं, रोज ही आचार्य उनका समाधान करते हैं। निरंतर संवाद से दूरियाँ मिट रही हैं। आचार्य के प्रयास से केवल शैव और वैष्णव ही नहीं, बल्कि सूर्य उपासक, गणपति उपासक, कार्तिकेय उपासक सभी

एक-दूसरे के निकट आ रहे हैं। बिखरा हुआ समाज फिर से जुड़ रहा है।

आचार्य अथक यात्री हैं, उनका यात्री दल सतत यात्रा करता हुआ आगे बढ़ रहा है, अगले दो-तीन दिन में वे कांची पहुँचनेवाले हैं।

कांची प्राचीन तीर्थ है, आचार्य के आगमन से कांची के शैवों और वैष्णवों में परम उत्साह है। उनके स्वागत की तैयारी अपने आपमें एक उत्सव बन गई है। कांची के पल्लव शासक महाराज नंदिवर्मन भी आचार्य के स्वागत की तैयारी में सुबह से ही व्यस्त हैं। आज सनातन यात्रियों का यह दल कांचीपुरम पहुँच रहा है। मार्गों को हार-फूल से सजाया गया है। कांची के दोनों भागों शिवकांची और विष्णुकांची में स्वागत की होड़ है।

पदयात्रियों के कांची की सीमा में प्रवेश करते ही उसका पुष्पवर्षा और जय-जयकार से स्वागत हुआ। शंखों की गूँज और राजकीय हाथियों की चिंघाड़ से, नगाड़ों और मृदंगों की थाप से ऐसा भृत्य वातावरण था, जैसे किसी विजेता सम्राट् का स्वागत हो रहा है।

कांची महाराज ने शीतल जल से तीर्थयात्रियों के चरण-प्रक्षालन किए, उन्हें श्रीफल, अंगवस्त्र देकर सम्मानित किया।

आचार्य का नियम है कि वे सर्वप्रथम देवदर्शन के लिए जाते हैं। सर्वप्रथम वे शिवकांची पहुँचे। उन्हें यह देखकर कष्ट हुआ कि भगवान् शिव, जो यहाँ 'अमरेश' नाम से लिंग रूप से पूजे जाते हैं, उनका मंदिर जर्जर होकर नष्टप्राय है।

उन्होंने वहाँ श्रद्धापूर्वक रुद्राभिषेक किया। उन्हें समझ में आ गया कि यहाँ पूजन-अर्चन भी नियमित नहीं है।

यहाँ से वे विष्णुकांची गए। उसकी दशा और भी ज्यादा उपेक्षित देखकर उनका दुःख दोगुना हो गया। उन्होंने श्रीविष्णु, जो यहाँ 'वरदराज' नाम से प्रतिष्ठित हैं, उनकी अभ्यर्थना-अर्चना की।

उनकी प्रेरणा से स्थानीय शैवों और वैष्णवों ने इन मंदिरों का पुनर्निर्माण और पुनर्प्रतिष्ठा में हाथ बँटाया। कांची महाराज समेत आसपास के अन्य राजाओं ने भी आचार्य की इच्छा जानकर इन मंदिरों को राजकीय संरक्षण दिया, जिससे यह प्राचीन तीर्थ अपनी प्राचीन प्रतिष्ठा पुनः पाकर खिल उठा है।

कांचीपुरम् के मीनाक्षी मंदिर में प्रतिष्ठित मीनाक्षी देवी की तेजोमय प्रतिमा के नेत्र इतने ऊर्जस्वित हैं कि साधारणइ मनुष्य में तो सामर्थ्य ही नहीं होती कि अपनी आँखों से इतनी ओजस्विता को एकटक देख सके। आचार्य ने देवी का समस्त तेज एक यंत्र में आकर्षित कर उस यंत्र की प्रतिष्ठा कर दी और उसके ऊपर एक मंदिर बनाने की इच्छा की।

आचार्य की इच्छापूर्ति के लिए कांची राजा ने तत्काल मंदिर का निर्माण कार्य प्रारंभ

करा दिया है और आकाश आचार्य की जय-जयकार से गूँज रहा है।

आचार्य कांची राजा और कांची के जनमानस से विदा लेकर आगे बढ़े, लोग उन्हें आग्रहपूर्वक रोकते हैं, वे रुक भी जाते हैं, लेकिन उन्हें ज्ञात है कि यह पड़ाव है, लक्ष्य नहीं। वे लोगों के प्रेम का प्रत्युत्तर दो गुने प्रेम से देते हैं और घृणा का उत्तर चार गुने प्रेम से।

अब उनके शिष्य भी समझ गए हैं कि घृणा को घृणा से नहीं जीता जा सकता, न वैर को वैर से, मार्ग में अनेक बार उन्हें असभ्य, बर्बर लोग मिले हैं, जो उद्दंडता से पेश आए हैं, लेकिन आचार्य के मुखमंडल के अद्भुत तेज और प्रेमपूर्ण वाणी से वे पानी-पानी होकर उनके अनुयायी बन गए हैं।

□

कापालिकों से युद्ध

आचार्य अहिंसा और शांति के पक्षधर हैं, लेकिन वे शक्ति के उपासक हैं, निर्बलता और दयनीयता के नहीं। उनकी अहिंसा सबल की अहिंसा है, विवशता की नहीं। वे अपने शिष्यों को शरीर सौष्ठव के प्रति सचेत रखते हैं, वे मल्लविद्या में प्रवीण हैं और तलवारबाजी में भी। उनमें जो शैव हैं, वे अधिकांशतः त्रिशूल लेकर ही चलते हैं, इसीलिए वनदस्यु और लुटेरे उनकी यात्रा के मार्ग में नहीं आते।

शिष्यों सहित आचार्य ताम्रपर्णी, वेंकटाचल और विदर्भ होते हुए कर्णाट उज्जयिनी पहुँच रहे हैं। महाराज सुधन्वा उनके स्वागत में तत्पर हैं, पर उनके चेहरे पर चिंता की लकीरें भी हैं।

उनके राज्य में कापालिकों का समुदाय बहुत प्रभावी है, वे आचार्य को शत्रु समझते हैं, कापालिकों के आतंक से महाराज सुधन्वा स्वयं भी त्रस्त हैं। कापालिकों का मुखिया क्रकच और उसके सहयोगी मुख्यतः ब्राह्मण होने से किसी अन्य को कुछ नहीं समझते।

आचार्य के अद्वैत का सिद्धांत लोकप्रिय होने से कापालिकों को चिढ़ है, क्योंकि उनकी साधना की पद्धति पाशविक अनुष्ठानों पर आधारित है, मांस-मदिरा-मैथुन में लिप्त होकर ही वे अपने इष्ट की आराधना करते हैं। आम जन उनकी साधना को कुछ भय, कुछ लालसा से देखा करते हैं।

आचार्य की धर्म-साधना कापालिकों के व्यभिचार को अनावृत कर रही है, इसलिए कापालिक उन पर आक्रमण कर उनकी प्रतिष्ठा धूल में मिला देना चाहते हैं।

कापालिक आचार्य पर प्राणघातक हमले की योजना बना चुके हैं। गुप्तचरों से यह सूचना पाते ही महाराज सुधन्वा ने एक उत्कृष्ट सैन्य दल प्रतिकार के लिए भेजा।

क्रोध में उन्मत्त कापालिकों ने क्रकच के नेतृत्व में आचार्य शंकर के दल को चारों ओर से घेर लिया।

अपशब्द बकते हुए क्रकच आगे बढ़ा, उसने आचार्य को मारने के लिए खड्ग ऊपर उठाया, आचार्य अविचलित रहे। उनकी शांति और निडरता से उत्तेजित क्रकच

खड्ग को नीचे लाकर उनको चीरने के प्रयत्न को पूर्ण करता, उसके पहले ही एक बलशाली नागा साधु का त्रिशूल उसको हृदय में धँसता प्रतीत हुआ। लाल रक्त का फव्वारा उसकी देह और नागा साधु को गीला करता हुआ नीचे जाँघों और पाँवों तक रिसने लगा।

कापालिकों और नागाओं का भयंकर युद्ध हुआ। महाराज सुधन्वा की सैन्य टुकड़ी ने संघर्ष को निर्णायक अंत तक पहँचाया। हिंसक कापालिकों ने पहली बार राजदंड का स्वाद लिया। वे पूरी बर्बरता से लड़े, किंतु पराजित हुए। उनके प्रमुख योद्धा मारे गए। घायलों की कराहों, कटे अंगों और खून से लथपथ रण-भूमि के बीच अविचल, शांत खड़े आचार्य को देखकर कोई भी महाभारत के कृष्ण की कल्पना कर सकता है।

नागा साधुओं ने अद्भुत युद्ध-कौशल का परिचय दिया। वे सूझ-बूझ से लड़े और उनका एक भी योद्धा मारा नहीं गया, हाँ, कुछ घायल अवश्य हुए।

महाराज सुधन्वा ने घायलों के उपचार और मृतकों के सम्मान सहित दाह-संस्कार का प्रबंध किया। जीवित बचे कापालिकों ने राज्य की सेना के आगे समर्पण कर दिया। कापालिकों का प्रभुत्व सदैव के लिए समाप्त हो गया।

आचार्य के अनुरोध पर कापालिकों को क्षमा देकर मुक्त कर दिया गया। उनमें से अधिकांश ने प्रायश्चित्त कर आत्मशुद्धि की। आचार्य का शिष्यत्व ग्रहण कर लिया। अब वे व्यभिचार छोड़कर संध्यावंदन, पंचदेवता पूजन तथा पंच यज्ञों के मार्ग पर चलने लगे। वैदिक धर्म की पुनः प्रतिष्ठा हुई।

दयामूर्ति आचार्य और उनके शिष्यों का दल अब आगे बढ़ा। कदम-कदम पर अवरोध और कठिनाइयाँ उनकी प्रतीक्षा कर रही थीं। भारत की उर्वर भूमि में मत-मतांतरों के जंगल लहलहा रहे थे। कहीं चार्वाकपंथी थे, तो कहीं क्षपणक, कहीं नास्तिक लोग थे तो कहीं भोगवादी। अपनी करुणा और ज्ञान से उनको संस्कारित करते हुए यात्रा आंध्र प्रदेश की ओर बढ़ती जा रही है।

□

जगन्नाथ की पुरी में

आंध्र में वैदिक धर्म की पुनर्प्रतिष्ठा कर आचार्य कलिंग के विख्यात तीर्थ श्री जगन्नाथपुरी पहुँच गए हैं।

जब वे पूजन के लिए मंदिर में पहुँचे तो श्री जगन्नाथदेव की प्रतिमा न पाकर आश्चर्यचकित और दु:खी हुए। मुख्य पुजारी को भगवान् जगन्नाथ के रूप में शालिग्राम शिला ही पूजते देख उन्होंने पूछा, "हे विद्वान् पंडित, भगवान् जगन्नाथ की प्रतिमा कहाँ है ?"

पहले तो पुजारी ने अनसुना कर दिया, लेकिन आचार्य कहाँ माननेवाले थे! उनके बार-बार कुरेदने पर पुजारीजी उन्हें एकांत में ले गए और दु:ख के साथ बोले, "स्वामीजी, विदेशी आक्रमण के समय भगवान् जगन्नाथ के काष्ठ विगृह की रक्षा के लिए पुजारियों ने उसे स्थानांतरित कर दिया था और जगन्नाथ देव की रत्नपेटिका चिल्काह्द के किनारे किसी स्थान में गाड़ दी थी। विदेशी आक्रामकों ने सभी प्रमुख व्यक्तियों का वध कर दिया, पर विग्रह और रत्नपेटिका प्राप्त नहीं कर सके। रत्नपेटिका का स्थान अज्ञात होने से शालिग्राम की ही पूजा हो रही है।" पुजारियों के बलिदान जानकर आचार्य क्षणभर को व्याकुल हुए। उन्होंने मन-ही-मन उन धर्मप्राण व्यक्तियों को श्रद्धा से सराहा, जिन्होंने प्राण दिए, किंतु प्रण नहीं। वे सोचने लगे—क्या कभी आनेवाली पीढ़ियाँ अतीत के योद्धाओं के बलिदान को जान पाएँगी ? तभी पुजारी का निवेदन उन्हें अतीत से वर्तमान में ले आया, उन्होंने सुना, "स्वामीजी, हमने आपकी बहुत प्रशंसा सुनी है, भगवान् जगन्नाथ की कृपा से ही आपका आगमन हुआ है, आप कृपा करके कोई उपाय कीजिए।"

आचार्य ने उन्हें सांत्वना देते हुए पूछा, "यदि रत्नपेटिका पुन: मिल जाए, तो क्या आप लोग भगवान् जगन्नाथ देव के विगृह की पुनर्प्रतिष्ठा के लिए तैयार हैं ?"

पुजारियों ने प्रसन्नता से सहमति दी। आचार्य तत्काल ध्यान-साधना में लीन हो गए और पुजारी शुभ समाचार की प्रतीक्षा करने लगे। मंदिर के सेवक तो खुदाई के उपकरण फावड़े, बेलछा आदि भी ले आए।

आचार्य समाधि में लीन हैं और पुजारीगण श्रद्धापूर्वक प्रतीक्षा कर रहे हैं कि कब समाधि टूटे और शुभ सूचना मिले! कई घंटों के बाद समाधिस्थ देह में हलचल हुई। आचार्य की समाधि टूटी, उन्होंने बताया, "चिल्काहद के पूर्वी किनारे पर विशाल बरगद है, उसके उत्तरी भाग के नीचे रत्नपेटिका है, आप लोग वहाँ जाकर खोदिए और उसे ले आइए।"

आचार्य के कथन को देववाणी मानकर पुरीवासी आनंदित हो उठे। वे भक्तिभाव से बताए गए स्थान पर पहुँचे, उसे खोदा और रत्नपेटिका मिल जाने पर उनकी प्रसन्नता और धन्यता की सीमा न रही।

समारोहपूर्वक रत्नपेटिका मंदिर में आचार्य के समक्ष लाई गई। शुभ मुहूर्त में वैदिक मंत्रोच्चारों के मध्य भगवान् जगन्नाथ के काष्ठ विग्रह की प्राण-प्रतिष्ठा हुई। आचार्य ने कलिंगराज और पुरी के स्थानीय लोगों की सहभागिता से शास्त्रानुकूल एवं नियमित पूजन की व्यवस्था बनवाई।

पुरी के समुद्र तट को निहारते हुए उन्हें लगा कि इस तट पर ऐसे संस्थागत प्रयत्न की आवश्यकता है, जो यहाँ धर्म को जीवित और सक्रिय रखे, नहीं तो सनातन धर्म की रत्नपेटिका इतिहास की लहरों में फिर से खो सकती है।

पुरीवासियों की आचार्य में अपार श्रद्धा हो गई है, वे उन्हें जाने देना नहीं चाहते और आचार्य बहते पानी की तरह चलते रहना चाहते हैं, कम-से-कम तब तक, जब तक कि विकृतियों की खरपतवार का उन्मूलन न कर दें और सनातन सत्य पुनः प्रतिष्ठित न हो जाए।

उनके पास समय कम है और कार्य बहुत ज्यादा, इसलिए वे एक पल भी व्यर्थ नहीं गँवाना चाहते। उनके शिष्य देखते हैं कि वे धर्मयोगी तो हैं ही, पर उससे भी ज्यादा कर्मयोगी हैं, न थकते हैं, न रुकते हैं, रात-दिन 'चरैवेति-चरैवेति' का मंत्र जीते हैं।

पुरीवासियों को जगन्नाथ मंदिर की व्यवस्था सौंपकर वे पुनः चल पड़े हैं। अब लक्ष्य है, प्राचीन मगध।

□

यम के उपासक

आचार्य के नेतृत्व में उनकी ऊर्जावान शिष्य मंडली मगध के मार्ग पर चली जा रही है। मार्ग में यमस्थपुर नामक स्थान पर विश्राम है, शिष्यों में उत्सुकता है, भला यमस्थपुर भी कोई नाम है, क्या वहाँ यम रहते हैं या उनका जन्मस्थल है ? जब उत्सुकता शांत नहीं हुई तो गुरुजी से ही पूछ लिया गया।

प्रसन्न वदन आचार्य ने सरल हास्य के साथ उत्तर दिया, "यहाँ की अधिकांश प्रजा मृत्यु के देवता को ही अपना आराध्य मानकर उपासना करती है, इसलिए इसका नाम 'यमस्थपुर' है। शेष वहाँ पहुँचकर स्वयं अनुमान कर लेना।"

दोपहर बाद संध्या प्रगट होने लगी और दूर क्षितिज पर भगवान् भुवन भास्कर अपनी किरणें समेटने लगे, तब युवा संन्यासियों का यह दल यमस्थपुर पहुँचा।

वे मृत्यु के देवता का भव्य मंदिर देख चमत्कृत हो गए। यम की उपासना करनेवाले प्रजाजनों की यम के प्रति आस्था इतनी गहरी थी कि वे यमराज की ही वेशभूषा धारण करते थे, उनकी पुष्ट भुजाओं पर भैंसा अंकित था, वे सिर पर सींगोंवाला मुकुट और काला टीका धारण किए थे।

स्थानीय अन्य प्रजाजनों के साथ उन्होंने भी आचार्य और उनके दल का स्वागत किया। यात्रियों ने उन्हें उत्सुकता के साथ देखा, रात्रि में भोजन के पश्चात् सभी ने विश्राम किया। अगले दिन प्रात:काल की पूजा-अर्चना के बाद आचार्य उठे तो कल संध्या वाले यमोपासकों को उन्होंने प्रतीक्षा करते पाया।

आचार्य ने उन्हें प्रेमपूर्वक आसन दिया, शिष्यों ने शीतल जल से उनका स्वागत किया। मृत्यु के देवता के इन अनूठे उपासकों के मुखिया ने बोलना प्रारंभ किया, "हे श्रेष्ठ आचार्य, हमने आपके चमत्कारों की कहानियाँ सुनी हैं, लेकिन हम यम के उपासक हैं, यम हमारे आराध्य देव ही सृष्टि, पालन और प्रलय के स्वामी हैं। वे ही परम ब्रह्म, विष्णु, महेश सब उनसे ही उद्‌भूत हैं। अत: आप अपना मत छोड़कर सबके स्वामी यम की आराधना कीजिए, आपका कल्याण होगा।"

इतना कहकर उसने विजयी भाव से आचार्य के तेजोद्दीप्त मुखस्थल और उनके शिष्यों के समूह की ओर देखा। उसे निराशा हुई कि उसके सशक्त प्रस्तुतीकरण का कोई असर वहाँ नहीं था।

मंद स्मित के साथ आचार्य ने बोलना प्रारंभ किया, "मैं आपके विचार को वेद, श्रुति और पुराण तीनों के विरुद्ध पाता हूँ, निस्संदेह, यम एक महत्त्वपूर्ण और प्रमुख देवता हैं, उनका पूजन और उपासना धर्मसम्मत है, जैसे कि अन्य देवी-देवताओं की आस्था व्यक्तिगत रुचि का विषय है, किंतु धर्म विवेचना में हमें तथ्यों को तो देखना ही होगा, तभी सत्य पा सकेंगे, तथ्य यह है कि 'कठोपनिषद्' कहता है कि यम ब्रह्म नहीं है, 'मार्कंडेय पुराण' बताता है कि कृपालु महादेव ने यम को पीड़ित कर उनसे अपने एक भक्त को बचाया। यम की उपासना चित्तशुद्धि में सहायक हो सकती है, किंतु मोक्ष तो ब्रह्मज्ञान से ही मिलता है, देव पूजन से नहीं।"

आचार्य के तर्क ने यम उपासकों को भी जीत लिया, आचार्य के प्रशांत व्यक्तित्व और प्रेमपूर्ण वाणी ने उन पर जादू-सा असर किया और वे उनके शिष्य बन गए। अगले एक माह तक आचार्य के प्रवास काल में वे निरंतर उनके शिविर में ज्ञान-लाभ लेते रहे और आचार्य की विदाई के समय तक वे अद्वैत मार्ग में मनसा, वाचा, कर्मणा दीक्षित हो चुके थे।

उनकी यम में श्रद्धा को आचार्य ने कम नहीं किया, सिर्फ उन्हें संतुलित कर दिया। आचार्य का तरीका यही है, वे जोड़ने निकले हैं, तोड़ने नहीं। वे सत्य को थोपते नहीं हैं, बल्कि उसे प्रकाशित भर करते हैं, शेष कार्य तो स्वत: हो जाता है।

□

पुनः प्रयाग, पुनः वाराणसी

यमस्थपुर से विदा लेकर प्रयाग की ओर बढ़ते हुए आचार्य के मन में अतीत की स्मृतियाँ उभरने लगीं।

उन्हें याद आया, जब लगभग बारह वर्ष पूर्व वे महान् कुमारिल से शास्त्रार्थ की इच्छा लिये प्रयाग आए थे और यहाँ तेजी से घटी नाटकीय घटनाओं के ताने-बाने में उलझकर कुमारिल की सलाह पर महिष्मती प्रस्थान कर गए थे।

उन्हें महान् कुमारिल के अंतिम क्षण अभी भी ऐसे याद हैं, जैसे सबकुछ अभी ही घटा हो! उन्होंने मन-ही-मन कुमारिल को श्रद्धापूर्वक प्रणाम किया, जिनके अद्‌भुत आत्म उत्सर्ग की कथा ने कितने ही युवा मस्तिष्कों को धर्म और संस्कृति की रक्षा के लिए प्रेरित किया था। स्वयं शंकर की शिष्य मंडली के अधिकांश युवाओं के लिए कुमारिल आदर्शों के लिए हँसते-हँसते प्राण त्याग देनेवाले नायक थे। वे सचमुच युवा हृदयों पर राज करते थे।

आचार्य नित्य अपने शिष्यों और सामान्य जनों को रात्रि विश्राम के पूर्व प्रेरक प्रसंग सुनाते हैं। आज उन्होंने कुमारिल की कथा सुनाने का विचार किया है। यात्रा के आज के रात्रि पड़ाव में जब उन्होंने बौद्ध धर्म में आई निरंकुशता, सनातन धर्म को कुचलने के निर्बुद्धिपूर्ण प्रयासों के प्रत्युत्तर में महान् कुमारिल के संघर्ष और उनके आत्म उत्सर्ग की कथा सुनाई, तो श्रोता दंग रह गए। कुमारिल मानो पुनर्जीवित हो उठे और उनके पराक्रम की चर्चा करते-करते ही रात बीत गई। प्रातः ब्रह्ममुहूर्त में धर्मयोद्धाओं का यह दल प्रयाग की ओर बढ़ा। त्रिवेणी संगम पहुँचकर सबने श्रद्धापूर्वक नमन किया और संगम स्थल के पास ही विश्राम-स्थल चुना।

प्रयाग···पवित्रतम नगरों में से एक है। यह तीर्थों का भी तीर्थ माना जाकर 'तीर्थराज' नाम से विख्यात है। प्राचीन काल से ही यहाँ धर्म, विद्या और संस्कृति की त्रिवेणी भी प्रवाहित है। सनातन धर्म से विकसित विभिन्न मतों की शाखाएँ-प्रशाखाएँ तीर्थराज में युगों से फल-फूल रही हैं। यहाँ असंख्य लोग मुक्ति की कामना से त्रिवेणी संगम पर

कल्पवास करते हैं। दर्शनार्थियों और भक्तों की भीड़ यहाँ कभी कम नहीं होती, हर छठे वर्ष में अर्धकुंभ और बारहवें वर्ष के पूर्ण कुंभ के विशाल मेले यहाँ आयोजित होते हैं, जिनमें धर्म के धुरंधर अपनी-अपनी शिष्य मंडली के साथ यहाँ आते हैं और धर्म-लाभ देते हैं। माघ के महीने की बर्फीली ठंड को चुनौती देते हुए हजारों श्रद्धालु हर वर्ष माघ मेले में यहाँ धर्म साधना करते हैं।

वर्ष भर की प्रत्येक पूर्णिमा और प्रत्येक अमावस्या पर देश के कोने-कोने से श्रद्धालु यहाँ स्नान-पुण्य के लिए आते हैं, सो प्रयागराज में सदा धार्मिक कार्यक्रम चलते रहते हैं।

महान् धार्मिक विभूतियों का आगमन भी प्रयाग के लिए सामान्य है, लेकिन आचार्य शंकर का आगमन प्रयागवासियों के लिए भी विशेष है, क्योंकि महान् कुमारिल से संवाद करनेवाला बाल संन्यासी अभी तक प्रयागवासियों की स्मृति में था। विगत वर्षों में आनेवाले तीर्थयात्री जिस दिव्य संन्यासी के अद्भुत स्वरूप, गंभीर ज्ञान और विद्रोही तेवरों की चर्चा करते रहे हैं, वह साक्षात् प्रगट हो जाए, तो कौन उसे देखे बिना रहेगा?

आचार्य के विश्रामस्थल पर प्रयागवासियों का उमड़ना प्रारंभ हो गया है। आचार्य प्रतिदिन अपनी साधना से निवृत्त होकर इन दर्शनार्थियों की ज्ञान-पिपासा को शांत करते हैं। प्रयाग के इन धर्म-पिपासुओं में सभी मतों के अनुयायी हैं, कोई वायु या अग्नि का उपासक है तो कोई सूर्य का, वरुण, महालक्ष्मी, विष्णु, शिव और गणपति के उपासक भी यहाँ कम नहीं हैं। इनके अलावा...अनेक दार्शनिक मतों के माननेवाले भी यहाँ परम सक्रिय हैं।

ये सभी मत अपने-अपने समय के किसी प्रतिभा-संपन्न ऋषितुल्य सिद्ध पुरुष से प्रवर्तित हुए थे और सामान्य जन इनके माध्यम से मोक्ष का मार्ग ढूँढ़ता था, इसीलिए इनमें उसकी अटूट आस्था थी।

आचार्य के आगमन से इन विभिन्न मतों के दिग्गज भी शास्त्रार्थ की संभावनाएँ देखते हुए विश्रामस्थल पर दस्तक देने आने लगे हैं।

उदार आचार्य ने इन सभी धर्मप्राण योद्धाओं का हृदय से स्वागत किया। उनके पक्ष को मनोयोग से सुना, उनके मत की श्रेष्ठता के तत्त्वों को न केवल रेखांकित किया, बल्कि उनके वास्तविक गोपनीय आंतरिक सूत्र जब बताए तो श्रोता और वक्ता दोनों धन्य-धन्य कह उठे। मत विशेष में अनुयायियों के भ्रम और मूढ़ता से जो विकृतियाँ, कमियाँ आ गई हैं, उन्हें बताने में भी उन्होंने संकोच नहीं किया।

उनकी निष्पक्ष, निर्विकार दृष्टि और आत्मीय व्यवहार ने मतों के अंतरों को समेट दिया। सभी धर्मयोद्धा इस परम सत्य को पाकर लौटे कि विभिन्न मत तो विभिन्न मार्गों की ही तरह हैं, जो अंततः उसी ईश्वर की ओर जाते हैं। जो धर्मयोद्धा तब भी शास्त्रार्थ के

इच्छुक रहे, उन्हें शास्त्रार्थ में पराजित होने का अवसर दिया गया।

नित्य ही प्रयागवासी आचार्य की अलौकिक प्रतिभा से परास्त लोगों को उनके श्रीचरणों में शिष्यत्व लेते देखते हैं। तीन माह पलक झलकते ही बीत गए हैं।

प्रयागवासियों के हृदय और मस्तिष्क दोनों पर पूर्ण विजय प्राप्त कर आनंदमूर्ति आचार्य अब बनारस की ओर चले पड़े हैं। त्रिवेणी संगम पर घास-फूस के बने सहस्रों आश्रम आज सूने हो गए हैं।

प्रयागवासी उन्हें विदा नहीं करना चाहते, लेकिन प्रयागवासियों से ज्यादा कौन इस बात को जानता है कि बहते जल और रमते जोगी को कौन बाँध सका है!

□

काशी में विश्वनाथ-शंकर

काशी में आचार्य के स्वागत की तैयारियाँ पूर्ण हो चुकी थीं, किंतु प्रयाग से काशी के बीच की दूरी तय करने में आचार्य और उनके दल को सात दिन लग गए। मार्ग में पड़नेवाले ग्रामों और नगरों में अपार जनसमूह उनके स्वागत-वंदन-अभिनंदन के बिना यात्री दल को आगे नहीं जाने देता। आम्र मंजरियों और केले के पत्तों के स्वागत द्वारों पर, ग्राम्य बालाएँ शीश पर कलश रखे मंगल गीत गा रही हैं। वे जहाँ से निकलते हैं, मार्ग के दोनों ओर श्रद्धालुओं की भारी भीड़ पुष्पमालाएँ और श्रीफल लिये कई घंटों से उनकी प्रतीक्षा कर रही है।

पुरुष, महिला, बाल, वृद्ध, युवा सभी उन्हें एक नजर देखने के उत्सुक हैं। उनके ऊपर कुलवधुएँ अपने घरों से अक्षत, चंदन और पुष्पों की बौछार कर रही हैं। श्रद्धालु उनके चरणस्पर्श के लिए व्याकुल हैं और उनके निरंतर मना करने का भी कुछ प्रभाव नहीं है। लोग उनकी चरण रज लिये बिना मानते ही नहीं हैं।

हर ग्राम, हर नगर के लोग आचार्य के श्रीमुख से धर्म उपदेश सुनना चाहते हैं। आचार्य इन मौकों का उपयोग कुरीतियों, ढोंग, आलस्य, नैराश्य पर प्रहार करने में करते हैं। उनके विचार जनसमूह को क्रांतिकारी लगते हैं। वे सामाजिक बुराइयों-ऊँच-नीच, छुआछूत, जादू-टोना, मदिरा सेवन सबकी जड़ें काटने का प्रयत्न कर रहे हैं। अद्वैत के मंत्र के साथ उनका समाज सुधार का यह कार्यक्रम युवाओं, महिलाओं, सज्जनों में अत्यंत लोकप्रिय है। वे धार्मिक मतों में आपसी शत्रुता को निर्मूल करते हुए संपूर्ण समाज को एकजुटता का मंत्र दे रहे हैं।

सात दिन रात-दिन का अथक परिश्रम भी इनकी प्रफुल्लता और उत्साह को कम नहीं कर पाया है। वे हर नए व्यक्ति से मिलते समय नई ऊर्जा से भरे हुए दिखाई देते हैं।

प्राचीन काशी के प्रवेश द्वार पर उनका भव्य स्वागत समारोह हो रहा है, किंतु आचार्य का हृदय तो भगवान् विश्वनाथ के दर्शन के लिए व्याकुल है। स्वागत से निवृत्त होकर वे शीघ्रता से विश्वनाथ मंदिर पहुँचे और भावाकुल होकर विश्वनाथ की आराधना

में लीन हो गए। उनका हृदय दिव्यता से भर गया, उसकी अद्‍भुत ऊर्जा वहाँ उपस्थित सभी को अनुभव हुई। दर्शनार्थियों के लिए अद्‍भुत दृश्य था। भगवान् शिव के अवतार समझे जानेवाले आचार्य शंकर भगवान् विश्वनाथ की उपासना में डूबे हैं···यह देखकर श्रद्धालुओं ने अपने जीवन को धन्य मान लिया।

विश्वनाथ का पूजन-अर्चन संपन्न कर आचार्य ने विश्रामस्थल प्राचीन मणिकर्णिका तीर्थ की ओर प्रस्थान किया।

पौराणिक कथानुसार मणिकर्णिका तीर्थ में भगवान् विष्णु के सुदर्शन चक्र से बना हुआ पवित्र कुंड है। भगवान् शिवजी के कान से विविध मणिरत्न मंडित आभूषण गिरने से इस स्थान का नाम 'मणिकर्णिका' विख्यात हुआ था।

आचार्य को यह स्थान विशेष प्रिय है, क्योंकि यह भगवान् विष्णु और महादेव शिव दोनों के अटूट संबंध से जुड़ा हुआ है। बारह वर्ष पूर्व जब वे बाल संन्यासी के रूप में काशी आए थे, तब भी यहीं रुके थे। उन्हें मणिकर्णिका तीर्थ में विश्राम करने में भी आनंद आता था।

मणिकर्णिका पहुँचकर आचार्य विश्राम में चले गए, लेकिन काशी को विश्राम कहाँ? काशी तो बाबा विश्वनाथ की छत्रच्छाया में अतिसक्रियता का नगर है। शयन आरती के बाद जब बाबा विश्वनाथ शयन में चले भी जाते हैं, तब भी काशी के विभिन्न मार्गों पर तीर्थयात्रियों के जत्थों का आगमन-प्रस्थान जारी रहता है। विश्वनाथ एकाध क्षण को अपनी पलकें झपका भी लें, उनके भक्तों के स्वागत और विदाई में व्यस्त काशी को यह सुविधा नहीं है।

काशी है पंडितों, महापंडितों, महा-महापंडितों की नगरी। यहाँ जो भी आता है, उसे कसौटी पर कसा जाता है। विद्वानों को कसने के लिए काशी विद्वत् परिषद् है। धर्माचार्यों को कसने के लिए धर्म-परिषद् है, शेष को कसने के लिए तो यहाँ के साँड़ और सीढ़ी ही पर्याप्त हैं।

श्रद्धालु जन अभिभूत हैं तो रहे आएँ, लेकिन धर्म के मठाधीश उस दक्षिण भारतीय युवा संत की तरुणाई पर मुग्ध नहीं हैं, वे तो उन्हें शास्त्रार्थ में चित्त करने की प्रतीक्षा कर रहे हैं और यह प्रयाग नहीं है, काशी है, यह कोरी भक्ति की नगरी नहीं है, यहाँ तो··· ज्ञान का खरापन भी चाहिए और आचार्य शंकर कोई पहले तीर्थंकर नहीं हैं, जो काशी पधारे हों! यहाँ तो हर युग के तीर्थंकर और शास्ता, धर्म-प्रवर्तक आते रहे हैं, पर बाबा विश्वनाथ की नगरी किसी और को अपने ı ःर नहीं बैठाती···गौतम बुद्ध तक को बनारस से बाहर सारनाथ में प्रतिष्ठित होना पड़ा, तो भला यह सुकुमार युवा काशी के मठाधीशों के सामने कितनी देर टिकेगा?

विश्वनाथ मंदिर को जानेवाली सँकरी गलियों से लेकर गंगा के लंबे-चौड़े घाटों पर यह चर्चा आम है, कोई भाँग घोट रहा है या खैनी मल रहा है या सूत कात रहा है, इससे उसकी विद्वत्ता कम नहीं आँकी जा सकती। गरम तेल में जलेबियाँ तलते हुए हलवाई को भट्ठी में जलते हुए काठ से लेकर 'कठोपनिषद्' तक सबका समान ज्ञान है। काशी एक नए बौद्धिक संग्राम का साक्षी होने के लिए मन बना चुकी है।

काशी में संन्यासियों का बाहुल्य है या साँड़ों का, कहना कठिन है। कहते हैं, काशी में जितने मनुष्य हैं, उतने ही संप्रदाय हैं"शैव, शाक्त, वैष्णव तो सर्वत्र हैं, सो काशी में क्यों न होंगे? चंद्र और मंगल, गुरु के पूजकों के साथ ही सिद्ध, गंधर्व और बेताल के पुजारी भी यहाँ हैं। हठयोगी, राजयोगी के अलावा अनीश्वरवादी, चार्वाकवादी भी यहाँ ठाठ से विराजमान हैं। ज्ञान और समृद्धि की इस नगरी में सरस्वती और महालक्ष्मी के उपासकों के होने में आश्चर्य कैसा?

इतने मत-मतांतरों के विद्वानों का जमघट बौद्धिक संग्राम में कैसे नहीं कूदता, सो वे एक-एक कर बौद्धिक अखाड़े में कूदते गए और परास्त होकर शरणागत होते गए।

जिन्हें दंभ की बीमारी थी, वे आचार्य के अद्वैत की औषधि की एक खुराक में ठीक हो गए, जिन्हें ज्ञान का अजीर्ण था, वे आचार्य के मंद स्मित से ही स्वस्थ अनुभव करने लगे, जो ईश्वर को भी नहीं मानते थे, वे आचार्य को ही ईश्वर मानने की जिद करने लगे। कुल मिलाकर जिसकी व्याधि जितनी गहरी थी, वह उतनी ही तीव्रता से रोगमुक्त हुआ।

थोड़े दिनों में काशी में कोई विद्वान् ऐसा न बचा, जो बौद्धिक अखाड़े में उतरकर ज्ञान-लाभ न कर पाया हो। काशी के मत-मतांतर पूर्ववत् रहे, बस उनका धूल-धक्कड़, भ्रम, भेद आचार्य ने करुणापूर्वक बुहार दिया। यही उनकी चिकित्सा पद्धति थी।

आम जनों की ही नहीं, विशिष्ट जनों की भी लोकैषणा और वित्तैषणा से क्षुब्ध शिष्यों का समूह आज आचार्य के सामने अपने संदेह रख रहा है—

"गुरुजी, सांसारिक गृहस्थों की क्षुद्र इच्छाओं और राजपुरुषों की विषयलोलुपता देखकर लगता है कि हम पत्थर की चट्टान पर मस्तक ठोंक रहे हैं, आप उन्हें अद्वैत का अमृत बाँटने निकले हैं, पर उन्हें इसकी प्यास ही नहीं है, आप राष्ट्रीय एकता का मंत्र दे रहे हैं, पर उनकी रुचि विवादों और संघर्ष में है, ऐसी स्थिति में हमारा अभियान असफल ही होनेवाला है। हमें लगता है कि इनकी मुक्ति के चक्कर में हम अपनी मुक्ति का मार्ग भी भूल रहे हैं।"

आचार्य यह सुनकर मुसकरा दिए। उन्होंने देखा कि अधिकांश शिष्य वक्ता से सहमत हैं।

उन्होंने धैर्यपूर्वक समाधान करना प्रारंभ किया। वे बोले, "हाँ, हम एक कठिन कार्य में लगे हैं, हमारे महान् राष्ट्र के निवासी जीवन संघर्ष में व्यस्त हैं, परिवार का भरण-

पोषण ही उनके जीवन का लक्ष्य है। जो भरण-पोषण के स्तर से ऊपर उठ गए हैं, वे संपत्ति संचयन में लगे हैं।

"परंतु यह कार्य कठिन है, असंभव नहीं। समाज की जड़ता की चट्टान पर मस्तक मारते हुए यदि निराशा होने लगे, तब उन जलधाराओं का स्मरण करना, जो निरंतर रिसते हुए चट्टानों पर भी अपने पदचिह्न बना देती हैं।

"यदि शीतल जल की मृदुधारा भी पत्थर को छेद सकती है तो हमें तो जीवित मनुष्यों के मनोमस्तिष्क को जाग्रत् करने में निराश होने की सुविधा है ही नहीं।

"और वत्स, असंख्य लोगों को अज्ञान के अंधकार में, अशिक्षा के दलदल में, दारिद्र्य के नरक में तिल-तिल जलते हुए छोड़कर अपनी मुक्ति और मोक्ष की कल्पना भी अपराध है।"

"मेरे बच्चो, जैसे सूर्य भगवान् अनंत काल से विश्व को बिना थके, बिना निराश हुए निरंतर आलोकित कर रहे हैं, वैसे ही हमें महान् वैदिक संस्कृति के उद्धार में निरंतर लगे रहना है। हमारे प्राचीन ऋषियों ने इसीलिए तो 'चरैवति-चरैवति' का सूत्र मंत्र दिया है।"

आचार्य की मृदु वाणी में छिपे महान् तर्क से संतुष्ट होकर शिष्य मंडल का आत्मविश्वास पुनः लौट आया, निराशा का अँधेरा छँट गया।

□

भज गोविंदम् मूढ़मते

काशी विश्वनाथ के मंदिर में जाते हुए शंकर ने मार्ग में एक चबूतरे पर एक पंडित को चीख-चीखकर व्याकरण रटते हुए सुना तो उनकी दृष्टि उस ओर गई। उन्होंने देखा कि व्याकरण के नियमों को जोर-जोर से रटने के कारण उस ब्राह्मण का चेहरा लाल हो गया है, वह पसीना-पसीना हो रहा है। उसका मन-प्राण सब व्याकरण को कंठस्थ करने में लगा हुआ है। उन्हें रुकता हुआ देखकर उनके शिष्यगण भी रुककर उस ब्राह्मण को देखने लगे।

शंकर करुणापूर्वक उसके पास गए। अपना दंड-कमंडलु भूमि पर रखते हुए स्नेहपूर्वक बोले, "वत्स, व्याकरण साधन है, इसे साध्य मत बनाओ। वत्स, व्याकरण के जड़ नियमों को कंठस्थ करने में जीवन व्यर्थ मत गँवाओ, गोविंद का स्मरण करो, गोविंद का जाप करो, जब मृत्यु आएगी, व्याकरण तुम्हारी रक्षा नहीं कर सकेगा।"

ऐसा कहते-कहते उनका कविमन जाग्रत् हो उठा। उनकी करुणा एक सुंदर कविता में बह निकली।

भज गोविंदम् भज गोविंदम्,
भज गोविंदम् मूढ़मते।

श्रोता उनके स्वर, लय, भाव की त्रिवेणी में डूबकर मंत्रमुग्ध हो उठे। ब्राह्मण अपना व्याकरण बंद कर उनके शिष्यों में सम्मिलित हो गया।

□

उज्जयिनी जयते

सौराष्ट्र के भक्तों ने काशी में आकर आचार्य से प्रार्थना की कि वे सौराष्ट्र पधारकर श्रद्धालुओं को दर्शन दें। आचार्य ने आमंत्रण स्वीकार कर लिया, वैसे भी वाराणसी में अद्वैत की प्रतिष्ठा, मत-मतांतरों में समन्वय का उनका लक्ष्य पूरा हो चुका था, वे अपने प्रतापी शिष्यों के साथ सौराष्ट्र के लिए चल पड़े।

दैव की तरह यह यात्रा भी जनजागरण और समाज को एकरस करने में उपयोगी है। युवा संन्यासियों का यह आकर्षक समूह जहाँ भी जाता है, वहाँ के स्थानीय प्रतिभाशाली और विद्वान् लोग इसमें सम्मिलित हो जाते हैं, लेकिन यात्रियों की संख्या एक सीमा से ज्यादा नहीं बढ़ पाती है, क्योंकि आचार्य और उनकी शिष्य मंडली नए व्यक्तियों को यात्रा के दौरान अपनी पद्धति में दीक्षित कर अगले पड़ावों पर रुककर स्थानीय धर्मस्थानों के प्रबंधन का दायित्व सौंपती जाती है। इस तरह यह धर्मयात्रा एक जीवंत और चलित प्रशिक्षण केंद्र की तरह है।

वेदांत की शिक्षा और समाज के एकीकरण के लिए स्थान-स्थान पर समर्थ, संपन्न लोगों को प्रेरित कर संस्कृत पाठशालाओं की स्थापना का क्रम भी निरंतर जारी है। जहाँ नवदीक्षित स्नातक धर्म के साथ-साथ व्याकरण, अर्थशास्त्र आदि की भी शिक्षा के लिए सौंपे जा रहे हैं।

यात्री दल चलते-चलते प्राचीन पवित्र नगरी उज्जयिनी की ओर अग्रसर है। उज्जयिनी महाकाल की भूमि है और अवंति राज्य की राजधानी, प्राचीनकाल से यह भक्तों, दार्शनिकों, कवियों, वैज्ञानिकों और ज्योतिषियों की नगरी है।

उज्जयिनी के प्रवेश द्वार पर अवंति के महाराज आचार्य के स्वागत के लिए स्वयं उपस्थित हैं। राज हाथियों और घोड़ों के साथ राज्य के विद्वान् सभासदों और उज्जयिनी के नागरिकों ने आचार्य का हार्दिक स्वागत किया। उज्जयिनी उत्सवप्रिय है, आज आचार्य के आगमन ने इसी उत्सवप्रियता को प्रगट होने का अवसर दिया है। दुंदुभियाँ बज रही हैं, उज्जयिनी नववधू की तरह सजी हुई है। अखंड पुष्पवर्षा के बीच हर्षित जनसमूह आचार्य

शंकर के साथ महाकाल वन में प्रविष्ट हो गया है। यहाँ राज-कर्मचारियों ने जनसमूह को यहीं रुकने के लिए मना लिया है।

आचार्य के साथ केवल उनके शिष्यगण और राजसी लोग ही महाकाल की ओर जाएँगे, क्योंकि वहाँ पहले से ही एकत्रित अपार जनसमूह ने और श्रद्धालुओं के आ सकने के लिए स्थान ही नहीं छोड़ा है।

आचार्य द्रुतगति से भगवान् महाकाल के गगनचुंबी मंदिर में प्रवेश कर गए हैं, पीछे-पीछे शिष्यवृंद है। मुख्य पुजारी ने उनका स्वागत किया है, उन्हें साधुवाद देकर आचार्य महाकाल का दर्शन कर रहे हैं।

महाकाल के सान्निध्य में आचार्य श्रद्धा से अभिभूत हैं, उनके कंठ से मधुर कविता फूट पड़ी है। वे भावाविष्ट हो गए हैं, परम आनंद की अनुभूति उनके हृदय को अभी-अभी स्पर्श कर अंतरमन में समा गई है। प्रकाश का एक स्फुलिंग उनके तंत्रिका-तंत्र को झंकृत कर गया है, वे परमब्रह्म के साथ एकाकार हैं।

कुछ पलों की ध्यान मुद्रा के बाद वे संसार में वापस लौट आए। वे देख रहे हैं कि पुजारीगण महाकाल के शृंगार को श्रद्धापूर्वक हटाकर जल से स्नान करा रहे हैं। वैदिक मंत्रोच्चार के साथ शिवलिंग को जल, दुग्ध, दही, शर्करा, शहद, पंचामृत आदि से स्नान कराया जा रहा है।

उसके बाद एक युवा पुजारी किसी चित्रकार की सी निपुणता से पुनः महाकाल का शृंगार कर रहा है, अन्य पुजारी उसकी सहायता कर रहे हैं। कुछ पलों में ही मनोहारी मुखाकृति उभर आई है और ताजा पुष्पों से उसे सजाया जा रहा है।

अधखुले नेत्रों से महाकाल के इस शोभायमान स्वरूप को देखते हुए आचार्य को लगा कि संसार की क्षणभंगुरता का ऐसा सूक्ष्म उदाहरण लोगों को कहाँ मिल सकता है! यहाँ निरंतर शृंगार और निरंतर उसको धो-पोंछकर तिरोहित कर देने का जो नित्यक्रम चल रहा है, इसे यदि संसार समझ ले तो शोक और हर्ष दोनों की व्यर्थता उजागर हो जाए।

पुजारियों ने चपलता से शृंगार पूर्ण कर वाद्ययंत्रों, घड़ियालों, झाँझरों, मँजीरा आदि का वादन प्रारंभ किया है, प्रज्वलित दीपकों के साथ आरती का सजा हुआ थाल मुख्य पुजारी के हाथों में है, संध्या आरती प्रारंभ हो रही है। संगीत, मंत्रोच्चार और आरती का यह भव्य कार्यक्रम शंख ध्वनि के साथ चरम पर पहुँचा है, पूजा दीप के शीतलीकरण के साथ महाकाल को प्रणाम कर आचार्य और उनके शिष्यगण गर्भगृह से बाहर आ रहे हैं।

मंदिर के विशाल मंडप में ही विश्राम की व्यवस्था है। उनके दर्शन से तृप्त श्रद्धालुओं की भीड़ अब जा चुकी है। उज्जयिनी के आकाश में पूर्णिमा का प्रकाश फैला हुआ है। मंदिर प्रागंण की पवित्रता और आध्यात्मिकता में आज एक नयापन है।

एकांत पाते ही आचार्य योगनिद्रा में प्रवेश कर चुके हैं, लंबी यात्रा से थके उनके सहयात्री भी अपने-अपने बिछौने पर सो रहे हैं।

रात्रि के बीतने पर पंछियों के जागने से भी पहले संन्यासियों को उठकर स्नानादि नित्य कर्मों से निवृत्त होकर ईश्वर की आराधना के लिए तैयार होना होता है—इसी अभ्यास के चलते आचार्य और उनके शिष्य पवित्र हो गए हैं। सबकी इच्छा महाकाल की उस अद्भुत भस्म आरती को देखने की है, जिसके बारे में पूर्व में भी कई बार जिज्ञासा को आचार्य यह कहकर शांत कर चुके थे कि हम अपनी यात्रा में जब उज्जयिनी जाएँगे, तब अवश्य ही इसमें सम्मिलित होंगे।

आचार्य और उनके शिष्य भस्म आरती में सम्मिलित होने के लिए गर्भगृह में आ गए हैं। पूर्ण शृंगारित महाकाल पर मुख्य पुजारी एक वस्त्र में भरी भस्म छिड़क रहे हैं, वस्त्र को पार करके महीन भस्म के सूक्ष्म कण महाकाल का शृंगार कर रहे हैं। तेज घंटे, घड़ियाल, मंत्रों के साथ आरती के स्वर तेज होते जा रहे हैं, बहुत से भक्तगण गर्भगृह के बाहर के विशाल कक्ष से यह अनुष्ठान देख रहे हैं, गर्भगृह में भूतनाथ ताजा भस्म के गुबार में लिपटे हुए दिख रहे हैं, भस्म के बादल उन्हें घेर रहे हैं। आरती के साथ भस्म छिड़कनेवाले पंडितजी का आवेग बढ़ता जा रहा है, अब संपूर्ण गर्भगृह भस्ममय हो चुका है।

आचार्य और उनके शिष्य अभिभूत होकर महाभूत महाकाल की भक्ति में नतमस्तक हैं।

भस्म आरती से लौटकर आचार्य ने पद्मपाद को बुलाया और उन्हें उज्जयिनी के प्रख्यात विद्वान् भास्कर पंडित को शास्त्रार्थ के लिए आमंत्रित करने को कहा। भास्कर पंडित तो आचार्य के आगमन की पूर्व सूचना के दिन से ही इस क्षण की प्रतीक्षा कर रहे थे।

महाकाल प्रांगण के विशाल मंडप में नियत समय विधि-विधान से शास्त्रार्थ प्रारंभ हुआ। उज्जयिनीवासी तो ऐसे गुरु-गंभीर शास्त्रार्थों के व्यसनी थे, उन्हें अपनी बौद्धिक खुराक यहीं से मिलती थी, इसलिए नियत समय के पूर्व ही मंडप तो मंडप, बाहरी प्रांगण तक भर गया।

उज्जयिनीवासियों का काव्य-प्रेम भी प्रख्यात था। वहाँ के राजदरबार में एक-से-एक कवि, शीर्षस्थ साहित्यकार, नाटककार, नर्तक, अभिनेता और विदूषक अपनी प्रस्तुतियाँ दिया करते हैं।

ऐसा प्रसिद्ध है कि भारतवर्ष में जिसे भी कवि होने का शौक चढ़े तो वह उज्जैन आए। यहाँ के काव्य पारखियों की नियमित सभा में अपना काव्य-पाठ करे, और यदि वह सभा अपना निर्णय उसके पक्ष में कर उसे कवि घोषित करे, तभी कोई कवि माना जा

सकता है, अन्यथा तो मामूली तुकबंदियों से ज्यादा उसका स्तर नहीं।

इसी रसिक उज्जयिनी में सनातन धर्म के उदीयमान सूर्य आचार्य शंकर और गुरु-गंभीर विद्वान् उज्जयिनी गौरव भास्कर पंडित के बीच शास्त्रार्थ है तो कौन सुधीजन, कौन विद्वान्, कौन जिज्ञासु वहाँ नहीं होगा? भास्कर पंडित के अगाध ज्ञान की आँधी में हर विपक्षी का ज्ञान और सम्मान तिनके की तरह उड़ता रहा है, इसलिए वे आश्वस्त हैं, उनका शास्त्रसम्मत जीवन स्वयं प्रकाशित है।

दूसरी ओर आचार्य शंकर हैं, जिनकी युवा प्रतिभा का सूर्य इतनी ऊर्जा के साथ जगमगा रहा है कि बड़े-बड़े मंडन मिश्र उनके शिष्य होते जा रहे हैं।

वे एक महान् संकल्प के साथ इस दिग्विजय यात्रा पर निकले हैं। उन्हें सनातन धर्म की सभी शाखाओं-प्रशाखाओं को एक-एक कर उस दिव्य संस्कृति को तिरोहित होने से बचाना है, जिसने अनंत युगों से पूरी वसुधा को ही एक कुटुंब माना है, प्राणिमात्र में ब्रह्म का दर्शन किया है, वेदों, उपनिषदों में अध्यात्म की चरम अवस्था का स्पर्श किया है और सभी के कल्याण की चिंता की है।

भास्कर पंडित को परास्त कर अपना सहयोगी बनाए बिना अवंति में उनका लक्ष्य पूरा हो नहीं सकता।

नियत समय शास्त्रार्थ प्रारंभ हुआ। आचार्य ने अद्वैत के औचित्य का प्रतिपादन किया। भास्कर पंडित ने उसके खंडन के लिए अपने ज्ञानरूपी तरकश के सारे तीर चला दिए, किंतु कठिन संघर्ष के बाद भी वे पराजय को टाल नहीं सके। एकमत से संपूर्ण सभा ने आचार्य को विजयी घोषित किया। आचार्य ने भास्कर पंडित को पूरा सम्मान देते हुए आत्मीयता से अपने पास आसन दिया।

उनके महान् संकल्प को जानकर भास्कर पंडित उनके प्रति श्रद्धा से भर गए हैं और अब वे आचार्य का शिष्यत्व ग्रहण कर सहयोगी हो रहे हैं।

संपूर्ण उज्जयिनी में यह समाचार फैलते ही कि अद्वैत को यहाँ प्रतिष्ठा मिल गई है, नित्य उज्जयिनीवासी सभामंडप में जुटते हैं। शास्त्रार्थ के लिए नहीं, बल्कि धर्मलाभ के लिए। आचार्य का विस्तृत ज्ञानामृत श्रोताओं को मंत्रमुग्ध कर देता है, उनकी मधुरवाणी उज्जयिनी की रसिक प्रजा को अपना अनुरक्त कर चुकी है।

□

सौराष्ट्र से राष्ट्र

उज्जयिनी को चमत्कृत और आत्मसात् करते हुए आचार्य सौराष्ट्र के लिए चल पड़े हैं। गिरनार, सोमनाथ, प्रभास आदि तीर्थों का दर्शन और संभाषण, पुनः संस्करण करते हुए, वे समुद्र किनारे चलते हुए द्वारका पहुँचे।

अपने पीछे अवंति में वे अपनी कीर्ति छोड़ आए हैं। उनके प्रस्थान के बाद भी बहुत दिनों तक जनमानस में उनकी बौद्धिक तीक्ष्णता की छाप चर्चित रही। अवंति धर्म और संस्कृति के विद्वानों का गढ़ था, किंतु आचार्य ने बाण, मयूर, दंडी, भास्कर सदृश विद्वानों को परास्त कर दिया था। अनेक बौद्ध और जैन मतावलंबी धर्माचार्य भी इस ज्ञान युद्ध में शरणागत ही हुए। शैव, वैष्णव, पशुपत, शाक्त सभी ने अद्वैत की श्रेष्ठता को स्वीकार किया है, इसलिए अवंति की रुचि अद्वैत में बढ़ गई है। आचार्य के पदचिह्नों पर अवंति चल पड़ा है, किंतु आचार्य को विश्राम कहाँ, वे तो द्वारका में स्वागत स्वीकार कर पुण्यसलिला गोमती तीर्थ के शीतल जल में मार्ग की तपन को शांत कर रहे हैं।

वे जब भी किसी नदी में उतरते हैं, बचपन की स्मृतियाँ जीवंत हो जाती हैं। हर नदी उन्हें कालड़ी की पूर्णा की स्मृति दिलाती है। कुछ पलों के लिए हर नदी पूर्णा हो जाती है, आज भी यही हुआ है।

अपनी स्मृतियों की नदी से उबरकर वे बाहर आए हैं, उत्तरीय से देह पोंछकर उन्होंने वस्त्र बदले और द्वारकाधीश के दर्शन के लिए ऊपर चढ़े। द्वारकाधीश के विशाल मंदिर के अद्भुत स्थापत्य के मध्य वे प्रतिमा के सम्मुख श्रद्धा से झुके हुए हैं। वृंदावन और मथुरा के श्रीकृष्ण अपनी जन्मभूमि से हजारों मील दूर यहाँ गुर्जर देश में आकर द्वारकाधीश हो गए हैं। उनकी और आचार्य शंकर की जीवन-कथा में यह समानता है कि वे अपनी जन्मभूमि के बाहर भी अत्यंत सम्मानित और पूजित हैं।

द्वारकावासी भी आचार्य शंकर के आगमन से प्रफुल्लित हैं। उनकी अर्चना, दर्शन करने धर्मप्राण स्त्री-पुरुषों का मेला लग गया है।

द्वारकापुरी में पंचरात्र संप्रदाय का बोलबाला है, वे अपनी भुजाओं पर शंख, चक्र

के तप्त चिह्न धारण करते हैं, कानों में तुलसी की पत्ती पहनते हैं, माथे पर खड़ा टीका लगाते हैं, आचार्य के शिष्यों ने उन्हें कौतूहल के साथ देखा और उनके बारे में गुरुजी से पूछा।

आचार्य ने बताया कि पाँच विषयों परमतत्त्व, मुक्ति, योग और संसार का निरूपण करने के कारण इन्हें 'पाँच रात्र' यानी पाँच ज्ञान माननेवाला संप्रदाय कहा जाता है। महाभारत के 'नारायणी तंत्र' में इनके सिद्धांत वर्णित हैं।

'पाँच रात्रियों' के मुखिया शास्त्रार्थ में धराशायी होकर आचार्य के शिष्य हो गए। उन पर अपने स्नेह की छाया करते हुए आचार्य दिग्विजय के अगले पड़ाव के लिए चल पड़े।

अथक यात्रियों का यह दल धर्म की ध्वजा फहराता हुआ विजयी भाव से तुष्कर, सिंधुदेश, गंधार, पुरुषपुर...आदि में अद्वैत का मंत्र बाँटते हुए ऊँची पर्वत श्रेणियों को पार कर कश्मीर पहुँचा।

आचार्य की यात्रा मानव इतिहास की सबसे महान् यात्राओं में एक है। सैकड़ों शिष्यों, हजारों ब्राह्मणों, अनगिनत साधकों की यह विशाल धर्म सेना जहाँ भी जाती है, वहीं पाखंड, भेदभाव, ऊँच-नीच और आपसी वैमनस्य स्वयं निर्मूल होने लगता है। आचार्य का मधुर संदेश श्रोताओं को अपना बना लेता है। राष्ट्रीय एकीकरण का यह महान् अभियान साबित होगा, यह अनुमान अभी किसी के भी मस्तिष्क में नहीं है। आचार्य की दूरदृष्टि इसका अपवाद है, वे निरंतर कार्यरत हैं और प्रत्येक क्षण का सदुपयोग कर लेना चाहते हैं।

आचार्य कभी नहीं भूलते कि उनके पास समय बहुत कम है, दायित्व अत्यंत विशाल और भारतवर्ष देश नहीं, महादेश है। राष्ट्रीय जागरण और एकीकरण का संदेश, धर्म में आ रहे पाखंड और अधर्म को उखाड़ फेंकने का महाभियान इतना महत्त्वपूर्ण है कि वे एक दिन भी आवश्यकता से अधिक नहीं ठहर सकते।

कितने ही महीनों से वे निरंतर यात्रा में हैं, फिर भी कितना कार्य शेष है, कितना भू-भाग अभी भी अज्ञान के अंधकार में है, उन्हें निरंतर चलना ही होगा!

वे धुर दक्षिण भारत से चलकर उत्तरी सिरे से कश्मीर में आ पहुँचे हैं। यहाँ पहुँचते-पहुँचते कितने मतों, कितनी भाषाओं, कितनी प्रजातियों का साक्षात्कार कर चुके हैं कि अब उन्हें कोई भी कहीं भी अपरिचित नहीं लगता।

उनके शिष्यों का भी भारत की विविधता से ऐसा व्यापक साक्षात्कार हुआ है कि वे जान गए हैं कि विविधता महज स्थानीय परिस्थितियों की देन है।

भाषा, वेशभूषा, भोजन और भजन में जो अंतर बाहर से दिखाई देते हैं, वे मनुष्य जाति की एकता में बाधक नहीं हैं, विविधता जीवन को उबाऊ होने से बचाती है।

आचार्य ने अपने शिष्यों और भक्तों को विविधता का सम्मान करना सिखाया है। उन्होंने कहा है कि स्थानीयता के सम्मान के बिना राष्ट्रीयता की कल्पना असंभव है।

वे कहते हैं कि पूजन में भी ग्राम देवता, स्थान देवता को नमन करनेवाले ऋषि भी इस सत्य को समझते थे।

कश्मीर भारतीय संस्कृति का प्रधान केंद्र है। भारत के श्रेष्ठतम विद्वान् यहाँ विद्या की देवी की आराधना करते हैं। संस्कृत और संस्कृति धर्म और अध्यात्म में जो कुछ भी श्रेष्ठ है, वह यहाँ सुशोभित है।

□

कश्मीर में सर्वज्ञ

श्रीनगर है ऐतिहासिक नगर। श्री यानी समृद्धि का नगर; कला, संस्कृति, अध्यात्म, सौंदर्य की भूमि; आचार्य की दिग्विजय का एक महत्त्वपूर्ण पड़ाव, यहाँ विद्या की देवी सरस्वती का एक प्रसिद्ध मंदिर है, जिसमें सर्वज्ञ पीठ स्थापित है। सर्वज्ञ पीठ पर बैठने का अधिकार उसी को है, जो सर्वज्ञ हो अर्थात् सभी शास्त्रों में पूर्ण ज्ञानी हो। साथ ही परा और अपरा दोनों विद्याओं में निपुण हो। बाल्य ज्ञान के साथ-साथ अध्यात्म में भी उसकी श्रेष्ठता लोकमान्य हो।

भारत भर के श्रेष्ठ विद्वान् सर्वज्ञ पीठ की सेवा में रहकर उसकी परंपराओं का पालन सुनिश्चित करते हैं।

यदि कोई भी विद्वान् स्वयं को सर्वज्ञ पीठ का अधिकारी समझता है तो उसे सर्वज्ञ पीठ पहुँचकर इसकी घोषणा करनी पड़ती है। सर्वज्ञ पीठ के चारों प्रवेश द्वारों पर श्रेष्ठतम पंडितों को शास्त्रार्थ में पराजित करना होता है, तभी उसकी सर्वज्ञता के बारे में निर्णय घोषित होता है।

पिछले लंबे समय में एक-से-एक मठाधीश, महामहोपाध्याय सर्वज्ञ पीठ पर आसीन होने की इच्छा से यहाँ आए, किंतु विजयी न हो सके। यहाँ के वयोवृद्ध वरिष्ठतम ब्राह्मणों ने अपनी ज्ञात स्मृति में किसी को शास्त्रार्थ में जीतते सर्वज्ञ पीठ पर आसीन होते नहीं देखा है और उनके पूर्वजों ने भी अपने समय में सर्वज्ञ पीठ को रिक्त ही देखा था।

सर्वज्ञ पीठ युगों-युगों से प्रतीक्षारत ही है कि कोई मेधावी, सर्वगुण-संपन्न, वेदों के ज्ञाता आए और उस पर आसीन हो, उसे सार्थकता दे!

आचार्य शंकर और उनका दल दुर्गम पर्वतों को पार कर श्रीनगर पहुँचा है, किंतु श्रीनगर वासियों के आत्मीय स्वागत ने यात्रा की थकान और कठोर परिश्रम को हलका कर दिया है।

चिनार और देवदार के गगनचुंबी वृक्षों की छाँव में कृष्ण गंगा नदी के तट पर उनका विश्रामस्थल है। कश्मीर के पंडितों को अपनी श्रेष्ठता पर गर्व है, वे किसी अन्य

को प्रमुख क्यों स्वीकार करें, वे तो आचार्य शंकर के उपदेश सुनने की भी इच्छा नहीं रखते! महाराजा के आग्रह पर उन्होंने अतिथि-सत्कार की परंपरा का पालन अवश्य किया, उससे ज्यादा महत्त्व देने को वे तैयार नहीं हैं और दे भी क्यों?

आचार्य शंकर की जितनी आयु है, उससे ज्यादा वर्षों का उनका अभ्यास है, वे आगम, निगम, पुराण, श्रुति ही नहीं, संगीत, वैद्यकी, मौसम विज्ञान, वनस्पति ज्ञान आदि सभी में पारंगत हैं तो मैदान से आए शंकर के सामने कश्मीर के शिखर किस बात पर अपना गर्वीला शीश झुकाएँ?

आचार्य अपनी शिष्य मंडली के साथ इन्हीं सब मुद्दों पर चर्चा कर रहे हैं, सभी शिष्यों का परामर्श है कि कश्मीरी पंडितों के प्रतिरोध और अहंकार को सहन करने का एक ही मार्ग है, वह है कि उनके गुरु सर्वज्ञ पीठ पर आरोहण करें और कार्य में जो बाधा बने, उन्हें शास्त्रार्थ में पराजित करें।

शिष्यों के अनुरोध पर आचार्य सहमत हो गए और एक वरिष्ठ शिष्य को सर्वज्ञ पीठ पर जाकर आचार्य के संकल्प की घोषणा करने के लिए भेजा गया।

सर्वज्ञ पीठ पर आचार्य शंकर के दूत की घोषणा से उथल-पुथल मच गई, जो श्रेष्ठतम आचार्य सर्वज्ञ पीठ की गरिमा और परंपरा की रक्षा में तैनात थे, उनकी एक आपात बैठक में आचार्य के प्रस्ताव पर विचार हुआ और उन्हें अगले दिन प्रात:काल ही आहूत कर लेने का निर्णय हुआ। आचार्य के दूत वापस आचार्य के विश्रामस्थल पर लौट गए। सर्वज्ञ पीठ में उस रात कोई भी नहीं सोया। सभी विद्वान् अगले दिन की व्यूह रचना में लगे रहे। उधर कृष्ण गंगा के किनारे विश्रामस्थल में आचार्य और उनके शिष्य अपने प्रस्ताव की स्वीकृति से संतुष्ट होकर योगनिद्रा में जा चुके हैं।

अगले दिन आचार्य सर्वज्ञ पीठ जाने के लिए निकले हैं, उनके साथ उनकी शिष्य मंडली है। श्रीनगर के नागरिक शिष्य मंडली को देखकर चमत्कृत हैं। ऊर्जावान, जीवंत, युवा शिष्यों का गैरिक वस्त्रधारी समूह अनुशासित ढंग से पथ में आगे बढ़ रहा है, वे पंक्तिबद्ध हैं, उनकी देहयष्टियाँ बता रही हैं कि वे कोरे अध्यात्मवादी नहीं हैं, उनकी मांसपेशियों में सामर्थ्य है। नगरवासी अभी तक तीन हजार युवा संन्यासियों को गिन चुके हैं। वरिष्ठ नागरिक युवाओं और किशारों को बता रहे हैं कि ऐसा दृश्य तो उन्होंने कुंभ मेलों में ही देखा है। बहुत से धर्माचार्य श्रीनगर में पहले भी आए हैं, लेकिन किसी के साथ अधिकतम दो सौ शिष्य ही उन्होंने देखे हैं।

इस पर एक युवा ने कहा, "नहीं, ये तो अनेक सहस्र हैं, मैं स्वयं कृष्ण गंगा के किनारे इनके विश्रामस्थल देखकर आया हूँ, वहाँ तो कुटियों और तंबुओं का एक नगर ही बस गया है।"

एक और प्रत्यक्षदर्शी ने बताया, "वहाँ पिछले एक पखवाड़े से कुटिया बनाने और

तंबू तानने का कार्य चल रहा था।"

आज सारा श्रीनगर सर्वज्ञ पीठ की ओर जा रहा है। आचार्य के पहुँचने के पूर्व ही पीठ के चारों ओर विद्वज्जन विराजमान हैं। आचार्य के पहुँचते ही उन्हें मार्ग दे दिया गया। वे पीठ के पूर्वी द्वार पर पहुँचे, तो वहाँ एकत्र पंडितों ने उन्हें प्रवेश से रोकते हुए चुनौती दी, "हे तपस्वी, यह सर्वज्ञ पीठ है, यहाँ आसीन होने का स्वप्न लिए अनेक विद्वानों का सूरज डूब गया। क्या आप अपनी सर्वज्ञता के प्रति आश्वस्त हैं?"

उन्नत शीश उठाकर आचार्य ने द्वार रोके हुए उन पंडितों को देखा और आत्मविश्वास के साथ बोले, "महानुभावो, मैं गौढ़ पादाचार्य का परमशिष्य शंकर, भुजा उठाकर कहता हूँ कि गुरुकृपा से मैं सभी शास्त्रों का ज्ञाता हूँ, मेरे लिए ज्ञान की कोई भी शाखा अज्ञात नहीं, जिन्हें संदेह हो, वे मेरी परीक्षा के लिए आमंत्रित हैं।"

एक-एक कर कणाद, गौतम, कपिल, जैमिनी आदि के मतों के अनुयायी विद्वान् शास्त्रार्थ के लिए आए और आचार्य के ज्ञान के सामने नतमस्तक होते गए, उनके बाद जैनों, बौद्धों, चार्वाकों, शून्यवादियों का भी यही हाल हुआ।

उपस्थित जनों ने इस अद्भुत शास्त्रार्थ श्रृंखला में आश्चर्य और हर्ष के साथ आचार्य को सभी विद्वानों को निरुत्तर करते देखा। आचार्य के तर्कों से संतुष्ट सभी पंडितों ने एकमत होकर उन्हें सर्वज्ञ पीठ पर आरूढ़ होने के लिए अनुरोध किया।

शारदा पीठ पर उनके आरूढ़ होते ही हर्षोल्लास चरम पर पहुँच गया। दक्षिण भारत के कालड़ी से प्रारंभ एक बाल संन्यासी आज युवावस्था के ओज के साथ उत्तर भारत की शारदा पीठ की रिक्तता को अपने ज्ञान की गरिमा से भर रहा था।

उनकी जय-जयकार में स्थानीय नागरिकों के साथ ही शारदा पीठ के इन विशिष्ट विद्वानों के कंठ स्वर भी शामिल थे, जो पीढ़ियों से एक सक्षम विभूति के अवतरण की प्रतीक्षा कर रहे थे। आचार्य स्वयं भी अत्यंत प्रसन्न हैं, यह उनकी दिग्विजय यात्रा की एक अविस्मरणीय सफलता है। अब दक्षिण और उत्तर अद्वैत की डोर से बँध गए हैं।

सर्वज्ञ पीठ पर आरोहण का बड़ा भारी मनोवैज्ञानिक असर कश्मीरी पंडितों पर हुआ है। वे अब पंक्तिबद्ध होकर आचार्य के दर्शन के लिए खड़े हैं, जबकि आचार्य आज मुँह-अँधेरे ही श्रीनगर की एक ऊँची पहाड़ी पर शिष्यों सहित चढ़ गए हैं। जब वे वहाँ से लौटे तो पर्वतारोहण का परिश्रम उनके चेहरे पर झलक रहा था। वे कश्मीर के गर्वीले, कुशाग्र, सुसंस्कृत पंडितों से पूरी आत्मीयता से मिले, उन्हें पूरा सम्मान दिया और भविष्य की योजना उनके समक्ष रखी।

उन्होंने कहा, "श्रीनगर की इस ऊँची पहाड़ी पर आज मैंने स्थल चयन किया है, यहाँ आप सबकी सहमति हो तो भगवान् शिव के एक मंदिर की स्थापना का मेरा संकल्प है।"

सभी पंडितों ने प्रसन्नतापूर्वक सहमति दी। अगले एक माह तक आचार्य ने सर्वज्ञ पीठ में रहकर अद्वैत की शिक्षा व्यवस्था का प्रबंध किया, साथ ही पहाड़ी पर शिव मंदिर की स्थापना का कार्य भी शुभ मुहूर्त में प्रारंभ किया। श्रीनगरवासियों ने मंदिर की स्थापना में हार्दिक सहयोग दिया और पहाड़ी की सबसे ऊँची चोटी पर एक नया भव्य शिव मंदिर आकार लेने लगा।

श्रीनगर के समीप ही एक प्राचीन देवी मंदिर है, स्थानीय समाज की इस मंदिर में अगाध आस्था है। आचार्य भी सशिष्य मंदिर में देवी दर्शन के लिए पहुँचे हैं, मुख्य पुजारी उन्हें स्नेहपूर्वक गर्भगृह में ले गए हैं।

देवी की जीवंत प्रतिमा देखकर आचार्य का हृदय इतना तरंगित हो चुका है कि उनके मधुर कंठ से काव्यधार फूट पड़ी है। मुख्य पुजारी ही नहीं, अन्य श्रद्धालु भी देवी की इतनी सुंदर स्तुति सुनकर मंत्रमुग्ध हो गए हैं। आचार्य संस्कृत के सुंदर छंद में देवी की उपासना गा रहे हैं। उनके शिष्य अपने अद्वितीय गुरुजी की इस स्वत:स्फूर्त तत्काल कविता को अमृत की तरह पी रहे हैं।

गुरुजी के कंठ से गूँज रहा है—"हे देवी, शिव यदि शक्तियुक्त होते हैं, तभी वे सृष्टि, स्थिति और संहार में समर्थ होते हैं, अन्यथा वे परमदेवता भी स्पंदित नहीं हो सकते।"

शिव:शक्तया युक्तो यदि भवति शक्त:प्रभवितुं,
न दवेबं देवो न खुल कुशल:स्पंदि तुमारी।

शिष्य मंडली तो अपने प्रिय गुरुजी की काव्य प्रतिभा का आनंद रस पीने की सदा इच्छुक रहती है, पर आचार्य की व्यस्त जीवनचर्या में शिष्यों की प्यास प्यास ही रही आती है, इसीलिए जब कभी उनकी काव्य रचना की सरिता हृदय से बहकर होंठों पर छलछलाने लगती है तो बड़ा आनंददायक अवसर होता है, आचार्य के मधुर कंठ, श्रवणीय उच्चारण और उच्चकोटि की काव्यशक्ति की धारा परिवार से विरक्त साधु-संन्यासियों के सूखे मनप्राण को भी अपनी शीतलता से हरा-भरा कर देती है।

आज यही सुयोग इस देवी मंदिर में उपस्थित हुआ है। एक के बाद एक श्रेष्ठतम श्लोक उनके कंठ से झर रहे हैं और श्रोता काव्यरस की इस आनंददायी नदी में हर्षपूर्वक बहे जा रहे हैं।

सौ से भी अधिक श्लोकों के पूर्ण होने के बाद जब आचार्य ने अपने स्वर को विराम दिया, तब वहाँ उपस्थित लोग इस असार संसार में वापस लौटे।

पद्मपाद ने विनम्रतापूर्वक निवेदन किया, "गुरुदेव, आपके इस काव्य-प्रवाह में देवी के सौंदर्य और शक्ति का अद्वितीय वर्णन है, इस पवित्र स्रोत को हम शिष्यगण किस नाम से जानेंगे?"

परम प्रसन्न आचार्य ने उत्तर दिया, "आज आशादेवी गिरिजा भवानी के मंदिर में यह स्तोत्र स्वतः प्रकट हुआ है, आप लोग और शेष संसार इसे 'सौंदर्य लहरी' के नाम से जानेगा।"

आचार्य शंकर कृत यह 'सौंदर्य-लहरी' अगले कुछ दिनों तक उस मंदिर में सामूहिक गायन के रूप में भक्त जनों को तृप्त करती रही। कश्मीर वासी आचार्य के प्रति और अधिक श्रद्धा प्रगट करने लगे। कश्मीर आने का उद्‌देश्य पूर्ण होने से आचार्य अब गंगा के मैदानों में लौट आए हैं।

अब यह विजयी दल तक्षशिला, ज्वालामुखी, हरिद्वार होते हुए नैमिषारण्य की तरफ प्रस्थान कर रहा है। अपनी यात्रा में वे जहाँ-जहाँ पड़ाव डालते हैं और विश्राम करते हैं, वे स्थान उनके प्रस्थान के बाद भी विशिष्ट बने रहते हैं। स्थानीय जनता या शासक श्रद्धापूर्वक उन स्थानों को उनका स्मृतिचिह्न मान लेते हैं। श्रीनगर में भी वही हुआ है, जिस पहाड़ी की तलहटी में उन्होंने विश्राम किया था और शिखर पर शिवलिंग की स्थापना की थी, स्थानीय जनों ने उसका नाम 'शंकराचार्य पहाड़ी' ही रख दिया है। उनकी लोकप्रियता जनमानस के हृदय-पटल पर दिन दूनी और रात चौगुनी फैलती जाती है।

□

एकदा नैमिषारण्य

नैमिषारण्य पहुँचकर आचार्य और उनके शिष्यों को आश्चर्य मिश्रित दुःख हुआ। प्राचीन समय वैदिक संस्कृति का यह प्रमुख केंद्र बदलते युगों के साथ पूरी तरह बदल गया था। अब यहाँ न ऋषियों के आश्रम है, न यज्ञ मंडपों से उठता सुगंधित धुआँ। वेदध्वनि आखिरी बार कब गूँजी थी, किसी की स्मृति में भी नहीं है।

आचार्य ने बौद्ध तांत्रिकों के वर्चस्व को अपने नेत्रों से देखा। उन्होंने इस तीर्थ को पुनः संस्कारित करने का संकल्प लिया। स्थानीय बौद्धों को भी उनकी यह बात समझ में आ गई कि मत बदलने से संस्कृति नहीं बदलती। उन्होंने तर्क से स्थानीय बौद्धों के मस्तिष्क को और अपनी मधुर वाणी से उनके हृदय को जीत लिया।

निरंतर प्रयास के द्वारा वे यह समझाने में सफल रहे कि महात्मा बुद्ध ने जो ज्ञानमार्ग सुझाया है, वह और कुछ नहीं, वरन् अद्वैत ही है।

उनके शिष्यों के उज्ज्वल आचरण और प्रेममय वाणी से नैमिषारण्य अपनी वैदिक जड़ों की ओर लौटने लगा।

आचार्य ने नैमिषारण्य के आश्रम में यज्ञशालाओं के धुएँ को पुनः प्रतिष्ठित देखकर अयोध्या की ओर प्रस्थान किया।

सुंदर सरयू नदी के किनारे बसी अयोध्या जाते हुए सभी संतों के हृदय प्रफुल्लित थे। मर्यादा पुरुषोत्तम भगवान् राम की जन्मभूमि पर चरण रखने से पहले सभी ने श्रद्धापूर्वक उसे नमन किया। यात्री दल में ऐसा कोई न था, जिसका हृदय इस समय भक्ति भावना से ओत-प्रोत न हो।

यात्री दल को अयोध्या दर्शन का जितना उत्साह था, वह नगर में प्रवेश करते ही निराशा में परिवर्तित होने लगा। यहाँ किसी ने उनका सत्कार नहीं किया। किसी को उनकी प्रतीक्षा नहीं थी, न ही किसी को उनसे मिलने की इच्छा थी। वह तो भला हो आचार्य की योजना की रूपरेखा बनाने और मार्ग में विश्राम के प्रबंध करनेवाली अग्रिम टुकड़ियों का, जो अब तक विश्राम स्थलों की व्यवस्था करने में दक्ष हो चुकी थी, अन्यथा अयोध्या में

तो इस दिग्विजयवाहिनी को कोई विश्राम स्थल भी नहीं मिलता।

अग्रिम टुकड़ियाँ यात्रा में पंद्रह दिन पहले अगले पड़ावों पर पहुँचकर छाया, विश्राम, पेयजल, भोजन, भवन आदि की व्यवस्था करते हुए आगे-आगे चलती हैं, इसलिए अयोध्या की उपेक्षा से यात्रियों को कोई असुविधा नहीं हुई। आचार्य की छत्रच्छाया में यात्री दल लोक-व्यवहार में भी निपुण हो चुका है। उन पर प्रशंसा और निंदा दोनों ही असर नहीं करतीं।

उनका ध्यान अपने लक्ष्य पर रहता है या अपने प्राणप्रिय गुरुदेव आचार्य शंकर पर। आचार्य सहित उनका संपूर्ण शिष्यमंडल यह देखकर स्तंभित है कि बौद्धों के प्रबल प्रभाव से मंदिरों में देवी-देवताओं का पूजन वर्जित सा हो गया है। भगवान् राम के मंदिर में भी पूजा की घंटियाँ पिछली बार कब गूँजी, किसी को याद नहीं।

संपूर्ण अयोध्या कुछ इस तरह से 'बुद्धं शरणं गच्छामि' हो गया है कि यदि स्वयं भगवान् राम भी यहाँ पधारें तो उन्हें संदेह होगा कि वे कहाँ आए हैं!

आचार्य के अग्रिम दस्ते ने सरयू किनारे की घनी अमराई में व्यवस्था की थी, यात्री दल यहीं रुका है, वे आज ही संपूर्ण नगर का भ्रमण कर आए हैं। भगवान् राम और उनके महान् परिवार के जीवन प्रसंगों से जुड़े अनेक स्थान यहाँ पर हैं, लेकिन बुरी तरह उपेक्षित, अस्वच्छ और सुनसान हैं, क्योंकि अयोध्या मन, वचन, कर्म से बौद्ध हो चुकी है।

इस बौद्ध अयोध्या को फिर से राम की अयोध्या कैसे बनाया जाए, इसी पर चिंतन-मनन हो रहा है। एक चबूतरे पर आचार्य विराजमान हैं। उनके चारों ओर उनके प्रिय शिष्यों का घेरा है। पद्मपाद, सुरेशाचार्य, हस्तामलक, तोटक अयोध्या की चुनौती पर विचार कर रहे हैं। सबके विचार और सुझाव सुनने के बाद आचार्य ने गुरु-गंभीर स्वर में अपना निर्णय सुनाया, "भगवान् बुद्ध ने सनातन धर्म में आ गए ऐसे दोषों के विरुद्ध आवाज उठाई, जिनसे सारा समाज त्रस्त था, इसलिए संघर्षों से त्रस्त लोगों में उनका शांति का संदेश जादू की तरह मनोमस्तिष्क में चढ़ गया, क्योंकि व्यावहारिक रूप से उसकी आवश्यकता हर किसी को थी।

"अपने मधुर व्यवहार, प्रखर तर्कों और व्यवहार कुशलता से महात्मा बुद्ध ने जनमानस ही नहीं, राजाओं और धनिक वर्ग को भी सम्मोहित कर लिया था। यही बौद्ध धर्म की त्वरित लोकप्रियता का वास्तविक कारण है। बौद्धों को बाहुबल से दबाने में बुद्धिमत्ता नहीं है, आखिर वे सनातन धर्मरूपी विशाल नदी से निकली जलधारा ही तो है।

"उनके मन में सनातन धर्म के प्रति जो बैर-भाव है, उसे बैर-भाव से नहीं जीता जा सकता। स्वयं भगवान् बुद्ध बता गए हैं कि बैर को प्रेम से जीतो, हम भगवान् बुद्ध को अपने अवतारों में प्रतिष्ठित कर लें, उनकी पूजा-अर्चना प्रारंभ कर लें तो बौद्धों को

मुख्यधारा में वापस लाया जा सकता है…" कहते हुए आचार्य एक क्षण के लिए चुप हो गए तो वहाँ पूर्ण शांति की स्थिति थी। उनके विद्वान् और विनम्र शिष्यगण ध्यान से उनके मुखमंडल को देखते हुए उनकी बात सुन रहे थे। आचार्य बोले, "मैं भगवान् गौतम बुद्ध को भगवान् विष्णु का नवाँ अवतार मानता हूँ, यदि हम इस तथ्य को आम जनता, विशेषकर अपनी पहचान के प्रति उग्र बौद्धों के मन में बैठा दें तो बौद्धों का वैमनस्य शांत हो सकता है।"

पूर्ण सोच-विचार के बाद सभी ने सर्वसम्मति में सिर हिलाया और अयोध्या का इतिहास एक बार फिर अपनी सनातन जड़ों की ओर लौट पड़ा। आचार्य और उनके शिष्यों के लंबे प्रवास के दौरान अयोध्यावासी अद्वैत से जुड़ने लगे और गौतम बुद्ध का सम्मान सनातनियों में भी बढ़ने लगा।

अब अयोध्या के श्रीराम मंदिर में भगवान् की आरतियाँ भी पुन: प्रारंभ हो गई हैं। अयोध्या में 'बुद्धं शरणं गच्छामि' के साथ-साथ 'रामराम-सीताराम' की ध्वनियाँ भी सुनी जा सकती हैं।

अयोध्या की अनूठी सफलता के बाद आचार्य की दिग्विजयवाहिनी मिथिला, मगध, नालंदा, राजगृह को अपने समन्वय, सहयोग, प्रेम का संदेश देकर अद्वैत का मंत्र जनमानस के कान में फूँकती हुई प्राचीन तीर्थ गया की ओर जा रही है।

एक समय विदेहराज जनक जैसे राजर्षि के प्रताप से आलोकित मिथिला जब बुद्ध के जादुई संदेश के प्रभाव में आई तो मगध, नालंदा, राजगृह में तो तथागत के प्रशंसक पूर्व से ही थे, वहाँ बौद्ध धर्म की जड़ें पहले से ही सशक्त थीं, आखिर इन इलाकों ने बुद्ध को अपनी आँखों से देखा था, कानों से सुना था, हर युग में युद्धरत राजाओं की प्रजा बुद्ध का शांति संदेश सुनकर राहत की साँस ले रही थी। आज उसी धरती पर जब आचार्य शंकर आए हैं तो युगों पुरानी स्मृतियाँ जीवित हो उठी हैं।

मगध, नालंदा, राजगृह हर स्थान पर आचार्य को देखनेवाले ग्रामीणों और नागरिकों की स्मृति में अचानक ही भगवान् बुद्ध जीवित हो उठे हैं।

आह! क्या भव्य व्यक्तित्व है, सुंदर देह, आभामंडल से दमकता चेहरा, तेजस्वी आँखें, सुगंधित व्यक्तित्व और कानों को शीतल कर देनेवाली प्रेममयी वाणी, जो देखता है, मुग्ध हो जाता है और जो सुन लेता है, वह तो अपने हृदय में उनकी आत्मीयता का अनुभव करता है।

ऐसा ही प्रभावी व्यक्तित्व तो गौतम बुद्ध का था, तभी तो उनकी वाणी और व्यक्तित्व ने भारत के जटिल और विखंडित समाज को भी पूरी तरह जीत लिया था, अब वही दायित्व आचार्य शंकर के युवा कंधों पर है।

गौतम ने वैदिक धर्म में फल-फूल गई विकृतियों को उखाड़ फेंका था, लेकिन

उनके शिष्यों के अति उत्साह और अहंकार ने जब सनातनता को ही निर्मूल करने का ठान ली, तो उसी भगवत्सत्ता ने इस बार आचार्य शंकर की भूमिका में आकर सनातन सत्य को पुनः प्रतिष्ठित किया।

अपनी विजय यात्रा से चिरंतन संस्कृति को नवजीवन देने के इसी क्रम में अगला पड़ाव प्राचीन तीर्थ गया है।

युगों-युगों से वैदिक संस्कृति के अनुयायी भारत के हर कोने से अपने पितरों के उद्धार के लिए गया धाम आते रहे हैं।

गया में विष्णु भगवान् का गदाधर स्वरूप प्राचीनकाल से पूजित है। गया में श्रद्धा-भक्तिपूर्वक पिंडदान करना हर पुत्र का पवित्र दायित्व है, अपने पुरखों का पिंडदान किए बिना मोक्ष नहीं माना जाता। इसीलिए गया वैदिक संस्कृति का तीर्थ और दान परंपरा का गढ़ रहा आया है।

महाश्रमण गौतम बुद्ध ने गया के पास ही बुद्धत्व प्राप्त किया था, उनके प्रताप से वह स्थान 'बोधगया' के नाम से इतना विख्यात हो गया है कि प्राचीन गया का महत्त्व और गरिमा दोनों फीकी पड़ी हुई हैं। सम्राट् अशोक ने बोधगया में एक विशाल और भव्य मंदिर में महात्मा बुद्ध की दार्शनिक प्रतिमा प्रतिष्ठित की थी। उसके बाद से सारे संसार के बौद्धों के लिए बोधगया एक अनिवार्य और पवित्रतम तीर्थ बन गया है।

व्यावहारिक रूप से बोधगया बुद्ध धर्म की सत्ता और शक्ति का भी प्रतीक चिह्न है।

इसी बोधगया में जब अद्वैत की विजय-पताका थामे आचार्य शंकर पहुँचे हैं तो एक अनजाना तनाव बौद्धों के मन में है; आखिर उनकी ख्याति तो बौद्ध विरोधी और वेद समर्थक की है।

कुछ बौद्धों की यह भी तैयारी है कि यदि आचार्य शंकर भगवान् गौतम बुद्ध या उनके द्वारा प्रतिपादित मार्ग के विरुद्ध बोलें, तो उसका तगड़ा प्रतिरोध किया जाए! कुछ ज्यादा जोशीले लोगों ने तो पत्थर, लाठी, बल्लम भी जुटा लिये हैं कि यदि तर्क कम पड़ जाए तो हिंसा भी हमारा तर्क है।

बोधगया पहुँचकर आचार्य सर्वप्रथम बौद्ध मंदिर जाकर श्रद्धापूर्वक भगवान् गौतम बुद्ध की प्रतिमा के सामने पहुँचे; मुख्य पुजारी यह देखकर विस्मित रह गए कि बुद्ध विरोधी प्रचारित किए गए आचार्य तो भगवान् की उपासना, भक्तिभाव में डूबकर कर रहे हैं!

पूजा-उपासना के बाद जब आचार्य बाहर आए तो मंदिर प्रांगण में उपस्थित बौद्धों ने सौजन्यतापूर्वक उनका स्वागत-सत्कार किया और उनसे उपस्थित जनों को संबोधित करने का आग्रह किया।

आचार्य ने जब अपनी मधुर वाणी में बोलना प्रारंभ किया तो श्रोताओं के अंदर-

बाहर का सब कोलाहल और अशांति शांत हो गई। आचार्य बोल रहे थे, "मैं भगवान् विष्णु के नवम अवतार भगवान् बुद्ध के पवित्र मंदिर में आप सबकी आत्मा में बैठे उस परमेश्वर को प्रणाम करता हूँ। भगवान् बुद्ध ने हमारी महान् भूमि ही नहीं, संपूर्ण मानवता को हिंसा, द्वेष, आपसी संघर्ष, वैर, ऊँच-नीच के जाल से मुक्ति का मार्ग दिखाया है। उनकी शिक्षा उन्हीं समानता के मूल्यों की प्रतिष्ठा करती है, जिन्हें हमारे महान् ऋषियों और तपस्वियों ने अथक साधना से प्राणवान किया था।"

उनके हर कथन पर तेज करतल ध्वनि निरंतर हो रही थी। उन्होंने दृढ़तापूर्वक कहा, "वैदिक धर्म और बौद्ध धर्म में शत्रुता निराधार है, भगवान् बुद्ध स्वयं सनातनी थे, उन्होंने वैदिक धर्म की विकृतियों का विरोध किया था, उन्हें वेद-विरोधी मानना बड़ी भूल है…"

उन्होंने पूछा, "सनातन धर्म मोक्ष को जीवन का उद्देश्य मानता है, बुद्ध निर्वाण को परमसत्य मानते हैं, कृपया बताएँ कि इनमें शब्दावली के अलावा कौन सा अंतर है?"

अपनी वाग्मिता से वे बौद्धों के संदेहों का निवारण करने में सफल रहे थे, जिन्होंने उन्हें मारने के लिए पत्थर और लाठियाँ जमा की थीं, वे ही विनम्र होकर उनकी चरण-रज ले रहे थे।

उनके द्वारा गौतम बुद्ध को विष्णु के नवम अवतार के रूप में घोषित किए जाने का कुछ मोंगापंथियों ने घोर विरोध किया, उन्हें 'प्रच्छन्न बौद्ध' तक कह डाला, लेकिन बहुमत ने इसे प्रामाणिक रूप में स्वीकार कर लिया। सनातनी भी बुद्ध को पूजने लगे। बदले में बौद्ध मतावलंबी भी अपनी सनातनी पहचान से पुन: जुड़ने लगे। यह राष्ट्रीय एकीकरण का सफल प्रयास देश भर में दोहराया जाने लगा। बोधगया से निकला एकता का संदेश देश भर में जड़ें जमाने लगा। गया के निष्प्राण हो रहे सनातन प्रतिष्ठान आचार्य की उपस्थिति से पुन: जीवंत होने लगे।

गया के सनातनियों और बौद्ध गया के बौद्धों से भावभीनी विदा लेकर यह सनातन यात्री अब बंग भूमि की ओर आगे बढ़ा।

□

बंग में उमंग

संपूर्ण भारतवर्ष को अपने पाँवों से वामन अवतार की तरह सहज ही नाप लेनेवाले आचार्य शंकर अपनी शिष्य मंडली के साथ बंगाल पहुँच रहे हैं। इस सूचना से ही उत्साह की एक तीव्र लहर गंगा से पद्मा तक पहुँच गई है। उनकी कितनी ही छवियाँ हैं—क्रांतिकारी, समाज सुधारक, नवजागरण के अग्रदूत, राष्ट्रीय एकीकरण के सूत्रधार, विद्रोही संन्यासी, वेदांत के अद्‌भुत व्याख्याता, मंत्रमुग्ध कर देनेवाले रससिद्ध कवि, आधुनिक ऋषि, लोकप्रिय वक्ता, वेदों के मर्मज्ञ! इस अनवरत यात्री की बंगाल कब से प्रतीक्षा कर रहा था।

पिछली बार जब वे पुरी आए थे, तब भी बंगाल से कामरूप तक आशा की एक किरण कौंधी थी कि यह युग-प्रवर्तक धर्माचार्य पूर्वी भारत में पनपे हुए अनाचार, जादू, हिंसक तंत्र विद्या से मुक्ति का मार्ग दिखाएँगे, किंतु तब यह आशा, आशा ही रही और उनका इस ओर आना नहीं हो सका।

अब लंबी प्रतीक्षा के बाद उनके आगमन का शुभ संदेश ज्ञान और भक्ति की पवित्र भूमि बंगाल को स्पंदित कर रहा है।

यात्री दल का धर्मप्राण जनता ने भावभीना स्वागत किया। अपार जनसमूह उन्हें सुनने एकत्रित होता, वे सरल किंतु प्रभावी शब्दों में जनमानस की धर्म-जिज्ञासा शांत करते हैं। पंचदेव पूजन, पंच महायज्ञ का औचित्य बताते हैं, पुराणों की रोचक कहानियों से श्रोता समूह को मंत्रमुग्ध कर देते हैं।

बंगाल के भक्ति गायकों की सांगीतिक प्रस्तुति के बाद जब यात्री दल के दक्षिण भारतीय साधुओं के विशुद्ध संस्कृत स्रोतों का पाठ होता है तो आनंद की वर्षा में सब भीग जाते हैं। महाराष्ट्र के संकीर्तनकारियों, वृंदावन के कृष्ण गुण गायकों और मिथिलांचल के लोक-गायकों के कंठ से ईश्वर के विभिन्न अवतारों की महिमा सुनकर जनमानस झूम उठता है।

आचार्य के हर पड़ाव में जनमानस की बाढ़ आती है। हर सत्संग में अद्वैत का

सिद्धांत, ऊँच-नीच और पाखंड पर प्रहार और सामाजिक समरसता का संदेश पाकर जनता तृप्त होती है।

उनके शिष्यों का एक समूह स्थानीय पंडितों और चेतना-संपन्न उत्साही युवकों को जनजागरण के इस आंदोलन के संबंध में प्रशिक्षण देता है तो दूसरा समूह राजपुरुषों को उनके राज्य की उन्नति के संबंध में उपयोगी सुझाव देता है, तीसरा समूह व्यापारियों और धनी-मानी व्यक्तियों को सामाजिक सौमनस्य के आर्थिक परिणाम बताता है।

शिष्य दल में संबंधित आयुर्वेद के ज्ञाता लोगों को उपचार देते हैं और स्वस्थ रहने के उपाय बताते हैं।

इन संबंधित प्रयासों का सहज परिणाम सामाजिक सद्‌भाव, मंदिरों के उद्धार, स्थानीय प्रतिभाओं के प्रोत्साहन के रूप में सामने आता है।

लोगों के मनोमस्तिष्क पर अमिट छाप छोड़ते हुए, उन्हें जाग्रत् करते हुए यात्री दल आगे अगले पढ़ाव की ओर बढ़ता जाता है। यात्री दल के समर्थ व्यक्तियों को समन्वय और सतत सक्रियता की जिम्मेदारी दी जाती है और स्थानीय लोगों में से कुछ श्रेष्ठ लोगों का चयन कर उन्हें यात्री दल में सम्मिलित कर लिया जाता है।

बंगाल को जाग्रत् कर, वेद मार्ग को पुष्ट कर यात्री दल अब एक कठिन लक्ष्य के लिए प्रस्थान कर रहा है। कामरूप तांत्रिकों का अभेद्य गढ़ है। तंत्रशास्त्र कर ले या नदी से लेकर ब्रह्मपुत्र नदी तक के त्रिकोण को कामरूप कहता है। कामाख्या पीठ इसका सबसे महत्त्वपूर्ण और शक्तिशाली मठ है। शक्ति के उपासकों के इस अखंड साम्राज्य में अन्य मंत्रों का साधक प्रवेश का भी साहस नहीं कर सकता।

इन उग्र और तेजस्वी तांत्रिकों के मुखिया हैं नवगुप्त। जन्म से ब्राह्मण नवगुप्त तंत्र साधना में निष्णात हैं, वे शक्ति के उपासक हैं, निर्बलता और कोमल भावों से उन्हें घृणा है, वे बौद्धों के अहिंसा को कायरता और कपटपूर्ण मानते हैं, आचार्य शंकर की सौम्यता उन्हें चिढ़ाती है। वे शांति और सद्‌भाव को राष्ट्र की पराजय और पतन का कारण मानकर उससे घृणा करते हैं।

शत्रु का हृदय जीतने का धैर्य वे पालना नहीं चाहते। शत्रु का विनाश ही उन्हें पुरुषार्थसम्मत लगता है। वे जगज्जननी, दुष्ट संहारिणी सर्वोच्च शक्ति के उपासक हैं। अन्य देवी-देवता उनके लिए नगण्य हैं या देवी के अनुचर मात्र हैं। आचार्य द्वारा प्रचलित पंचदेव पूजन से वे अत्यंत क्रुद्ध हैं। उन्होंने आचार्य के श्रीनगर प्रवास के समय भी उन्हें शास्त्रार्थ की चुनौती भेजी थी।

उनके मठ में देवी की प्रतिमा के सामने निरंतर बलिपशु प्रस्तुत होते हैं, रोज रक्त की एक नदी वहाँ से बहती है। दबे हुए स्वरों में जनमानस में यहाँ नरबलि की भी चर्चा चलती रहती है।

आज आचार्य के आगमन पर नवगुप्त उन्हें शास्त्रार्थ में परास्त कर शाक्तों के मनोबल को नई ऊँचाइयाँ देना चाहते हैं। उनके अनुयायी भी उन्हीं की तरह उग्र और आक्रामक हैं।

कामाख्या मंदिर में आचार्य के प्रवेश पर उनका सत्कार करते समय भी तांत्रिकों का आक्रोश उनके चेहरों के रूखेपन से स्पष्ट था। आचार्य देवी के दर्शन के लिए मुख्य मंदिर के मंडप में पहुँचे तो रक्त की धारा, बलि पशुओं का आर्त्तनाद और मांस का प्रसाद देखकर स्तब्ध रह गए। रक्त पर भिनभिनाती मक्खियाँ दृश्य को और अधिक असहनीय बना रही थीं। मूक पशु रस्सियों और जंजीरों में बाँधकर देवी के सामने लाए जा रहे थे और पूजन के साथ ही एक विशाल खड्ग के एक प्रहार में ही उनका शीश धड़ से अलग होकर भूमि पर तड़पने लगता था। भक्तों की तेज जय-जयकार भी मूक प्राणी की करुणा कराहों को छिपा नहीं पाती थी। रक्तपात और पशु-हत्या का यह भीषण दृश्य देखकर आचार्य और उनके शिष्य विचलित हो गए, जबकि तांत्रिकों के मुखों पर विजयी मुसकान थी।

कुछ ही पलों में आचार्य ने स्वयं की भावनाओं को नियंत्रित कर लिया और देवी के सामने स्तुति करते हुए नतमस्तक हो गए। इस यातनागृह में यह कार्य आसान नहीं था। धर्म के नाम पर मंदिर को मूक प्राणियों का वध-स्थल बना दिया गया है, बहुत से तीर्थयात्री इस भयानक दृश्य को देखकर मूर्च्छित हो जाते हैं। उन्हें डरपोक सिद्ध करते हुए तांत्रिकों का अहंकर बढ़ता जाता है।

कुछ पलों की पूजना-अर्चना कर आचार्य शास्त्रार्थ स्थल पर आसीन हुए। अभिनव गुप्त ने शास्त्रार्थ का प्रारंभ करते हुए दया, क्षमा, सहनशीलता को भारत की राष्ट्रीय दुर्बलता का कारण बताते हुए शक्ति की उपासना का औचित्य बताया। उसने एक साँस में ही अद्वैत को व्यर्थ बकवास बताते हुए आदिशक्ति की उपासना को ही धर्म बताया, शेष सबकुछ पाखंड सिद्ध करना चाहा।

आचार्य ने शांतिपूर्वक परमब्रह्म की उपासना, तप-जप और ज्ञान मार्ग से मोक्ष प्राप्ति का मार्ग बताते हुए रक्तरचित बलि कृत्य को घृणास्पद कार्य बताते हुए पूछा कि जो जगज्जननी जगत् के सभी प्राणियों की दयामयी माता है, वह अपनी ही संतानों का रक्तपान कैसे कर सकती है ?

अंततः अभिनव गुप्त ने पराजय स्वीकार कर ली, आचार्य ने उसे अपना शिष्यत्व प्रदान किया।

अभिनव गुप्त की पराजय और शिष्यत्व ग्रहण का समाचार विद्युत् गति से कामरूप से बंगाल, त्रिपुरा सहित सर्वत्र प्रसारित हो गया। तांत्रिकों ने हत्याएँ छोड़कर साँस लीं।

तलवार पर तर्क की इस जीत ने आचार्य की लोकप्रियता को पूर्वी भारत के गाँव-गाँव तक पहुँचा दिया है।

नए शिष्यों में प्रबल उत्साह होता है, वे सेवा, आज्ञापालन में पुराने शिष्यों को पीछे छोड़ने को व्याकुल रहते हैं, यही हाल अभिनव गुप्त का है। वे सुबह से रात्रि तक गुरुजी की छाया बने रहते हैं। सभी पुराने शिष्य अभिनव गुप्त के इस अतिशय प्रेम और सेवा से सशंकित हैं, किंतु गुरुजी को सचेत कैसे करें?

प्रेममूर्ति गुरुजी तो भोले भंडारी हैं, उन्हें कोई चिंता ही नहीं है कि इस सेवा में कोई घातक चाल तो नहीं है। शिष्यों को लगता है कि तर्क में परास्त अभिनव गुप्त गुरुजी को अपने विश्वास में लेकर किसी भी दिन क्षति पहुँचा सकता है! एक बार फिर यह जिम्मेदारी पद्मपाद के सिर पर ही आई कि गुरुजी को सचेत करते हुए उनकी प्राण रक्षा की जाए।

पद्मपाद ने एकांत में गुरुजी से प्रार्थना की कि वे अपने नए भक्त से सचेत रहें। गुरुजी बोले, “मैं तुम्हारे स्नेह को समझता हूँ, किंतु हमारी दिग्विजय शंका से नहीं, विश्वास से संचालित है, यह देह तो अनित्य है, नश्वर है, इसकी इतनी चिंता क्यों? यदि अभिनव गुप्त मेरे साथ रहकर भी विश्वासघात करना चाहे तो मेरी तपस्या में कमी है, नए शिष्य में नहीं।”

हारकर पद्मपाद लौट आए, उन्होंने शेष शिष्यों को सतर्क रहने और अभिनव गुप्त पर निगरानी रखने के दायित्व तय कर दिए।

अभिनवगुप्त के 'आग्रह पर आचार्य दक्षिणी बंगाल के शक्तिपीठों की यात्रा पर निकले हैं। अभिनव गुप्त को इस क्षेत्र का अच्छा ज्ञान है। वह आचार्य को चट्टल नामक स्थान पर ले गया। जनश्रुति है कि यहाँ देवी पार्वती की दक्षिणी भुजा गिरी थी, वहीं भैरव चंद्रशेखर मंदिर की स्थापना हुई है। यहीं से कुछ दूर देवी पार्वती की बाईं हथेली गिरी थी, उसी स्थान पर देवी यशोश्वरी भगवती का मंदिर विख्यात है।

यहाँ की जलवायु आचार्य को रास नहीं आ रही, वे स्वयं को अस्वस्थ अनुभव कर रहे हैं, वे केरल से हिमाचल पार कर तिब्बत तक गए हैं, उन्होंने गुर्जर देश और राजपूताने की प्रचंड गरमी और रेगिस्तान में भी यात्राएँ की हैं, सह्याद्रि की चोटियाँ चढ़ते हुए उतरते हुए गांधार, तक्षशिला, पंचनंद सभी नाप डाले हैं, कहीं भी, कभी भी उन्हें दुर्बलता नहीं आई, किंतु बंगाल और कामरूप में उनकी शारीरिक ऊर्जा जर्जर होती अनुभव हो रही है।

ऊपर से यहाँ का भोजन भी विचित्र प्रतीत होता है, वे वैसे भी संयमित भोजन ही लेते हैं, किंतु यहाँ तो नाममात्र का ही आहार रह गया है, क्योंकि जो भी आहार वे लेते हैं, वह विजातीय प्रतीत होता है। यहाँ का पानी भी उन्हें अरुचिकर लग रहा है। अजीब सा मटमैला जल यहाँ के झरनों का है, पीने पर न तृप्ति मिलती है, न शीतलता।

इसी बेचैनी और असुविधा को सहन करते हुए आज जब वे सुनंदा नदी के तट पर तारादेवी के मंदिर में पहुँचे तो एकदम अस्वस्थ हैं, उन्हें एक कदम चलना भी कठिन हो रहा है।

अपने पूज्य गुरुजी की यह दशा साथ आए शिष्यों से नहीं देखी जा रही। उन्होंने बँगला के महाराज को, जो आचार्य के प्रति अटूट श्रद्धा रखते हैं, समाचार भेजा है और आचार्य को मंदिर प्रांगण में ही विश्राम करने की व्यवस्था जमा ली है।

अगले दिन की संध्या तक आचार्य भीषण कष्ट सहन करते रहे, तभी तेज चलनेवाले घोड़ों से बंगराज द्वारा भेजे गए राजवैद्य वहाँ पहुँचे हैं।

राजवैद्य ने एकांत में आचार्य का स्वास्थ्य परीक्षण किया और तत्पश्चात् उन्हें पूर्ण विश्राम की सलाह देकर बताया, "उन्हें निरंतर पीड़ा और रक्तस्राव से दुर्बलता आ गई है। चिंता की कोई बात नहीं है, आप मेरी औषधि से पूर्ण स्वस्थ हो जाएँगे।"

कुछ दिनों तक आचार्य ने यहीं स्वास्थ्य लाभ किया। अब वे कालीपीठ की ओर चले, वहाँ शेष शिष्य मंडली पहले से उनकी प्रतीक्षा कर रही थी। आचार्य के दर्शन कर शिष्य मंडली और स्थानीय नागरिक परम प्रसन्न हुए, किंतु उनको कृशकाय देखकर शिष्यों को कष्ट हुआ।

कालीपीठ में भी आचार्य के दर्शन के लिए भक्तों की भीड़ जुटने लगी, उनका प्रवचन प्रारंभ होने से पूर्व ही प्रवचन स्थल पर तिलमात्र रखने की जगह न रहती है। आचार्य ने अद्वैत वेदांत का मंत्र जनमानस को सिखा दिया है, सामाजिक भेदभाव और वैमनस्य का स्थान सहिष्णुता ले रही है। नित्य ही असंख्य लोग प्रवचन के बाद उनसे मिलते हैं, उनसे आशीर्वाद लेते हैं, उन्हें अपना सुख-दुःख बताते हैं। हर कोई उनसे गुरुदीक्षा लेना चाहता है, वे भी किसी को भी निराश नहीं करते।

आज भी गुरुदीक्षा लेनेवालों की बड़ी भीड़ है। पंक्तिबद्ध लोग हाथों में श्रीफल, मिष्टान्न और मन में श्रद्धा लिये आ रहे हैं। गुरुजी के चरणों में श्रद्धा समर्पण कर रहे हैं। गुरुजी उन्हें प्रेम सहित गुरुदीक्षा दे रहे हैं। तभी एक वरिष्ठ शिष्य ने आकर निवेदन किया, "गुरुदेव, भगवान् पशुपतिनाथ की पवित्र भूमि नेपाल से वैदिक विद्वानों का एक दल आपके दर्शनार्थ आया है, किंतु वे एकांत में आपसे कुछ निवेदन करना चाहते हैं।"

गुरुदेव ने स्नेहपूर्वक कहा, "अतिथियों का विधिवत् सत्कार कर उनके विश्राम की व्यवस्था करो, गुरुदीक्षा के बाद मैं अपनी कुटिया में उन्हें मिलूँगा, उनसे चर्चा के बाद ही आज मेरा आहार होगा।"

"जो आज्ञा देव," कहकर शिष्य वापस लौट गए। आचार्य भक्तों को गुरुदीक्षा भी दे रहे हैं, उन्हें सद्कार्यों के संकल्प भी दिला रहे हैं और किसी एक बुराई को छोड़ने की घोषणा भी कराते जा रहे हैं।

दीक्षा कार्य पूर्ण होते ही आचार्य अपने कक्ष में गए, जहाँ नेपाल के विद्वान् उनकी प्रतीक्षा कर रहे थे।

सभी ने उनका चरण-स्पर्श कर आशीर्वाद लिया। आचार्य ने अपने आसन के समीप रखे मेवा-मिष्टान्न मुट्ठी में लेकर उन्हें प्रसादस्वरूप दिए, तो वे गद्गद हो गए।

आचार्य के संकेत पर उनके मुखिया ने बताना प्रारंभ किया, "हे महान् आचार्य, आपने कठोर परिश्रम से वैदिक संस्कृति को पुनर्जीवन दिया है। आपने तिब्बत के पठारों से लेकर दक्षिणी प्रायद्वीप तक, गंधार, कैकय, वाल्मीकि, गुर्जर, सौराष्ट्र, महाराष्ट्र चारों दिशाओं के असंख्य मंदिरों में छाए हुए अँधेरों को नष्ट कर जनमानस को आलोकित किया है। भारत की अद्भुत ऋषि परंपरा के वाहक परम श्रद्धेय आचार्य शंकर, हम आपकी दिग्विजय यात्रा का अगला पड़ाव काठमांडू में करने की प्रार्थना लेकर यहाँ उपस्थित हुए हैं।"

इसके बाद उन विद्वानों ने विस्तार से भगवान् पशुपतिनाथ के मंदिर की दुर्दशा, नेपाल और उसके आसपास के क्षेत्र में वेद विद्या के दुर्बल होने का वर्णन विस्तार से कह सुनाया।

आचार्य ने उन्हें आश्वस्त किया कि उनका अगला पड़ाव काठमांडू ही होगा। अतिथियों के साथ आहार के बाद आचार्य विश्राम में चले गए और प्रतिनिधिमंडल प्रसन्नता के साथ काठमांडू लौट गया।

संध्या पूजन के बाद आचार्य ने वरिष्ठ शिष्यों के साथ नेपाल प्रस्थान की रूपरेखा को अंतिम स्वरूप दिया।

अग्रिम टुकड़ी को मार्ग के प्रबंध हेतु अगले दिन मुँह-अँधेरे ही जाने के निर्देश हुए। आचार्य तीन दिन बाद नेपाल जा रहे हैं, यह सूचना मिलते ही कालीपीठ के भक्तगण उदास हो उठे। आचार्य की उपस्थिति से भक्ति, उल्लास और ज्ञान का जो उत्सव समारोह वहाँ निरंतर चल रहा था, अब उसकी पूर्णता का समय जान लोग दुःखी हो उठे।

आचार्य सबको सांत्वना देकर शिष्य मंडली सहित मगध होते हुए नेपाल पहुँचे। मार्ग की कठिनाइयाँ उनके खराब स्वास्थ्य पर भारी पड़ रही थीं, किंतु वे अपने कर्तव्य की पुकार को अनसुना नहीं कर सकते थे। वे देह को धर्म का साधन, ईश्वर आराधना का यंत्र मात्र समझते हैं, उन्हें अपनी देह से कोई मोह नहीं है। वे देह में होकर भी विदेह हैं।

काठमांडू में उनके स्वागत के लिए सभी धर्मों, सभी मतों के लोगों की ऐसी भीड़ उमड़ पड़ी है कि हर कोई कह रहा है, उसने जीवन में इतनी भीड़ नहीं देखी। आचार्य के यश का सूर्य पूरी ऊष्मा के साथ दमक रहा है, हर कोई उनसे ऊर्जा लेना चाहता है।

भीड़ की ऐसी भक्तिभावना देखकर आचार्य अपनी व्याधि-बीमारी भूल गए हैं, उनका चेहरा अनूठे तेज से जगमगा रहा है।

बौद्धों को लग रहा है, जैसे साक्षात् गौतम बुद्ध फिर से पृथ्वी पर आ गए हैं, शैवों को वे भगवान् शंकर और वैष्णवों को संसार के पालनकर्ता विष्णु की तरह प्रतीत हो रहे हैं। उनकी उपस्थिति मात्र से वैदिक मार्ग की सूखती हुई लता हरी हो उठी है, मंदिरों में घंटियों, दीप-आरती पुनः प्रारंभ हो गई है। नेपाल की धार्मिक कलह शांत हो गई है। उनके प्रवचनों में बौद्धों को बुद्ध का, शैवों को शिवत्व का और शाक्तों को शक्ति का प्रत्यक्ष अनुभव हो रहा है।

भगवान् पशुपतिनाथ के मंदिर में सुव्यवस्था बनने लगी है। सभी धर्मों में सद्भाव, सबके सम्मान का आचार्य शंकर का मंत्र सभी ने आत्मसात् कर लिया है। नेपाल के धर्ममय हो जाने से आचार्य और उनके शिष्य अब कैलास मानसरोवर की यात्रा पर जाने की तैयारी कर रहे हैं। कैलास की दुर्गम यात्रा भी गुरुकृपा से सुगम लग रही है।

काठमांडू से टनकपुर, पिथौरागढ़, आस्कोर, धारचूल, गरख्यांग, कालापानी आदि स्थानों पर स्थानीय लोगों ने यात्रियों का यथायोग्य स्वागत किया, नित्य धर्म उपदेश, निजी भेंट का कार्यक्रम भी खूब लोकप्रिय हुआ। आचार्य की एक विशेषता है कि उनकी मूल दिनचर्या अत्यंत व्यवस्थित है, वे कहीं भी रहें, स्नान, ध्यान, पूजन-अर्चन, स्वाध्याय, धर्मोपदेश, शिष्यों का प्रशिक्षण नियमित कार्यक्रम हैं, इनमें स्थानीय परिस्थितियों के कारण मामूली अंतर भी नहीं आने पाता। वे दृढ़ता से निर्धारित समय पर निर्धारित कार्य करके ही रहते हैं। उसमें ढील-पोल या टाल-मटोली की अनुमति नहीं है।

कई दिनों की निरंतर यात्रा के बाद अब वे निर्जन पठार पर हैं और उसे परिश्रमपूर्वक पार करके अत्यंत रमणीक सरोवर के सौंदर्य से साक्षात्कार कर रहे हैं। यह विशाल सरोवर अत्यंत मनोहारी है। आचार्य ने अपने शिष्यों को बताया—

"यह सुंदर सरोवर राक्षसताल है। कहते हैं, यहाँ राक्षसराज रावण ने तप किया था।"

राक्षसताल से पुनः यात्रा आरंभ हुई और उसका अगला पड़ाव बना मानसरोवर। प्राकृतिक सौंदर्य की चरम सीमा का नाम है—मानसरोवर। सती की दाहिनी हथेली यहाँ गिरी थी, इसलिए यह स्थान शक्तिपीठ भी है। आचार्य ने बताया कि आदिकवि वाल्मीकि ने रामायण में मानसरोवर का वर्णन करते हुए मुनि विश्वामित्र से कहलवाया है कि, "हे राम, कैलास पर्वत पर ब्रह्मा के मानस से निर्मित सरोवर मानसरोवर है।"

विभिन्न पुराणों और भागवतों में भी इस स्थान की महिमा वर्णित है।

मानसरोवर के तट पर ही विश्राम के लिए शिविर लगाया गया। रात्रि यहीं विश्राम के बाद अगले दिन यात्री दल कैलास पर्वत की ओर चल पड़ा है। लंबी यात्रा के बाद कैलास पर्वत का अद्भुत सौंदर्य देखकर यात्री मुग्ध हो गए हैं। अपने विशाल आकार के कारण दूर से ही दिखाई देनेवाला कैलास बर्फ के बने शिवलिंग सा प्रतीत हो रहा था।

सूर्य की किरणों ने उसे इंद्रधनुषी रंगों से सजा दिया था। यात्री दल कैलास देखकर अपनी सारी थकान भूल गया।

पर्वतों पर प्राणवायु कम हो जाती है, इसलिए साधारण गृहस्थों को बहुत कष्ट होता है, किंतु योगियों को योग-विद्या और प्राणायाम का लाभ मिलने से उन्हें उतनी कठिनाई नहीं होती है।

आचार्य के शिष्य दल को दुर्गम बर्फीले पर्वतों पर यात्रा करते समय अपने गुरुजी के इस अनुशासन का लाभ समझ में आ जाता है कि प्राणायाम और योगासन प्रतिदिन क्यों अनिवार्य है!

कैलाश की परिक्रमा के पूर्व आचार्य ने शिष्य समुदाय को एक रहस्योद्‌घाटन किया, "यह कैलास पर्वत ब्रह्मांड का प्रतीक है। पहाड़ियों से घिरा यह भूखंड योनि स्वरूप है और इसके मध्य स्थित यह कैलास मानो लिंगस्वरूप है। प्रकृति और पुरुष के संयोग से सृष्टि आरंभ हुई, यह इसी का प्रतीक है।"

कैलास यात्रा से तृप्त होकर अब वापसी की यात्रा प्रारंभ हुई है, तिब्बत के ग्रामीण क्षेत्रों को पार कर यात्री दल मैदानी इलाके में लौटने को व्याकुल है। आचार्य को स्वप्न में उनके गुरुदेव का दर्शन हुआ है। गुरुदेव उनसे अत्यंत प्रसन्न और संतुष्ट दिखाई दे रहे हैं। गुरुजी ने उन्हें प्रेमपूर्वक अपने पास बैठाया और बोले, "शंकर, तुमने अपने दायित्व का निर्वहन उत्तम ढंग से किया है, किंतु अब तुम्हें शीघ्र ही अपने जीवन भर के परिश्रम को एक स्थायी संस्थागत रूप देना है, क्योंकि तुम्हारी आयु पूर्ण होने की तरफ है। यह तुम्हारी आयु का बत्तीसवाँ वर्ष है, इसलिए तुम अब बदरीनारायण प्रस्थान करो। बदरीनारायण के आसपास के दुर्गम क्षेत्रों में अद्वैत का संदेश सुनाते हुए अपने लक्ष्य की पूर्णाहुति करो।"

निद्रा टूट जाने पर स्वप्न का ज्ञान हुआ। गुरुजी के सान्निध्य के सुखद पल आँख खुलते ही बीत गए और वास्तविक जीवन का कठोर सत्य बदरीनारायण में उनकी प्रतीक्षा कर रहा था।

सुबह जब अपने शिष्यों को उन्होंने स्वप्न का प्रसंग सुनाया तो उनसे अटूट स्नेह संबंध में बँधे त्यागी-तपस्वी ब्रह्मचारियों की भी आँखें भर आईं, जिन्होंने संसार के सारे बंधनों को त्याग दिया था, वे भी उतने मुक्त नहीं थे, जितने समझे जाते थे। उन्हें भी पता था कि गुरुजी सदैव उनके साथ नहीं रहेंगे, क्योंकि उनकी आयु पूर्णता की ओर है, किंतु किसी का मन इस सत्य को स्वीकार करने को तैयार नहीं था।

यात्री दल बदरीनारायण की ओर चला जा रहा है। आचार्य और उनके शिष्य जीर्ण-शीर्ण ध्वस्त मंदिरों को देखकर मूकदर्शक नहीं बने रहते, वे वहीं पड़ाव डालते हैं। भक्तों की, श्रद्धालुओं की भीड़ जुटती है, मंदिरों का मलबा साफ किया जाता है, उनकी मरम्मत प्रारंभ होती है, भग्न प्रतिमाओं का विसर्जन और नई प्रतिमा की प्रतिष्ठा के बाद

ही वे अगले पड़ाव की ओर बढ़ते हैं। श्रीनगर में विश्राम कर वे पंचप्रयाग के प्रथम प्रयाग देवप्रयाग पहुँचे, वहाँ से रुद्रप्रयाग, कर्णप्रयाग, नंदप्रयाग तक आते-जाते आचार्य के इस महान् प्रयास ने जन आंदोलन का रूप ले लिया है। आचार्य का कहना स्पष्ट है, "मंदिर पूजागृह मात्र नहीं हैं, वे हमारी संस्कृति के चेतना केंद्र हैं, जहाँ शिक्षा, संस्कार, स्वास्थ्य, ज्योतिष, कालगणना और सामूहिकता-सामाजिकता का अवसर मिलता है।

"हमारे नृत्य, संगीत, चित्रकला, गायन, मूर्तिकला, आभूषण, पाक विद्या सभी का विकास मंदिर की गतिविधियों के स्वरूप में हुआ है, ये रोजगार, व्यवसाय, उद्यानिकी, हस्तकला और समाज विज्ञान के जीवंत केंद्र होने के साथ ही सूचनाओं के आदान-प्रदान तथा आपसी विवादों के समाधान स्थल भी हैं। इन्हें खंडित नहीं होने दिया जा सकता।"

आचार्य के नवजागरण का मंत्र पहाड़ों में गूँज रहा है, मंदिरों का उद्धार हो रहा है, आमजन आपसी सहयोग, दान और श्रमदान से मंदिरों की साफ-सफाई, मरम्मत, पुताई, प्राण-प्रतिष्ठा और भजन-पूजन पूर्ववत् करने लगे हैं।

मंदिरों में पूजन-हवन और सामूहिक भोज का आयोजन हो रहा है। यज्ञों के हवन कुंडों में अब समिधा की कमी नहीं पड़ती, नई पीढ़ी मंदिरों में शिक्षा ग्रहण के लिए भी जाने लगी है।

हिमालय में कुमाऊँ और गढ़वाल देवभूमि के रूप में सम्मानित हैं। देवभूमि में आचार्य के आगमन से यहाँ के भाग्यदेवता भी जाग गए हैं।

नंदप्रयाग से धर्मवीरों का यह अभियान दल जोशी मठ की ओर बढ़ रहा है। आज का रात्रि विश्राम जोशी मठ में नियत है। जोशी मठ पहुँचकर एक सुरक्षित पर रमणीक स्थान पर विश्राम शिविर है। आचार्य का विश्राम शिविर से लगी प्राकृतिक गुफा में है, गुफा के बाहर सुंदर कल्पवृक्ष देखकर आचार्य का मन प्रसन्न हो गया है। उन्होंने अगले दिन से उसी कल्पवृक्ष के नीचे ध्यान करने का विचार किया।

स्थानीय राजा और प्रजा की आचार्य के प्रति अपार श्रद्धा है। उनके स्वागत, सत्कार की उन्होंने उत्तम व्यवस्थाएँ की हुई हैं और इनके पहुँचने पर राजा स्वयं उपस्थित हैं।

आचार्य ने उन्हें आशीर्वाद दिया और अगले दिन विस्तार से चर्चा हेतु बुलाया। आचार्य अब थक गए हैं और फलाहार कर विश्राम में चले गए हैं।

अगले दिन राजा पुनः उपस्थित हुए तो आचार्य ने जोशी मठ को ज्योतिर्पीठ बनाने का संकेत किया, राजा ने उनकी इच्छा को शिरोधार्य किया।

□

चार मठ–चार प्रहरी

अपने अंतरंग शिष्यों के साथ गहन विचार–विमर्श में आज का मुख्य प्रश्न था कि द्वारिका पीठ का प्रथम अधिष्ठाता किसे बनाया जाए? शिष्य मंडली में एक–से–एक समर्पित, ज्ञानी–ध्यानी लोग थे, जो अपने आचरण, पवित्रता, विद्वत्ता, तर्कशक्ति सभी गुणों में अद्वितीय थे। द्वारिका पीठ प्रथम पीठ बननेवाली थी। सनातन धर्म की नई ऊर्जा यहीं से प्रसारित होनी थी। इसलिए चयन बड़ा कठिन था। द्वारका पीठ के अधीन विस्तृत भू–भाग आनेवाला था। सिंधु, सौवीर (कच्छ), सौराष्ट्र (काठियावाड़), महाराष्ट्र और इनके मध्यवर्ती भारतवर्ष के पश्चिम दिशाओं में स्थित शारदा मठ के अधिकार क्षेत्र में रहनेवाले थे। इन सभी क्षेत्रों के निवासी अत्यंत कुशाग्र, अपेक्षाकृत संपन्न, तार्किक–सुसंस्कृत और अपने मत पर प्रबल आग्रह रखनेवाले थे। इसलिए शंकराचार्यजी की सोच यह थी कि वहाँ अत्यंत बुद्धि–प्रवण व्यक्ति को अभिषिक्त किया जाए, जो न केवल अपनी विद्वत्ता से उस क्षेत्र के निवासियों को बौद्धिक नेतृत्व दे सके, बल्कि अपनी प्रखरता और तार्किकता से द्वारका पीठ की श्रेष्ठता और प्रभुत्व को भी प्रतिष्ठित कर सके। इस दृष्टि से उनके सभी शिष्यों में सुरेश्वर सबसे प्रखर थे, इसलिए उन्होंने तय किया कि सुरेश्वर को ही यह दायित्व सौंपा जाए।

□

शारदा मठ-द्वारका पीठ

शिष्य मंडली के मध्य सूर्य की तरह प्रकाशित हो रहे आदिशंकर ने शिष्यों को कहा, "मेरे द्वारा स्थापित पहला आम्नाय पश्चिम दिशा में होगा। इसको 'शारदा मठ' कहा जाएगा। इस क्षेत्र का नाम द्वारका है। देवता सिद्धेश्वर हैं। देवी भद्रकाली हैं और इसके आचार्य का नामांकन किया जाना है। यहाँ की भौगोलिक और मानसिक चुनौतियों को देखते हुए मैं 'विश्वरूप' को इस मठ के प्रथम आचार्य के रूप में मनोनीत करता हूँ।" शिष्यों ने हर्ष ध्वनि से गुरु की आज्ञा का स्वागत किया।

□

गोवर्धन मठ-पुरी

आदिशंकर ने कहा, "भगवान् जगन्नाथ जिस क्षेत्र में विराजमान हैं, यह पुरुषोत्तम क्षेत्र है। यहाँ सनातन धर्म के प्रहरी के रूप में मैं गोवर्धन मठ की स्थापना करता हूँ। इस मठ का क्षेत्र बंगाल, कलिंग, मगध, उत्कल और वन प्रांत होंगे। इस संपूर्ण प्रदेश में मद्य, मत्स्य का प्राधान्य है। यहाँ वितंडावादी जब तर्क में हारने लगते हैं, तो कुतर्क पर उतर आते हैं। पद्मपाद अपनी विद्वत्ता और साहस से इन्हें नियंत्रित करने में सक्षम हैं। इसलिए मैं पद्मपाद को गोवर्धन पीठ का अधीश्वर नियुक्त करता हूँ।"

□

ज्योतिर्मठ–बदरिकाश्रम

पश्चिम में द्वारका मठ और पूर्व में गोवर्धन मठ की स्थापना के बाद बारी आई उत्तर दिशा की। शिष्यों से घिरे हुए आदिशंकर ने कहा, "उत्तर दिशा के मार्गदर्शन और आधिपत्य के लिए मैं बदरिकाश्रम में 'ज्योतिर्मठ' स्थापित करता हूँ। कुरु (हस्तिनापुर कुरुक्षेत्र), कश्मीर, कांबोज (हरियाणा तथा पश्चिमोत्तर उत्तर प्रदेश) पांचाल (पंजाब, हिमाचल आदि) तथा उत्तर भारत के सभी प्रदेश ज्योतिर्मठ का कार्यक्षेत्र होंगे। भगवान् बदरीनारायण इसके देवता होंगे। यह क्षेत्र प्राचीनकाल से योगियों-ऋषियों का क्षेत्र है। इसलिए मैं अपने शिष्यों में योगिराज तोटक को 'ज्योतिर्मठ' का मठाधीश नियुक्त करता हूँ।"

□

श्रृंगेरी मठ

भारत के पूर्व, पश्चिम, उत्तर तीनों कोनों पर मठ स्थापित करने के बाद बारी आई दक्षिण भारत की। आदिशंकर ने दक्षिण दिशा में श्रृंगेरी में मठ स्थापित करने का निर्णय किया। उन्होंने तय किया, "आंध्र, द्रविड, कर्नाटक, केरल आदि विभिन्न क्षेत्र, जो दक्षिण दिशा में अवस्थित हैं, सभी 'श्रृंगेरी मठ' की सीमा में आएँगे। यह क्षेत्र शांत, गंभीर श्रद्धालु लोगों का क्षेत्र है। इसलिए परम सरल महात्मा हस्तामलक यहाँ के आचार्य होंगे।"

चारों मठों की स्थापना से संपूर्ण राष्ट्र में एक नए उत्साह की लहर प्रकट हुई। सनातन धर्म एक नए यौवन की लाली के साथ अँगड़ाई लेने लगा। चारों दिशाओं में चतुष्पीठों की स्थापना से वेदांत सर्वत्र मूर्तिमान होने लगा। लेकिन नई व्यवस्था के साथ अति उत्साही अनुयायियों के जुड़ जाने से कुछ नई समस्याएँ भी सामने आने लगीं। इसलिए इस नव स्थापित व्यवस्था के सुचारु संपादन के लिए कुछ अनुशासन और कुछ नियम बनाने की जरूरत आ पड़ी, ताकि कोई पीठ और कोई आचार्य दूसरों पर आधिपत्य में अपनी ऊर्जा न लगाए। साथ ही कोई भी मठ निष्क्रिय और निस्तेज भी न हो जाए, इसलिए आदिशंकर ने मठों की स्थापना के बाद विस्तृत नियम बनाए, जिसमें मठाधीशों की योग्यता, मठों का कार्यक्षेत्र, साथ ही दैनिक व्यवहार के लिए एक संविधान भी बना दिया। उन्होंने चारों वेद, चारों मठों में बाँट दिए। चारों मठों के साधुओं को पृथक्-पृथक् कुल नाम और संन्यासियों को पृथक्-पृथक् पदनाम दे दिए। शारदा मठ को सामवेद, गोवर्धन मठ को ऋग्वेद, ज्योतिर्मठ को अथर्ववेद, श्रृंगेरी मठ को यजुर्वेद के अध्ययन का जिम्मा सौंपा गया। सभी मठों के अलग-अलग तीर्थ और महावाक्य तय किए गए। शारदा मठ का तीर्थ गोमती और महावाक्य, 'तत्त्वमसि', गोवर्धन मठ का तीर्थ महोदधि और महावाक्य 'प्रज्ञानम् ब्रह्म', ज्योतिर्मठ का तीर्थ अलकनंदा तथा महावाक्य 'अयमात्मा'। श्रृंगेरी मठ का तीर्थ तुंगभद्रा और महावाक्य 'अहंब्रह्मास्मि' नियत किया गया।

दो दिन बाद आचार्य और उनके शिष्यों का यह संघ आदि-बदरी पहुँचा, आचार्य ने यहाँ काले पत्थर के बदरीनारायण की प्रतिमा और मंदिर स्थापना का शुभारंभ किया,

शेष कार्य राज कर्मचारियों ने पूर्ण किया। यात्री दल हेलांग मार्ग पर आगे बढ़ा। निर्जन, निःस्तब्ध गाँव में बुद्ध बदरी या बूढ़ा बदरी का मंदिर है, इसकी साफ-सफाई कर आचार्य ने पूजा-अर्चना में एक दिन यहीं बिताया। हेलांग से उर्गम पहुँचकर भगवान् केदारनाथ की प्रतिमा की स्थापना की और मंदिर निर्माण कार्य का शुभारंभ किया। पांडुकेश्वर से हनुमान चट्टी होकर वे बदरी विशाल की ओर बढ़े।

अक्षय तृतीया से भगवान् बदरीनाथ मंदिर में आते हैं और दीपावली तक यहीं निवास करते हैं, शेष समय इनकी पूजा जोशी मठ में होती है और बदरीनाथ के कपाट बंद हो जाते हैं।

ऋषि गंगा और अलकनंदा के रमणीक संगम पर बने श्री बदरीनाथ मंदिर को देखकर आचार्य और उनकी शिष्य मंडली भाव-विभोर है। सामने ही बर्फ से आच्छादित नीलकंठ पर्वत शोभायमान है।

बदरीनाथ मंदिर की सजावट देखकर आचार्य संतुष्ट हुए। देव प्रतिमा का शास्त्रानुसार पूजन देखकर वे गद्गद हो गए। वे भगवान् विष्णु की जीवंत प्रतिमा के दर्शन कर भक्तिभाव में डूब गए, उनकी कवित्व शक्ति जाग उठी, उनके मधुर कंठ से सुंदर स्तोत्र बह निकला है, जिसे सुनकर सभी धन्य हो रहे हैं। श्री हरि की स्तुति का यह स्तोत्र 'हरि भीड़े' नाम से ख्यात होनेवाला है, पर अभी तो भक्तजनों के कानों में आचार्य की आवाज का जादू स्वर्गिक आनंद दे रहा है। आचार्य के आगमन से बदरी क्षेत्र में उत्सव का वातावरण है।

देश भर से आए तीर्थयात्रीगण अलकनंदा की तेज और अत्यंत शीतल लहरों में स्नान के बाद पहले आचार्य के दर्शन करना चाहते हैं, फिर मंदिर जाते हैं और भगवान् बदरी विशाल के दर्शन करते हैं।

आचार्य का लोकशिक्षण जारी है, किंतु शिष्यों को लगता है, जैसे वह आत्ममुखी होते जा रहे हैं, उनकी ऊर्जा बाहरी दुनिया से लिपटकर उनके ही अंतर्मन अंतरात्मा की ओर अग्रसर हो रही है।

भगवान् बदरीनारायण की प्रतिमा के सम्मुख आचार्य अपना स्वयं स्फुरित स्तोत्र पूर्ण कर मौन समाधि में खड़े हुए हैं, दर्शनार्थी भगवान् बदरी विशाल के साथ उनके भी जय-जयकार के नारे लगा रहे हैं।

कुछ पलों बाद आचार्य पुनः चैतन्य हुए हैं और शीश झुकाकर मंदिर की सीढ़ियों से बाहर उतर रहे हैं। भीड़ उनकी चरण रज लेने, एक झलक देखने के लिए धक्का-मुक्की कर रही है। उनके शिष्यों की सबल देहों के घेरे में से वे अपनी प्रेममयी दृष्टि से ही आशीर्वाद दे रहे हैं। उनके दोनों हाथ आशीर्वाद की मुद्रा में उठे हुए हैं, श्रद्धालु तृप्त हो रहे हैं।

□

केदारनाथ

बदरीनाथ में अलकनंदा के किनारे कुछ दिनों के प्रवास और धर्मोपदेश के बाद आचार्य केदारनाथ जाना चाहते हैं, किंतु उनकी शारीरिक दशा देखकर शिष्यगण तैयार नहीं हैं, वे उन्हें जोशीमठ में ही विश्राम करने की प्रार्थना कर रहे हैं, किंतु आचार्य का संकल्प दृढ़ है।

जोशीमठ में दो दिन रहकर विश्राम करने के बाद वे रुद्रप्रयाग लौटे। रुद्रप्रयाग में एक रात रुककर गौरीकुंड प्रस्थान किया। गौरीकुंड में गौरी सहित अन्य देवी-देवताओं का विधिवत् पूजन देखकर उन्हें परम संतोष हुआ।

स्थानीय श्रद्धालुओं तथा शिष्यों के आग्रह पर दो दिन तक गौरीकुंड में सत्संग हुआ। तीसरे दिन ब्रह्ममुहूर्त में यात्री दल ने गौरीकुंड से केदारनाथ की चढ़ाई प्रारंभ की। अत्यंत कठिन चढ़ाई में सभी को कैलास मानसरोवर यात्रा का स्मरण हो आया, हालाँकि यह उससे तो आसान थी। दोपहर का सूरज चढ़ते-चढ़ते यात्री दल आराम चट्टी, जंगल चट्टी पार कर रामबाड़ा में रुका। चढ़ाई और तेज धूप में यात्री दल पसीना-पसीना हो रहा है।

रामबाड़ा में सभी ने शीतल जल पिया, पसीना सुखाया और चल पड़े। चलते-चलते गरुड़ चट्टी पहुँचे, गरुड़ चट्टी पार करते ही मंदिर का स्वर्णकलश दिखाई दे रहा है। सभी ने श्रद्धापूर्वक प्रणाम किया और उसको देखते-देखते आगे बढ़े, मंदिर का शिखर हर कदम के साथ बड़ा और नजदीक होता जा रहा है, इसके पीछे तुषार धवल बादलों के पार पर्वत दिखाई दे रहा है।

मंदिर पहुँचकर सभी ने ज्योतिर्लिंगों के पास से भक्तिभावपूर्वक दर्शन किए। मंदिर की पृष्ठभूमि में दमकते केदार पर्वत से दूधगंगा, अर्धगंगा, स्वर्ण दुलारी और सरस्वती, ये चार नदियाँ नीचे उतरकर मदांकिनी में मिल रही हैं।

आचार्य ने केदारनाथ मंदिर के पीछे जाकर बर्फीले सुंदर केदार पर्वत को देखा, मन-ही-मन कुछ निश्चय किया, फिर वापस लौट पड़े।

शिष्यों के साथ विश्रामस्थल पहुँचकर एकांत में चले गए हैं। संध्या वंदन से निवृत्त होकर उन्होंने सभी शिष्यों को अपने पास बुलाया, उनका मुखमंडल आज एक अपूर्ण आभा से दमक रहा है। नेत्रों में वही आत्मविश्वास है, जो उन्हें निरंतर विजयी बनाता आया है।

प्रेम और करुणा से···उनका स्वर गूँज रहा है—"मेरे प्रिय आत्मन, मेरी जीवन यात्रा पूर्ण होने की ओर है, आपकी गुरुभक्ति और अविचल निष्ठा ने भारतीय धर्म और संस्कृति को खंड-खंड होकर नष्ट होने से बचा लिया है। धार्मिक मतभेदों, आपसी कटुताओं, निहित स्वार्थों, ढोंग, पाखंड, मानव द्रोह की प्रलयंकारी लहरों से हमारी जीवन पद्धति को जो संकट उत्पन्न हुआ था, उसे एकता, संवाद, समानता और बंधुत्व से टाल दिया गया है, किंतु मेरे बच्चो, आपका कर्तव्य मेरे जाने के बाद और अधिक गुरुतर होगा।

"आनेवाला युग आपके ऋणी होंगे कि आपने एक प्राचीन संस्कृति को नष्ट होने से बचा लिया है।

"यह भारत कोई राष्ट्र मात्र नहीं है, यह मानवता की क्रीड़ा-स्थली है, यह पुण्यभूमि सदा संभावित, सशक्त और जाग्रत् हो, यही हर युग के राष्ट्र प्रहरियों का कर्तव्य है। आप सबकुछ भूल जाना अपना व्यक्तित्व भी अथवा मुझे भी, किंतु इस कर्तव्य को मत भूलना।

"मेरे प्रस्थान का समय है, आप लोगों की कोई जिज्ञासा हो तो पूछ लो ?"

आचार्य की बात सुनकर शिष्यों पर जैसे दुःख का पहाड़ टूट पड़ा, जिस आशंका से पिछले अनेक दिनों से वे व्याकुल थे, वह आज सत्य साबित हो रही थी। वे तो सब-के-सब संन्यासी, संसार उन्हें निर्मोही भी मानता है, क्योंकि वे अपना घर-द्वार, माता-पिता, बंधु-सखा, सुख-संपत्ति सब छोड़कर आए थे, फिर कभी उन्होंने मुड़कर नहीं देखा।

गुरु ही उनके माता-पिता, बंधु, सहायक, स्वामी-सखा थे, उनके जीवन का आधार थे। उनकी दिनचर्या और रात्रि उपासना ही नहीं, जीवन का प्रत्येक क्षण गुरु पर अवलंबित था।

गुरुजी उन्हें प्राणप्रिय थे, वे भिक्षा ग्रहण करने के पूर्व सभी शिष्यों के आहार के बारे में पूछते थे, उनकी जिज्ञासाएँ शांत करते थे, आध्यात्मिक और सांसारिक प्रश्नों के उत्तर देते थे। भटकाव में मार्ग दिखाते थे। ऐसे स्नेहासिक्त गुरुजी के न रहने पर भविष्य क्या होगा ? व्याकुल शिष्य पीड़ा से रो दिए, उनका ज्ञान भी उनके आँसू नहीं रोक सका।

गुरुजी खुद को संयत रखे हुए हैं। उन्होंने कहा, "मेरा आशीर्वाद है, तुम्हारे मनोरथ सदैव सफल हों, तुम लोग ब्रह्मस्वरूप में सदैव प्रतिष्ठित रहो।"

इतना कहकर शिष्यों को आशीर्वाद दे गुरुजी उठ गए और एकांत कक्ष में चले गए।

अगले दिन वैशाख पूर्णिमा है। आचार्य ब्रह्ममुहूर्त में उठे, स्नान कर केदारनाथ के दर्शन करने गए, वहाँ कुछ क्षण ध्यान में डूबे रहे। वहाँ से मंदिर के पीछे गए, शिष्यों को वहीं रुकने की आज्ञा दी। आँसुओं की धार पोंछते शिष्य गुरु आज्ञा की मर्यादा में बँधकर वहीं खड़े रह गए और आचार्य केदार पर्वत की जमा देनेवाली बर्फ में पांडवों के स्वर्ग प्रस्थान मार्ग पर चलते चले जा रहे हैं...चलते चले जा रहे हैं...इतनी दूर चले जा रहे हैं कि अब एक धुंधली आकृति भर दिखाई दे रही है, जो निरंतर और धुँधली होती जा रही है...थोड़ी देर में वह धुँधली आकृति भी अदृश्य हो गई है, अद्वैत साकार हो गया है और वह तेजस्वी देह बर्फ में बर्फ हो गई है, या तेजोमय ज्योतिशिखा की तरह परम तेज में विलीन हो गई है, कहना कठिन है।

यहाँ से सैकड़ों-हजारों मील दूर शेष भारत के असंख्य मंदिरों में यह संध्या आरती का समय है, दक्षिणी समुद्र तट पर देवी कन्याकुमारी के मंदिर से लेकर पूर्व में भगवान् जगन्नाथ स्वामी की नगरी पुरी तक सर्वत्र संध्या आरती के स्वर गूँज रहे हैं, उज्जयिनी, सोमनाथ, ओंकारेश्वर, रामेश्वरम्, काशी विश्वनाथ, सर्वत्र ज्योतिर्लिंगों की पवित्र आभा में भक्तगण धन्य हो रहे हैं और हाँ, मालवा के धर्मराजेश्वर में भी वयोवृद्ध पुजारी उत्साह के साथ शिव और विष्णु की आराधना कर रहे हैं, शैवों और वैष्णवों का कटु संघर्ष अब स्मृति में भी नहीं है।

□□□